Scandal in Spring
by Lisa Kleypas

春の雨にぬれても

リサ・クレイパス
古川奈々子［訳］

ライムブックス

SCANDAL IN SPRING
by Lisa Kleypas

春の雨にぬれても

主要登場人物

デイジー・ボウマン……………………アメリカの新興成金の娘。壁の花のひとり。
マシュー・スウィフト……………………デイジーの父親の右腕。やり手の青年実業家
リリアン（レディー・ウェストクリフ）……デイジーの姉。元壁の花。
ウェストクリフ伯爵マーカス・マースデン……本書の舞台となる壮大な屋敷の当主でリリアンの夫。
エヴィー（レディー・セントヴィンセント）…元壁の花。
セントヴィンセント卿セバスチャン………ロンドンの一流賭博クラブのオーナー。ウェストクリフの幼なじみでエヴィーの夫。
アナベル・ハント……………元壁の花。
サイモン・ハント……………ウェストクリフ伯爵の親友&事業のパートナー。アナベルの夫
トーマス・ボウマン……………アメリカの石鹸会社の社長。デイジーとリリアンの父親
マーセデス・ボウマン……………デイジーとリリアンの母親
ランドリンドン卿……………スコットランド貴族。ストーニー・クロス・パークに招かれた客のひとり
ウェンデル・ウェアリング……………マシューの過去を知る男

プロローグ

「デイジーの結婚相手のことだが、わたしは決めたぞ」トーマス・ボウマンは妻と娘に宣言した。「ボウマン家の人間は敗北を認めるのを潔しとしないが、もはや現実を無視するわけにはいかない」

「お父様、現実って？」デイジーはきき返した。

「イギリスの貴族はおまえには向かん」ボウマンはつづけた。「いやむしろ、おまえが貴族には向かないと言ったほうがいいのかもしれない。この花婿さがしに関しては、投資に見合う見返りはほとんど得られていない。それがどういうことかわかるか、デイジー？」

「値下がりしている株だってこと？」彼女は答えた。

デイジーを見て、二二歳の大人の女性だと思う人はまずいないだろう。小柄で、ほっそりとやせており、髪は栗色。同じ年頃の女性ならとっくに落ち着いた妻になっているところを、彼女はいまだに子どものようにみずみずしく元気いっぱいだった。ひざを立てて座っていると、長椅子のすみっこに置き去りにされた瀬戸物の人形のように見えた。読んでいるページのあいだに指をはさんで本を抱えている娘の姿にボウマンはいらだった。続きが読みたくてたまらず、早くお説教が終りにならないかとじりじりしているのは明白だった。

「本を置きなさい」彼は命じた。

「はい、お父様」デイジーはこっそり本を開いてページ番号を確認してからそれをわきに置いた。その小さなしぐさはボウマンを不愉快にさせた。本、本、本……。一冊の本を見るだけで、娘が花婿さがしに惨めな失敗を繰り返していることが思い出されるのだった。

ボウマンは、この二年間イギリスでの仮住まいとしてきたホテルのスイートルームの客間で、太い葉巻を吹かしながら、クッションのよくきいた椅子に座った。妻のマーセデスはそのそばのきゃしゃな籐の椅子に腰掛けていた。ボウマンは酒樽のような体つきのかっぷくのよい男で、体型と同じく性格のほうも雄牛のようだった。頭は禿げていたが、口髭はほうきのようにふさふさとしており、頭の毛を生やすために必要なエネルギーのすべてが髭に向けられているかのようだった。

マーセデスは新婚当初から並外れて細身だったが、使っているうちに石鹸がどんどん薄く小さくなっていくように、年月が経つにつれますます痩せていった。艶やかな黒髪はいつもきつく結い上げられ、夫に握られたら小枝のようにぽきっと折れてしまいそうな細い手首に、ドレスの袖口をきっちり留めていた。彼女はじっと動かず静かに座っていたが、そんなときでさえ、神経質なエネルギーがぴりぴりと発散しているような印象を人に与えた。

ボウマンは、マーセデスを妻に選んだことを後悔したことは一度もなかった。彼女の鋼鉄のような野心は、彼のそれとぴったりマッチしていた。彼女は容赦のない女で、丸いところはまったくなく、つねにボウマン家の社会的地位を押し上げるために突き進んできた。娘たちをヨーロッパに連れて行くと言い張ったのは、ニューヨークの上流社会に入りこめないことを悟ったマーセデスだった。「彼らの鼻をあかしてやるわ」と彼女はきっぱり言った。そして、長女のリリアンをめでたく貴族と結婚させることに成功したのだった。

リリアンは運良く、イギリス社交界で花婿候補ナンバーワンと言われていたウェストクリフ伯爵のハートを射止めることができた。彼の家柄はこれ以上望めないほど素晴らしく、ボウマン家にとって願ってもない縁組だった。しかし、ボウマンは早くアメリカに帰りたくてたまらなくなっていた。デイジーが貴族と結ばれる運命なら、とっくにそうなっていたはずだ。これ以上損失を広げないよう、撤退を考える潮時だろう。

五人の子どもたちのことを考えるたびに、なぜ彼らには自分の血を受け継いだと思われるところがほとんどないのだろうと悔しさを感じずにいられなかった。自分もマーセデスも上昇志向の人間だ。それなのに、三人の息子はいずれものんきで、向上心というものがまるでなく、欲しいものは何でも、熟した果物が木から落ちてくるように、自分たちの手に落ちてくるものと思っている。ボウマンの攻撃的な性格をほんの少しでも受け継いだと思われるのはリリアンだけだ……とはいえリリアンは女であり、したがって、そうした気性はまったく無駄なのだった。

そして、このデイジーだ。彼にとって、子どもたちの中で一番理解できないのがこの娘だった。デイジーは子どものころから、父親の話から正しい結論を導き出したことが一度もなかった。返ってくるのはつねに質問だ。しかもその質問というのが、彼の論点から外れているのだからよけいに始末が悪い。たとえば、儲けはそこそこでもリスクが低いものに投資したい人は、国債を買うべきである、その理由は――と説明をはじめようとすると、デイジーはこんな質問で話の腰を折るのだった。「ねえ、お父様、わたしたちがうんと小さかったら、ハチドリがお茶会を開いてわたしたちを招待してくれるかも。そしたらすてきじゃない?」

長年ボウマンはデイジーをなんとか変えようとしてきたが、激しい抵抗にあってそれも無駄な努力に終っていた。彼女はありのままの自分でいることに固執し、彼女をどうにか変えようという試みは、蝶の大群を集めようとするのと同じくらい、あるいはゼリーを木に釘で打ちつけようとするのと同じくらい、成果があがらなかった。

ボウマンは娘の予測のつかない性格に頭がおかしくなりそうになっていたので、彼女を喜んで生涯の伴侶に迎えたいと考える男がいなくても少しも驚きはしなかった。だいたいあの子がまともな母親になれるはずがない。子どもに分別のある常識を教えようともせず、妖精が虹の弧を滑り降りてくるのよ、などといった無駄話を吹きこむのが関の山だ。

マーセデスは夫の言葉に狼狽して、張りつめた声で父娘の会話に口をはさんだ。「あなた、今年のシーズンはまだ始まったばかりですわ。今シーズンは、とてもうまくいっているとわたくしは思っておりますの。ウェストクリフ伯爵は、花婿候補として有望そうな紳士を何人かデイジーに紹介して下さいました。どの方も、伯爵と義兄弟になれることを期待して、たいへん興味を持っておられるようですわ」

「なるほど」ボウマンは陰険に言った。「つまり、花婿候補として有望と思われる紳士たちは、デイジーを妻に迎えたいからではなく、ウェストクリフと親戚になりたいから引き寄せられているということなのだな」彼はデイジーを鋭い目で見つめた。「その中に、見こみのありそうな男はいるのか」

「この子にわかるはずが――」マーセデスが口を出した。

「女にはわかるものだ。答えなさい、デイジー――そうした紳士たちのだれかにプロポーズしてもらえる可能性はあるのかな？」

娘はためらった。目じりのつりあがった黒い瞳に困惑の色が浮かぶ。「いいえ、お父様」と彼女はしばらくしてから素直に認めた。

「思ったとおりだ」ボウマンは胸の下あたりで両手の太い指を組み、黙りこんでいるふたりをどうだといわんばかりの目で見つめる。「おまえの花婿さがしがうまくいかないために、だんだん不都合なことになってきているのだぞ。ドレスやら華美な小物やらにかかる費用もばかにならん……しかも、何の成果もあがらんというのに、舞踏会から舞踏会へとおまえを連れて行くのにもあきあきだ。中でももっとも気に入らないのは、わたしにはニューヨークでやらなければならない仕事がたくさんあるというのに、イギリスに足止めされていることだ。そこでわたしは、おまえの夫を選んでやった」

デイジーはぽかんと父を見つめた。「お父様、だれか心当たりがおありなの？」

「マシュー・スウィフトだ」

デイジーは、気はたしかですかとでも言いたげな顔で父を見つめた。

マーセデスはすっと息を吸いこんだ。「お話になりませんわ、あなた！　言語道断です！　こんな縁組をして、わたしたちに、そしてデイジーにどんな得があるというのです。ミスター・スウィフトは貴族ではないし、たいした財産も持っていないし――」

「彼はボストンのスウィフト一族のひとりだ」とボウマンは言い返した。「鼻であしらうことなどできないほどの名門だ。家柄も血筋も申し分ない。もっと大事なのは、スウィフトがわたしの右腕として働いてくれていることだ。しかも、わたしがこれまで会った中で、事業家としての資質を備えたもっとも有能な青年のひとりだ。わたしは彼に娘婿になってもらいたい。時期が来たら、会社を彼に譲りたいと考えている」

「あなたには、会社を相続する権利をもつ息子が三人もいるのですよ！」マーセデスは激怒した。

「どいつもこいつも、事業にこれっぽっちの興味も持ってはおらん。事業欲というのがまるでないのだ」一〇年近くにわたり、部下として手塩にかけて育ててきたマシュー・スウィフトのことを思うと、ボウマンは誇りさえ感じるのだった。あの青年は、息子たちよりもボウマンの資質を色濃く受け継いでいた。「息子たちの中で、スウィフトのようなむき出しの野心や冷徹さを備えているものはひとりもおらん」ボウマンはつづけた。「わたしは彼を、孫の父親にするつもりだ」

「血迷ってしまわれたの、あなた！」マーセデスはいきりたって叫んだ。

デイジーが穏やかに話しはじめたので、父親の激した心は鎮まった。「でもそれにはわたしの協力が必要だわ。とりわけ、話が跡継ぎを産む話にまでおよんでいるのだからなおさらよ。だからはっきり言っておきますけど、どんなに脅したってすかしたって、好きでもない男の子どもをわたしに産ませることはできません」

「いくらおまえでも、だれかの役に立ちたいと考えると思ったのだがな」とボウマンはうなるように言った。反抗するものは力でねじ伏せるのがいつもの彼のやり方だった。「こんな寄生虫のような暮らしをつづけるよりも、自分自身の夫と家を持ちたいとおまえは思わんのか」

デイジーはまるで父にたたかれたかのように、びくっとした。「私は寄生虫じゃないわ」

「そうか？　では、教えてくれ。おまえが存在することによって、この世にどんな得があるというのだ。おまえはいままでに、人のために何をした？」

自分の存在を正当化せよという難題をつきつけられ、デイジーは石のように固い表情で父を凝視し、黙りこんだ。

「これは最後通告だ」とボウマンは言った。「五月の終りまでにふさわしい相手を見つけなさい。でなければ、おまえをスウィフトに嫁がせる」

1

「こんなこと、話すべきじゃないんだけど」その晩、デイジーはマースデン家の居間をせわしなく歩き回りながら、ぷりぷり怒って言った。「だって、具合の悪いあなたに心配をかけるのはよくないことよ。でも、自分の胸にしまってはおけない。爆発しそうなの。そうしたらもっと悪いことになるもの」

姉のリリアンは、ウェストクリフ伯爵の肩にもたせかけていた頭を上げた。「話して」とリリアンは言ったが、またこみあげてきた吐き気をおさえるために唾を飲みこんだ。「わたしが不快に思うのは、人が隠し事をするときだけよ」彼女はウェストクリフの腕に抱かれて、長椅子に半分横たわるようなかっこうで座り、彼にスプーンでレモンシャーベットを口に入れてもらっていた。彼女は目を閉じてシャーベットを飲みこんだ。三日月形の黒いまつげが青白い頬にかかっている。

「少しは楽になったかい?」とウェストクリフはやさしく尋ね、唇の端についた水滴を拭き取った。

リリアンは幽霊のように真っ白い顔でうなずいた。「ええ、冷たいものはいいみたい。ううっ。息子が生まれることを願ったほうがいいわ、ウェストクリフ。だって、跡継ぎが生まれるチャンスはこれ一度きりかも。もう二度とこんなこと——」

「口を開けて」と彼は言って、シャーベットをまた彼女の口に入れた。

いつものデイジーなら、ウェストクリフ夫妻の仲むつまじい姿に感動するところだが……リリアンがこんなに弱気なところを他人に見せることはめったにないし、マーカスがこれほどやさしく、繊細な心づかいを示すこともまずない。しかし、デイジーは自分自身の問題に心を奪われていたので、彼らのやりとりにほとんど無頓着で、唐突に切り出した。「お父様に最後通牒をつきつけられてしまったの。今夜、お父様ったら——」

「待ってくれ」とウェストクリフは穏やかに言って、腕に抱いている妻の位置を直した。横向きにされたリリアンは、もっと深く彼によりかかり、ほっそりした白い手を腹の丸みにあてた。彼は妻の乱れた黒髪に何ごとかささやきかけ、彼女はそれにため息をつきながらうなずいた。

ウェストクリフが若い妻をやさしく世話する姿を見たならば、だれもが伯爵が大きく変わったことに気づくだろう。彼はこれまで長いあいだ冷たい性格の男として知られてきた。しかしいまの彼は、以前よりも近づきやすくなった。ほほえんだり笑ったりすることも増え、正しいふるまいの基準も、以前ほど厳しくなっていた。リリアンを妻に、そしてデイジーを義妹にしたいと思うならそれは喜ばしい変化だった。

黒と言ってもいいほど濃い茶色の目をかすかに細めて、ウェストクリフはデイジーをじっと見つめた。彼は何も言わなかったが、デイジーはそのまなざしから、妻の心の平和を乱すようなものは人であれものであれ、リリアンの目に触れさせたくないと彼が思っていることを読み取った。

デイジーは、父の理不尽な要求について文句を言うために勢いこんでここにやってきた自分が急に恥ずかしくなった。問題は自分の胸にしまっておくべきだった。おしゃべりな子どものように姉に言いつけにくるべきではなかったのだ。リリアンは茶色の目を開けた。その目は温かくほほえんでいて、ふたりのあいだに、たくさんの子どものころの思い出が、乱舞するホタルのように楽しげに舞った。姉妹の絆は、妻を守ろうとする気持ちが非常に強い夫でさえも壊せないものなのだ。

「話して」リリアンはウェストクリフの肩に頭をあずけながら言った。「あの人食い鬼は何と言ったの？」

「五月の終りまでに結婚相手を見つけられないなら、お父様が選んだ人と結婚しろって。だれだと思う？　当ててみて！」

「ぜんぜん思いつかないわ」とリリアンは言った。「お父様が気に入る人なんかいないもの」

「それがいるのよ」とデイジーは陰鬱な声で言った。「お父様が百パーセント認めている人がひとりだけ」

デイジーの言葉に、ウェストクリフでさえも興味がわいたらしい。「わたしが知っている人なのかい？」

「近いうちにお会いになるわ」とデイジー。「お父様が彼を呼んだから。彼は鹿狩りに参加するために、来週ハンプシャーに来ることになっているの」

ウェストクリフは記憶をたどって、トーマス・ボウマンが春の狩りに加えて欲しいと頼んできた人物のことを思い出した。「アメリカ人だな？」と彼は尋ねた。「ミスター・スウィフトかい？」

「ええ」

リリアンはあっけにとられた顔でデイジーを見つめた。それから顔をウェストクリフの肩に埋めて、ヒーヒーあえぐような声を立てはじめた。デイジーは最初、姉が泣いているのではと心配したが、すぐにリリアンが笑い転げているのだということがわかった。「だめ……いくら何でも……ばかばかしくって……そんなのありえない……」

「自分が彼と結婚する立場だったら、そんなにおかしいとは思わないでしょうよ」デイジーは姉をにらみつけた。

ウェストクリフは姉妹を交互に見た。「ミスター・スウィフトに何か問題でも？　お父上の話では、十分尊敬できる男のようだが」

「何もかもが問題なのよ」とリリアンは言って、最後にもう一度ふふんと鼻を鳴らして笑った。

「しかし、きみの父上は彼を高く買っているぞ」

「ああ」リリアンはあざけるように言った。「それはね、ミスター・スウィフトが一所懸命に父の真似をして、言われたことすべてに従うものだから、お父様はすっかりいい気分になっているだけなのよ」

伯爵はシャーベットをスプーンですくってリリアンの口に押しあてながら、妻の言葉をじっくり考えた。彼女は冷たい液体がのどを通っていくと、気持ちのよさそうな声をもらした。

「ミスター・スウィフトは聡明な青年だという父上の主張は間違っているのかね？」ウェストクリフはデイジーに尋ねた。

「聡明なことはたしかですわ」彼女は認めた。「でも、彼と会話することなんてできません。だって、彼ときたら、相手にたくさん質問をして、相手の言うことをすべて吸収してしまうけれど、自分からは何にも言わないんですもの」

「スウィフトはきっと内気なのだ」ウェストクリフは言った。

今度はデイジーが笑い出す番だった。「はっきり申し上げておきますけど、ミスター・スウィフトが内気だなんてことは絶対ありません。彼は――」考えをうまくまとめられず、彼女は言いよどんだ。

マシュー・スウィフトは骨の髄まで冷たく、高慢さがぷんぷんにおうような男だった。彼に何か教えてやるなんてことは到底できない――なにしろ何でも知っているのだから。デイジーは頑固者ぞろいの家族の中で育ったので、さらにもうひとり、厳格で理屈っぽい人間を自分の人生に加えたいとは思わなかった。

彼女にしてみれば、スウィフトがボウマン家にうまく溶けこんでしまうことは、彼の欠点でこそあれ長所ではないのだった。

　スウィフトにどこか愉快なところや、魅力的な点があれば、耐えられないというほどではなかったかもしれない。しかし、性格においても外見においても、堅苦しさを和らげるようなエレガントなところはひとつもなかった。おまけに容姿も不細工だった。背が高くて、均整がとれておらず、がりがりに痩せていて、手足はひょろ長くて細かった。コートを着ている姿は、まるで幅の広いハンガーに洋服がかかっているようだった。

「彼について知らないことを並べ立てるよりも」とデイジーはようやく話を再開した。「とにかく、わたしが彼を好きになるべき理由はひとつもないのだと言ったほうがずっと簡単です」

「見た目もよくないのよ」リリアンがつけくわえた。「骨と皮って感じ」彼女はウェストクリフの筋肉質の胸をなでて、無言のうちに彼の力強い体格を賞賛した。

ウェストクリフは面白がっているように見えた。「スウィフトにそうした欠点を埋め合わせるようないいところはないのかい？」

　姉妹はその質問に考えこんだ。ようやくデイジーが「歯はきれいだわ」といやいやながらという調子で言った。

「なんであなたがそんなことを知っているのよ」リリアンがきいた。「彼、ほほえんだことなどいっぺんもないじゃないの！」

「きみの彼に対する評価は厳しいね」ウェストクリフが指摘した。「しかし、ミスター・スウィフトも、きみたちが最後に会ったときから変わったかもしれない」

「だとしても、結婚したいと思うほどじゃないわ」とデイジー。

「あなたがいやなら、スウィフトと結婚する必要はないのよ」リリアンは激しく言うと、夫の腕の中で体を揺すった。「そうでしょう、ウェストクリフ?」

「そうだよ」彼は妻の髪を後ろになでつけながらつぶやいた。

「あなたは、デイジーをわたしから取り上げるようなことをお父様にさせたりしないわよね」とリリアンはしつこく言った。

「もちろんだとも。どんなときにも、交渉でなんとかできるものだ」

リリアンは落ち着いてまた彼にもたれかかった。夫の能力に絶大の信頼を置いているのだ。「ほら」と彼女はデイジーにささやきかけた。「心配することはないのよ……わかるわね? ウェストクリフにまかせておけば……」彼女は大きなあくびをした。「……大丈夫なんだから……」

姉のまぶたが閉じるのを見ながら、デイジーは思いやりをこめてほほえんだ。リリアンの頭越しに、ウェストクリフと目を合わせ、わたしは自分の部屋に戻りますと合図を送った。彼はそれに礼儀正しくうなずいて応え、すぐにリリアンの眠そうな顔に視線を戻した。デイジーはそんなふうに自分のことを見つめてくれる男性はあらわれるのだろうかと考えずにいられなかった。自分の体の重みを大切な宝物のように腕に抱いてくれる男性にめぐり合えるのだろうか。

デイジーは、ウェストクリフができるかぎりのことをして自分を助けてくれようとするだろうと確信していた。もちろんそれはリリアンのためにすることなのだが。伯爵の影響力には信頼を置いていたけれども、頑として自分の意志を曲げない父親の性格をよく知っているだけに、安心はできなかった。

どんなことをしても父の決定には反抗するつもりだったが、デイジーはこの勝負は敗色が濃い気がしてならなかった。

彼女は戸口で立ち止まり、困ったように眉をひそめて、二脚の長椅子のほうを振り返った。リリアンはすっかり眠りこんで、ウェストクリフの胸の真ん中に頭を深くもたせかけていた。デイジーの悲しげな目と目が合った伯爵は、片方の茶色の眉を上げて、無言でどうしたのだと尋ねた。

「お父様に……」デイジーは言いかけたが、唇を噛んだ。この人は父の事業のパートナーだ。ウェストクリフに不満をぶちまけるのは適切とは言えない。しかし、彼の忍耐強い表情が彼女に先をつづけさせた。「父におまえは寄生虫だと言われたのです」リリアンを起こさないよう、か細い声で言った。「おまえが存在することで、この世のためになったことがあるのか、おまえは何かひとつでも人のためになることをしたことがあるのか、と父に問い詰められました」

「で、何と答えたのだい？」ウェストクリフはきいた。

「わたし……何ひとつ思いつかなかったのです」

ウェストクリフのコーヒー色の目は深くて計り知れなかった。彼が長椅子のほうに来るように手招きしたので、彼女はそれに従った。驚いたことに、彼は彼女の手をとり、温かく握りしめた。伯爵は非常に慎重な性格なので、これまで一度もそんなことをしたことがなかった。

「デイジー」とウェストクリフはやさしく言った。「偉業を成し遂げたことで評価される人はごくわずかしかいない。たいていは、小さな善行の積み重ねによって人の価値は測られるのだ。きみがだれかに親切なことをするたびに、あるいはだれかをほほえませるたびに、きみの人生は意味あるものになる。けっして自分の価値を疑ってはならないのだよ。デイジー・ボウマンがいなかったら、世界は光が消えたようにつまらない場所になってしまうだろう」

ストーニー・クロス・パークがイギリスの中でもっとも美しい場所のひとつだという意見に異論をはさむ人はほとんどいないだろう。このハンプシャーの領地には、足を踏みこめないほどうっそうと茂った森から、花々が咲き乱れる草地や湿原まで、あらゆる種類の自然の景観がそろっており、どっしりとした蜂蜜色の石でできた屋敷は、イッチェン川を見下ろす絶壁の上に建っていた。

あたりには生命が満ちあふれていた。オークやシーダーのひびわれた幹の根元は落ち葉の絨毯で覆われていたが、その下から薄緑色の芽が顔を出していた。森の日陰では、ブルーベルの群生が輝いていた。

赤いバッタの群れが、サクラソウやタネツケバナが一面に咲き誇っている草地を跳んでいき、イトガシワの精妙に形づくられた白い花びらの上を透きとおるような青いイトトンボが舞っていた。春の香りがした。四角く刈りこまれた生垣の甘いにおいとやさしい緑の芝のにおいが空気に満ちていた。

ウェストクリフ夫妻、ボウマン親娘、そして何人かの客たちを含む一行は、ロンドンから一二時間馬車に揺られ、ようやくストーニー・クロス・パークに到着した。リリアンに言わせれば地獄を通り抜けるような旅が終って、一同は心から喜んだ。

ハンプシャーの空の色は、ロンドンの空とはまったく違うまろやかなブルーで、空気は幸福な静けさで満たされていた。馬車の車輪がガラガラ鳴る音も、敷石を踏む馬のひづめの音も、物売りや物乞いの声もなく、けっしてやむことのない工場の耳ざわりな騒音もいっさいなかった。聞こえるのは、生垣の上を飛び交うコマドリのさえずり、ヨーロッパアオゲラが木をつつく音、そして川べりのアシの茂みからときおり飛び立つカワセミの羽ばたきくらいのものだ。

かつては田舎なんて死ぬほど退屈な場所と思っていたリリアンだが、ハンプシャーの領地に戻ってこられたことに大いなる喜びを感じていた。彼女はストーニー・クロス・パークの空気の中で生気をとりもどし、屋敷で一晩過ごすと、ここ数週間の中で一番さわやかな表情になった。ハイウエストのドレスでもお腹の丸みを容易に隠せなくなったので、リリアンは屋敷にこもることになる。つまり、もはや人前には出られなくなるということだ。けれども、自分の領地内では、リリアンは比較的自由にしていられた。とはいえ、少人数の客としか会えなくなってしまうのだが。

デイジーは屋敷内のお気に入りの寝室をあてがわれてご機嫌だった。この美しく静かな部屋は、かつてはウェストクリフ伯爵の妹レディー・アリーンの部屋だった。彼女は現在、夫と息子とともにアメリカに住んでいる。この部屋で一番すてきなのは、個人用の小部屋がついているところだった。もともとはフランスにあったのだが、解体してイギリスに運んできて組み立てなおしたものだった。一七世紀に城の一部としてつくられた部屋で、昼寝や読書に最適な寝椅子が据えつけられていた。

本を手に、寝椅子の隅でまるくなっていると、世界から切り離されたような気持ちになった。ああ、このストーニー・クロス・パークで、ずっと姉といっしょに暮らせたらいいのに！　そんな考えが浮かんだが、それでは完全な幸せは得られないことはわかっていた。自分自身の人生が欲しかった……自分の夫、自分の子どもたちとの暮らしが。

デイジーは生まれて初めて母と同盟を結ぶことになった。ふたりは不愉快なマシュー・スウィフトとの結婚を阻止すべく、結束を固めた。

「あのいやらしい青年が仕組んだのですよ」とマーセデスは断言した。「あの男が、お父様の頭にいまいましい考えを吹きこんだのです……わたくしはいつも疑っていたのですよ、あの男は……」

「疑うって、何を？」デイジーはきいたが、母は固く一文字に口を結んで黙りこんだ。

マーセデスはゲストのリストを丹念に調べながら、有望そうな紳士がたくさんストーニー・クロス・パークに招かれているとデイジーに言った。「直接爵位を継ぐ身でなくとも、この方たちが高貴な家柄であることはたしかです。だから、十分ありえることだわ……ときとして悲惨な出来事が起こって……たとえば、不治の病とか、大きな事故とかで、家族の何人かがいっせいに亡くなってしまい、あなたの夫のところに爵位が転がりこんでくるということもあるかもしれませんよ！」デイジーの将来の姻戚たちに災難がふりかかることを夢見ながら、マーセデスはリストに没頭した。

デイジーは今週末に来る予定のエヴィーと夫のセントヴィンセントの到着が待ち遠しかった。アナベルは赤ん坊の世話で忙しかったし、リリアンも身重で、いままでのようにいっしょに元気に散歩するというわけにはいかなくなっていたので、なおさらエヴィーが恋しかった。

ハンプシャーに着いて三日目、デイジーはひとりで午後の散歩に出かけた。彼女はこれまでここに滞在するたびによく歩いた散歩道を選んだ。花柄の薄いブルーのモスリンのドレスを着て、頑丈なウォーキングブーツをはき、首にリボンで結んだ麦藁帽子をかけて、背中で揺らしながら歩いて行った。

一段下がった道《サンクン・ロード》に沿って、黄色のクサノオウや赤いモウセンゴケが咲き乱れる湿った草地を通り抜けながら、デイジーは自分のどこに問題があるのだろうと考えた。

どうしてなかなか相手を見つけられないのかしら。

だれかに恋をするのがいやなわけではない。それどころか、恋に落ちることにはとてもあこがれていたので、いまだにだれひとり見つけられないのは、たいへん不当なことに思われた。試みてはみたのだ！　でも、いつも何か問題があるのだった。

ちょうどいい年頃の紳士がいても、受け身なたちだったり、尊大だったり。親切で面白い人の場合は、祖父と言ってもいいほどの年齢。そうでなければ体臭がきついとか話をしながら唾を飛ばすといったどうしてもがまんできない欠点があった。

デイジーは自分がたいして美人でないことは承知していた。背がとても低くて痩せていたし、白い肌に黒い目とこげ茶色の髪がよく映えるとほめられはしたが、「いたずらっ子」のようとか、「小妖精のよう」と言われることも多かった。小妖精みたいな女は、ギリシャ彫刻さながらの美女やヴィーナス風の美貌をそなえる女のようには、結婚相手を引き寄せられないのだった。

それから、読書に時間を使いすぎるというのもよく指摘される点だった。おそらくそれは正しい。放っておかれれば、デイジーは毎日のほとんどの時間を読書と、夢を見ることに費やしてしまうだろう。分別のある貴族なら、彼女は細やかな心配りで家事をきりもりできる有能な妻にはなりえないと結論するに違いない。しかも、その推測は間違っていない。

デイジーは食糧庫の中身や、洗濯日のためにどれくらい石鹸を注文したらいいかといったことにはまるで関心がなかった。小説や詩や歴史のほうにずっと興味があり、そうした書物に刺激されると彼女は窓の外をぼんやりながめながら、長い時間空想の翼を広げるのだった……空想の世界で、彼女は魔法の絨毯に乗って異国を冒険し、遠い海を帆船で航海し、熱帯の島で宝さがしをするのだった。

そして、デイジーの夢の中には、華々しき英雄伝や気高い使命に身を捧げる男の物語に出てくるような、ぞくぞくするほどすてきな紳士たちが住んでいた。空想の男たちは、現実世界に住むふつうの男よりもはるかにかっこよくて魅力的……その口からは美麗な台詞が流れ出し、剣の戦いや決闘では絶対に負けることはなく、思い焦がれる女性に口づけすれば相手はうっとりと失神してしまうのだ。

もちろん、そんな男性が実在すると思うほどデイジーはうぶではなかった。頭の中のそうしたロマンチックなイメージのせいで、本物の男たちがどうしようもなくつまらなく感じられてしまうのだと彼女自身認めていた。とにかく、とても退屈に思えてしまうのだ。

デイジーは顔を上に向けて、頭上に覆いかぶさっている木々の葉の隙間から差しこんでくる淡い太陽の光を受けながら、「屋根裏部屋のオールドミス」という陽気な民謡を歌いだした。

おいでよ、金持ち。おいでよ、貧乏人。
ばかな男も利口な男も
みんなおいで!
お情けで結婚してくれないかい?

まもなく、彼女は今日の目的地の泉に着いた。この泉にはほかの壁の花たちと何度か訪れたことがあった。そこは願いの泉と呼ばれていた。地元の言い伝えによれば、泉には精が住んでいて、ピンを投げ入れると願いをかなえてくれるということだった。ただひとつ危険なのは、泉の縁に近づきすぎると、泉の精につかまって水の中に引きこまれ、永遠に彼の妻として水底で暮らさなければならなくなるかもしれないということだった。

これまでに二度、デイジーは友人たちのために願い事をしたことがあったが、どちらの願いもかなえられた。次は自分のために魔法が必要だった。

帽子をそっと地面に置いて、デイジーはぶくぶく泡が立つ泉に近づいていき、濁った水をのぞきこんだ。散歩用ドレスのポケットに手を滑りこませ、紙製のピンケースを取り出した。「泉の精よ」と彼女は話しかけた。「わたしは運に見放されているのか、理想の男性にめぐり合うことができません。ですから、どうかお願いです。どんな要求も、どんな条件もつけません。ただ……わたしにぴったりの人を見つけてください。わたしは心を広く持つつもりです」

彼女はピンを二、三本ずつケースの中から取り出し、泉に投げ入れた。細い金属が空中できらきら輝いてから、水に落ち、濁った水面の下に消えていった。

「すべてのピンを同じ願いに捧げます」と彼女は泉に言った。彼女は長いあいだそこにたたずみ、目を閉じて一心に祈った。ちゃぽちゃぽという水音に、チフチャフムシクイがひゅうっと舞い降りて空中で昆虫を捕まえる音やトンボの羽音がかすかにかぶさった。

いきなり背後から、だれかが小枝を踏んだようなぽきっという音が聞こえてきた。振り返ると、こちらに歩いてくる男性の黒っぽい姿が見えた。ほんの数メートルのところまで近づいている。ひとりきりだと思っていたのにこんなに近くに人がいたことに気づきショックを受けた彼女の心臓は、どきんどきんと不快な音を立てはじめた。

彼は友人のアナベルの夫と同じくらい背が高くてたくましかったが、もう少し若い感じだった。おそらく三〇前だろう。「失礼」と彼は彼女の表情をうかがいながら低い声で言った。「こわがらせるつもりはなかったんだが」

「あら、こわがってなんていませんわ」と彼女は朗らかに嘘をついた。心臓はまだ異常なリズムで鳴っている。「ちょっと……驚いただけです」

彼はポケットに手をつっこみ、のんびりとした歩調で近づいてきた。「二時間ほど前に、到着したんだ」と彼は言った。「きみは散歩に出ていると聞いた」

彼にはなんとなく見覚えがあった。しかも彼は、当然彼女が自分のことを知っていると思っているようだ。会ったことのある人の顔を忘れてしまったときにいつも感じる、痛いほどの申しわけなさが胸にこみあげてきた。

「ウェストクリフ伯爵に招かれたのですね？」なんとか手がかりをつかもうとデイジーは必死だった。

彼は不思議そうな顔で彼女をちらりと見て、軽くほほえんだ。「そうだよ、ミス・ボウマン」

彼はわたしの名前を知っている。デイジーはますます困り果てて、彼をまじまじと見つめた。こんなに魅力的な人を忘れてしまうなんて信じられない。その姿は力強くてりりしく、美しいと形容するには男らしすぎるし、平凡というにはあまりにも印象的だった。瞳の色は朝顔のような濃いスカイブルーで、その青さは日焼けした肌の色との対比でよけいに鮮烈に感じられた。抑えのきかない活力とでも言ったらいいのだろうか、彼にはどことなく非凡な雰囲気があり、それがあまりに強烈で思わずデイジーは一歩下がってしまいそうになった。

彼が顔を下に向けて彼女の顔をのぞきこむと、輝く茶色の髪の表面にマホガニー色の輝きが滑っていった。たっぷり量のある髪は、ヨーロッパ人の好みよりもずっと短く刈りこまれていた。アメリカ風のカット。それに、言葉にはアメリカのアクセントがある。それから、この清潔なにおい……もしわたしが間違っていなければ、これは……ボウマン社の石鹸？

突然、デイジーは相手がだれであるかに気づき、腰が抜けるほど驚いた。

「あなたは」彼女は目をまん丸く見開いて、マシュー・スウィフトの顔を見つめた。

2

彼女の体がわずかに揺れたに違いない。彼は両腕を伸ばして、彼女の上腕を軽くつかんだ。

「ミスター・スウィフト」彼女はさっと後ろに身を退き、声を詰まらせながらつぶやいた。「泉に落ちてしまう。さあ、こっちへ」

彼はぶくぶく泡立つ泉から彼女を数メートル引き離した。やさしいつかみ方だったが、絶対に放さないという意志が感じられた。群れから外れたガチョウを無理やり連れ戻すように扱われてデイジーはむっとし、つかまれた腕をこわばらせた。やっぱり本質は変わってないんだわ、とデイジーは意地悪く思った。マシュー・スウィフトは横柄なやつなんだ。

彼女は彼をしげしげと見つめずにはいられなかった。なんてことでしょう、このものすごい変わりよう。こんなの、いままで見たこともないわ。リリアンが言っていたように、骨と皮だけだった男が、体格もすっかり立派になり、健康と生気を発散する裕福な風情を漂わせた男性に変身してしまったのだ。ぱりっとエレガントなスーツを着ていた。体にぴったりと合わせた一昔前の細身のスタイルとは違って、ゆったりと仕立てられていたが、そのゆるめの布地の下に力強い筋肉質の体があることは容易に見て取れた。

違いは肉体的なものだけではなかった。成熟とともに、ゆるぎない自信に満ちた雰囲気も身につけたらしく、いまでは自分自身と自分の能力を誇らしく思っているように見えた。デイジーは彼が初めて父のところで働きはじめたときのことを思い出した……やせこけて、冷たい目をした、出世のチャンスを虎視眈々と狙う青年。高価だけれど体にまったく合っていない服を着て、靴はぼろぼろだった。

「それでこそ生粋のボストン人だ」とその古びた靴が家族のあいだで話題になったときに、父は寛大に言った。「彼らは靴や上着を一生もつようにつくる。どんなに財産があろうと、倹約こそが彼らの信条なのだ」

デイジーはスウィフトの手から逃れた。「ずいぶん変わったのね」彼女は言った。落ち着かなくちゃと思う。

「きみは変わらない」彼は答えた。それが褒め言葉なのか、その逆なのか、デイジーには判断がつかなかった。「泉で何をしていたんだい?」

「わたし……ええと……」デイジーはなんとかうまい説明はないかと考えたが、ひとつも思いつかなかった。「これは願いの泉なの」

彼は真面目な表情をつくっていたが、目のさめるような青い瞳は、密かに面白がっているようにきらりと光った。「どうやら、たしかな根拠があるようだね?」

「地元の村人たちはみんなここに来るのよ」とデイジーはつっけんどんに答えた。「伝説の願いの泉なの」

彼は例の目つきで彼女を見つめていた。どんなささいなことでも見逃さないぞという、彼女が大嫌いなあの目つきだ。彼にじろじろ見られて、デイジーのほおは真っ赤に染まった。

「何を願ったんだ？」彼はきいた。

「秘密よ」

「きみのことだから」と彼は言った。「どんなことでもありだな」

「わたしのことなんかよく知りもしないくせに」デイジーは言い返した。お父様は、あらゆる点で自分には似合わない男とわたしを結婚させようとしている……そんなのひどすぎるわ。彼と結婚するなんて、そんなの事業と同じ、お金と義務の交換よ。その結果生まれるのは、失望と相手に対する軽蔑だけだわ。それに、わたしが彼に惹かれていないのと同じくらい、彼もわたしに惹かれてはいない。父の会社という餌がなければ、わたしのような娘と彼が結婚したいと思うわけがない。

「たぶんね」とスウィフトは認めた。だが、なんだかそう思ってはいないように聞こえた。彼は心の中で、きみのことはよく知っていると考えていた。ふたりの目が合い、互いの胸のうちをさぐりあった。

「この泉に、願いがかなうという伝説があるのなら」スウィフトは言った。「こんないい機会を逃すのはもったいない」彼はポケットに手を入れて、中をごそごそとさぐってから大きな銀貨を取り出した。デイジーがアメリカの貨幣を最後に見てからずいぶん長い時が経っていた。

「ピンを投げ入れるのが慣わしよ」彼女は言った。

「持っていないんだ」

「でもそれ、五ドル銀貨でしょう」デイジーは信じられないわという声で言った。「本当にそれを投げ入れてしまうつもり？」

「ただ投げ入れるわけではない。一種の投資だ。願いをかける正式なやり方を教えてくれ――かなりな額だから、無駄にするわけにはいかない」

「わたしをからかっているのね」

「ぼくは真剣だ。それに、こんなことはいままでしたことがないから、助言をもらえると助かる」彼は彼女が答えるのを待った。彼女がいつまでも何も言わずにいると、彼の唇の端に薄く笑みが浮かんだ。「まあ、いい。いずれにせよ投げ入れるつもりだから」

デイジーは自分自身を呪った。からかわれているのはわかりきっていたが、黙っていることはできなかった。かけた願いを無駄にしてはならない。とくに五ドル分の願いだもの。まったく、もう！

彼女は泉に近づいて、そっけなく言った。「まず、硬貨を手に持って、あなたの手の熱が伝わるくらいまで握りしめるの」

スウィフトは彼女の隣にやってきて並んで立った。「それから？」

「目を閉じて、一番かなえてほしいことを一心に考えるの」彼女はぷりぷりした口調で言った。「それから、それは個人的な願いじゃなきゃだめよ。会社の合併とか、銀行の取引とかそんなのはだめなんだから」

「ぼくだって、仕事以外のことも考えるよ」

デイジーはいぶかるような目で彼をちらりと見た。すると彼がにこっとほほえんだので、彼女はどぎまぎした。

彼がほほえむのを見たことがあったかしら。たぶん、一度か二度くらいは。おぼろげにそんな場面を思い出すことができた。彼の顔はげっそり痩せていて、しかめっ面に白い歯が張りついたようにしか見えず、その表情からは朗らかさのかけらも感じられなかった。でも、いまの彼のほほえみはちょっと風変わりで、感じがよくて興味をそそられた……温かみのようなものがあった。この真面目くさった外見の下にどんな人柄が隠されているのだろうと彼女は思った。

そのほほえみが消えていつものしかつめらしい顔に戻ったので、デイジーは心からほっとした。「目を閉じて」と彼女は促した。「願い以外のいっさいのものを心から追い出すのよ」彼の濃いまつげが下ろされ、デイジーは見つめ返されることなく彼を見つめるチャンスを得た。若者としてはいかめしすぎる顔だちだった……骨ばっていて、鼻は高すぎるし、顎は頑固そうだ。

けれどもスウィフトはついにその容貌にふさわしい年齢に達した。顔の造作の角張った感じは濃く長いまつげで和らげられ、大きな口はちょっぴり官能的だった。

「で、そのあとは？」彼は目を閉じたままつぶやいた。

彼を見つめながら、デイジーは自分の体に走った衝動に恐れおののいた……彼にもっと近づいて、その日焼けした頬に指で触れてみたくなったのだ。「心の中のイメージが固まったら」彼女はなんとか言葉をひねりだした。「目を開けて、硬貨を泉に投げ入れて」

まつげが上がり、青いガラスに閉じこめられた炎のように輝く瞳が明らかになった。泉を見ることもなく、彼は水面のまん中に硬貨を投げ入れた。

デイジーの心臓は、『ペネロープの誓い』という小説のぞっとするようなくだりを読んでいるときのようにどきどき鳴っていた。その本で、ヒロインは邪悪な男に捕まって、処女を捧げると同意するまで塔に監禁されてしまうのだった。

くだらない小説だとわかっていながら読んでいたのだが、だからといって読書の楽しみがそがれることはなかった。しかも、あまのじゃくにも、退屈な金髪のヒーロー、レジナルドがペネロープを危険な廃墟から救い出したときにはがっかりしてしまった。デイジーにはヒーローよりむしろ悪漢のほうが魅力的に思えたのだった。

もちろん、一冊の本も持たされることなく、塔に幽閉されるというのは、デイジーもごめんだった。けれども、悪漢がペネロープの美しさを崇め、彼女を欲し、彼女をわがものにしたいとおどろおどろしく独白するシーンには、とても心がそそられた。

マシュー・スウィフトが、デイジーが思い描いてきたハンサムな悪漢そっくりの風貌であらわれたことは、ただただ不運としか言いようがなかった。

「何を願ったの？」と彼女は尋ねた。

彼は片方の口角をひねった。「秘密だ」

彼がさきほどの彼女の失礼な返答を真似ているのだと気づいて、デイジーは顔をしかめた。帽子はどこだったかしらとあたりを見回してから、彼女はそれを地面から拾い上げた。このいらいらさせられる男から逃げ出さなければならない。「屋敷に帰ります」と彼女は肩越しに言った。「ごきげんよう、ミスター・スウィフト。散歩のつづきを楽しんでね」

ところが困ったことに、彼は数歩で彼女の隣に追いついてきて、並んで歩き始めた。「屋敷まで送ろう」

彼女は彼のほうを見ないようにした。「おかまいなく」

「どうして？　同じ方向に向かっているのに」

「黙って歩くのが好きだから」

彼はもう送ると心に決めてしまっているようなので、反論しても意味がないだろうと観念したデイジーは、きっぱりと口を結んだ。草地や森の景色は先ほどと変わらず美しかったが、それを楽しむ気にはなれなくなってしまった。

スウィフトが彼女の拒絶を無視しても彼女は驚かなかった。彼はふたりの結婚も同じように考えているに違いない。彼女の求めるものなど、いや彼女の願いなど、彼には関係ないのだ。彼は彼女の願いをあっさりしりぞけて、自分の思いどおりにしようとするだろう。

彼はわたしのことを子どものように従順だと思っているに違いない。根っから傲慢な人間だから、結婚してやればわたしが感謝するとさえ思っているかもしれない。わざわざプロポーズするのもめんどうだと思っているのではないかしら。ひざの上にぽんと婚約指輪を投げてよこして、それをはめなさいとでも言うのが関の山だわ、きっと。

むっつりと黙りこんだままふたりは歩きつづけた。デイジーは小走りになりそうになるのを必死にこらえていた。スウィフトの脚は彼女の脚よりずっと長く、一歩が彼女の二歩分に相当した。

腹が立って、のどが詰まりそうになった。

この散歩は、自分の将来を象徴しているように思われた。どんなにがんばって遠くまで懸命なスピードで歩いても、ぜったいに彼に追いつくことはできない。それがわかっていながら、とぼとぼと前に進んでいくのだ。

ついに彼女は緊迫した沈黙に耐えきれなくなった。「あなたがお父様にこの考えを吹きこんだのでしょう？」といきなり彼女は言い出した。

「考え？」

「しらばっくれないで」彼女はいら立って言った。「わたしが何の話をしているかわかっているくせに」

「いや、わからない」

どうやら彼はゲームをつづけるつもりらしい。「お父様と交わした取引のことよ。あなたは父の会社を継ぐために、わたしと結婚したがっているんでしょう」

彼は突然立ち止まった。ほかの場面でその姿を見たら、彼女は笑い出したに違いない。まるで見えない壁にどしんと突き当たったかのようだった。デイジーも歩みを止め、胸の前で腕を組んで、彼のほうに顔を向けた。

彼はぽかんとした顔をしていた。「ぼくは……」その声は錆びついたようにかすれていて、話しはじめる前に咳払いをしなければならなかった。「きみがいったい何の話をしているのか、ぼくにはさっぱりわからない」

「わからないですって？」彼女はぎこちなくきき返した。

ではわたしの推測は間違っていたのだ。父はまだ彼にあの計画を打ち明けていなかったのだ。

恥ずかしさで死ねるとしたら、デイジーはその場で息絶えていただろう。生まれてこのかたこれほどこっぴどくへこまされたことはなかった。スウィフトは、壁の花のひとりと結婚するつもりなどまったくないとひとこと言えばいいのだ。

その後につづいた気まずい沈黙を、木々の葉の鳴る音やチフチャフムシクイのさえずりがことさら際立たせているような気がした。スウィフトの心を読むことはできなかったが、デイジーは彼がいろいろな可能性と結論を素早く頭の中で考えているのだと思った。

「父はまるですべて決まったことだといわんばかりだったの」彼女は言った。「このあいだ父がニューヨークに行ったときに、あなたともう話し合ったのだと思ったのよ」

「社長とはそのようなたぐいのことはいっさい話さなかった。きみと結婚するという考えがぼくの心をよぎったことは一度もない。それに、会社を継ぎたいという野望もまったく持っていない」

「あなたって野望のかたまりじゃないの」

「たしかに」と彼は言って、彼女をじっと見つめた。「だが、自分の将来を確実にするためにきみと結婚する必要はない」

「お父様は、自分の娘婿になれるチャンスにあなたが飛びつくと思っているみたい。あなたが父を心から敬愛していると思っているんだわ」

「社長からは非常にたくさんのことを学んだ」予想どおり慎重な答えが返ってきた。

「そうでしょうね」デイジーはしかめ面の後ろに隠れた。「父はたくさんの教訓を教えこんで、事業家としてあなたを成長させたんだわ。でも人としての生き方は教えなかったみたいね」

「お父さんの事業に不満があるみたいだな」スウィフトは尋ねるというよりは断定的に言った。

「そうよ。だってお父様は全身全霊を事業に捧げ、彼を愛する人々を無視してきたから」

「そのおかげできみはたくさん贅沢ができたんじゃないか」彼は指摘した。「イギリスの貴族と結婚する機会を与えられたことも含めて」

「わたし贅沢なんて望んでいなかったわ！　わたしが欲しいのは平和な生活だけよ」

「ひとりきりで書斎にこもって本を読むこと？」スウィフトは妙に明るい声で言った。「庭を散歩すること？　友人たちと楽しく過ごすこと？」

「そうよ！」

「本は高価だ。庭つきのきれいな家も。きみの平和な生活のためにはだれかが支払いをしなければならないんだってことを、考えたことがあるのかい？」

その質問は、父に寄生虫と言われたことにとても近かったので、デイジーはひるんだ。

スウィフトは彼女の反応を見て、表情を変えた。彼は別の話をはじめたが、デイジーはそれを鋭くさえぎった。「わたしがどんな生活を送ろうが、だれがそのためにお金を払おうが、あなたには関係ないことだわ。あなたがどう思おうとわたしはかまわない。だから自分の意見をわたしに押しつけるのはやめて」

「もし、ぼくの将来がきみの将来につながっているのだとしたら、やめるわけにはいかない」

「つながっていないわ」

「もし仮にそうだったらという話だ」

ああ、なんでも理屈で片をつけたがる人って大嫌い。「わたしたちが結婚するなんて、ありえないんだから」彼女は言った。「父は五月の終りまで猶予をくれたの。だからなんとしても相手を見つけるつもり」

スウィフトは強く興味を引かれたように彼女を見つめた。「どんな男をさがしているか、当ててみようか。金髪で、貴族的で感受性が強く、明朗な性格。そして余暇には紳士らしい気晴らしを――」

「そうよ」とデイジーはさえぎった。どうして彼が描写をすると、どうしようもない間抜けのイメージになるのかしら。

「だと思ったよ」その声の独善的な響きは、デイジーの癇に障った。「きみのような容姿の娘が婚約することなく三シーズンも過ごす理由として考えられるのは、きみの理想が高すぎるということだけだから。きみは完璧な男性しか受け入れられないのだ。だからきみのお父さんは強硬手段に出たんだよ」

彼女は一瞬、「きみのような容姿の娘」という言葉に困惑した。まるでわたしがものすごい美人みたいじゃないの。きっとこれも辛辣な皮肉の一部なんだわと思い直すと、かっと体が火照ってきた。「わたしは完璧な男性と結婚したいなんて、大それたことは思っていないわ」と歯を食いしばったまま言った。すらすらと悪態が口から出てくる姉と違って、彼女は怒っているとうまく話せなくなるのだった。

「では、きみの姉さんですらなんとか夫を捕まえることができたというのに、きみがだれも見つけていないというのはどういうことなんだ？」

「どういう意味？　きみの姉さんですらって？」

「『リリアンと結婚すれば、百万ドル《ミリオン》が手に入る』」と彼は言った。かつてマンハッタンの上流階級の人々は、面白がってそんなふうに揶揄していたものだったのだ。「あれだけ巨額な持参金がありながら、ニューヨークの連中がだれひとりきみの姉さんに申しこまなかったのはなぜだと思う？　彼女は世の中の全男性にとって、最悪の悪夢だからさ」

デイジーは切れた。

「姉は素晴らしい人よ。ウェストクリフ伯爵は趣味のよい方だからそれがわかるの。彼はどんな女性とでも結婚できたのに、彼が望んだのは姉だけなのよ。伯爵の目の前で、いまの言葉を繰り返してみなさいよ！」デイジーはくるりと背を向けて、ずんずん歩き出した。短い脚でできうるかぎり速く。

スウィフトは簡単に追いついてきて、両手をポケットに無頓着につっこんで歩いている。

「五月の終りか……」速足で歩いてきてもまったく息が切れたようすもなく、考えこむようにつぶやいた。「二カ月足らずしかない。それだけの期間に、どうやってきみは相手をさがすつもりなんだ？」

「必要とあらば、『花婿求む』というプラカードを首から下げて街角に立つつもりよ」

「心から成功を祈るよ、ミス・ボウマン。いずれにせよ、相手が見つからなかったためにぼくが夫になる権利を得たとしても、それを受け入れる気になるかどうかはわからないし」

「そんなことにはならないからご心配なく、ミスター・スウィフト。どんなことがあってもわたしはあなたの妻になんかならないから。あなたと結婚する気の毒な女性に同情するわ——あなたみたいな冷たい独善的な気取り屋にお似合いな女性がこの世にいるとは——」

「待てよ」彼は声を和らげて言った。懐柔作戦に出るつもりなのだろうか。「デイジー……」

「名前で呼ばないでちょうだい！」

「すまない。不作法だった。つまりね、ミス・ボウマン、ぼくが言いたかったのは、敵対する必要はないということなんだ。ぼくらは、両方にとって重要な意味を持つ問題に直面している。互いにとって容認できる解決法を見つけられるよう、友好的に話し合ったらどうだろう」

「解決法はひとつしかないわ」デイジーは険しい表情で言った。「あなたが父に言ってくればいいの。いかなる状況にあっても、わたしとは絶対に結婚しないと。どうか約束して。そしたらわたし、あなたと友好的におつきあいするから」

スウィフトが道で立ち止まったので、デイジーも立ち止まらざるをえなくなった。後ろを振り返って彼の顔を見つめ、期待をこめて両眉を上げた。さきほど彼が言ったことから考えれば、実行するのが難しい約束ではないはずだ。しかし彼は不可解なまなざしで、長いこと彼女を見つめている。手はまだポケットにつっこんだままだったが、体をこわばらせてじっと動かずにいる。まるで何かに聞き耳を立てているかのようだった。

彼はじろじろと吟味するように、彼女の全身に視線を走らせた。彼の目には奇妙な輝きがあり、デイジーの背筋にぞくっと戦慄が走った。彼は飛びかかるチャンスを狙っている虎のような目でわたしを見ている。彼女は見つめ返し、彼がいったいその賢い頭で何を考えているのか必死にさぐろうとした。かすかに面白がっているような、こちらを戸惑わせようとしているかのような餓えた表情の意味を解読しようとした。でも、いったい何に餓えているの？　わたしを欲しがっているわけじゃないことはたしかだけど。

「いや」彼は、自分自身に言い聞かせるように静かに言った。

デイジーは困り果てて頭を左右に振った。唇が乾いていて、しゃべり出す前に、舐めて湿らせなければならなかった。その舌の小さな動きを彼の目が追ったので、彼女はどきどきした。「それは、『いや、ぼくはきみとは結婚するつもりはない』っていう『いや』なの？」

「それは」と彼は答えた。「『いや、きみとは結婚しないと約束するつもりはない』という『いや』だ」

そう言うと、スウィフトは彼女を追い越して、屋敷のほうに足早に歩いて行ってしまった。しかたなく彼女はよろよろと彼のあとをついていった。

「あいつはあなたをいたぶろうとしているのよ」その日遅く、デイジーがことの顚末を語ると、リリアンは憤慨して言った。ふたりは、親友のアナベル・ハントと、レディー・セントヴィンセントとなったエヴィーとともに、屋敷の二階の家族用の居間にいた。彼女たちは二年前に出会った。当時四人は、それぞれ異なる理由で壁の花に甘んじており、結婚相手とめぐり合うことができずにいた。

女は移り気でおつむも軽いので、男たちのような固い友情を育むことはできないというのがヴィクトリア時代の一般的な考え方だった。忠誠心を貫けるのは男性のみであり、男性だけが真に誠実で崇高な友情を築けるとされていた。

デイジーはそんな考え方はくだらないと思っていた。彼女と他の壁の花たち……というか、元壁の花たちは、深い愛情に満ちた信頼関係をつくりあげていた。彼女たちのあいだには競争心や嫉妬心の片鱗すらもなく、互いに助け合い、励ましあっていた。デイジーは、姉のリリアンを愛するのと同じくらいアナベルやエヴィーを愛していた。彼女は自分たちの老後の姿を簡単に思い描くことができた。お茶とビスケットをいただきながら、孫たちの話をしたり、白髪頭のおばあさんになって辛辣なコメントを述べながらいっしょに旅行をしたり……。

「ミスター・スウィフトがこのことを少しも知らなかったなんて、絶対に信じられないわ」リリアンはつづけた。「彼はお父様と組んで嘘をついているのよ。もちろん、会社を継ぎたがっているに決まってるじゃない」

リリアンとエヴィーは窓際の錦織の布を張った椅子に腰掛けており、デイジーとアナベルはスカートをまわりにふわりと重ねて、床の上に座っていた。黒い巻き毛のぽっちゃりした赤ん坊が、ふたりのあいだをはいはいで行ったり来たりしていて、ときどき、絨毯の上に何かを見つけて小さな指で摘み上げ、しかめ面でじっくりながめたりしていた。その赤ちゃんは、一〇カ月ほど前にアナベルとサイモン・ハント夫妻の子どもとして生まれた。彼女の父親を含めて、この家のあらゆる人々からこれほど溺愛されている赤ん坊はいないだろう。

意外なことに、精悍で男らしいミスター・ハントは最初に生まれたのが女の子であってもまったくがっかりしなかった。彼は赤ん坊をとてもかわいがっており、人前で抱くのをまったく恥ずかしがりもせず、ふつうの父親ならめったに出さないやさしい声で話しかけている。ハントはアナベルにもっともっと娘を産むように言いつけ、たくさんの女性から愛されることが昔からの夢だったんだとふざけ半分に語るのだった。

予想どおりというか、イザベルは並外れて美しい赤ちゃんだった。まあ、アナベルから生まれる子どもが平凡な容姿というのは、どう考えてもありえないことではあるが。

もぞもぞ身をよじっているぷっくりとしたイザベルを抱き上げて、デイジーは赤ちゃんのすべすべした首に鼻をこすりつけてから、また絨毯に下ろした。「あなたにも彼の話しっぷりを聞かせたかったわ」デイジーは言った。「あの傲慢さは信じられないほどよ。スウィフトったら、わたしがまだ結婚できないのはすべてわたしのせいだと決めつけるの。理想が高すぎるに違いないと言うのよ。しかも、わたしの本代にどれくらいお金がかかっているか知っているのかとお説教まではじめて。わたしの贅沢な暮らしのためにだれかがお金を払わなければならないのだ、なんて言うの」

「よくもそんなことを」リリアンは叫んだ。彼女は怒りを爆発させて顔を真っ赤にした。

デイジーはすぐに、姉に話したことを後悔した。主治医から、臨月に近づいているのだからリリアンを興奮させないようにと言われていたのだった。彼女は昨年にも妊娠したが、早期に流産していた。その喪失を乗り越えるのはリリアンにとって容易ではなかったし、もともと丈夫なたちだったので、流産してしまったことは驚きだった。

医師から流産は彼女のせいではないと慰められても、リリアンはその後数週間は憂鬱な気分に陥った。けれどもウェストクリフが変わることなく思いやりを示してくれ、愛する友人たちにも支えられ、リリアンは徐々にいつもの威勢のいい彼女に戻っていった。

ふたたび妊娠したリリアンは、以前のようには無頓着でいられず、また流れてしまうのではないかと心配でたまらなかった。運悪く、彼女はつわりがひどいたちで、部屋にこもっているあいだ、吐き気や嘔吐に悩まされ、しばしば不機嫌になって、妊娠のせいで身動きがとれないことにいらだった。

「こんなこと我慢できないわ」リリアンは叫んだ。「あなたをマシュー・スウィフトと結婚させたりしないし、もしお父様があなたをイギリスから連れ去ってしまおうとするなら、絶対に許さないから！」

まだ床の上に座っていたデイジーは、姉のひざに手を伸ばし、なだめるようにそっと手を置いた。彼女はリリアンの取り乱した顔を見つめながら、安心させるように無理やり笑顔をつくった。

「すべてうまくいくわ」彼女は言った。「きっと何かうまい方策を考え出せるわ。そうしなくちゃならないの」姉妹は長い年月強すぎるほどの絆で結ばれてきた。両親の愛には恵まれていなかったため、覚えているかぎりではリリアンとデイジーを心から愛する人はお互いしかいなかった。

四人の中でもっとも口数の少ないエヴィーは、神経質になったり、強い感情に揺さぶられたりすると、少し言葉がつかえる癖があった。二年前に四人が知り合ったときには、エヴィーの吃音はひどく、会話するのに骨が折れるほどだった。しかし、彼女を虐待していた親戚の下を離れ、セントヴィンセント卿と結婚してからは、エヴィーは以前よりもずっと自信を持てるようになっていた。

「ミ、ミスター・スウィフトは本当に、他人が決めた相手と結婚することに同意するつもりかしら?」エヴィーはほつれて額にかかっていた輝く赤い巻き毛を後ろになでつけながら言った。「もし、彼が言ったことが真実なら——つまり、彼の経済状況はすでにあ、安定しているのだったら、デイジーと結婚する理由はないわ」

「お金の問題だけじゃないのよ」とリリアンは答えて、体をよじってもう少し座り心地のよい姿勢をとった。両手をぽっこりしたお腹に当てている。「お父様はスウィフトを息子のように思っているの。なにしろ、うちの兄たちはそろいもそろってお父様の期待に応えられない人たちだから」

「お父様の期待って?」アナベルは不思議そうに尋ねた。彼女は寝そべって赤ん坊の小さなもぞもぞ動く足先にキスをした。すると赤ん坊はきゃっきゃっと笑い声を立てた。

「会社に身を捧げることよ」リリアンは言った。「効率主義で、冷酷で無情な人間になること。人生においてどんなことよりもビジネスを優先する人間に。父とミスター・スウィフトには、ビジネスという共通の話題がある。兄のランソムも会社での地位を築こうとしてきたのだけど、父はいつもミスター・スウィフトと兄を競わせてしまうのよ」

「そして常にミスター・スウィフトが勝つ」とデイジー。「かわいそうなランソム」

「他のふたりの兄は、試みようともしないわ」リリアンが言った。

「でも、ミスター・スウィフトの本当の、お、お父様は?」エヴィーがきいた。「自分の息子がだれかの息子代わりにされたら面白くないのでは?」

「うーん、そこがいつも奇妙なところなのよね」デイジーは答えた。「ミスター・スウィフトは有名なニューイングランドのスウィフト家の出身なのよ。彼らはプリマスに入植して、そのうちの何人かは一八世紀前半までにボストンに住み着いたの。スウィフト一族といえば、その傑出した家柄で有名だけど、いまでも裕福なのはごく一部らしいわ。父がよく言うように、一代で富を築けば、次の代がそれを浪費し、孫の代に残るのは家名だけ、というわけ。もちろん、オールドボストンの一家の場合には、三代ではなく一〇代ほどかかるのだけれどね。彼らは何をやってものろいから――」

「あなた、話がそれているわよ」リリアンがさえぎった。「話を元に戻しましょう」

「ごめんなさい」デイジーはにっと笑ってからつづきを話した。「それで、わたしたちは、ミスター・スウィフトは親類と仲たがいしているんじゃないかと思っているの。だって彼は親類の話をめったにしないから。それにマサチューセッツに行くこともほとんどないし。だからミスター・スウィフトのお父さんが、息子が別の家族の一員になろうとしていることに反対したとしても、わたしたちにはそれはわからないのよ」

四人は黙りこんで、状況についてじっくり考えた。

「わたしたち、デイジーにお相手を見つけましょう」エヴィーが言った。「貴族以外でもよいということになったのだから、前よりずっとやりやすくなるでしょう。たまたま爵位はも、持っていなくても、家柄が良くて花婿候補にできる紳士なら、た、たくさんいるわ」

「ミスター・ハントには独身の知り合いが多いから」アナベルは言った。「何人でも紹介できるわ」

「どうもありがとう」デイジーは言った。「でも、わたしは職業人との結婚は気が進まないの。繊細な感情を持たない実業家と結婚しても幸せにはなれないわ」一瞬間を置いてから、彼女は申しわけなさそうにつけ足した。「もちろん、ミスター・ハントのことを言っているんじゃないのよ」

アナベルは笑った。「わたしは、職業人がすべて感情に欠ける実業家タイプだとは思わないけど。ミスター・ハントはとても傷つきやすいし、ときには感情的にもなるわ」

ほかの三人は彼女を信じられないわといった目で見つめた。アナベルの大柄で豪快な風貌の夫と、傷つきやすい人というイメージはどうしても結びつかないのだった。ミスター・ハントは頭が良くて魅力的だったが、象がちっぽけな虫の羽音に無頓着なように、感情的なものには鈍感に思われた。

「まあ、あなたが言うなら、そういうことにしておきましょう」リリアンは言った。「話を戻すと――エヴィー、デイジーの相手にちょうどよい紳士がいないか、セントヴィンセント卿にきいてみてくれる？　これで適切な紳士の定義が広がったわけだから、ふさわしい人を見つけられるはずだわ。彼なら、そこそこお金を持っているイギリスの全男性についての情報を握っているでしょうからね」

「きいてみるわ」エヴィーはきっぱり言った。「花婿候補として恥ずかしくない人を何人か、きっと見つけられると思うわ」

エヴィーの亡くなった父親がずいぶん昔に築き上げた会員制の賭博クラブ、ジェナーズの現オーナーであるセントヴィンセント卿は、またたくまにそのクラブの名声を高め、かつては見られなかった繁栄をクラブにもたらしていた。セントヴィンセントの経営方針は厳格で、会員ひとりひとりの個人生活や経済状態などを綿密に記録していた。

「ありがとう」とデイジーは心から礼を言った。彼女はクラブのことに思いを馳せた。「ねえ……セントヴィンセントはミスター・ローハンの謎めいた過去について、もっと手がかりをつかんだのかしら。もしかすると、長いこと行方不明だったアイルランドの貴族かなにかだったりして」

突然粉雪に見舞われたかのように、部屋は沈黙に包まれた。デイジーは、姉や友人たちが意味ありげに視線を交し合っているのに気づいた。彼女は急にみんなに腹が立ってきた。とりわけ自分に腹が立った。賭博クラブの経営を手伝っている人の名前を持ち出すなんて、わたしはどうかしている。

ローハンは半分ロマ（ヨーロッパ各地を放浪する民族で、かつてはジプシーと呼ばれることも多かった）の血が入った若者で、黒い髪に明るいハシバミ色の目をしていた。会ったのは一度きりだが、そのとき彼女はローハンにキスを許したのだった。事実をつまびらかにしたいなら、三回のキス。そしてそれは、彼女の全人生の中で、もっともエロティックな経験だった。というか、エロティックな経験はそれだけと言ったほうがいいだろう。

ローハンは、妹にキスするようにではなく、一人前の女性として彼女にキスをした。甘く肉感的なキスで、そのときデイジーは、こんなふうにキスは禁じられた行為へと発展していくんだわと学んだのだった。彼女は彼の顔をひっぱたくべきだった。だが、そうする代わりに、彼女は夢の中で、あのときのキスをもう何万回も思い出していた。

「違うと思うわ、デイジー」エヴィーがとても穏やかに答えると、デイジーは不自然なほど明るく笑った。あら、冗談だったのよ、といわんばかりに。

「ええ、もちろん違うに決まってる！　でも、あなたも知っているとおり、わたしって想像力豊かでしょう……その想像力が、どんなささやかな謎にも首をつっこもうとするのよ」

「わたしたち、大事なことに集中しなきゃだめなのよ、デイジー」リリアンが厳しく言った。「空想や物語の話はだめ……それから、ローハンのことも、もう考えないこと。気を散らされるだけだわ」

デイジーは最初、リリアンが姉としてえらぶった態度をとりはじめるときにいつもするように、きつい言葉で言い返してやろうと思った。しかし、自分と同じジンジャーブレッド色の姉の瞳を見つめているうちに、その目にパニックの光がちらついているのに気がつき、姉を守ってやりたいという気持ちがこみあげてきた。

「そうね」とデイジーは無理に笑顔をつくりながら言った。「心配しなくても大丈夫。あなたといっしょにイギリスで暮らせるように、どんなことでもするつもりだから。愛してない人とだって結婚するわ」

ふたたび沈黙が訪れ、しばらくしてからエヴィーがそれを破った。「あなたが愛せる人をさがしましょうよ、デイジー。そして時間が経つうちに、互いへの愛情が育っていくことを願いましょう」彼女はふっくらした唇を少しねじ曲げて、皮肉な微笑を浮かべた。「ときどきそういうことが起こるものなのよ」

3

「あなたがお父様と交わした取引……」

　デイジーと別れたあとも、彼女の声がマシューの心にいつまでも響いていた。トーマス・ボウマンに会ったらすぐに、機会をとらえてふたりきりになり、いったいどういうことになっているのか問いただすつもりだった。しかし、現在は、客がどんどん到着して、てんやわんやの状態なので、夜まで待たねばならないだろう。

　ボウマンは本気で、デイジーを自分と結婚させようと考えているのだろうか。なんてことだ。マシューは何年ものあいだ、デイジー・ボウマンに関する夢にひたってきた。しかし、彼女と結婚することだけはその夢の中に含まれていなかった。それは可能性の外にあることだったので、考慮する価値すらなかった。だから、マシューは彼女にキスをしたこともなかったし、彼女とダンスをしたことも、いっしょに散歩したことさえなかった。そんなことをしたら惨めな結果が待っているだけとわかっていたからだ。

　過去の秘密が、彼の現在の生活に暗い影を投げかけ、将来を脅かしていた。マシューは、偽名を語り、身分を偽っており、それがいまこの瞬間にもばれる可能性があることを十分承知していた。だれかが、既知の事実から結論を導き出しさえすれば、すべてが明るみに出る……そう、彼が本当はだれで、どんな人間なのかに気づく人がいれば。デイジーは正直で隠し事などないきちんとした男と結婚すべきだ。嘘の上に人生を築き上げてきた男とではなく。

　しかしだからといって、彼女を欲する気持ちを抑えることはできなかった。彼はずっとデイジーを求めてきた。毛穴からその気持ちが噴き出すのではと思われるほど強く彼女を求めてきた。彼女はやさしくて親切で、創意豊かだった。過剰なほど分別があると同時に、ばかばかしいほどロマンチストで、そのこげ茶色の輝く瞳には夢がいっぱい詰まっていた。彼女はときどき、考えごとに熱中しすぎて手元がおろそかになり、不器用な失敗をしてしまう。読書に没頭していて、夕食に遅れてくることも多かった。しょっちゅう指ぬき《シンブル》やスリッパや鉛筆をなくした。そして星をながめるのが好きだった。ある晩、デイジーがバルコニーの手すりにもたれて、その生き生きとした横顔を上に向け、じっと星をながめていた姿はけっして忘れることができない。マシューは彼女のもとに歩み寄って、気を失わせるほど激しいキスを浴びせたいと、身を焼き尽くすほど激しい欲望にかられた。

　マシューは、不謹慎なほど頻繁に、彼女とベッドを共にすることを想像していた。もしそんなことが起こりえるなら、うんとやさしくして……彼女を崇めるだろう。彼女を喜ばせるためならどんなことでもするつもりだった。彼女の髪に触れてみたかった。やわらかな腰骨の丸みを手のひらで感じ、滑らかな肩にくちづけしたくてたまらなかった。ああ、腕に彼女の重みを感じながら眠ることができたら。すべてが欲しかった。そして、さらにそれ以上を求めていた。

だれも自分のこの思いに気づかないのが不思議でたまらなかった。デイジーが彼のほうを見るたびに、気づいてもいいはずだったのだ。マシューにとって運のいいことに、彼女はまったく気づかなかった。彼女はいつも彼のことを、父親の会社の歯車のひとつとしか見ていなかった。マシューにはそれがかえってありがたかった。

しかし、何かが変わってしまった。昼間、デイジーが自分を見つめたようすを彼は思い返した。彼女はびっくりして、信じられないといった顔をしていた。ぼくの容姿は昔とそんなにも変わったのだろうか?

マシューはぼんやりとポケットに深く手をつっこんで、ストーニー・クロスの屋敷内をぶらぶらと歩いていた。彼は自分の容姿についてほとんど考えたことがなかった。見苦しくないように散髪して、顔をきれいに洗ってあればそれでいいと思っていた。厳格なニューイングランドで育ったので、虚栄心はかけらほども持っていなかった。ボストンの人々はうぬぼれを嫌悪し、真新しさや流行はできるかぎり避けるようにしていた。

しかし、この二年ばかり、トーマス・ボウマンは、自分の行きつけのパーク・アベニューの仕立屋に行けとマシューをせっつき、床屋ではなく美容院で散髪し、ときどきは美爪術を施してもらうようにとしつこく諭した。きみほどの地位の紳士になれば、そうするべきなのだと説得した。ボウマンはさらに、料理人と家政婦を雇えと言い張った。そのおかげで、彼は最近まともな食事をとるようになっていた。さらに青年の面影が消えてきたことで、新たに成熟した男の魅力が備わった。デイジーは自分に魅力を感じたのだろうか、と彼は考えた。しかし、すぐにそんなことを気にする自分を呪った。

だが、今日、彼女が自分を見つめていたようすからすると……彼女はまるで初めて彼に会って、彼のことを心に留めたかのようだった……。

彼が五番街のボウマン家の屋敷を尋ねたときには、一度たりともそのような目で彼女が彼を見たことはなかった。彼の心は、初めてデイジーに会ったときに戻っていった。あれは家族だけの夕食の席だった。

贅沢なダイニングルームには、クリスタルのシャンデリアから明るい光が降り注ぎ、壁は厚い金箔を張った壁紙で覆われ、回り縁も金色に塗られていた。ひとつの壁の全面には、彼がいままで見たこともないような巨大な四枚の姿見が並べてかけられていた。

息子のうちふたりがテーブルについており、どちらも図体の大きな若者で、体重は軽くマシューの二倍はありそうだった。マーセデスとトーマスはテーブルの両端の席についていた。ふたりの娘、リリアンとデイジーは片側に座り、椅子を寄せ合って、こそこそと皿の上の料理をつっついていた。

トーマス・ボウマンはふたりの娘には手厳しかった。無視するか、辛辣に批判するかのどちらかだった。姉娘のリリアンは、生意気にも不機嫌な顔で言い返した。

しかし、当時一五歳だったデイジーは、陽気に夢見がちな目で父親を見るので、ボウマンをいらいらさせているようだった。彼女を見ていると、マシューはほほえみたくなった。輝くばかりの肌、エキゾチックなシナモン色の目、そして、くるくる変わる表情。デイジー・ボウマンは神秘的な生き物たちが住む魔法の森からやってきたように見えた。

デイジーが会話に加わると、どんなときでも話題が予期せぬ魅力的な方向へとそれてしまうのだということに、マシューはすぐに気がついた。トーマスがみんなの前で、最新のいたずらのことでデイジーをしかりはじめると、彼は密かにそのやりとりを楽しんだ。どうやらボウマン家はこのごろネズミに悩まされているらしかった。ところがなぜか、どの罠にもネズミがかからないのだった。

召使のひとりの報告によると、デイジーが夜な夜な家中をこっそりまわって、ネズミが殺されないように、わざと罠のばねを戻してしまうのだという。

「それは本当なのか、デイジー?」トーマスはどら声で尋ねると、怒りに満ちた目でデイジーをにらみつけた。

「そうかもしれないけど」と彼女は答えた。「ほかにも説明があるんじゃないかしら」

「それはどういうことだ?」ボウマンは気難しく問い詰めた。

彼女は嬉しそうに明るい声で答えた。「うちのネズミたちはニューヨークで一番賢いんだと思うわ!」

その瞬間から、マシューはどんなことがあってもボウマン家への招待を断わることはなくなった。それはボウマンを喜ばすためでもあったが、招かれればデイジーに会うチャンスができるからだった。彼はできるかぎり機会をとらえて、彼女を盗み見した。それ以上のことを望めないことはわかっていた。そして、彼女がどんなに冷たく儀礼的に接しても、彼女のそばですごせる時間は、彼の人生で唯一幸せに近いものを感じられる瞬間だった。

彼は悩みごとを顔に出さないように努めながら、屋敷の奥へと歩いて行った。いままで外国を旅したことはなかったが、ここには思い描いていたとおりのイギリスの風景があった。きれいに刈りこまれた庭園と背後に広がる緑の丘、そして壮大な領地の裾野にはのどかな村があった。

屋敷も家具も古く、感じよく角が取れていたが、あちこちに、美術史の本に載っているような非常に高価な花瓶だとか彫刻や絵画が飾られていた。冬場は少し風通しがよすぎるかもしれない。しかし、暖炉や厚い絨毯やベルベットのカーテンなどで守られているので、ここの生活がつらいと苦情を言う者はまずいないだろう。

トーマス・ボウマンが——というよりは彼の秘書がだが——石鹸会社のイギリス支社設立を監督する役目をして欲しいという手紙を寄越したとき、マシューは最初、断わろうと思った。そのようなチャレンジや責任を喜んでもいいはずだった。だが、デイジーの近くに、とにかく同じ国に行くことは、マシューにとって耐え難いことだった。彼女の存在は彼を矢のように射ぬき、満たされない欲求に絶えず苦しめられることになるからだった。

マシューの注意を引いたのは、ボウマン親子のようすについて、秘書が手紙の最後に書き添えた数行の文章だった。

秘書はこう書いてきた。「わたしが見るところでは、妹のミス・ボウマンは結婚相手にふさわしい紳士を見つけられないようです。そこでミスター・ボウマンは、彼女が春の終りまでに婚約できなければ、ニューヨークに連れ戻すことに決められました」

これでマシューはジレンマに陥ってしまった。デイジーがニューヨークに戻ってくるなら、絶対にイギリスに行くべきだ。ブリストルの仕事を引き受け、デイジーが夫を見つけられるかどうかが明らかになるまで待って、危険を回避するほうが利口だ。もし彼女がイギリス人の夫を見つけられたら、自分の代わりを探して、ニューヨークに戻ればいい。

ふたりのあいだに大海が横たわっているかぎり、問題は起こらない。

玄関広間を横切って行くときに、マシューはウェストクリフ伯爵の姿を見かけた。伯爵は背の高い黒髪の男といっしょだった。優雅な服装をしているがどことなく海賊を思わせる風貌だった。マシューは、きっとウェストクリフの事業のパートナーで、親友と言われているサイモン・ハントだろうと思った。ハントはビジネスで非常な成功を収め、巨万の富を築いたと言われているが、肉屋の息子に生まれ、貴族の血は一滴も流れていないということだった。

「ミスター・スウィフト」大階段の下で出会うと、ウェストクリフが気軽に声をかけてきた。「散歩から早く戻ったようだね。景色はお気に召したかな？」

「素晴らしい景色でした」マシューは答えた。「お屋敷のまわりを散策するのが楽しみです。早く戻ったのは、たまたま途中でミス・ボウマンに会ったからなのです」

「ああ」ウェストクリフは平然とした表情をしている。「ミス・ボウマンはきっと驚いたことだろう」

しかも嬉しい驚きではなかった、と彼は言外ににおわせている。マシューはまばたきをせずに伯爵の視線を見つめ返した。彼が身につけているとても役に立つ能力のひとつは、人の表情や姿勢の微妙な変化を読み取り、相手が何を考えているかを察することだった。しかし、ウェストクリフは並外れて自制心の強い男だ。マシューはその点を高く評価した。

「ミス・ボウマンにとって、最近遭遇したたくさんの驚きの中のひとつであったと言ってさしつかえないと思います」とマシューは答えた。それは、ウェストクリフが、デイジーと自分との結婚話について何か知っているかどうかさぐるための餌だった。

伯爵はそれに対し、ごくわずかに眉を上げただけだった。まるで非常に興味深いとは思っているが、わざわざ返答をするにはおよぶまいと考えているかのようだった。くそっ、とマシューは思いながら、伯爵にもう一点加算した。

ウェストクリフは横に立っていた黒髪の男のほうを向いた。「ハント、マシュー・スウィフトを紹介しよう。先ほど話したアメリカ人だ。スウィフト、こちらはミスター・サイモン・ハントだ」

彼らは固く握手を交わした。ハントはマシューよりも五歳から一〇歳ほど年上に見えた。殴り合いになったら、非常に手ごわい相手になりそうだ。大胆で自信に満ちており、てらいや上流階級気取りを辛辣に酷評するのが好きだという評判だった。

「機関車製造の分野において、あなたのコンソリデーテッド・ロコモティブ・ワークス社が成功をおさめられていることは聞いています」マシューはハントに言った。「イギリス職人の技術とアメリカの製造法を合体させたあなたの経営手腕には、ニューヨークでも多大な関心が持たれています」

ハントは冷笑を浮かべた。「すべてを自分の手柄にしたいところだが、謙虚な性格なもので、ウェストクリフの貢献も大きいことを白状しなければならない。彼と彼の義弟はぼくのビジネスパートナーなんだ」

「その組み合わせならば、見事な成功も当然ですね」マシューは答えた。

ハントはウェストクリフのほうを振り返った。「彼にはおだての才能があるぞ。彼を雇ったらどうだろう？」

ウェストクリフの口元がおかしそうにぴくっと動いた。「いや、わたしの義父が離さないだろう。ミスター・スウィフトの才能は、工場を建設して、ブリストル支社を立ち上げるのに必要とされているのだから」

マシューは会話を違う方向に向けることにした。「最近、議会でイギリスの鉄道産業を国営化する動きがあると新聞で読みました」彼はウェストクリフに言った。「それについてご意見をうかがいたいものです」

「おいおい、彼にその話をはじめさせるなよ」とハントは言った。

その話題を聞いて、ウェストクリフの眉間にしわが寄った。「産業が国によって牛耳られることは、市民がまったく求めていないことだ。政治家からのさらなる干渉は余計なお節介としか言いようがない。国が鉄道を管理しはじめたら、彼らがやっているほかのことと同様に、非効率この上ない結果になるだろう。国営化によって、産業の競争力が押さえつけられ、税金が上がり、言うまでもなく――」

「言うまでもなく」ハントがちゃかすように口をはさんだ。「ウェストクリフとぼくは、将来の儲けを政府に持っていかれるのが我慢ならないんだ」

ウェストクリフはハントをいかめしい顔でにらみつけた。「わたしは公益について話しているつもりなのだが」

「それは都合がいい」ハントは言った。「この場合、公益ときみの利益がぴったり一致するというわけだ」

マシューは唇をかんで笑いを抑えた。

ウェストクリフはぎろりと目を回して、マシューに言った。「ご覧のとおり、ミスター・ハントはあらゆる機会をとらえてわたしをからかうのだよ」

「からかう相手はきみだけじゃない」ハントは言った。「ただきみがたまたま、一番標的になりやすいというだけの話さ」

ウェストクリフはマシューのほうを向いていった。「ハントとわたしは裏のテラスに葉巻を吸いにいくところだが、きみもいっしょにどうかね？」

マシューは首を左右に振った。「ぼくは煙草を吸いませんので」

「わたしもだ」ウェストクリフは悲しげに言った。「ときおり葉巻を楽しむことをこれまでずっと習慣にしてきたのだがね。残念なことに、煙草のにおいは、身重の伯爵夫人に歓迎されないのだ」

マシューが、その伯爵夫人とはリリアンであることを思い出すまで、少々時間がかかった。あの高慢ちきで、怒りっぽく、こっけいなリリアンがいまやレディー・ウェストクリフだとは、なんと奇妙なことか。

「ハントが葉巻を吸っているあいだ、きみとわたしは話をしようじゃないか」ウェストクリフはマシューに言った。「来たまえ」

その招待は、どうやら断わることは許されないたぐいのものであるようだったが、マシューは一応試みてみた。「ありがとうございます、伯爵。しかし、話をしたい人がいますので、ぼくは――」

「その相手とはミスター・ボウマンなのだろう？」

くそっ、とマシューは思った。彼は知っているのだ。その言葉がなくても、ウェストクリフが自分を見る目つきからも明らかだった。ウェストクリフは、ボウマンが娘を自分と結婚させようとしていることを知っている……そして、当然のことだが、ウェストクリフはそれについてひとこと意見を言いたいようだ。

「その前に、わたしと話し合おう」伯爵はつづけた。

マシューは用心深くサイモン・ハントをちらりと見た。すると彼は穏やかなまなざしを返した。「ミスター・ハントは」マシューは言った。「他人の個人的な問題に退屈なさると思いますし——」

「そんなことはまったくない」ハントは陽気に言った。「ぼくは他人の問題について聞くのが大好きなんだ。とりわけそれが個人的な問題となるとね」

三人は、手入れのゆきとどいた庭園を見下ろす裏のテラスに行った。庭園は砂利道ときれいに刈りこまれた生垣によって区切られており、遠くに青々とした古い洋梨の木々が植わっている果樹園が見えた。庭園をわたってきたそよ風はたっぷりと花の香りを含んでいた。木々の葉を風が揺らす音が、近くを勢いよく流れる川の音にかぶさった。

屋外に置かれたテーブルの席につき、マシューはゆったりと椅子の背にもたれて座っているふうを装おうとした。彼とウェストクリフは、ハントがポケットナイフで葉巻の端を切るようすをながめた。マシューは無言で、ウェストクリフが話しはじめるのを辛抱強く待った。

「どのくらい前に知ったのだ?」ウェストクリフは単刀直入に尋ねた。「きみとデイジーを結婚させるというボウマンの計画を」

マシューはためらうことなく答えた。「約一時間一五分前です」

「では、きみから持ちかけた話ではないと?」

「ぼくはまったく知りませんでした」

椅子の背にもたれて、伯爵はひきしまったみぞおちのあたりで手を組み合わせ、細めた目でマシューを観察した。「そのような取り決めによってきみは多大な恩恵を受ける」

「伯爵」マシューは淡々と言った。「もしぼくにたったひとつ才能があるとしたら、それは金を儲けることです。だから、結婚で得をする必要はないのです」

「それを聞いて安心した」伯爵は言った。「もうひとつききたいことがあるのだが、その前に、わたしの立場を明確にしておこう。わたしは義妹をとてもかわいがっているし、彼女はわたしの保護下にあると考えている。ボウマン家のことをよく知っているきみだからわかると思うが、伯爵夫人と妹のあいだには強い絆がある。もしデイジーが不幸になるようなことがあれば、わたしの妻もその結果苦しむことになる……そしてわたしはそういうことが起こるのを許さない」

「わかりました」マシューは簡潔に答えた。すでに何としてでもデイジーとの結婚は避けようと決心しているというのに、デイジーに近づくなと警告されるとは、なんとも皮肉な話だった。マシューは、ウェストクリフにくたばりやがれと悪態をつきたい衝動にかられた。しかし、彼は口を閉じたまま、落ち着き払った表情を保った。

「デイジーはとてもユニークな精神の持ち主だ」ウェストクリフは言った。「温かい人柄で、ロマンチストだ。もしも愛のない結婚を強いられたら、彼女は打ちのめされるだろう。デイジーは、彼女のすべてを大切に思い、厳しい現実から彼女を守ってくれるような男性と結婚すべきだ。彼女が夢見ることを許すような夫がふさわしい」

ウェストクリフからこのような情愛に満ちた言葉が聞けるとは意外だった。彼は冷静な現実主義者として一般に知られていた。「ご質問とは何ですか？」マシューはきいた。

「義妹とは結婚しないとわたしに約束してくれるかな？」

マシューは伯爵の冷たい黒い瞳を見返した。人からノーと言われた経験がほとんどないウェストクリフのような男に逆らうのは利口ではない。しかしマシューは、何年もトーマス・ボウマンの怒声やおどしに耐えてきたし、ほかの人々がボウマンの怒りに恐れをなして逃げ出すところを、彼にまっこうから立ち向かってきた。

ボウマンは冷酷で辛辣な暴君だったが、彼は自分と対等にやりあおうとする男を高く評価していた。そこで、ほどなく、だれもが社長に告げるのを尻ごみするような悪い知らせや厳しい現実を彼に報告する役目は、マシューにまわってくるようになった。

それはマシューにとってよい訓練になった。だから、ウェストクリフが彼を威圧しようとしても、平気でいられたのだ。

「残念ながら、できません」マシューは丁寧に言った。

サイモン・ハントは葉巻を取り落とした。

「約束できないと？」ウェストクリフは信じられんといった顔でき返した。

「はい」マシューはすっと上体を屈めて落ちた葉巻を拾い、ハントにわたした。ハントは警告の光を帯びた目つきでマシューを見つめていた。断崖から飛び降りるようなまねはよせと無言で注意しているかのように。

「なぜだ？」ウェストクリフは強い語調で尋ねた。「ボウマンの会社での地位が危うくなると困るからかね？」

「いいえ、いま、社長はぼくを失うわけにはいかないのです」傲慢に聞こえないように、彼は軽くほほえんだ。「ぼくはボウマン社のだれよりも、製造や経営や販売に精通しているからです……それに、ぼくは社長から信頼されています。だから、ミス・ボウマンとの結婚を断わっても、解雇されることはありません」

「では、すべてを丸くおさめることは、きみにとって非常に簡単だろう」伯爵は言った。「どうか約束してくれ、スウィフト。いまここで」

もっと器量の小さい人間だったら、ウェストクリフに命令口調で言われたら縮み上がったことだろう。「考えてもいいですが」マシューは冷静に言い返した。「あなたがそれに対して適切な見返りを下さるというなら。たとえば、ぼくを支社長とし、その地位を少なくとも……三年間保証してくださるなら」

ウェストクリフは唖然とした顔で彼を見つめた。

ハントが大声で笑い出したので、緊張した沈黙が破られた。「いやはや、肝っ玉の座った男だ」彼は叫んだ。「おい、ウェストクリフ、ぼくは彼をコンソリデーテッド社に雇い入れるぞ」

「ぼくは安くないですよ」マシューが言ったので、ハントはさらに激しく笑い出し、また葉巻を取り落としそうになった。

ウェストクリフでさえも、不承不承ながら、にやりとした。「まいったな」と彼はつぶやいた。「そう簡単に支社長を決めるわけにはいかない――いろいろなことにかかわる問題だからな。それに、その地位にきみがふさわしい人間かどうかもまだわかっていないのだ」

「では、この話は行き詰まってしまったということですね」マシューは朗らかな表情を浮かべて言った。「とりあえず、いまのところは」

年長のふたりは視線を交わし、この件についてはマシューのいないところで話し合おうと無言のうちに了解しあった。それを見て、マシューは強い好奇心にかられたが、心の中で肩をすくめた。とりあえず、自分にできることはここまでだ。少なくとも自分は脅しには屈しないというところを見せることができたし、選択肢を広げたままにしておいた。

それに……ボウマンからひとことも話を聞いていないうちに、約束することなどできるはずもない。

4

「明らかに、デイジーはきょうだいの中で一番のできそこないだ」その夜、トーマス・ボウマンは自室の接客用の一角を行ったり来たりしながらマシューに言った。夕食後、ほかの客たちは階下に集まっていたが、彼らはそこで話し合うことにしたのだった。「体も小さく、軽薄だ。あの子が生まれたとき、『しっかりとした実用的な名前をつけなさい』と妻に言ったのだ。ジェーンとか、コンスタンスとか、そんなたぐいの。しかしマーセデスは、マルグリートなんてふざけた名前をつけおった……フランス語だぞ、まったく！……母方の伯母にちなんだ名だそうだ。ところがリリアンが四歳のとき、さらに悪いことになった。マルグリートはフランス語でつまらん地味な花を意味する言葉だと学んだのだ。それ以来、リリアンは妹をデイジーと呼ぶようになり、それが定着して……」

ボウマンがとりとめもなく話しているあいだ、マシューは、デイジーは彼女にぴったりの名前だと考えていた。白い花びらの小さな花。デリケートでありながら、とてもたくましそうにも見える。威圧的な性格の人間がそろっている家族の中で、いつも頑固なまでに自分に正直に生きてきたデイジーとその花には似たところがあった。

「……言うまでもないことだが、わたしはこの取引にはよい条件をつけるつもりだ」トーマス・ボウマンはつづけた。「きみ自身が花嫁を選ぶとしたら、まったく違うタイプの女性を選ぶだろうということはわたしもよく承知している。きみはデイジーのような気まぐれでやせっぽちの娘でなく、もっと現実的な考えを持つ有能な女性を選ぶに違いない。したがって――」

「よい条件など必要ありません」マシューは静かにさえぎった。「デイジーは……いえ、ミス・ボウマンは、まったくもって――」美しくて、うっとりするほど魅力的だ。「――妻として申し分のない女性です。ミス・ボウマンのような女性と結婚すること自体が褒美と言えましょう」

「そうかね」ボウマンは納得しかねるという声で言った。「そんなふうに言ってくれるとは、じつに紳士的だな、きみは。だが、とにかくわたしは見返りとして、十分な持参金や会社の株などをきみにやりたいと思っておる。きっと満足してくれると思う。それで、結婚式のことだが――」

「ぼくは承諾するとは言っていません」マシューが口をはさんだ。

ボウマンは歩みを止めて、怪訝な顔でマシューを見た。

「まず」マシューは慎重に話し出した。「ミス・ボウマンがこの二カ月のあいだに相手を見つける可能性があります」

「きみほどの度量のある者を見つけるわけがない」ボウマンは独善的に言った。

マシューは心の中では面白がっていたが、それを顔に出さず神妙に答えた。「ありがとうございます。しかし、ミス・ボウマンはそうは思っていないのでは」

ボウマンは尊大に否定のしぐさをした。「ふん。女どもの心など、イギリスの天気に負けぬほど変わりやすいものだ。きみなら、自分を好きになるよう、あの子を言いくるめることができるだろう。花束でも贈って、ちょっとお世辞を言いさえすれば……そうだ、あの子が愛読しておるくだらん詩の本の一節でも引用してやれば、ころりと参るさ、スウィフト。きみはただ――」

「ミスター・ボウマン」マシューは突然、これはまずいことになってきたと感じて、ボウマンの言葉をさえぎった。なんてことだ、ぼくに必要なのは、社長から女の口説き方を伝授されることだけだというのか。「そのようなことは、お知恵を借りるまでもなくできると思います。だが、問題はそこではないのです」

「ではなんだ……ああ、なるほど」ボウマンは、世馴れた男の笑顔をマシューに向けた。

「理解した」

「何を理解なさったんですか?」マシューは懸念の色を浮かべて尋ねた。

「結婚したあとで、娘が自分の求めている妻になれないことがわかった場合に、わたしがどんな反応をするかを恐れているのだろう。しかし、表に出さずこっそりやるかぎり、わたしは何も言わんよ」

マシューはため息をついて、目をこすった。なんだか急に疲れを感じはじめた。ブリストルの港に船が着いたとたん、こんなことになるとは少し荷が重過ぎる気がした。「ぼくが妻以外の女性に目を向けても、あなたは見ないふりをするとおっしゃっているんですね」彼は質問というより断定するように言った。

「男というものは誘惑に弱いものだ。そう、ときにはよそ見をすることもある。それが人生というものだ」

「ぼくはそういう生き方はしません」マシューはきっぱりと言った。「ビジネスにおいても、個人的な生活においても、約束は守ります。もしも、誠実な夫になると誓ったら、その言葉を守ります。どんなことがあっても」

ボウマンのたっぷりした口髭が面白がるようにぴくりと動いた。「きみはまだ若すぎて、やましさを受け入れることができんのだろう」

「年をとれば受け入れられるようになると？」マシューは親愛の情をこめてからかうようにきいた。

「ときには非常に高くつくことになるがな。いつかきみにもわかるだろう」

「うーん、そうはなりたくないものです」マシューは椅子に体を沈めて、顔を両手に埋め、指をたっぷりした髪に通した。

だいぶ時が経ってから、ボウマンは思い切って尋ねた。「デイジーを妻に迎えることは実際、それほど耐え難いことかね？　きみもいつかはだれかと結婚しなければならんのだし、あの子にはたっぷり恩恵がついている。たとえば、うちの会社だ。わたしが死んだら、うちの会社の経営はきみにまかせよう」

「あなたはぼくらよりずっと長生きなさいますよ」マシューはつぶやいた。

ボウマンは満足そうに笑って、「わたしはきみに会社を継いでもらいたいのだ」と言い張った。彼がこの件に関してこのように率直に話したのはこれが初めてだった。「きみは三人の息子のだれよりもわたしに似ている。ほかの者よりも、きみに譲るほうがこの会社のためになる。きみには才能がある……部屋に入ってきて、その場をしきってしまう能力がある。きみは人を恐れないし、相手もそれを知っていて、そういうきみを高く買っている。わたしの娘と結婚してくれ、スウィフト。そしてわたしの工場を建ててくれ。そしてアメリカに帰って来たあかつきには、きみにニューヨークをやろう」

「まるでロードアイランドをぽんと投げてよこすようなおっしゃりようですね。ま、それほど大きくはないですけどね」

ボウマンはその皮肉を無視した。「わたしには野心がある。きみに会社を継ぐ以上のことをしてもらいたいのだ。わたしは強力なコネを持っているし、きみはそういった連中の目にも留まっている。きみの考える将来の夢の実現を助けてやろう……代価はささやかだ。デイジーと結婚して、わたしの孫を産ませてくれればいい。わたしが望むのはそれだけだ」

「それだけ」マシューはぼんやり繰り返した。

一〇年ほど前にボウマンの会社で働きはじめたときには、ボウマンが自分にとって父のような存在になるとは、マシューは思ってもみなかった。ボウマンはひどいかんしゃく持ちで、短気で遠慮がなく、はげ頭が真っ赤になると、さあ、あの悪名高い長広舌がはじまるぞとわかるほど怒りっぽかった。しかしボウマンは数字にはめっぽう強く、人を操ることにかけては抜け目がなく、計算高かった。また、気に入った人間には寛大でもあったし、約束を守り、義務を全うする男だった。

マシューは非常に多くのことをボウマンから学んだ。敵の弱点をかぎ出して、それを利用して有利に立ち回るやり方や、強気で押すべきか、あるいは退くべきかのタイミングをうまく計る方法などをたたきこまれた……また、ビジネスの世界では、無礼にならないすれすれの線で、押しの強さを発揮してもかまわないのだとも習った。ニューヨークの事業家は――上流階級の遊び半分の連中は別として――ある程度議論好きなところを見せないかぎり相手を尊敬しないのだ。

また、マシューは、いくら議論で相手をやりこめても、必ずしも相手が自分の思いどおりになるわけではないことも学んだ。それ以後彼は、外交術において、少し自分を抑えるようになった。用心深い性格のせいで、愛想よくふるまうのはなかなか容易ではなかった。しかし、仕事の成功にどうしても必要な道具として、それを必死に身につけたのだった。

トーマス・ボウマンはそういうひとつひとつのステップでつねにマシューを後押ししてくれたし、二回ほど危うい取引で助けてもらったこともあった。マシューは彼の教えに感謝していた。そして、欠点はあってもこの怒りっぽい雇い主を好きにならずにはいられなかった――というのも、ボウマンの言葉にはいくばくかの真実が含まれていたからだ。そう、彼らはとてもよく似ていたのだ。

ボウマンのような男からどうしてデイジーのような娘ができたのか、それは人生の大きな謎のひとつだった。

「これについては考える時間が必要です」マシューは言った。

「いったい何について考えるというんだ」ボウマンは不満げだ。「すでに言ったように――」彼はマシューの表情を見て途中で言葉を止めた。「わかった、わかった。即答の必要はない。またあとで話し合おう」


「ミスター・スウィフトと話をしたの?」マーカスが寝室に入ってくると、リリアンは尋ねた。彼を待って起きていようと思っていたのだが、うたた寝をしてしまい、もぞもぞとベッドの中で体を起こした。

「ああ、話した」マーカスは上着を脱ぎながら、沈んだ声で答えた。彼は仕立てのよい上着をルイ一四世の椅子の腕にかけた。

「わたしの言ったとおりだったでしょう? 嫌なやつ。憎むべき男だわ。彼が何と言ったか教えて」

マーカスは身重の妻を見つめた。長い髪を下ろし、寝ぼけまなこの彼女はとても美しく、心臓がどきんと鳴った。「あとで」と彼はベッドに半座りになってつぶやいた。「まずは、きみをしばらくながめさせてくれ」

リリアンはほほえんで、乱れた黒髪を指で梳いた。「みっともない姿だわ」

「そんなことはない」彼は声を低めて、彼女の近くに寄った。「きみのどこもかしこもが美しい」彼は両手を彼女の豊かな体の曲線にやさしく滑らせた。それは情熱をかきたてるというよりも癒すような触れ方だった。「どうして欲しい?」彼はささやいた。

彼女はほほえみつづけている。「あなたが一目わたしを見てくださるだけで、すでにあなたがたくさんのことをしてくださっているのがわかるわ」細い両腕を彼にまわし、彼の頭を自分の胸に抱いた。「ウェストクリフ」と彼女は彼の髪に向かって言った。「あなた以外の人の子どもを産む気には絶対になれないわ」

「それを聞いて安心したよ」

「すっかりまいってしまったの……気分が悪くてたまらないわ。妊娠しているのがいやだなんて言ったらばちがあたるかしら?」

「そんなことはないさ」マーカスは答えた。胸の谷間から彼のくぐもった声が聞こえた。「わたしがきみの立場だったら、やはりいやだと思うだろう」

それを聞いて彼女はにっこりした。彼を放して、彼女は枕に背中をあずけた。「ミスター・スウィフトのことが聞きたいわ。あなたとあの憎たらしい歩く案山子はどんな話をしたの?」

「厳密に言うなら、わたしは彼を案山子とは形容しないね。きみが最後に見てから、彼はずいぶん変わったようだ」

「ふーん」そのコメントは、リリアンのお気に召さなかったらしい。「でも、いずれにせよ、不細工な男よ」

「わたしはめったに男性の魅力について考えたことはないので」マーカスはそっけなく言った。「正しい評価が下せるかどうかはわからんが、ミスター・スウィフトを不細工と言う人はまずいないと思うね」

「彼は魅力的だと言いたいの？」

「ああ、多くの人がそう言うだろう」

リリアンは片手を彼の前に突き出した。「わたしが立てている指は何本？」

「三本だ」マーカスはにやにやしながら言った。「いったい何の真似だい？」

「あなたの視力を検査しているのよ。目が悪くなっているんだわ、きっと。ほら、わたしの指の動きを目で追ってみて――」

「きみがぼくの指の動きを追ったほうがいいんじゃないか？」と彼は言って、彼女の腰に手を伸ばした。

彼女は彼の手をつかみ、きらきら輝いている彼の目をのぞきこんだ。「マーカス、ふざけないで。デイジーの将来が危険にさらされているのよ！」

マーカスは素直に体を退いた。「わかった」

「どんな話になったのか聞かせて」彼女はせかした。

「わたしはミスター・スウィフトにきっぱりと、デイジーを不幸にする者はなにびとたりとも許さないと言った。そして、彼女とは結婚しないと約束してくれと詰め寄った」

「まあ、よかった」リリアンはほっとしたようにため息をもらしながら言った。

「彼は拒否した」

「なんですって？」彼女は驚いて、あんぐりと口を開けた。「あなたに逆らう人はいないのに」

「どうやら、ミスター・スウィフトはそのことを知らなかったようだ」

「マーカス、なんとかしてくれるわよね？　デイジーが脅しつけられて無理やりスウィフトと結婚させられたりしないようにしてくれるわよね――」

「落ち着きなさい。大丈夫だ、約束する。デイジーの意志に反して、彼女が結婚させられるようなことにはならないさ。しかし……」マーカスはためらった。どの程度自分が本当に思っていることを話すべきか迷っていた。「マシュー・スウィフトに関するわたしの意見はきみのものとはいくぶん異なる」

彼女は眉を下げた。「わたしの意見のほうが正しいわ。昔から彼のことを知っているんですもの」

「数年前までの彼のことをね」マーカスは平静な態度で言った。「人というのは変わるものなんだよ、リリアン。そしてわたしは、きみの父上がスウィフトについて言っていることはだいたいのところ正しいと思う」

「ああ、マーカス、あなたまで」

リリアンの芝居がかったしかめ面を見て、彼はにこりとし、上掛けの下に手を滑りこませた。片足をさがし出して、自分のひざに乗せ、両方の親指で痛む足の曲線をもみはじめた。彼女はため息をつき、ぐったりと枕にもたれかかった。

マーカスはスウィフトに関して知ったことについて考えた。彼は聡明な若者で、仕事ができて礼儀正しい。頭の中できちんと考えてから言葉にするタイプだ。マーカスはそういう男にはいつも好感を持ってきた。

一見したところでは、マシュー・スウィフトとデイジー・ボウマンははなはだ不釣合いに見える。しかし、デイジーは本人と同じようなロマンチックで感じやすい性格の男性と結婚すべきだというリリアンの考えには、マーカスは心から賛成できない気がしていた。そのような結婚では安定は得られないだろう。結局のところ、速い帆船には、それをつなぎとめる錨が必要なのだ。

「できるかぎり早くデイジーをロンドンに送りこまなくっちゃ」リリアンはじれったそうに言った。「シーズンもたけなわだというのに、ハンプシャーに埋もれて、舞踏会や夜会を逃してしまったらもったいない――」

「彼女がここにいるのは、彼女がそう希望したからだ」マーカスは指摘して、妻の反対側の足に手を伸ばした。「赤ん坊の誕生を見られなかったら、彼女は自分を許せないだろう」

「あら、そんなこと。わたしはむしろ、赤ん坊が生まれるところなんか見なくても、いい相手を見つけて欲しいわ。わたしとここで赤ちゃんの誕生を待っていて時間切れになり、マシュー・スウィフトと結婚せざるをえなくなって、ニューヨークに帰ってしまい、もう二度と会えなくなったら――」

「そのことについてはすでに考えておいた」マーカスは言った。「何人か花婿候補になりそうな男をストーニー・クロス・パークの鹿狩りに招いてある」

「そうだったの?」彼女は枕から頭を離した。

「セントヴィンセントといっしょにリストをつくって、各候補者の長所をじっくり検討し、ちょうど一二人になるように数を絞った。そのうちのだれでも、きみの妹にとって不足のない相手だ」

「まあ、マーカス。あなたって、最高に頭がよくって、最高に素晴らしい――」

彼は褒め言葉を手で払い、さかんな議論を思い出して笑いながら頭を振った。「セントヴィンセントはとにかく注文が多い。彼が女だったら、どんな男でも満足しないだろう」

「女ってそういう生き物なのよ」とリリアンはあつかましく言った。「だから、わたしたち女のモットーはこうよ……『望みは高く持て、それから妥協せよ』って」

彼はふんと鼻を鳴らした。「きみもそうしたわけか?」

彼女は唇をカーブさせてにっこり笑った。「いいえ、あなた。わたしは、望みを高く持ち、そしてそれよりさらにすごい人を手に入れたの」そして彼女がくすくす笑い出すと、彼は仰向けになっている彼女の上に這いのぼり、深々とキスをした。

まだ日が昇らぬうちから、マス釣りに目がない数名の客たちは裏のテラスで急いで朝食をとり、ツイードや硬いあや織り布や蠟引きのリネンなどで仕立てられた釣り用の服を身につけて川へ出かけて行った。眠そうな目をした召使たちが、マスのいる小川まで紳士たちの供をし、釣り竿やびく、それに毛鉤《フライ》などの道具が入った木の箱を運んだ。男たちがこうして午前中の大半を釣りをして過ごすあいだ、女性たちは朝寝坊するのだ。

そう、デイジーをのぞくすべてのレディーたちは。デイジーは魚釣りが好きだったが、わざわざ尋ねるまでもなく、男ばかりのグループでは歓迎されないだろうとわかっていた。昔はリリアンとふたりでよく釣りに行ったものだったが、姉はいま釣りに行ける状態ではない。

デイジーは、ウェストクリフがたくさんマスを飼っている人工池に釣りに行こうとしつこくエヴィーとアナベルを誘ったが、どちらも気乗りしないようだった。

「すっごく楽しいから」デイジーはなんとか上手い言葉で誘い出そうとした。「釣り糸の投げ方を教えてあげるわ――実際、とっても簡単なのよ。こんなに美しい春の朝に、部屋にこもっているなんて言わないでね」

結局、アナベルは寝坊するほうがいいと考えた。そしてエヴィーは、夫のセントヴィンセントが釣りに行かないことにしたので、彼といっしょにベッドにいるほうがいいと言った。

「わたしといっしょに釣りに行ったほうがずっと楽しいわよ」デイジーは彼女に言った。

「いいえ」エヴィーははっきりと言った。「そうは思わないわ」

ふてくされて、ちょっと孤独を感じながら、デイジーはひとりで朝食を食べて、お気に入りの釣り竿を持って池に向った。クランプフットリール付きの、先端にクジラの骨がついた弾力のある木製の竿だ。

素晴らしい天気だった。空気は柔らかで、生気に満ちていた。越冬したサルビアのブルーと紫の尖った花が低い生垣に沿って、あふれんばかりに咲き誇っていた。デイジーは刈りこまれた草地を横切って、バターカップやノコギリソウ、そしてセンノウの薄ピンクの花びらの絨毯に覆われた大地に向かって歩いて行った。

クワの木をまわったところで、ふたりの少年が遠くの水際にいるのに目が留まった。ふたりのあいだには何かが……何か、けものか鳥のようなものがいる……ガチョウ？　怒ってガーガー泣きながら、羽を激しくばたつかせて、げらげら笑っている少年たちに抵抗していた。「ねえ」デイジーは叫んだ。「それは何？　何をしているの？」

邪魔者が来たと知った少年たちは、わっと叫んで全速力で駆け出し、あっという間に池のそばから姿を消した。

デイジーは速足で興奮しているガチョウに近づいた。それは大きな家畜化されたハイイロガン（多くのガチョウ品種の原種）だった。灰色の羽衣と筋肉質の首、そして鋭いオレンジ色のくちばしが特徴だ。

「かわいそうに」脚に何かが結びつけられているのを見て、デイジーはつぶやいた。近づこうとすると、気が立っている鳥は攻撃的に突進してこようとした。しかし、脚が何かにからまっていて、思うように前に進めない。デイジーは立ち止まって、釣りの道具を地面に置いた。「助けてあげるわね」と興奮している鳥に向かって話しかけた。「でも、そんな態度に出られると二の足を踏んじゃうわ。もう少しご機嫌をよくしてくれないと……」デイジーはガチョウに少し近づいて、どうなっているのか調べた。「まあ、あのわんぱく小僧たち……あなたに魚を捕らせようとしたのね」

ガチョウはそうだと答えるようにガーと鳴いた。

ガチョウの脚には長い釣り糸が結びつけられ、その先には錫のスプーンが結ばれていた。スプーンの丸い部分には穴があけられていて、そこに釣針がついていた。虐待された鳥に同情していなければ、デイジーは笑い出したことだろう。

なんて独創的なアイデアかしら。このガチョウを水に放って泳がせると、錫のスプーンがルアーのようにきらめき、マスを誘うのだ。誘われたマスが釣針に食いつくとガチョウはマスを引っ張って泳ぐことになるはずだった。ところが釣針はイバラにひっかかってしまい、ガチョウは身動きできなくなってしまったのだ。

デイジーはやさしい声で話しかけながらゆっくり静かにイバラに近づいていった。鳥は凍りつき、輝く黒い目で彼女を凝視した。

「いい子ね」とデイジーはなだめながら、注意深く釣り糸に手を伸ばした。「あらまあ、あなたって大きいのね。ちょっとのあいだ、おとなしくしていてくれれば、わたしは――いた！」いきなりガチョウは突進してきて、彼女の前腕をくちばしでつついた。

彼女はあわてて身を退き、肌に残った痕を見下ろした。だんだんと青あざになっていく。

彼女は喧嘩っ早いガチョウをしかめ面でにらみつけた。「感謝の気持ちのない子ね！　そんなに悪い子だと、このまま置いていっちゃうわよ」

傷になったところをさすりながら、デイジーは釣り竿を使ってイバラから釣り糸をはずすことができるかしらと考えた。でも、それでも問題は解決しない。スプーンをガチョウの脚からとってやらなければ。屋敷に戻って、だれか手伝ってくれる人を呼んでこなければならないかも。

腰を曲げて釣り道具を拾おうとしたとき、思いがけない音が聞こえてきた。じっと耳を傾けると、聞き覚えのあるメロディーだった。彼女がイギリスに発つ直前にニューヨークで流行っていた「完璧な日の終り」という題の歌だった。

だれかが川のほうから、こちらに向かって歩いて来ていた。その人の服はびしょ濡れで、手にはびくを持ち、古いつばの深い帽子をかぶっていた。スポーツ用のツィードの上着とざっくりとしたズボンを身につけていたが、濡れた洋服が体にぴたりとはりついたため、引き締まった体の線があらわになっている。それがだれであるかがわかって彼女はどきっとし、心臓がばくばく鳴りはじめた。

彼は彼女の姿を認めて、口笛を途中でやめて立ち止まった。彼の瞳は、水や空よりも青く、その青さは日焼けした肌にはっとするほど映えていた。帽子をとって挨拶をすると、たっぷりとした濃い色の髪が太陽の光を受けて深いマホガニー色に輝いた。

「まったくもう」デイジーは自分に言った。彼がこの瞬間、一番会いたくない相手だったからだけではない。マシュー・スウィフトがとてもハンサムだということを認めざるをえなくなったからだ。彼女は、彼の容姿がこれほど魅力的であると知りたくなかったし、彼に好奇心を持ちたくなかった。だが、彼女は彼の内面をこっそりのぞいてみたくなった。彼がどんな秘密を持ち、どんなことに喜びや恐れを感じるのか知りたくなった。どうして以前には、彼に興味を持てなかったのだろう。おそらくわたしは幼すぎたのだ。変わったのは彼ではなく、わたしのほうだったのだ。

スウィフトは慎重な足取りで近づいてきた。「ミス・ボウマン」

「おはよう、ミスター・スウィフト。どうしてみんなといっしょに釣りをしていないの？」

「びくがいっぱいになってしまったんだ。それにあんまりたくさん釣れるので、これ以上つづけると、ほかの人に悪いような気がしたものだから」

「謙虚ですこと」デイジーは意地悪く言った。「竿はどうしたの？」

「ウェストクリフに貸した」

「なぜ？」

びくを置いて、彼は帽子をかぶった。「あの竿はアメリカから持ってきたものなんだ。ジョイント式のヒッコリー材の竿で、先は柔軟なアッシュ材でできている。リールはケンタッキー社のマルチプライングリールでバランスクランクハンドルがついている」

「マルチプライングリールはうまく働かないわ」デイジーは言った。

「イギリス製のはね」とスウィフトが訂正した。「しかしアメリカ製のはいろいろと改良されている。ぼくがスプールから直接釣糸を投げているのに気づいたウェストクリフは、ほとんど奪うようにぼくから竿を取り上げた。彼はいま、あの竿で釣っていることだろう」

義兄が新しい仕掛けのある道具が大好きなのを知っているので、デイジーは困ったような顔でほほえんだ。彼女はスウィフトが自分を見つめているのを感じていたが、見つめ返したくなくて、目をそらしてしまった。

昔知っていたみっともない青年の思い出とこのたくましく男らしい男性を重ね合わせるのは難しかった。彼は鋳造されたばかりのぴかぴかの銅貨のように、明るく輝いて完璧に見えた。朝の太陽の光が彼の肌の上を滑っていき、長いまつげを輝かせ、目じりから放射状に広がる小さなしわをとらえた。彼女は彼の顔に触れて、彼をほほえませ、指で唇のカーブをそっとなでてみたかった。

沈黙がつづき、だんだん緊張感が漂って気まずくなってきたところ、ガチョウの傲慢な鳴き声で沈黙が破れた。

スウィフトはその巨大な鳥をちらりと見た。「連れがいるようだね」デイジーがふたりの少年がガチョウにしたいたずらを説明すると、スウィフトはにやりと笑った。「りこうなやつらだ」

彼の言葉はガチョウを憐れんでいるようには聞こえなかった。「この鳥を助けたいの」デイジーは言った。「でも近づいたら、つつかれちゃって。家畜の鳥だから、近寄っても、もう少しおとなしくしていてくれると思ったんだけど」

「ハイイロガンが穏やかな性格だとは聞いたことがない」スウィフトは言った。「とくに雄はね。そいつはおそらく、きみより自分のほうが偉いということを示そうとしていたんだ」

「その点は証明したわ」とデイジーは言って、腕をさすった。

スウィフトは彼女の腕にあざが広がりつつあるのを見て眉をひそめた。「つつかれたのか？　ちょっと見せて」

「いいの。大丈夫だから――」彼女は言いかけたが、彼はすでに前に進み出ていた。長い指で手首をつかみ、反対の手の親指で黒紫色のあざの近くをそっとなでた。

「あざができやすいたちなんだな」とつぶやいて、黒い頭をかぶせるように下に向けて腕をのぞきこんだ。

デイジーの心臓はどきん、どきんと何度か大きく鳴って、それからすごい速さで鼓動しはじめた。彼は野外のにおいがした――太陽、水、甘い草の香り。その芳香の奥には、温かい汗ばんだ男性の肌のうっとりするようなにおいが潜んでいた。デイジーは欲望と必死に闘った。彼の腕の中に飛びこんで、彼の体にぴたりと寄り添い、彼の手を自分の胸に……。その無言の渇望に彼女はショックを受けた。

こちらを見下ろしている彼の顔をちらっと見上げると、彼の青い目が自分の目をのぞきこんでいた。「わたし……」彼女はどぎまぎして、さっと彼から身を退いた。「どうしたらいいかしら？」

「ガチョウのことか？」彼は広い肩をひょいとすくめた。「首をひねって、屋敷に持ち帰り、夕食にすればいい」

その提案に、デイジーとハイイロガンは怒りの目を彼に向けた。

「それはひどい冗談だわ、ミスター・スウィフト」

「冗談ではない」

デイジーはスウィフトとガチョウのあいだに立った。「わたしひとりでなんとかするわ。もう行ってください」

「鳥をかわいがるのはやめたほうがいい。きみがこのストーニー・クロス・パークに長く滞在するなら、いつの日かそいつは皿にのって食卓に出されることになるのだから」

「偽善者と思われてもかまわないわ。わたしは知り合いになったガチョウは食べないようにするから」

スウィフトは笑いを浮かべはしなかったが、彼が彼女の言葉を面白がっているのだとデイジーにはわかった。

「哲学的な質問はわきに置いて」彼は言った。「現実的な問題として、どうやってそいつの脚を自由にするかを考えなければならない。きみはさんざんつつかれて、青あざをたくさんつくり、痛い目に遭うことになる」

「あなたが彼を押さえておいてくれれば、わたしがそのスプーンを――」

「だめだめ」スウィフトはきっぱり言った。「中国のお茶を全部くれると言われたって」

「その言い回し。わたし、いつも変だと思ってたの」彼女は言った。「世界のお茶の生産量を考えれば、インドのほうが中国よりよっぽどたくさんお茶を生産しているのよ」

スウィフトは唇をひねって、その問題について考えた。「中国は麻に関しては、世界一の生産国だ。ということは『中国の麻を全部くれると言われても』とも言えるわけだ……しかしなんだかピンとこないな。とにかく、きみがどんな言い回しを使おうと、ぼくはガチョウを助ける手伝いはしない」彼は腰を折って、びくを持ち上げた。

「お願い」とデイジーは言った。

スウィフトは辛抱強く彼女を見つめた。

「お願いします」と彼女は繰り返した。

これをレディーに二度も言われたら、紳士たるもの拒絶するわけにはいかない。

ぶつぶつ何か聞き取れないことをつぶやきながら、スウィフトはびくをまた地面に置いた。

満足そうなほほえみがデイジーの口元に広がった。「ありがとう」

しかし、彼に「これできみに貸しができることになる」と警告されると、ほほえみは消えた。

「もちろん」デイジーは答えた。「あなたに何かただでやってもらえるとは思っていなかったわ」

「ぼくが何か頼みごとをしたときには、それがどんなことであれ、断わろうと思うことすらなしだよ」

「道理にかなったものであるかぎりはね。脚が釣り糸にからまったかわいそうなガチョウを助けてくれたからといって、あなたと結婚したりしないわよ」

「心配無用」スウィフトは陰険に言った。「結婚は含まれていないから」彼はオリーブ色の上着を脱ぎはじめた。濡れた服を広い肩からはがすのはたいへんそうだった。

「な、何をしているの？」デイジーは目を見開いた。

彼はいらいらしたようにあてこすりを言った。「このいまいましい鳥に上着をだめにされたらたまらないからな」

「上着に羽が何枚かついたって、そんなに大騒ぎをすることないじゃない」

「被害は羽程度ですむとは思えない」

「そうね」デイジーは急におかしくなったが、笑いをかみ殺した。

彼女は、彼が上着とベストを脱ぐのを見つめた。しわくちゃのシャツが広い胸にはりついていた。ぐっしょり濡れているズボンのベルトの中にたくしこまれているシャツもやはり濡れていて、はりついている筋肉質の腹の肌色がほとんど透けて見えていた。白いズボン吊りが肩にかかっていて、力強い背中で交差していた。彼は脱いだ洋服を丁寧にびくの上に置いて、泥がつかないようにした。そよ風が刈りこまれた髪を揺らし、ふわりと前髪を吹き上げて束の間、ひたいが露わになった。

この不思議な状況……攻撃的な鳥と、びしょ濡れのシャツ姿でいるマシュー・スウィフト……がおかしくてたまらず、デイジーはこらえきれなくなって、くすくす笑い出した。あわてて口を押さえたが、笑い声はもれてしまった。

彼は頭を振りながら、それに応えるようにふっとほほえんだ。彼のほほえみは長くつづかないんだわ、とデイジーは思った。あらわれたと思った瞬間に消えてしまう。それは、まれに起こる自然現象を捉えるのと似ていた。たとえば、短く輝いてすぐに消えてしまう流れ星のような。

「いいか、いたずらっ娘。もしもこのことをだれかに話したら……覚悟しておけよ」脅すような口ぶりだったが、その声色にはどことなく……エロティックなやさしさがあって……彼女の背筋に熱くて冷たい戦慄が走った。

「だれにも言わないわ」デイジーは息を切らせながら言った。「だって、これはあなたにとってだけでなく、わたしにとってもまずい状況だもの」

スウィフトは脱いだ上着のポケットからペンナイフを取り出して彼女にわたした。これはわたしの勝手な想像？　なんだか彼の指が必要以上に長く手のひらの上に留まっていたような気がするけど。

「何に使うの？」彼女は困惑して尋ねた。

「鳥の足にゆわえつけてある糸をこれで切る。気をつけて。とても鋭利だから。誤って動脈でも切ったらえらいことになる」

「大丈夫、あの子を傷つけたりしないから」

「ぼく自身のことを心配しているんだ、鳥ではなく」彼はそわそわ落ち着かない鳥を吟味するようにながめた。「暴れるようなら」とガチョウに話しかけた。「おまえはパテになって今夜の食卓に並ぶことになるからな」

鳥は威嚇するように羽を広げて、できるかぎり自分を大きく見せようとした。彼は慎重な足取りで前に進み、釣り糸を踏みつけて鳥が動ける範囲を狭めた。ガチョウははばたき、シューッと鳴いて、飛びかかってくる前に一瞬間を置いた。スウィフトはガチョウをつかみ、毒づきながら、つついてくるくちばしを避けた。彼らのまわりにふわりと羽根が舞い上がった。

「絞め殺さないでね」スウィフトがガチョウの首をつかんだのを見て、デイジーは叫んだ。ガチョウが、があがあ鳴きながら、ばたばたと羽を動かして激しく抵抗したので、スウィフトの返事が聞こえなかったのはおそらく幸運だったのだろう。スウィフトはなんとか鳥を押さえつけ、苦しそうな声を立てながらもがいている羽根の塊を腕にかかえこんだ。髪はぼさぼさ、体中は羽毛に覆われて、彼はデイジーをにらみつけた。「こっちへ来て、糸を切るんだ」ときつい口調で命じた。

急いで彼女はその言葉に従い、格闘中の彼らの横にひざまずいた。用心しながらガチョウの泥だらけの水かきのついた足に手を伸ばすと、鳥はがあと鳴いて足をさっと引っこめた。「たのむから、そんなにおっかなびっくりやるなよ」スウィフトのいらだたしげな声が聞こえた。「さっさと足をつかんで、糸を切れ」

一五キロの怒り狂ったガチョウがふたりのあいだにいなければ、デイジーはスウィフトをにらみつけたことだろう。だがデイジーはそうせず、糸につながれたガチョウの足をしっかり握り、注意深くナイフの先を糸の下に滑りこませた。スウィフトの言ったとおり、ナイフの刃は恐ろしいくらい鋭利だった。ナイフにきゅっと力をいれただけで、糸は簡単に切れた。「切れたわ」彼女は誇らしげに言って、ナイフを閉じた。「羽の生えたお友だちをもう放してもいいわ、ミスター・スウィフト」

「ありがとう」彼は皮肉たっぷりに言った。

しかし、スウィフトが腕を広げて鳥を自由にすると、鳥は予期せぬ反応を見せた。捕獲者を恨んで復讐を誓い、首をねじって彼の顔をつついたのだ。

「いてっ！」スウィフトはしりもちをついて、手で片目を覆った。そのあいだにガチョウは勝ち誇った声で一鳴きしてさっと逃げていった。

「ミスター・スウィフト！」デイジーは心配そうに這い寄ってきて、彼のひざにのしかかるように上体を乗り出し、彼の手を引っ張った。「見せて」

「大丈夫だ」彼は言って、目をこすった。

「見せて」彼女は繰り返し、両手で彼の頭をつかんだ。

「今夜の食事にはガチョウの細切れを注文しよう」彼はぶつぶつ言いながら、彼女にされるがままに顔を横に向けた。

「そんなこと言わないで」デイジーは黒い眉の端についた小さな傷をそっと調べ、自分の袖で血液を拭き取った。「助けたあとで相手を食べちゃうなんてよくないわ」声が笑いで震えている。「運のいいことに、あのガチョウは的をはずしたわね。目にあざができることはないみたい」

「きみを面白がらせることができて嬉しいよ」彼はつぶやいた。「きみは羽まみれだ」

「あなたもよ」灰色や白の羽の軸の破片やけばが、彼の輝く茶色の髪についていた。池の表面にぶくぶく泡が浮いてくるように、彼女はさらにくすくす笑い出した。彼女は彼の髪から羽根を取り除きはじめた。ふさふさした髪が指にこそばゆく感じられる。

彼は上体を起こして、彼女の髪に手を伸ばした。ピンで結い上げてあった髪はほつれかけていた。やさしい指使いで、きらきら光る黒い髪から羽根を抜き取っていく。

しばらく黙って、ふたりは作業に熱中した。デイジーは最初、とても熱心にその仕事に取り組んでいたので、こんなかっこうでいるのが不適切だとは思いつきもしなかった。彼女は初めて、彼の瞳の色が一様でないことがわかるほど彼に近づいた。その瞳は虹彩の外周がコバルト色で縁取られていた。そして日焼けしたサテンのように滑らかな肌のきめや、きれいに剃った髭が少し伸びかけて影をつけている顎をこれほど間近に見たことはなかった。

スウィフトがわざと彼女と視線を合わさないようにしていることにデイジーは気づいていた。突然彼女はふたりの体がぐつぐつ煮えたぎるように交信し合っているのを意識し出した。彼女の下には長い頑丈な彼の体があり、燃えるように熱い息が彼女の頬にかかる。彼の服はぐっしょり濡れていて、肌の熱が彼女に触れているあらゆる部分から伝わってくる。

ふたりは同時に、半分抱き合ったようなかっこうのまま、動きを止めた。デイジーは、肌のすべての細胞が液化した炎に満たされたように感じた。心を奪われ、混乱したまま、彼女はその感触にひたった。全身がどくどくと脈打っている。もう羽根はついていなかったけれど、デイジーは波うつ彼の黒髪にそっと指を通した。

彼がこの瞬間に体を返して彼女の上にのしかかり、自分の体重で彼女の体を湿った地面に押しつけるのは簡単だっただろう。何層もの洋服の布地を通してふたりの硬いひざが触れ合い、彼女を原始の欲望に駆り立てた。彼がしたいようにされてもいい。

スウィフトが息を飲む声が聞こえた。彼は両手で彼女の上腕をつかみ、乱暴に彼女を自分のひざの上からどかした。

横の草の上にどしんと置かれ、デイジーは正気を取り戻そうとした。黙って土の上にあったペンナイフを拾い、それを彼に返した。

彼はポケットにナイフを滑りこませ、ふくらはぎについた羽根を払い落とした。

どうして彼はあんな窮屈な姿勢のままでいるのかしらといぶかりながら、デイジーは立ち上がった。「さてと」彼女はぼんやり言った。「使用人用の入口からお屋敷に忍びこまなくちゃならないみたいね。こんな姿を見たら、お母様はヒステリーを起こすわ」

「ぼくは川に戻ろう」スウィフトはしわがれた声で言った。「ウェストクリフがリールをうまく使いこなせているか見てこなくては。もう少し釣ってもいいし」

彼はわざとわたしを避けようとしているんだ。それに気づいて、デイジーは顔をしかめた。

「もう今日は十分に腰まで水に浸かったのかと思っていたわ」彼女は言った。

「まだ足りないみたいだ」スウィフトはつぶやいて、背中を向けたままベストと上着に手を伸ばした。

5

デイジーは困惑し、いらだちながら、人工池をあとにした。

いま起こったことを、彼女はだれにも話すつもりはなかった。ガチョウの事件をリリアンが聞いたらきっとおかしがるだろうけれど。だが、マシュー・スウィフトの新たな側面を発見したことや、彼の危険な魅力に一瞬とはいえ、惑わされかけたことを、告白したくなかった。そうよ、あんなのたいしたことじゃなかったんだから、本当に。

デイジーはまだ無垢だったが、少しは性的な問題も理解していたので、気持ちとは関係なく、体が異性に反応してしまうこともあることを知っていた。かつて、キャム・ローハンに反応してしまったように。自分があのときと同じようにマシュー・スウィフトに惹かれてしまったのだと気づき、彼女は狼狽した。彼らはまったく違うのに。ロマンチックな男と、控えめでよそよそしい男。ひとりはハンサムなロマの青年で、彼女にエキゾチックな夢を見させてくれた……そしてもうひとりは、冷たい目をした事業家で、野心満々の現実主義者。

デイジーは、ニューヨークの五番街に住んでいたときに、数え切れないくらいたくさんのやり手実業家たちを見てきた。彼らは完璧を求めた。妻とするなら、最高の女主人となれる女性でなければならなかった。夕食や夜会を見事に仕切り、最高のドレスを身につけ、最高の子どもたちを生める女性だ。そして子どもたちは、父親が階下の書斎で商談をしているあいだ、二階の子ども部屋でおとなしく遊んでいるようないい子でなければならない。マシュー・スウィフトはやる気をみなぎらせた野心家で、デイジーの父親はその才能と明晰な頭脳を認めていた。彼はこの世で一番要求の厳しい夫になるだろう。夫の目標達成のために人生を捧げてくれるような女性を妻にしたいと望んでいるだろう。そして、妻が自分の要求に応えられなかったら、彼女を厳しく非難するだろう。そんな男と一生を共にするなんて絶対に考えられない。

でも、マシュー・スウィフトにもひとつだけいい点があった。彼はガチョウを助けてくれたのだ。

デイジーが屋敷にこっそり戻って、顔を洗い、さっぱりした昼用のドレスに着替えたころには、彼女の姉と友人たちは朝食室に集まり、紅茶を飲みながらトーストを食べていた。三人は窓際の丸テーブルに集まっていて、デイジーが部屋に入ってくると顔を上げた。アナベルは肩にイザベルを抱き上げて、小さな背中を丸くなでていた。ほかのテーブルもいくつか埋まっていたが、座っているのはほとんど女性だった。とはいえセントヴィンセント卿を含めて、男性も五、六人はいた。

「おはよう」デイジーは明るく挨拶して、姉に近づいた。「よく眠れた?」

「ぐっすりよ」リリアンはとても美しく見え、目は澄んでいた。黒い髪をうなじのところでまとめてピンクのシルクネットをかぶせてあった。「窓を開けて眠ったの。そしたら、湖から吹いてくるそよ風がとても爽やかだったわ。今朝、釣りに行ったの？」

「ううん」デイジーは何気ないふうを装って答えた。「ただ、散歩しただけ」

エヴィーがアナベルのほうに身を乗り出し、赤ん坊を受け取った。「わたしに抱っこさせて」と彼女は言った。赤ちゃんは夢中で自分の小さなこぶしにしゃぶりつき、だらだらとよだれをたらしていた。むずかる赤ん坊を抱きながら、エヴィーはデイジーに説明した。「歯が生えかかっていて、いらいらするらしいのよ、かわいそうに」

「今朝はずっとごきげんが悪いの」アナベルが言った。アナベルの明るいブルーの瞳は少し疲れて見えた。若い母親の目だ。わずかな疲労感はかえってアナベルの完璧な女神のような美貌を和らげ、さらに彼女を美しく見せているようだった。

「歯が生えるには少し早すぎない？」デイジーが尋ねた。

「ハント家の娘ですもの」アナベルはあっさり言った。「ハント家の人間はみんな並外れて頑丈なの。夫の話によれば、彼の家族はだれもかれも、歯が生えた状態で生まれてくるんですって」と彼女は言いながら、困ったように赤ん坊を見つめた。「この子を部屋から連れ出したほうがいいみたい」

アナベルたちに非難がましい視線が集まっていた。大人の集まりに、子どもを——とりわけ、乳幼児を——連れてくるのは礼儀知らずとされていた。例外は、人々にお披露目するときだけだ。その際には赤ん坊は白いフリルやリボンのついた服を着せられ、短時間みんなに顔を見せたら、乳母車に乗せられてすぐに子ども部屋に戻される。

「ばかばかしい」リリアンは即座に言った。声をひそめようともしない。「イザベルは泣き叫んでいるわけでも、騒々しくわめいているわけでもないわ。ちょっとご機嫌が悪いだけじゃない。みんな少しは我慢する癖をつけたほうがいいのよ」

「スプーンをもう一度試してみましょう」アナベルは小声で言った。その洗練された声には少々不安がまじっていた。彼女は砕いた氷を入れた小さな鉢から冷えた銀のスプーンを抜き取ってデイジーに言った。「母がこれをこの子に与えてみたらって言うの――弟のジェレミーにはいつもこれがきいたらしいわ」

デイジーはエヴィーの隣に腰掛け、赤ん坊がスプーンの丸いくぼみの部分にしゃぶりつくのをながめた。イザベルのまん丸い小さな顔が赤くなり、目から涙が数粒こぼれた。彼女がべそをかくと、炎症を起こした柔らかい歯茎が見えた。デイジーは赤ちゃんがかわいそうで顔をしかめた。

「昼寝をさせなきゃならないけれど」アナベルは言った。「痛くて眠れないでしょうね」

エヴィーが赤ん坊をなだめていると、部屋の別の隅から人々のざわめきが聞こえてきた。だれかが部屋に入ってきたのだ。デイジーが椅子に座ったまま振り返ると、背の高い人目を引く男性の姿が目に入った。マシュー・スウィフトだった。

では、彼は川には戻らなかったのだ。デイジーが十分遠くに行くのを待ってから、彼女をエスコートせずに屋敷に戻ってきたのだ。

お父様と同じで、わたしにはほとんど興味を持つ価値もないと思っているんだわ。気にしちゃだめ、とデイジーは自分に言い聞かせたが、そう思うと心が痛んだ。

彼はぱりっとアイロンがかかった服に着替えていた。ダークグレイのスーツに紫がかった薄灰色のベストを合わせ、きりりと黒いネクタイを伝統的な結び方で締めていた。ヨーロッパではもみあげを伸ばして、髪を緩くカールさせるのが流行っていたが、アメリカではまだそのスタイルは普及していないようだった。マシュー・スウィフトはさっぱりと髭を剃っており、輝く茶色の髪はサイドとうなじを短めに刈りこんであったので、かすかに少年っぽさが感じられた。

デイジーは、彼が新しい人々に紹介されるようすをこっそりながめた。年配の紳士たちは彼に嬉しそうに話しかけていたが、若い紳士たちの顔には嫉妬の色が浮かんでいた。そして、女性たちは彼の気を引こうとしている。

「あらまあ」アナベルがつぶやいた。「あれはだれ?」

リリアンは不機嫌に答えた。「ミスター・スウィフトよ」

アナベルもエヴィーも目を丸くした。

「あれがあなたの言っていた、ほ、骨と皮ばかりの骸骨人間、ミスター・スウィフト?」エヴィーがきいた。

「しなびたホウレンソウほどの魅力もない人って、言ってたわよね?」

眉をひそめていたリリアンの顔はさらに険しいしかめっ面になった。スウィフトからぷいっと目をそらし、紅茶の中に砂糖のかけらをひとつ落とした。「ええまあ、このあいだわたしが描写したほどみっともなくはないみたいね」と彼女は認めた。「でも、外見にだまされちゃだめよ。彼の人柄を知れば、イメージがころりと変わるから」

「外側も中身もひっくるめて、彼とお近づきになりたがっているレディーが、か、かなりいるみたいだけど」とエヴィーが言ったので、アナベルはティーカップに向かってくすっと笑った。

デイジーは肩越しにちらりと振り返り、エヴィーの言葉が本当であることをたしかめた。レディーたちはそわそわしたり、忍び笑いをしたり、彼に白い柔らかな手を差し延べたりしていた。

「こんなふうに騒がれるのもすべて、彼がアメリカ人で、ものめずらしいからなのよ」リリアンはぶつぶつ言った。「わたしの兄のひとりが来ていたら、あのレディーたちはミスター・スウィフトになんか目もくれないでしょうよ」

デイジーは姉の言葉に同意したい気持ちは山々だったが、兄たちがミスター・スウィフトほどの人気を得るとはとても思えなかった。たしかにボウマン兄弟は巨額の財産の相続人だが、それでもスウィフトが慎重に培ってきた洗練された物腰は彼らにはないものだった。

「彼、こっちを見ているわ」とアナベルが報告した。不安のせいで彼女の体は少しこわばっている。「みんなといっしょに、眉をひそめているわ。赤ちゃんがうるさいせいね。わたし、この子を外に連れて――」

「どこにも連れて行っちゃだめよ」リリアンは命令した。「ここはわ、た、し、の家で、あなたはわたしの友人よ。赤ちゃんの声をうるさいと思う人こそ、出て行けばいいんだわ」

「彼がこっちに来るわ」エヴィーがささやいた。「しいっ」

デイジーはじっと紅茶のカップをのぞきこんでいた。体中の筋肉が緊張するのがわかる。

スウィフトは彼女たちのテーブルにやってきて、礼儀正しくお辞儀をした。「伯爵夫人」彼はリリアンに話しかけた。「またお会いできて光栄です。あらためて、ウェストクリフ伯爵とのご結婚のお祝いを述べさせていただきます。それから……」彼は言いよどんだ。リリアンのお腹が大きいことは一目瞭然だったが、それに触れることは不作法だと判断したようだった。「たいそうお元気そうですね」と彼は結んだ。

「納屋みたい太ってるわ」とリリアンはあっさり言って、彼の外交辞令を払いのけた。

スウィフトは唇を真一文字に結んでいる。どうやらにやりとするのをこらえているようだった。「そんなことはありません」と彼は穏やかに言い、アナベルとエヴィーに目を向けた。

ふたりはリリアンが紹介してくれるのをじっと待っていた。

リリアンはしぶしぶそれに応じた。「こちらはミスター・スウィフト」と言って、彼のほうに向かって手をひらひらさせた。「ミセス・サイモン・ハントとレディー・セントヴィンセントよ」

スウィフトはうやうやしくアナベルの手をとってお辞儀をした。エヴィーにも同じようにしたいところだったが、赤ん坊を抱いていたのでできなかった。イザベルのぐずり泣きはひどくなっていて、このままでは大泣きしそうなけはいだった。

「娘のイザベルです」アナベルは申しわけなさそうに言った。「歯が生えかかっていますの」

これで彼は一目散に逃げ出すだろう、とデイジーは思った。男の人って、泣いている赤ん坊は苦手だもの。

「なるほど」スウィフトは上着のポケットに手をつっこんで、中身を探った。いったいどんなものがポケットに入っているのだろう。彼女は、彼がペンナイフと、釣り糸のきれっぱしと、白い清潔なハンカチを取り出すのを見つめた。

「ミスター・スウィフト、何をなさっているの?」エヴィーはいぶかしげにほほえみながら尋ねた。

「即席のおもちゃをつくろうと思って」彼は砕いた氷をスプーンですくいあげて、ハンカチの真ん中におき、照る照る坊主をつくるように布を寄せて、釣り糸で縛った。ナイフをポケットにしまってから、彼は照れるようすもなく赤ちゃんのほうに手を伸ばした。

エヴィーは目を見開いて、赤ん坊を彼にわたした。四人の女たちは、スウィフトが手馴れたしぐさでイザベルを肩に抱き上げるのを見た。彼が赤ん坊に氷を包んだハンカチをわたすと、赤ん坊は泣きつづけながらそれにしゃにむにかじりついた。

部屋中の人々の注目が集まっているのに気づかぬようすで、スウィフトは窓際に歩いて行き、赤ん坊にやさしく話しかけた。どうやら赤ちゃんに何か物語を聞かせているようだ。一、二分もすると、赤ちゃんはすっかりおとなしくなった。

　スウィフトがテーブルに戻ってきたときには、イザベルはうとうとしていて、すうすう息をしていた。間に合わせの氷嚢にかぶりついている。

「まあ、ミスター・スウィフト」アナベルは感謝をこめてそう言うと、彼から赤ん坊を受け取って腕に抱いた。「なんてあやすのがお上手なの！　どうもありがとうございます」

「イザベルに何を話していたの？」リリアンは問い詰めるように尋ねた。

　彼はちらりと彼女を見て、もの柔らかに答えた。「氷で歯茎の痛みが治まるまで、気持ちをそらしてやろうと思ったんです。それで、一七九二年のスズカケ協定について詳しく話して聞かせました」

　デイジーは初めて彼に話しかけた。「何、それ？」

　スウィフトは彼女のほうを見た。彼の表情は落ち着いていて、礼儀正しく、一瞬デイジーは今朝の出来事は夢だったのかしらと思ったほどだった。しかし彼女の肌にも神経にも、彼の感触がまだ残っていた。彼の体の強い刻印が。

「スズカケ協定というのは、ニューヨーク証券取引所の発端となった取り決めだ」と彼は説明した。「たいへんためになる話だと思ったんだが、料金体系妥協案の話をはじめたあたりでミス・イザベルは飽きてしまったようだ」

「そう」デイジーは言った。「あなたの話があまりに退屈で、赤ちゃんは寝ちゃったのね」

「きみは、市場動向のアンバランスが一八三七年の暴落の原因になったというぼくの説明を聞くべきだね」とスウィフトは言った。「アヘンを吸うよりも眠くなると人によく言われる」彼の輝く青い瞳を見つめながら、デイジーは気がすすまなかったけれどにこっと笑った。すると彼はまた、あのすぐに消えてしまう、まぶしいほどの笑顔を返した。彼の表情は不思議なくらい温かくなった。

スウィフトは彼女の目の中に何かひどく惹きつけられるものがあるとでもいうように、一呼吸分ほど長く彼女を見つめた。それからさっと彼女から目をそらすと、テーブルに向かってふたたびお辞儀をした。「では、これで失礼します。ごきげんよう、みなさん」アナベルのほうを見ると、彼はまじめくさった顔でつけ加えた。「ほんとうにかわいらしいお嬢様ですね、奥様。ぼくの証券取引の講義がお気に召さなかったことは、この際大目に見ることにします」

「まあ、ご親切に」アナベルは楽しそうに目を輝かせて答えた。

スウィフトはまた部屋の反対側の隅に戻っていった。若い女性たちはみな、紅茶に不必要なほどたくさん砂糖を入れてスプーンでかき回したり、ひざの上のナプキンのしわを伸ばしたりと、そわそわしだした。

最初に口を開いたのはエヴィーだった。「あなたの言うとおりね」とリリアンに言う。「彼はとてつもなくいやな感じだったわ」

「本当」アナベルも熱心に同意した。「彼を見て最初に思い浮かぶ言葉は、しなびたホウレンソウだわ」

「ふたりとも、お黙りなさい」リリアンはふたりの皮肉にそう返すと、トーストに歯を立てた。

午後、リリアンはデイジーをしつこく東の芝生に引っ張っていった。そこでは若い人々のほとんどがローンボウリングを楽しんでいた。普段なら、デイジーはそれほど嫌がらないのだが、ちょうどいま、彼女は新作小説のクライマックスにさしかかっていた。小説のヒロイン、家庭教師《カヴァネス》のホノリアは屋根裏で幽霊に出くわした。「あなたはだれ？」とホノリアは声を震わせながら、昔の恋人クレイワース卿に瓜二つの幽霊を見つめた。幽霊が答えようとしたときに、リリアンはデイジーの手から決然と本をもぎ取り、書斎から連れ出したのだった。

「まったくもう」デイジーは文句を言った。「いやんなっちゃう……リリアン、いま一番面白いところにさしかかっていたのよ」

「言ったでしょ。少なくとも六人もの独身男性が、外でローンボウリングをやっているのよ」と姉はきびきびした声で言った。「彼らとボウリングをするほうが、ひとりで読書しているよりもはるかに生産的だわ」

「ボウリングのやり方なんて全然知らないもの」

「いいじゃない。彼らに教えてもらいなさいよ。どんな男も、女性にものを教えるのが大好きなのよ」

ふたりはボウリング用の芝生に近づいた。そこには見学者のために椅子やテーブルも設置されていた。何人かのプレイヤーが、熱心に大きな木の球を芝生の上に転がしていた。ひとりが転がした球が芝生の横に掘られた細い溝に落ちると笑い声が起こった。

「ふーん」リリアンはプレイヤーたちを観察しながらつぶやいた。「競争相手がいるみたいね」デイジーは、姉が指している三人の女性たちに見覚えがあった。ミス・カサンドラ・レイトン、レディー・ミランダ・ドウデン、そしてエルスペス・ヒギンソンだ。「未婚の女性はハンプシャーに招いて欲しくなかったの」とリリアンは言った。「でも、ウェストクリフが言うには、それではあまりにもあからさまだって。運のいいことに、あなたは彼女たちよりきれいだわ。背はあなたのほうが低いけど」

「低くなんかないわ」デイジーは言い返した。

「じゃ、小柄と言い直すわ」

「その言葉も好きじゃない。なんだか、取るに足らない人間みたい」

「発育不足よりはましでしょ。あなたの背が足りないことを表現する言葉は、これ以上思いつかないわ」リリアンはしかめ面をしているデイジーにっこりと笑いかけた。「そんな顔をしないで。独身男性が勢ぞろいしているわ。好きな人をお選びな——あら、なんてこと」

「なに？　どうしたの？」

「彼がプレイしているわ」

彼がだれなのか、きく必要はなかった……リリアンの不快そうな声で、彼の正体はすぐにわかった。

プレイヤーのほうを見ると、マシュー・スウィフトはほかの数名の若者とともにレーンの端に立っていて、球と球のあいだの距離が測られているのを見守っていた。ほかの人たちと同じく、彼も明るい色のズボンをはいて、白いシャツとベストを着ていた。彼はすっきりと引き締まった体をしていて、そのリラックスした姿勢には肉体的な自信が満ち溢れていた。

彼はどんなことも見逃さず、真剣にゲームに熱中しているように見えた。マシュー・スウィフトは、たわいのない芝生のゲームでも、全力を尽くさずにはいられない性分なのだ。

彼は毎日、何かのために競っているのだとデイジーは確信していた。そしてそのイメージは、彼女がこれまで知り合いになった、ボストンやニューヨークの旧家出身の青年のイメージとはそぐわないものだった。彼らはみんな甘ったれの御曹司で、働きたくなければ働く必要などないと思っているような連中だった。スウィフトは楽しむためだけに一度でも何かをやったことがあるのかしら、とデイジーは思った。

「だれが得点したか調べているのよ」リリアンは言った。「つまりね、このエンドでだれが一番あの白い球の近くに自分の球を投げることができたかを調べているのよ」

「どうしてそんなにルールに詳しいの？」

リリアンは皮肉な笑いを浮かべた。「ウェストクリフが教えてくれたのよ。彼はものすごく上手なので、普段は横で見物しているの。でないと、彼以外の人はけっして勝てないことになっちゃうから」

リリアンたちはいくつか椅子が並べられているところに近づいていった。ウェストクリフのほかに、エヴィー、セントヴィンセント卿、引退した元少将クラドックスとその妻が座っていた。デイジーは空いている席に向かったが、リリアンは妹をボウリングのグリーンのほうに押し出した。

「行きなさい」とリリアンは命じた。犬に棒きれを取って来いと命令するときのような口調だ。

デイジーはため息をつき、読みかけの本に思いをはせながら、とぼとぼと芝生に向かった。プレイヤーの中で少なくとも三人の紳士とは以前に会ったことがあった。まあ、ちょっとは見こみがあるかも。ミスター・ホリングベリーは、三〇代の感じのいい紳士で、丸顔で小太りだが、魅力的であることはたしかだ。それから、ミスター・マードリングはスポーツマンタイプ。髪はたっぷりしたブロンドの巻き毛で、瞳はグリーンだ。

あとのふたりの男性は、ストーニー・クロス・パークでは見かけたことのない顔だった。ミスター・アラン・リケットは、眼鏡をかけて、少ししわのよった上着を着た学者タイプの男性……そして、ランドリンドン卿。中背の黒髪のハンサムだ。

ランドリンドンはすぐにデイジーに近づいてきて、ゲームのルールの説明役を買って出た。デイジーは肩越しに振り返ってミスター・スウィフトのほうを見たくなるのをぐっと我慢した。彼は他の女性たちに囲まれていた。女たちはくすくす笑ったり、気を引こうとしなをつくったりしている。球をどんなふうに持ったらよいのかしら、球を転がす前に何歩くらい歩いたらいいのかしら、とさかんに彼のアドバイスを求めている。

スウィフトはデイジーのことは気づかないような顔をしていた。しかし、彼女が地面に積んであった球の山から、木の球をひとつ選ぼうと体を回転させたときに、うなじのあたりがぞくっとした。彼が自分を見つめているのがわかった。

デイジーは釣り糸にからまったガチョウを助けるのを手伝って欲しいと彼に頼んだことを心底後悔していた。あの出来事のせいで、自分ではコントロールできない何かがはじまってしまったのだ。やっかいなことにどうしても彼を意識してしまう。ばかね、気にしちゃだめよ、とデイジーは自分に言い聞かせた。さあ、ボウリングに集中するの。そして彼女はランドリンドンの説明に熱心に耳を傾けた。

芝生の上のようすをながめながら、ウェストクリフが穏やかに言った。「見たところ、彼女はランドリンドンとなかなかうまくいっているようじゃないか。しかも彼は、もっとも有望な花婿候補のひとりだ。年齢もつりあっているし、教養も豊かで、陽気な性格だ」

リリアンは遠くにいるランドリンドンを考え深げに見つめた。背の高さもちょうどいい。あんまり背が高い男性はだめなのだ。デイジーは見下ろされると威圧される感じがしていやだと言っているもの。「変わった名前ね」リリアンは声に出して言った。「出身はどこかしら」

「サーソーだ」セントヴィンセント卿が答えた。彼はエヴィーの向こう側に座っていた。

リリアンとセントヴィンセントのあいだには過去にいろいろないきさつがあったため、わだかまりが完全に消えてはいなかったが、いまは休戦状態にあった。セントヴィンセントを心から好きになることはけっしてないだろうが、彼はウェストクリフの幼少時からの友人なので、我慢してつきあっていかなければならないだろうとリリアンは思っていた。夫にセントヴィンセントと絶交してくれと頼んだならば、そうしてくれることはわかっていたが、リリアンは夫を深く愛していたのでそのような要求はできなかった。それにセントヴィンセントはマーカスにとって大事な友人だった。彼はその機知と洞察力で、マーカスが負担の大きい人生のバランスをとる助けになってくれていた。イギリスでもっとも力のある人物のひとりであるマーカスには、軽口をたたき合えるような友人がどうしても必要なのだった。

セントヴィンセントにはもうひとつ、長所があった。彼はどうやらエヴィーにとって良い夫であるようなのだ。実際、彼はエヴィーを熱愛しているようだった。内気な壁の花のエヴィーと、薄情な放蕩者セントヴィンセントがお似合いだと思う人はまずいなかったはずだ。ところが結婚後、ふたりのあいだには風変わりな愛の絆が結ばれていったのだった。

セントヴィンセントは自信に満ちた、洗練された美男子で、そのたぐいまれな美貌に人々は思わずはっと息を飲む。しかしエヴィーが一声かければ、彼はすぐに妻のもとに飛んでいくのだった。セントヴィンセント夫妻は、ハント夫妻やウェストクリフ夫妻のように大っぴらに仲のよさを人々に見せつけるようなことはなかったが、神秘的で激しい情熱が彼らのあいだには存在していた。

エヴィーが幸せであるかぎり、リリアンはセントヴィンセントと仲良くやっていくつもりだった。

「サーソー」リリアンは怪訝な顔でその地名を繰り返し、セントヴィンセントから夫に視線を移した。「イギリスの地名には聞こえないわね」

ふたりの男は目くばせし合った。マーカスは淡々と答えた。「実は、スコットランドなのだ」

リリアンは目を細めた。「ランドリンドンはスコットランド人なの？　でも、スコットランドなまりはないわ」

「彼は子どものころからイギリスの寄宿学校で過ごし、それからオックスフォードへ進んだのだ」セントヴィンセントが言った。

「ふーん」リリアンは、スコットランドの地理には詳しくなかったが、サーソーという地名は聞いたこともなかった。「で、サーソーというのは、どのへんにあるの？　国境を越えたあたり？」

ウェストクリフは彼女と視線を合わせようとしない。「それよりももう少し北だ。オークニー諸島の近くだ」

「本土の北の端ってこと？」リリアンは自分の耳が信じられなかった。声を張り上げずに、怒りをこめたひそひそ声に抑えるのはたいへんだった。「こんなに手間をかけずに、デイジーをシベリアに送ってしまったほうがいいじゃないの？　きっとそっちのほうが暖かいから！　まったく信じられないわ、あなたたちときたら。ランドリンドンを候補者に含めることができたなんて」

「彼を入れないわけにはいかない」セントヴィンセントが反論した。「彼は三つも領地を持っているし、サラブレッドも多数所有している。彼がクラブにやってくると、その夜の上がりは、少なくとも五〇〇〇ポンドは増える」

「じゃあ、金づかいが荒いんじゃないの」リリアンは陰険に言った。

「だからなおさら、デイジーの候補に向くのだ」セントヴィンセントは言った。「彼はいつの日か、あなたたちの実家の財産を必要とするようになるからね」

「彼がどんなに有望だろうとそんなことわたしにはどうでもいいの。だって、わたしの目的は妹をこの国の中に置いておくことなのよ。デイジーがスコットランドなんかに行ってしまったら、年に何回くらいあの子に会えると言うの？」

「とはいえ、北アメリカよりは近いだろう」ウェストクリフは割り切った言い方をした。

リリアンは応援を求めてエヴィーのほうを見た。「エヴィー、なんとか言って！」

「ランドリンドン卿がどこのご出身だろうと関係ないわ」エヴィーは手を伸ばして、リリアンのイアリングにからまっていた黒髪をそっとはずした。「デイジーは彼とは結婚しないもの」

「なぜそう思うの？」リリアンは警戒するように尋ねた。

エヴィーは彼女にほほえみかけた。「あら……ただ、そんな気がしただけ」

デイジーはゲームを終わらせて、一刻も早く小説のつづきが読みたい一心で、ローンボウリングのやり方を素早く頭にたたきこんだ。最初のプレイヤーがまず、ジャックと呼ばれる白い球を、芝のレーンのエンドラインを越さないように、しかしなるべくラインの近くに投げる。それから三個のボウル、すなわち木の球をジャックにできるかぎり近づけて投げるだけという単純なゲームだ。

しかし、ボウルが完全な球形でないため、真っ直ぐには転がってくれないという点が難しい。デイジーはすぐに、ボウルの非対称的な形を考慮して、少し右か左の方向にずらして投げるコツを覚えた。芝は短く刈りこまれ、地面も固かったので、球が転がるのが速いレーンだった。ゲームをさっさと片づけてホノリアの幽霊のもとに戻りたいデイジーには好都合だった。

ちょうど男女が同数だったので、プレイヤーは二組に分かれることになった。デイジーは、ローンボウリングの名手、ランドリンドンとペアを組んだ。

「ミス・ボウマン、あなたはとても筋がいい」ランドリンドン卿は感嘆の声をあげた。「いままでプレイしたことがないというのは本当ですか?」

「一度もありません」デイジーは快活に答えた。彼女は木の球を取り上げると、平たくなった側を右に向けた。「あなたが上手に教えてくださったせいですわ、きっと」投球ラインまで二歩で進み、彼女はボウルを後ろに引いて、上手に回転をかけて投げた。そのボウルは相手の投げたボウルを見事にはじき飛ばして、ジャックに五センチという位置で止まった。デイジーのペアはそのラウンドで勝利を収めた。

「素晴らしい」ミスター・リケットが立ち止まって眼鏡を拭きながら言った。眼鏡をかけなおしてデイジーにほほえみかけ、彼はさらにつづけた。「実に優雅なフォームですな、ミス・ボウマン。素晴らしい技を見せていただけて光栄でした」

「技なんかじゃありませんわ」デイジーは謙虚に言った。「ビギナーズラックじゃないかしら」

白磁のように肌の白いほっそりした金髪の令嬢、レディー・ミランダは、心配そうに繊細な自分の手を調べていた。「爪を折ってしまったわ」

「椅子にお連れしましょう」リケットは即座に顔を曇らせて申し出た。まるで爪ではなく腕でも折れたかのような大げさな心配ぶりで、ふたりは芝生を離れた。

デイジーはわざと負けるべきだったんだ、と後悔した。そうすればもう一ラウンド、プレイする必要はなかったのに。しかし、わざとゲームに負けるなんて、ペアを組んだ相手に失礼だ。それにランドリンドン卿はどうやらこの勝利をとても喜んでいるように見えた。

「では」とランドリンドンは言った。「決勝戦ではどのペアと対戦することになるのか、見てみようじゃないですか」

ふたりは、もう一組の対戦を見物した。ミスター・スウィフトとミス・レイトンのペア対ミスター・マードリングとミス・ヒギンソンのペアだ。マードリングはプレイに波があり、あざやかな投球をしたと思えば、凡ミスをするといった具合で、ミス・ヒギンソンのほうがずっと安定感があった。カサンドラ・レイトンは救いようがないほど下手だったが、それをむしろ喜んでいるふうで、試合のあいだ、ずっとくすくす笑っていた。そのやむことのない笑いは実に不愉快だったが、マシュー・スウィフトはいっこうに気にかけていないようすだった。

スウィフトは攻撃的で、戦略家だった。どの投球も慎重にコースを考え、無駄のない動きでボウルを投げた。デイジーが見たところ、彼は相手のプレイヤーのボウルに自分のボウルをぶつけてどかしても、ジャックを相手に不利な場所に動かしても、まったく相手に悪いとは思っていないようだった。

「手ごわいプレイヤーだ」ランドリンドン卿は目をきらきら輝かせながら、デイジーにそっとささやいた。「打ち負かせると思いますか?」

突然、デイジーの頭から、屋敷の中で彼女を待っている小説のことは消え去った。マシュー・スウィフトと対戦するんだと思うと、わくわくしてくる。「さあ、どうでしょう。でも、いい戦いになりそうですわね」

ランドリンドンは満足そうに笑った。「もちろんですよ」

スウィフトとミス・レイトンのペアが勝ち、負けたペアは陽気な声をあげながらグリーンを去った。

残った四人のプレイヤーはボウルとジャックを集め、投球ラインに戻った。各チームは合計四個、各人がそれぞれ二個ずつボウルを投げる。

デイジーがマシュー・スウィフトのほうを向くと、彼は彼女が芝生にあらわれてから初めて彼女と目を合わせた。彼の真っ直ぐで挑戦的な目つきに、彼女の心臓はどきんどきんと鳴りはじめ、全身の血管に血液を送りこんだ。彼の乱れた髪はひたいにかかっており、日差しで火照った顔は少し汗ばんで輝いていた。

「先攻後攻を決めるためにコインを投げよう」とランドリンドン卿が提案した。

スウィフトはうなずき、デイジーから視線をそらした。

スウィフトがコイン投げに勝つと、カサンドラはきーきー声をあげて喜んだ。スウィフトは巧みにジャックをライン際の完璧な位置に投げた。

ミス・レイトンはボウルを取り上げ、胸に近づけて持った。彼女はきっと自分の豊かな胸に視線を集めるためにわざとそうしているのだわ、とデイジーは思った。「アドバイスをお願いしますわ、ミスター・スウィフト」と彼女はくるりとカールしたまつげごしに、こびるような視線を彼に投げかけた。「ボウルの平らな面を右と左のどちらにして投げたらよろしいの？」

スウィフトは彼女に近づいて、彼女の手に握られている球の位置を直した。ミス・レイトンは彼に注意を向けてもらってぱっと顔を輝かせた。彼は何かアドバイスをささやき、こういうラインを描くようにボウルを投げると一番いいと指で示しながら説明している。一方、ミス・レイトンはふたりの頭が触れ合うほど近くに体を寄せていた。いらだちがデイジーの胸からのど元にこみあげてきて、コルク抜きのようにぐいぐいとのどの筋肉を締めつけた。

やがてスウィフトは後ろに下がった。ミス・レイトンは数歩優雅にステップを踏んで、ボウルをふわりと投げた。だが、投げ方が弱すぎて、ボウルは芝のレーンのまん中あたりまで転がって止まった。その位置にボウルがあるとじゃまになって、残りのゲームがとてもやりにくくなる。だれかが自分の一投を犠牲にして、その球にぶつけてどかさないかぎりは。

「いやんなっちゃう」デイジーは口の中でつぶやいた。

ミス・レイトンはまたもやけらけら笑い出して、座りこみそうになっていた。「あら、ごめんなさい、わたし、ゲームを台無しにしてしまいましたわね」

「そんなことはありませんよ」スウィフトはあっさり言った。「挑戦しがいのないゲームなど面白くありませんからね」

なぜ彼はミス・レイトンにそんなに親切なのかしらとデイジーはいらいらしながら思った。愚かな女性に惹かれるようなたぐいの男だとは思ってもみなかったわ。

「あなたの番です」とランドリンドン卿がデイジーにボウルを手わたした。

彼女は木の球の傷のついた表面に手をあてて、手にしっくりくる位置になるまで回した。遠くに見える白いジャックを見つめながら、自分が投げたいと思っているボウルの軌跡を心の中で思い描いた。三歩進んで、腕を後ろに振り上げ、さっと球を投げた。ボウルはグリーンの横のほうに着地して、ミス・レイトンの球をきわどくかわし、それからぐぐっとカーブしてジャックのまん前で止まった。

「お見事！」ランドリンドンが叫んだ。見物人たちも拍手をして歓声をあげた。

デイジーはさっとマシュー・スウィフトを盗み見た。彼はかすかにほほえみを浮かべて、骨まで見透かすようにじっとデイジーを見つめていた。時間が止まった。まるでダイヤモンドのピンで留めつけられてしまったかのように。デイジーにとって、こんなふうに男性に見つめられたことは――もしあったとしても――めったにないことだった。

「きみは意図してこう投げたのか？」スウィフトは静かに尋ねた。「それともただの幸運か？」

「意図してよ」デイジーは答えた。

「どうかな」

デイジーはむっとした。「なぜ？」

「まったくの初心者にあんな投球ができるわけがないからだ」

「ミスター・スウィフト、あなたはわたしが嘘をついていると言うの？」彼の返事を待たず、デイジーは見物席でこちらを見ていた姉に向かって声をかけた。「リリアン、わたしがローンボウリングをしたことはいままで一度もないわよね？」

「ありませんとも」リリアンのきっぱりした答えが返ってきた。

デイジーはスウィフトのほうをむいて、挑むような目つきで彼をにらみつけた。

「あのような投球をするには」とスウィフトは言った。「グリーンのスピード、ボウルの歪みを補うための角度、そしてボウルが曲がりはじめる減速ポイントを計算しなければならない。横風に影響を受ける可能性も考慮しなければならないだろう。そうしたことをやるには経験が必要なんだ」

「あなたはそうやってプレイするの?」デイジーはのん気に言った。「わたしはただ、ボウルにどういうふうに進んで欲しいかを考えるだけ。そして投げるの」

「運と直感か?」彼は見下すような目で彼女を見た。「そんなやり方ではゲームには勝てない」

答える代わりに、デイジーは後ろに下がって腕を組んだ。「あなたの番よ」

スウィフトは上体を屈めて片手でボウルを拾い上げた。指で球の位置を直しながら、投球ラインへ歩いていき、グリーンをじっと見つめた。デイジーは怒っていたけれども、彼を見ているとお腹の奥をきゅっとつかまれるような喜びを感じた。その感触を吟味しながら、どうやって彼はわたしにこんな恥ずかしい肉体的な反応を与えることができるのかしらと考えた。彼を見るだけで、彼のしぐさを見るだけで、ひどく意識してしまい、ぞくぞくするようなスリルを感じるのだった。

スウィフトは力強くボウルを投げた。ボウルはスウィフトの思いどおりにグリーン上を飛んでいき、デイジーの投球の軌跡をそっくりなぞるように転がっていったが、もっと計算されつくされた勢いがついていた。スウィフトの球は、デイジーのボウルに命中すると、それをグリーンの外にはじき飛ばし、先ほどまでデイジーのボウルがあったジャックの正面で止まった。

「わたしのボウルを溝に落としたわ」デイジーは抗議した。「そんなの許されるの?」

「ええ、許されます」ランドリンドン卿が答えた。「いささか冷酷なやり方だが、まったくもってルールに則っています。ああいうボウルを『死んだボウル《デッド・ボウル》』と呼ぶのですよ」

「わたしのボウルは死んでしまったの？」デイジーは憤慨して尋ねた。

スウィフトは顔をしかめているデイジーに無情なまなざしを投げた。「敵は徹底的にたたきのめせ」

「ローンボウリングの最中にマキアベリを引用するのはあなただけでしょうね」デイジーは歯を食いしばって言った。

「失礼」ランドリンドン卿が礼儀正しく口をはさんだ。「わたしの番のようですね」ふたりがまったく自分に注意を払っていないのを見た彼は、肩をすくめて投球ラインに向かった。彼のボウルは左右に揺れながらグリーンを転がっていき、ジャックをちょっと越えたところで止まった。

「ぼくはいつも勝つためにプレイする」スウィフトはデイジーに言った。

「まあ、いやだ」デイジーはいら立って言った。「お父様とそっくりな言い方。ただ楽しむためだけにプレイする人もいるって考えたことはないの？　暇つぶしのための愉快なお遊びとして。それとも、だれもが生きるか死ぬかのような切羽詰った状況でプレイしなければならないとでも？」

「勝つためにやるのでなければ、ゲームに意味などない」

スウィフトに完全に無視されているのに気づいたカサンドラ・レイトンが口をはさんだ。

「ミスター・スウィフト、今度はわたしの番じゃないかしら。ボウルをとっていただけますこと?」

スウィフトはほとんど彼女のほうを見もせずに頼みをきいてやった。彼の注意はデイジーの小さなこわばった顔に釘づけだった。「さあどうぞ」と彼はぶっきらぼうに言うと、ミス・レイトンの手にボウルを押しつけた。

「アドバイスをお願いできるかしら……」とミス・レイトンは言いかけたが、スウィフトとデイジーが言い合いをつづけているので、声がだんだん細くなっていった。

「わかったわ、ミスター・スウィフト」デイジーは冷たく言った。「こんな単純なボウリングゲームですら戦いの場にしなければ気がすまないというなら、そうなさいな。わたしたちはポイントをとるためにプレイするから」自分が彼に近づいたのか、彼が自分に近づいたのかよくわからなかったが、気がつくとふたりはものすごく接近していて、彼の顔が間近から彼女の顔を見下ろしていた。

「きみたちに勝ち目はない」スウィフトは低い声で言った。「きみは初心者だし、女だ。ハンデをつけなければフェアじゃない」

「あなたはミス・レイトンと組んでいるじゃない」彼女は鋭いささやき声で言った。「それで十分なハンデになると思うわ。あなたは、女性は男性ほどうまくプレイできないとほのめかしているのかしら?」

「いいや、ほのめかしてなどいない。はっきりそうだと言っているんだ」

デイジーはめらめらと怒りがこみ上げてくるのを感じた。彼を殴り倒してやったらどんなにすっきりするかと思うとますます気持ちが高ぶってくる。「戦いよ」と彼女は繰り返し、自分の陣地のほうにすたすたと歩き出した。

この先何年も、このゲームはストーニー・クロスで行われたローンボウリングの中でもっとも過酷なゲームだったと語り継がれることだろう。ゲームは三〇ポイントまで延長され、さらに五〇ポイントまで延びて、そのうちデイジーもポイントがわからなくなってしまった。彼らはほんの数センチを競い合い、あらゆるルールを適用して戦った。彼らは投球のたびに、まるで国家の存亡がかかっているかのように、熟考を重ねた。そして相手のボウルを溝にはじき落とすことに全精力を注いだ。

「デッド・ボウル！」とデイジーは叫んだ。彼女の繰り出した完璧なショットに、スウィフトのボウルは転がってグリーンの外に出たのだ。

「ミス・ボウマン、きみは忘れているようだが」スウィフトは言った。「このゲームの目的はぼくのボウルを芝生の外にはじき出すことではない。きみは、自分のボウルをなるべくジャックの近くに止まるように投げなければならないんだ」

「あなたがわたしのボウルをことごとくはじき出しちゃうんだから、そんなことできっこないじゃない、ばか！」ミス・レイトンが彼女の汚い言葉づかいにはっと息を飲んだのが聞こえた。これはいつものデイジーらしくなかった。デイジーがこんな汚い言葉を使うことはけっしてなかった。ただ、この状況のせいで、頭に血がのぼり、冷静さを保つことができなくなっていたのだった。

「きみのボウルをはじき出すのをやめるよ」スウィフトは提案した。「もしきみがぼくのボウルをはじき出さないと言うなら」

デイジーはその提案を半秒ほど考えた。しかし、残念ながら、彼のボウルを溝に落とすほうが何倍も面白いのだった。「中国の麻を全部くれると言われてもだめよ、ミスター・スウィフト」

「よかろう」スウィフトは打ち傷だらけのボウルを取り上げ、力をこめて転がした。彼のボウルは激しい勢いでデイジーのボウルにぶつかり、かきーんと耳をつんざくような音を立てた。

彼女の木のボウルがふたつに割れて溝に落ちるのを、彼女はぽかんと口を開けて見つめた。

「割れちゃったじゃないの！」と彼女は叫んで、両手でこぶしをつくって彼をたたいた。

「それに、あなたの番じゃなかったわ！　順番では、次はミス・レイトンだったのよ。この冷酷な鬼め！」

「あらまあ」ミス・レイトンは困って言った。「ミスター・スウィフトがわたしの代わりに投げてもわたしはまったくかまいませんことよ……彼のほうがわたしよりも数段お上手だし……」だれも彼女の言うことを聞いていないことに気づいて、ミス・レイトンの声は小さくなって消えた。

「あなたの番です」スウィフトはランドリンドン卿に言った。当のランドリンドン卿は、ゲームが過激になっていくことにめんくらっているようだった。

「だめ、だめ！」デイジーはランドリンドンから球をもぎ取った。「彼は紳士だからあなたのボウルをはじき飛ばすことはできないわ。でもわたしは違う」

「そのとおり」スウィフトは同意した。「きみはどう見ても紳士じゃない」

デイジーは大またで投球ラインまで歩いていき、渾身の力をこめてボウルを投げた。彼女の球は勢いよくグリーンに着地してスウィフトのボウルをはじき飛ばした。彼のボウルはグリーンの端までよろよろと転がり、しばらくためらってから溝にごろんと落ちた。彼女はざまを見ろという目でスウィフトを見た。すると彼はお祝いの気持ちを表すかのようにうなずいてそれに答えた。

「いやはや、ミス・ボウマン」とランドリンドンは言った。「あなたのボウリングの技は並外れていらっしゃる。初心者でこんなに上手な方をわたしは見たことがありません。毎回、どうしてそのように完璧に投げられるのですか？」

「心意気が大きければ、困難などさして大きくないものですわ」と彼女は答えた。するとスウィフトは、それがマキアベリの引用であることに気づいたらしく、頰をこわばらせて笑いをこらえていた。

ゲームは延々とつづいた。やがて午後は深まり、夕暮れ時が近づいてきた。デイジーは、いつの間にか、ランドリンドン卿やミス・レイトン、そしてほとんどの見物人がいなくなっていたのに気づいた。ウェストクリフ伯爵も屋敷の中に帰りたがっているのは明らかだった。しかしデイジーとスウィフトは、彼を仲裁役として、あるいはボウルの位置の計測のために必要としていた。ふたりは彼の言葉しか信用しようとしなかったのだ。

さらに一時間が過ぎ、もう一時間が過ぎた。ふたりのプレイヤーはゲームに熱中しすぎて、空腹やのどの渇き、あるいは疲労すら感じなかった。いつのころからかはっきりしないが、ある時点から、彼らの競い合う気持ちは、相手の技をしぶしぶほめたたえる気持ちに変わっていった。特別に見事なショットを投げたときにスウィフトにほめられると、彼女の心は舞い上がった。また、彼が頭の中で計算している姿、目を細めるようす、そして首をかすかに傾げるしぐさをうっとりとながめている自分に気づくこともあった。空想の世界よりも、現実のほうがはるかに面白いと思うことはめったになかったが、このゲームはそうした数少ない例外のひとつだった。

「お若い方々よ」ウェストクリフのからかうような声に、彼らはぽかんとした顔をウェストクリフに向けた。ウェストクリフは椅子から立ち上がり、凝り固まった筋肉を伸ばしていた。

「残念だが、これ以上おつきあいすることはできない。きみたちがプレイをつづけるのはまったくかまわないが、わたしはこれで失礼する」

「でも、だれが仲裁役を引き受けてくれるのです?」デイジーは文句を言った。

「少なくともこの半時間、だれもスコアをつけていないようだ」伯爵ははっきりと言った。

「わたしが審判を務める必要はないのじゃないかね」

「スコアはつけていますわ」とデイジーは言って、スウィフトのほうを振り返った。「何対何なの?」

「わからない」

ふたりの目が合うと、デイジーは急に恥ずかしくてたまらなくなった。

スウィフトの目が楽しそうに輝いた。「きみの勝ちだと思うよ」と彼は言った。

「あら、勝ちを譲らなくていいのよ」デイジーは言った。「あなたのほうがたくさん得点したわ。わたしは負けを受け入れられます。それもゲームの一部なんですもの」

「ぼくは勝ちを譲ったりはしていない。交互にポイントしていたと思う。少なくとも……」

スウィフトはベストのポケットをさぐって懐中時計を取り出した。「……二時間は」

「ということは、その前にリードしていた分があるってことね」

「しかし、だがそれは、三回目のラウンドで取り返され――」

「まあ、なんてこと!」サイドラインからリリアンの声が聞こえてきた。怒り狂った声だった。屋敷に戻って昼寝をしてから外に出てみたら、ふたりがまだボウリングの芝生にいたのだから。「あなたたち、午後中ずっと二匹のイタチみたいに喧嘩していたかと思ったら、こんどはどっちが勝ったかでもめているなんて。もしだれかが止めなければ、あなたたち真夜中までここで口論していることでしょうよ。デイジー、あなた、ほこりまみれで、髪はまるで鳥の巣よ。さあ、家に入って、身だしなみをととのえなさい。今すぐよ!」

「怒鳴らなくてもいいわ」デイジーは穏やかに答えて、家に入っていく姉についていった。

デイジーは肩越しにちらりとマシュー・スウィフトを見た……それは、彼女がこれまで彼に投げかけた視線の中で一番親しみをこめた視線だった。それから彼女は前を向くと足を速めて家に入っていった。

スウィフトは木製のボウルを集めはじめた。

「そのままにしておきなさい」とウェストクリフが言った。「召使たちが片づける。きみは夕食のために着替えをしたほうがいい。一時間ほどで食事だ」

言われたとおりマシューはボウルを地面に落とし、ウェストクリフといっしょに家に向かった。彼は風の妖精のようなデイジーの小さな姿を、視界から消えるまでじっと見つめていた。

ウェストクリフはマシューの魅せられたような視線を見逃さなかった。

「きみは、女性を口説くのに、ずいぶん変わった方法を使うのだね」と伯爵は言った。「わたしなら、ローンボウリングで打ち負かしてデイジーの気を引こうなどとは思いつきもしないだろうが、どうやらうまくいったようだな」

マシューは前方の地面をじっと見つめ、平然となにげない口調で言った。「ぼくはミス・ボウマンを口説こうとなどしていません」

「それでは、わたしはきみのボウリングへのあからさまな情熱を誤解したようだ」

マシューは身構えるような視線を伯爵に送った。「たしかに、彼女は愉快な女性だと思いました。しかし、だからといって彼女と結婚したいと思うわけではありません」

「ボウマン姉妹は、そういう点ではかなり危険だ。どちらかにちょっと興味を引かれると、この世に彼女ほどしゃくにさわる女はいないと思うようになる。しかしそれから、どうしようもなく頭に来る女だとわかっているのに、また会いたくてたまらなくなる。まるで不治の病が進行していくように、臓器がつぎつぎにやられていく。やがて渇望が始まる。彼女に比べると、ほかの女たちはみな色あせて退屈に見えてくる。このままでは頭がどうにかなってしまうと思うほど、彼女が欲しくてたまらなくなる。きみは彼女のことを考えずにはいられなくなり――」

「あなたが何をおっしゃっているのか、ぼくにはさっぱりわかりません」マシューは伯爵の言葉をさえぎった。顔は蒼白だった。ぼくは不治の病に負けたりはしない。男は人生において選択ができるのだ。ウェストクリフがどう考えていようと、これは単なる肉体的な欲求にすぎない。不浄なほど生々しく、はらわたがよじれるほど激しく、正気を失いかけるほど強い肉体的欲求だが……しかしこれは、意志の力で克服できるものだ。

「きみがそう言うなら」ウェストクリフはそう言ったが、信じていないような口ぶりだった。

6

サクラ材のドレッサーの姿見をのぞきこみながら、マシューは糊のきいたフォーマルな白い首に巻くスカーフ状の布《クラヴァット》を器用に捻ったり引っ張ったりしながら丁寧に結んだ。腹が空いていたが、長い正式な晩餐に出席するためにダイニングホールへ行くことを思うと憂鬱になった。上空高く架けられた細い材木の上を歩いているような気分だった。一歩踏み外せば悲惨な運命へと転落していくのだ。

デイジーの挑戦を受けるべきではなかった。何時間もグリーンにとどまって、あのいまいましいゲームをつづけてはいけなかったのだ。

デイジーはあまりにも可憐で、プレイのあいだ中、彼女のすべての注意が自分に向けられていたことは、あらがいがたい誘惑だった。彼女はいままで会った中で、もっとも挑発的でもっとも魅力的な女性だった。雷雨と虹をいっしょに手頃な大きさの小箱につめたような女性なのだ。

くそっ、彼女をベッドに連れて行きたくてたまらない。ランドリンドンやほかの男たちが、彼女のそばでごくふつうにふるまっていられるのが、マシューには不思議でならなかった。

この状況をコントロールしなければならない時期にきていた。彼はあらゆる手を使って彼女とランドリンドンを結婚させるつもりだった。ストーニー・クロス・パークに来ている独身男性の中では、あのスコットランド貴族が最高の花婿候補と思われた。ランドリンドンとデイジーは穏やかで秩序ある暮らしを送ることだろう。有閑階級の男たちの常で、ランドリンドンもたまにはよその女性に心がゆれることもあるだろうが、デイジーは家族のことや本にばかり目がいっていて、そういうことには気づかないだろう。もし気づいたとしても、夫の不実に目をつぶるすべを学び、空想の中に逃げ場を見つけるだろう。

しかし、デイジーがランドリンドンの人生に想像を越える喜びをもたらしても、彼がそれに感謝することはけっしてないだろう。

むっつりとふさぎこんでマシューは一階に下りていき、晩餐の席次について話し合っているエレガントな人々に合流した。女性たちは、刺繍をほどこしたり、ビーズを縫いつけたり、レースの縁飾りをつけたりした色とりどりのドレスをまとっていた。男性たちはまぶしいほど白いシャツに漆黒のスーツという簡素な服装で、淑女たちの華やかさをひきたてていた。

「スウィフト」トーマス・ボウマンの心から歓迎する声が聞こえてきた。「こっちへ来い——こちらの方々に最新の生産推定値を話してやってくれ」ボウマンにとって、ビジネスの話をするのに不適切なときというのは存在しないのだった。マシューは素直に、部屋の隅に立っていた五、六人の男性のグループに加わり、社長が求めている数字をすらすらと述べた。

マシューの特技のひとつは、たくさんの数字をしっかりと頭の中にたたきこんでおけることだった。彼は数字が好きだった。数字のパターンやその秘密をさぐり出すのが好きだったし、複雑なことをシンプルな数式に置き換えられるのも魅力だった。数学では、人生と違って、つねに解決法があり、明確な答えがあった。

しかし、話をしている最中に、デイジーの姿が目に入った。彼女は友人たちといっしょにリリアンの近くに立っていた。彼女を見た瞬間、彼の頭脳の半分は活動を停止してしまった。

デイジーはバターイエローのドレスを着ていた。てらてら光るサテンのドレスは彼女の細いウエストをぴったりと包み、小さな形のよい胸をひだ飾りのついた大きく開いた襟に向かって押し上げていた。黄色のサテンのリボンを三つ編みにした肩紐がついていた。黒い髪は高く結い上げられ、うなじと肩に数本のカールが垂れている。彼女は繊細で完璧に見えた。まるでデザートの皿に載っている装飾用の砂糖細工のようだった。

マシューは彼女のドレスを押し下げて、そのサテンの紐で彼女の腕を動けなくしてしまいたかった。柔らかな青白い肌に唇を這わせ、胸の先端を見つけ出して、彼女を悶えさせ――

「しかしきみは本当に」ミスター・マードリングの声が聞こえてきた。「市場を拡大する余地があると思っているのかね？　結局のところ、わたしたちは下層階級の連中の話をしているのだ。どこの国であろうと、彼らが風呂にあまり入りたがらないというのは周知の事実だ」

マシューは注意を背の高い身なりのよい紳士に向けた。シャンデリアに照らされて彼の金髪は輝いていた。マシューは答える前に、マードリングの質問におそらく悪意はないのだと自分に言い聞かせた。特権階級の人々というのはおうおうにして貧しい人々のことをまったく理解していないものなのだ。そういった人々について考えることすらめったにないのかもしれない。

「実際」マシューは穏やかに言った。「現在わかっている数字からも、石鹼が大量生産されて廉価で売り出されるようになれば、市場は年に一割のペースで拡大していくことが予想されます。どのような階級の人々も体を清潔にしたいと思っているのですよ、ミスター・マードリング。問題は、これまでは質の良い石鹼は贅沢品で、彼らの手に入りにくかったことなのです」

「大量生産」マードリングは考えを声に出した。細い顔にしわをよせて考えこんでいる。「その言葉にはなんとなく不快な響きがある……下層階級の人々に上流の人々の真似をさせる手段というふうに聞こえる」

マシューはまわりの男たちの顔をうかがった。ボウマンのはげ頭が赤くなっている――まずいサインだ――そしてウェストクリフは黙っていた。その黒い瞳からは彼の考えを読み取ることはできない。

「まさにそういうことなのです、ミスター・マードリング」マシューは重々しく言った。「衣服や石鹼といった品物を大量生産することによって、貧しい人々も裕福な人々と同程度に健康的で品位のある暮らしができるチャンスが生まれるのです」

「では、だれがだれであるかをどうやって区別するのかね?」マードリングは言い返した。

マシューは問いかけるような視線を投げた。「おっしゃる意味がよくわかりませんが」

ランドリンドンが議論に加わった。「マードリングが言っているのは、たとえばふたりの娘がいて、どちらも清潔で身なりがよかったら、どちらが店員でどちらが良家の娘なのかをどうやって見分けたらいいのかということなのだ。そしてもしある紳士が外見で彼女たちの身分を知ることができなかったら、彼は相手をどのように扱ったらいいかわからなくて困るのではないかな?」

鼻持ちならない上流気取りの質問に度肝を抜かれて、マシューは慎重にどう答えるべきかを考えた。「わたしはつねに、身分がどうあれすべての女性には敬意を持って接するべきだと思ってきました」

「よく言った」ウェストクリフがうなるような声で言った。ランドリンドンが反論しようと口を開いたときだった。

だれも伯爵に逆らいたいとは思わなかったが、それでもマードリングは食い下がった。「ウェストクリフ、あなたは貧しい者たちの身分不相応なふるまいを奨励することにはまったく害がないとお考えですか? 彼らにそんなことを許したら、彼らと我々のあいだに違いがなくなってしまいますぞ」

「害になると思われるのは」ウェストクリフは静かに言った。「見かけの優越性が失われることを恐れて、我々がよりよい暮らしを望む人々の気持ちをくじくことだけですな」

この言葉を聞いて、マシューはそれまでよりももっと伯爵を好きになった。

店員の娘のたとえ話が頭から離れないランドリンドンは、マードリングに言った。「心配するな、マードリング――女性がどんな服装をしていようと、紳士というものは、本当の身分を必ず見抜けるものなのだ。レディーは柔らかで上品な話し方をするし、女店員は耳ざわりな声で教養のない物言いをするものだ」

「それもそうだ」マードリングは安心したように言った。それから、ぶるっと体を震わせてつけ加えた。「美しく着飾った女店員が、ロンドンなまりでまくしたてる……石板に爪を立てる音を聞くようだ」

「ああ」ランドリンドンが笑って言った。「あるいは薔薇の花束に一本まざった、ありふれたデイジーの花」

もちろんそれは軽率な発言だった。いきなりあたりが静まり返って、ランドリンドンは自分がうっかりボウマンの娘を――というよりも彼女の名前を――侮辱してしまったことに気づいた。

「使い道が豊富な花ですね、デイジーは」とマシューが沈黙を破った。「新鮮かつ簡素で、じつに美しい。どのようなアレンジにもぴったり合う花だと、わたしは常々思っていました」

そこにいた男たちは即座に同意の声をもらした――「いや、たしかにそうですな」、「まったくです」

ウェストクリフ伯爵はマシューに賞賛のまなざしを送った。

そのあとしばらくして、前から決まっていたことなのか、直前に席替えがあったのかは不明だが、マシューは自分がメインのダイニングテーブルの、ウェストクリフの左隣の席を与えられたことを知った。多くの客たちは、そのような名誉ある席がこれといった身分もない若者に与えられたことに驚きをあらわにした。

自身の驚きを隠して、マシューがトーマス・ボウマンのほうを見ると、彼は父親のように誇らしげな笑みをマシューに向けた……そしてリリアンは夫を密かににらみつけた。ウェストクリフほどの男でなければ縮み上がったに違いない目つきだった。

晩餐はこれといった出来事もなく終り、客たちはさまざまなグループに分かれて散っていった。何人かの男性は裏のテラスへポートワインと葉巻を楽しみに行き、お茶を飲む女性たちもいた。残りの人々はゲームとおしゃべりのために客間へ向かった。

マシューがテラスに向かって歩いていると、だれかが彼の肩を軽くたたいた。カサンドラ・レイトンのいたずらっぽい目が彼を見上げていた。彼女は明るくはつらつとした女性で、一番得意なのは人の注意を自分に集めることのようだった。

「ミスター・スウィフト」彼女は言った。「ぜひ、客間へごいっしょしてくださいましな。断わることは許しませんわよ。レディー・ミランダとわたしはゲームの計画を立てていますの。きっと楽しんでいただけますわ」彼女はちゃめっ気たっぷりにウィンクした。「わたしたち、あることを企んでいますのよ」

「企み?」マシューはうんざりして繰り返した。

「ええ、そうよ」彼女はくすくす笑った。「今夜はちょっといたずらしてやろうと思っていますの」

マシューは室内ゲームをどうしても好きになれなかった。ああいったゲームでは軽薄さが必要とされるのだが、彼はそうしたことが大の苦手だった。さらに、イギリス社交界の寛容な雰囲気の中では、ゲームに負けると、いたずらや、ときにはちょっとスキャンダラスな行為が罰として科されることがある。マシューはスキャンダルを心から嫌悪していた。それにもし自分がスキャンダルに巻きこまれることがあったとしても、それにはまっとうな理由がなければならない。愚かしい室内ゲームの結果、などというのはまっぴらだった。

しかし、答える前に、マシューは視界の隅に何かを捕えた……黄色い閃光。デイジーだった。彼女はランドリンドン卿の腕に軽く手を置き、客間につづく廊下を歩いていた。

理性がこう言った。もしデイジーがランドリンドンとスキャンダラスな行為をすることになるとしても、それは彼女の問題なのだぞ、マシュー。しかし心の奥深くの、もっと原始的な部分から、彼女をわたしたくないという気持ちがむらむらと生じてきて、マシューの足は客間に向かった。

「まあ、うれしい」とカサンドラ・レイトンは声を震わせて、彼の曲げた腕に手を巻きつけた。「楽しくなりそうですわ」

これは新たな、歓迎できかねる発見だった。原始的な欲求のせいで、いきなり自分の体をコントロールできなくなってしまったのだ。むずかしい顔つきで、彼はミス・レイトンと客間に向かった。その間、彼女はくだらないことをぺらぺらしゃべりつづけていた。

数名の若い男女が客間に集まって、笑ったり、おしゃべりをしたりしていた。ねっとりと濃い期待感が空気に満ちていた。そして悪ふざけのムードが漂っていた。まるで参加者の何人かはすでに知らされていて、いたずらに加担することになっているかのようだった。マシューは戸口近くに立った。すぐにデイジーは見つかった。彼女は暖炉のそばに腰掛け、隣には彼女の椅子のアームに半分よりかかるようにしてランドリンドンが座っていた。

「最初のゲームは」レディー・ミランダがにっこり笑って言った。「動物の鳴き真似ごっこです」彼女は含み笑いの波がおさまるのを待ってからつづけた。「ルールをご存知ない方のためにご説明しますが、とても簡単ですの。レディーたちはそれぞれ、自分の男性パートナーを選びます。そしてそれぞれの紳士は真似をする動物を割り当てられます。たとえば、犬とか豚とかロバなんかですわ。レディーたちは部屋の外に出て、目隠しをされます。それから部屋に戻って、自分のパートナーを見つけるのです。紳士たちは、割り当てられた動物の鳴き真似をしてパートナーを誘導します。パートナーを見つけるのが一番遅かったレディーには罰則がありますのよ」

マシューは心の中でうなった。ゲームなど大嫌いだ。参加者を笑いものにする以外に何の目的もない。自主的にであろうと、そうでなかろうと、人前で恥ずかしい思いをすることに我慢できない男にとって、これはなんとしてでも避けたい状況だった。

デイジーのほうをちらりと見ると、彼女はほかの女性たちのように笑ってはおらず、決然とした表情をしていた。彼女はほかの人たちの仲間に入ろうとしていたのだ。まわりにいる頭の空っぽな女たちのようにふるまおうと決心していたのだ。ちくしょう。彼女が壁の花になるのも当然だ。結婚を望む若い女性には、こうしたばかげたふるまいが要求されるのだとしたら。

「あなたのパートナーはわたしよ、ミスター・スウィフト」ミス・レイトンが叫んだ。

「光栄です」マシューが礼儀正しく答えると、まるで彼がものすごく面白いことを言ったかのように彼女はくすくす笑い出した。マシューはこんなに絶え間なく笑う女性に会ったことがなかった。このまま笑いつづけたら、しまいには発作を起こすのではなかろうかと心配になるほどだった。

紙切れが入った帽子がまわされ、マシューはひとつ引いて、読んだ。

「牛だ」彼がミス・レイトンに無表情な顔で言うと、彼女は忍び笑いをした。

自分がまぬけになったような気がしたが、マシューはミス・レイトンたち女性陣が部屋から出て行くあいだ、部屋のわきに立っていた。

男たちはいろいろ考えて自分の位置を決めた。目隠しをした女性たちが、自分にぶつかってきたり、手探りしたりしながら触ってくる楽しさを期待しながら声高に笑っている。

客間のあちこちから、鳴き声の練習が聞こえてきた。

「ガーガー」

「ニャオ」

「ゲロゲロ」

すると笑い声がつづいた。目隠しをしたレディーたちが部屋にぞろぞろ入って来たのだ。部屋は騒々しい動物園さながらに、動物の鳴き声であふれた。レディーたちは、ロバやらヒヨコやらの鳴き真似をしている男性たちにぶつかりながら、自分のパートナーを探しはじめた。

マシューは神に祈った。どうかウェストクリフやハントが、そして、とりわけボウマン社長がこの部屋にふらりとやってきて、こんなことをやっている自分を見ることがありませんように。もし見られたら、一生の恥だ。

彼の尊厳はカサンドラ・レイトンの声で木っ端微塵に打ち砕かれた。「牛さんはどこかしら?」

彼はため息をもらした。そして気難しい声で「モー」と言った。ミス・レイトンの笑い声が空気を伝わり、その姿が見えてきた。彼女は手探りで、近くにいるあらゆる男性に触れながら近づいてくる。彼女が人々をかきわけてやってくる途中、まわりの男性たちの口から、はからずもガーとかチューとかいう言葉がもれた。

「ああ、う、牛さん」ミス・レイトンは大声で言った。「もっと鳴いてくださらないとわかりませんわ」

マシューは顔をしかめた。「モー」

「もう一度」と彼女は声を震わせた。

カサンドラが目隠しをしていたのは幸いだった。彼女をにらみつけているマシューの険悪な目を見ずにすんだのだから。「モー」

くすくす。くすくす。くすくす。ミス・レイトンは腕を前に伸ばし、空気を手でつかむように握ったり開いたりしながら近づいてきた。彼女は彼に触れて、彼の腰やその下を手探りした。マシューは彼女の両手首をつかんで、しっかりと上に引き上げた。

「牛さんを見つけたのかしら？」彼女はずる賢く尋ねて、しなだれかかってきた。

彼はさっと彼女を押し戻していった。「ああ」

「やったわ！」彼女は叫んで、目隠しをはずした。

ほかのペアも相手を首尾よく見つけて、動物の声はだんだん少なくなっていった。そして最後に残った声は……なんだかとても下手くそな、虫の鳴き声のような声だった。キリギリス？　あるいはコオロギ？

マシューは、だれがその声を発しているのか、そしてその声の主の不運なパートナーはだれなのかと首を伸ばした。「おお」と感嘆の声がもれ、朗らかな笑い声が広がった。人々の群れが分かれて、デイジー・ボウマンが目隠しをとっている姿があらわれた。ランドリンドン卿は申しわけなさそうに肩をすくめている。

「コオロギはそんな声では鳴きませんわ」デイジーは顔を真っ赤にして笑いながら抗議した。

「まるで、咳払いしているみたい！」

「これ以上、上手にはできませんよ」ランドリンドンは困り果てて言った。

ああ、なんてことだ。マシューは一瞬目を閉じた。やっぱりデイジーだ。

カサンドラ・レイトンは愉快でたまらないようすで言った。「まあ、お気の毒ですこと」

「喧嘩はなしですわよ」レディー・ミランダが陽気にたしなめた。「では、罰ゲームをするのはあなたよ！」

デイジーは口ごもった。「罰ゲームって？」

「壁の花のふりをするゲームよ」レディー・ミランダは説明した。「あなたは壁際に立って、帽子の中から紳士の名前が書かれた紙を引くの。もし彼があなたにキスをするのを拒んだら、あなたはそのまま壁際に立って、あなたにキスしてくれる紳士があらわれるまで、紙を引きつづけなければならないのよ」

デイジーはにこっと短く笑ったが、顔は蒼白になっていた。頬骨のあたりだけ、ぽっと赤くなっている。

くそっ。マシューははらわたが煮えくり返る思いだった。

これはゆゆしきジレンマだった。この件が発端となって噂が広がり、それが簡単にスキャンダルに発展する恐れがある。そんなことを許すわけにはいかなかった。彼女の家族のためにも、彼女のためにも。そして自分自身の……しかし、そのことに関しては考えたくなかった。

彼は無意識に前に進み出ようとしたが、ミス・レイトンが彼の腕をつかんで引き止めた。彼女の長い爪が上着の袖に食いこんだ。「邪魔をしてはいけませんわ！　ゲームに参加した人は、喜んで罰ゲームをしなければならないのよ！」彼女はほほえんでいたが、その目には冷酷さが潜んでいて、マシューは不快に感じた。彼女はデイジーがわなにはまるようすを一秒たりとも逃さず楽しむつもりでいるのだ。

危険な生き物だ、女というのは。

マシューは部屋を見回した。紳士たちは期待に顔を輝かせている。デイジー・ボウマンにキスする機会に背を向けようとする男はひとりもいない。マシューは彼らの頭をかち割って、デイジーを引っ張って部屋から連れ出したかった。しかし、彼にできるのは、彼女の前に帽子が差し出され、彼女が震える手をその中につっこむのを見守ることだけだった。

紙切れを一枚取り出し、デイジーは黒い眉をひそめながら黙ってそれを読んだ。部屋はしんと静まりかえり、あちらこちらから、期待に息を飲む音が聞こえてきた……デイジーは目を上げずに名前を言った。

「ミスター・スウィフト」彼女は人にたしかめられる前に紙切れを帽子の中に戻した。

心臓が狂ったように鼓動を打ちはじめたのをマシューは感じた。状況が一気に好転したのか、それともはなはだしく悪くなったのか、彼には判断がつきかねた。

「ありえないわ」ミス・レイトンが怒りをこめてつぶやいた。「あなたのはずがないの」

マシューはぼんやりと彼女を見下ろした。「なぜ?」

「だって、わたし、帽子の中にあなたの名前を入れなかったんですもの!」

彼は表情を読み取られないように気をつけて言った。「どうやら、ほかのだれかが入れたようだ」そして彼女につかまれていた腕をふりほどいた。

神経質にしっという声が交わされ、部屋中が静まり返る中、マシューはデイジーに近づいていった。すると今度は、興奮した忍び笑いが人々のあいだに広がっていった。デイジーは見事に表情を抑えていたが、顔の色だけは彼女を裏切って真っ赤になっていた。ほっそりした体は、弓のつるのようにぴんとこわばっている。彼女は必死にのんきそうな笑いを唇に浮かべようとしている。マシューには彼女の首筋が激しく脈打っているのが見えた。彼はその脈打つ肌にくちづけし、舌を這わせたかった。

彼女の正面で立ち止まり、目を合わせて、彼女の心を読もうとした。

この場面で、優位に立っているのはどっちだ？

見かけ上は自分だ……しかし、ぼくを指名したのはデイジーだ。

彼女はぼくを選んだ。なぜ？

「ゲームの最中、あなたの鳴き声を聞いたわ」デイジーはほかのだれにも聞こえないような小さな声で言った。「お腹をこわした牛みたいな声だった」

「結果から判断すると、ぼくの牛のほうが、ランドリンドンのコオロギよりもましだったようだ」とマシューは言った。

「彼のはぜんぜんコオロギらしくなかったわ。痰がのどにからまって、咳払いしているみたいだったもの」

マシューはいかめしい表情をつくって、突然笑い出したくなるのをこらえた。彼女は困り果てていて、とてもかわいらしく見えた。ぎゅっと抱きしめたくなるのをやっとのことでこらえる。抱きしめるかわりに彼は言った。「早くすましてしまおう」

デイジーがこんなに真っ赤にならなければいいのにと彼は思った。色白のせいでそれがよけいに目立ち、彼女の頰は深紅のポピーのようだった。

マシューが、ほとんどふたりの体が触れ合うほど彼女に近づくと、人々が息を吸いこむ音が聞こえた。デイジーは頭を後ろにのけぞらせて、目を閉じた。唇は軽くすぼめられている。彼は彼女の手を取って自分の口元へ持っていき、指の甲に軽くキスをした。

デイジーはぱっと目を開けた。唖然としているようだった。

人々からさらに笑い声が起こり、ずるいわと、ふざけてたしなめる声が飛び交った。

何人かの紳士と、ほがらかに軽口を交わしたあと、マシューはデイジーのほうを向いて、感じよく、しかしきっぱりとした口調で言った。「先ほどおっしゃっていましたよね、ミス・ボウマン、姉上のようすを見に行きたいと。レディー・ウェストクリフのお部屋までお送りしましょう」

「あら、抜けるなんてだめですわ！」部屋の奥のほうから、カサンドラ・レイトンが叫んだ。

「まだゲームは始まったばかりですのよ！」

「けっこうです」デイジーはマシューに言った。「姉はわたしがここでもう少し遊んでいっても、待っていてくれると思います」

マシューは射抜くような鋭い目でデイジーを見た。彼女の表情がさっと変わった。彼女は彼の意図を理解したのだ。

彼はガチョウの事件の借りを返せと言っている。いますぐ、ぼくといっしょに部屋を出よう、と彼のまなざしが命じていた。つべこべ言わずに。

彼は、デイジーがなんとしてでも彼の申し出を拒否したがっていることもわかっていた。だが彼女の名誉を重んじる心が、それを許さない。借りは返さなければならない。

デイジーはごくりと唾を飲みこんだ。「でも……」彼女はほとんどその言葉をのどに詰まらせそうになった。「……いっしょにお茶を飲むと、姉と約束していたのだったわ」

マシューは彼女に曲げた腕を差し出した。「では、お送りしましょう、ミス・ボウマン」

いくつか抗議の声があがったが、ふたりが戸口を出るころには、みんなは次のゲームの準備で忙しくなっていた。これから客間で、いったいどんなささやかなスキャンダルが生まれようとしているのか。しかし、自分とデイジーが関係していないかぎり、マシューにはどうでもいいことだった。

廊下に出たとたん、デイジーは彼の腕からさっと手を離した。彼らはさらに数メートル進んで、開かれた書斎のドアの前で立ち止まった。だれも中にいないことをたしかめると、デイジーは何も言わずに中に入っていった。

マシューも彼女のあとにつづき、人に見られないようにドアを閉めた。これは適切な行為とは言えなかったが、廊下で喧嘩するのも礼儀正しいこととは言えない。

「どうしてあんなことをしたの？」ふたりきりになったとたん、彼女は振り返って言った。

「ゲームを抜けさせたことか？」マシューはめんくらって、自分も厳しい口調で返した。「きみはあんなところにいるべきではなかった。自分でもわかっているだろう」

デイジーは激怒しており、彼女の黒い瞳から火花が散っているように見えた。「じゃあ、どこにいるべきだと言うの？　部屋でひとりで本でも読んでいろと？」

「スキャンダルを起こすより、そっちのほうがましだっただろう」

「違うわ。わたしはまさしく自分のいるべき場所にいて、みんながやっているとおりのことをしていたのよ。そして、あなたがそれをめちゃくちゃにするまではうまくいっていたわ！」

「ぼくが？」マシューは自分の耳を疑った。「ぼくがきみの楽しい夜を台無しにしたと？」

「そうよ」

「どうやって？」

彼女は非難がましく彼をにらみつけた。「あなたはわたしにキスをしなかったわ」

「ぼくは……」不意をつかれて、マシューは当惑の目で彼女を見つめた。「たしかにきみにキスをした」

「手に、ね」デイジーはさげすむように言った。「あれでは、キスしないのと同じなの」

優位な立場にいると信じこんでいた自分が、いきなり高みから滑り落ちて、憤慨しながら反論する側にまわってしまったのはどうしてなのか、マシューにはよくわからなかった。

「きみは感謝すべきだ」

「何に対して」

「いたって明白だろう？　ぼくはきみの評判を傷つけないようにしたんだ」

「あなたがもしわたしにキスをしていたら」デイジーは言い返した。「わたしの評判は傷つくどころか、高まったのよ。ところがあなたは人前でわたしを拒絶した。ランドリンドンもマードリングも、あそこにいたほかの人たちも、みんなわたしに何か欠陥があると思ったに違いないわ」

「ぼくはきみを拒絶したんじゃない」

「正真正銘の拒絶のように感じられたわよ、礼儀知らず！」

「ぼくは礼儀知らずじゃない。もしぼくが人々の前できみにキスをしたら、それこそが礼儀知らずというものだ」マシューは一呼吸おいてから、困惑といらだちもあらわに言い足した。「それにきみには欠陥などひとつもない。どうしてそんなことを言うんだ」

「わたしは壁の花よ。だれもわたしとキスしたがらないの」

もうたくさんだった。デイジー・ボウマンは、彼がしたくてたまらないことを――何年も夢見てきたことを――しなかったからといって、激怒している。ぼくはあっぱれなふるまいをしたのだ。それなのに、ちくしょう、感謝されるどころか彼女を怒らせてしまった。

「……わたしってそんなに魅力がないの？」デイジーはわめいていた。「キスするのがそんなに嫌だったの？」

彼は長いあいだ彼女を求めてきた。彼女を自分のものにすることは絶対にできないのだと、千回も自分に言い聞かせてきた。彼女が自分を嫌っていて、まったく望みがないと思っていたときのほうが、耐えるのははるかに簡単だった。しかし、彼女の心が変わって、彼女も彼を欲しいと思いはじめているのだとしたら。その可能性に、彼はめまいがするほどの戦慄を覚えた。

もう一分これがつづいたら、どうにかなってしまいそうだった。

「……わからないの。男性の気を引くには、どんなふうにふるまったらいいのか、わたしにはさっぱりわからない」デイジーは腹立たしそうに言った。「そしてついにちょっと経験を積むチャンスがきたと思ったら、あなたは――」彼女は彼の表情を見ると、途中で言葉を止めて眉をひそめた。「どうしてそんな顔をしているの？」

「どんな顔だ？」

「どこかが痛んでいるみたいな」

痛み。そうだ。これは、何年間もひとりの女性に恋焦がれつづけた男が感じる痛みだ。そしてその女性と部屋にふたりきりでいて、彼女からキスしなかったと非難されている男の痛みだ。いますぐ彼女の服を引き裂いて、この床の上に彼女を押し倒したくてたまらないというのに。

経験が積みたかっただと？　彼女の生涯に残る経験を与える準備はできていた。彼のものは耐え難いほど硬くなっており、それがズボンの布地をこするだけで顔をしかめずにはいられないほどだった。自分を必死に抑えるために、彼は呼吸に意識を集中させた。そう、呼吸だ。ところがますます興奮は高まり、目の前に赤いかすみがかかってきた。

彼は無意識に、彼女に手を伸ばしていた。突然、手が彼女の腕をつかんだ。黄色いサテンの布地を通して、彼女の体の温かみが感じられた。彼女は軽くしなやかだった。まるで猫だ……彼女を軽々と持ち上げ、壁に釘づけにするのなどたやすいことだろう……。

デイジーの黒い目は驚きで大きく見開かれた。「何をしているの」

「ひとつ質問に答えて欲しい」マシューはなんとか声を出した。「あそこで、どうしてぼくの名前を言ったんだ？」

いろいろな感情が彼女の顔を素早くよぎった……驚き、罪の意識、恥じらい。露出しているすべての肌がピンクに染まった。「何のことかわからないわ。紙にあなたの名前が書いてあったの。だから、わたしには選択の余地はなくて――」

「嘘だ」マシューはきっぱりと言った。彼女が答えるのを拒絶すると彼の心臓は止まった。彼女は否定しないつもりだ。彼女の肌はピンクから深紅に変わった。「紙にはぼくの名前は書いてなかった」彼はなんとか先をつづけた。「なのにきみはぼくの名前を言った。なぜだ？」

ふたりとも、理由はひとつしかないことがわかっていた。マシューは一瞬目を閉じた。彼の脈はあまりにも熱くて速く、その容赦ない勢いが彼の血管を内部から突き上げた。

デイジーのためらうような声が聞こえてきた。「ただ知りたかっただけよ。あなたがどんなふうに……ただ、知りたかっただけ……」

これはもっとも残酷な誘惑だった。マシューは彼女を放せと自分に命じていたが、彼の手は黄色いサテンに包まれた細い腕を放そうとしない。なんて素晴らしい触り心地だろう。彼女の繊細な唇を見つめる。下唇のまん中がかすかにへこんでいて、無性にそそられる。たった一度だけだ、彼はやけっぱちに考えた。少なくともそれくらいは許されるはずだ。だが、一度はじめてしまったら……途中でやめられるかどうか、自信がない。

「デイジー……」彼はこの場の緊張を和らげる言葉をさがそうとしたが、ちゃんと話をすることすら難しかった。「ぼくはきみのお父さんに言うつもりだ……次に彼に会ったらすぐに……どんな状況においても、ぼくはきみと結婚できないと」

彼女はまだ彼のほうを見ようとはしなかった。「どうして父にすぐそう言わなかったの？」

なぜなら、彼女に自分の存在を気づいてもらいたかったからだ。

なぜなら、夢見ることさえできないと思ってきたことが、自分の手に届くところにあるのだというふりを、ほんの束の間でいいからしてみたかったからだ。

「きみを困らせてやりたかったんだ」

「それは成功したわね！」

「だが、まじめに考えたことは一度もなかった。ぼくは絶対にきみとは結婚できないんだ」

「わたしが壁の花だから？」彼女はふてくされて言った。

「違う、ただ――」

「望ましくないから」

「デイジー、やめないか――」

「たった一度のキスにも値しないほど」

「わかった」マシューはとうとう理性を失った。「くそっ、きみの勝ちだ。ぼくはきみにキスをする」

「なぜ?」

「もしキスしなければ、きみが永久に文句を言いつづけるからだ」

「もう遅すぎるわ！　客間でキスすべきだったのに、あなたはしなかった。わたしがほかのだれかにキスされるというチャンスをあなたが消し去ってしまったからには、わたしは安っぽい残念賞でなんか満足しませんからね」

「安っぽいだって?」

それを言ったのは間違いだった。口にしたとたんデイジーがそれに気づいたのをマシューは見て取った。

彼女はいま、運命を決めてしまったのだ。

「わ、わたし、いいかげんな、って言いたかったの」彼女は息を切らせながら、彼から逃れようとした。「あなたがわたしにキスしたがっていないのは明らかだし、だから――」

「きみは安っぽいと言った」彼はぐっと彼女を抱き寄せた。「つまり、ぼくには証明して見せなければならないことがあるということだ」

「そんな必要はないわ」彼女は即座に言った。「本当よ。あなたは――」彼が片手で彼女の首をつかんだとき、彼女は小さな叫び声をあげたが、頭が引き寄せられ、すべての声はかき消されてしまった。

7

ふたりの唇が合わさった瞬間、マシューはこれが失敗だったことを悟った。自分の腕の中にいるデイジーほど完璧な女性はこの先二度とあらわれないことがわかったからだ。ぼくの人生は台無しになってしまうだろう。だが、もうそんなことはどうでもいい。

彼女の唇は柔らかくて熱く、まるで日差しのようだった。心材が燃えるときの白い炎のようだった。舌の先で下唇のくぼみに触れると、彼女ははっと息を止めた。彼女はゆっくりと手を彼の両肩にかけ、それから指を後頭部の髪に滑りこませてきた。彼が離れていかないように頭を押さえているのだ。そんなことは起こるはずがないのに。何があろうと、彼は途中でやめるつもりはなかった。

彼は指を震わせながら、彼女の優美な顎を手のひらにのせ、そっと顔を上向かせた。彼女の口の味は甘くてとらえどころがなく、渇望に火がついて、手がつけられないほど激しく燃え上がりそうになった……彼は彼女の唇の奥の湿ったシルクの感触を、深く、貪欲にさぐった。やがて彼女は長いため息をつくようにゆっくりと呼吸しはじめ、体を彼にぴたりと寄せてきた。

彼は彼女に、自分がどれくらい強いかを、どれくらい重いかを感じさせた。筋肉質の片腕を背中にまわし、両足を開いて、彼女の体を強靭な長い両腿で挟みこんだ。彼女の上半身は、パッドの入ったコルセットで締めつけられていた。彼はその紐やキルティングを引きはがして、その下にある肌に触れたいという野蛮な欲望に負けそうになった。

だが彼はそうする代わりに、指をピンで結い上げた髪に埋めて、彼女の頭の重みが手のひらにかかるように後ろに引いた。彼女の青白いのどがあらわになった。彼はさきほど目にした脈をさがし出し、唇をそっと神経の通り道に沿って肌の上に滑らせていった。敏感な場所にたどりつくと、彼女の抑えたうめき声の振動が唇に感じられた。

彼女と愛を交わすときはきっとこんなふうなんだろう、と彼はくらくらする頭で考えた……彼女の中に入っていくと、彼女の肉体が甘く震え、呼吸はデリケートに乱れ、のどからはせつなそうなかすれ声がもれるのだ。彼女の肌は温かくて女らしく、お茶とタルカムパウダーと、かすかに塩の香りがした。彼はふたたび彼女の口をとらえて開かせ、湿ったシルクの熱い感触を味わった。その親密な味に彼は我を忘れた。

抵抗すべきだったのだが、彼女はただ許し、やさしく彼を受け入れて、彼に境界を越えさせた。彼はもっと深くからみつくようなキスをして、彼女の体をリズミカルに自分に押しつけた。彼はドレスのスカートごしに彼女が脚を開くのを感じて、腿を彼女の股のあいだに滑りこませた。彼女は無垢な欲望にかられて身悶え、その顔は晩夏のポピーのように紅潮していた。もし彼女が、彼が本当は彼女をどうしたいかを知ったら、頰を赤らめるくらいではすまないはずだ。この場で失神してしまうだろう。

彼女の唇から口を離し、マシューは顎を彼女の頭の横に押しあてた。「これで」と彼はしわがれた声で言った。「ぼくがきみに魅力を感じているかどうかという疑問にはもう答える必要はないだろう」

デイジーは力をふりしぼって、彼の腕の中で体を回して顔をそむけ、目の前に並んでいる革装の本の背表紙をぼんやりと見つめた。彼女は両手をマホガニーの本棚に置いて、荒れ狂う呼吸のリズムをなんとか鎮めようとした。

マシューは背後から手をまわして彼女の両手に自分の手を重ねた。敏感な耳の隆線に唇を触れると、細い肩がこわばるのが胸に感じられた。

「やめて」彼女はかすれた声で言って、彼から離れようとした。

やめることはできなかった。マシューは彼女の頭の動きを追って、首すじの柔らかなカーブに鼻をこすりつけた。彼は片方の手を彼女の手から離して、胸元の露出した肌に手のひらをあてた。ちょうど胸のふくらみがはじまるあたりだ。デイジーは自由になった手を彼の指にかぶせて、自分の胸に押しつけた。まるでふたりの努力を合わせないと激しく打つ心臓をなだめることができないとでもいうように。

マシューは全身の筋肉を緊張させて、彼女を抱き上げて近くの長椅子に運んでいきたいという強烈な欲望に抵抗した。彼女を抱きたかった。辛い思い出が彼女のやさしさで溶けていくまで彼女の中に沈みこみたかった。しかし、その機会は、ふたりが出会うよりもずっと前に、すでに失われていた。

彼には彼女に与えられるものが何もなかった。彼の人生も、名前も、身分も……すべては幻想にすぎない。彼は彼女が彼だと思っている人間ではなかった。そしてそれを彼女が知るのは、単に時間の問題なのだ。

情けないことに、彼は自分でも気づかぬうちに彼女のスカートを手でつかんでいた。まるでそれをまくりあげようとするかのように。指のあいだから、サテンの布地が輝きながら流れ出ていた。布地やレースで包まれている彼女の体のことを考えた。そして衣服をすべては ぎ取って彼女を裸にする不道徳な喜びのことを考えた。口と指先で彼女の体を隅々までたどり、あらゆる曲線、あらゆるくぼみ、あらゆる秘密をさぐり出す喜びのことを。

まるで他人の手を見るように自分の手を見つめながら、マシューは指を一本ずつ伸ばしていき、黄色いサテンを手から離した。彼は彼女の体を回して、自分のほうに向け、濃い茶色の瞳の奥をのぞきこんだ。

「マシュー」彼女はかすれた声で言った。

彼女が彼を苗字ではなく名前で呼んだのはこれが初めてだった。彼はそれに対する自分の反応の強さを必死に隠した。「なんだい?」

「さっきのあなたの言い方……あなたは、どんな状況にあろうとわたしと結婚しない、とは言わなかった……あなたは結婚できないと言ったわ。なぜ?」

「なぜなら、そういうことは起こりえないからだ」彼は答えた。「理由は関係ない」

デイジーは眉をひそめ、口をすぼめた。彼はその唇にキスしたくてたまらなかった。彼は体をどかして、彼女を押しやった。

その無言のサインにしたがって、彼女は彼の横からさっと走り抜けていこうとした。しかし、デイジーの腕が彼の腕にぶつかると、マシューはその手首をつかみ、もう一度彼女をぎゅっと抱きしめた。彼女の唇を求めずにいられなかった。彼女が自分のものであるかのように、自分が彼女の中に包みこまれているかのようにキスせずにはいられなかった。

これがぼくのきみに対する気持ちだ——彼の激しく吸い尽くすようなキスはそう彼女に語っていた。ぼくが欲しいのはこれなんだ、と。彼女の手足にあらたな緊張が走るのを感じ、彼女の体が燃え上がるのを味わった。いまこの場所で、自分は彼女を絶頂に導くことができるのだと実感した。もし手を彼女のドレスの下に滑りこませて、そして——

だめだ、と彼は容赦なく自分をしかりつけた。もうすでにやりすぎていた。あと少しで自制心を完全に失いかけていたことに気づき、マシューは静かにうなりながら彼女の唇から口を引き剝がし、彼女を突き放した。

彼女は即座に書斎から走り去った。黄色いドレスの裾が彼女を追いかけていき、沈む夕陽の最後のひとかけらが地平線に沈んでいくように、さっとドアの側柱の縁を回って消えた。

マシューは、彼女とふたたび普段どおりに接するにはどうしたらいいのだろうかと、沈んだ心で考えた。

小作人や村人たちに慈善を施すことは、伝統的に領主夫人の務めだ。具体的には、人々に援助やアドバイスを与えたり、食物や衣服など彼らが一番必要としているものを寄付したりするのだ。リリアンはこれまでは喜んでその務めを果してきたが、臨月が近づいているためそれができなくなっていた。

母親のマーセデスに代わりを頼むことは問題外だった――マーセデスはぎすぎすした性格で気が短いので、こういう仕事には不向きだった。病人のそばに行くのも嫌がった。彼女の前では老人は窮屈な思いをし、彼女の声の調子が癇に障るのか赤ん坊は必ず泣き出してしまうのだった。

そこで、必然的にデイジーが代わりを務めることになった。デイジーは村への訪問をむしろ喜んでいた。彼女はポニーに引かせた荷馬車を自分で操るのが好きだったし、包みや壺を届けたり、目の悪い人に本を読んで聞かせたり、村人から最近の出来事の話を聞くのも楽しかった。しかも、この仕事は正式な訪問というわけではなかったので、おしゃれに着飾る必要もなかったし、エチケットを気にしなくてもよい。

それからもうひとつ、デイジーが喜んで村へ出かけたがる理由があった……屋敷から離れて忙しくしていれば、マシュー・スウィフトのことばかりを考えずにすむ。

あの最悪な室内ゲームとその後の出来事――つまり、マシューにキスされて度肝を抜かれたこと——から三日が経っていた。現在、彼はいままでどおり、冷静で礼儀正しく彼女に接していた。

あれは夢だったのかしらと疑いたくなった。けれども、マシューの近くに行くたびに、彼女の体中の神経は火花を発し、酔っぱらったスズメのように胃が上へ下へとぐるぐる回りそうになるのだった。

だれかに相談したかったけれど、恥ずかしくてとてもできそうになかった。それになんとなく、人に話したら裏切ることになるような気がしていた。だれを裏切るのかは、定かでなかったが。とにかく何もかもがおかしかった。よく眠れないし、そのせいで昼間はへまばかりして、気もそぞろになってしまうのだった。

もしかすると病気なのかもしれないとデイジーは思い、女中頭に症状を話してみた。するとまずいヒマシ油をスプーン一杯飲まされたが、少しも効いた感じがしない。一番困るのは、本に熱中できないことだった。何度も何度も同じページを読み、少しも興味を引かれなくなっていた。

デイジーはどうしたら前の自分に戻れるのかわからなかった。しかし、とにかく自分のことを考えるのをやめて、人のために何かをするのはいいことだろうと思った。

彼女はお昼前に、ヒューバートという名前のがっしりした茶色のポニーに引かせた大きな幌なしの荷馬車に乗って村に向かった。荷馬車には、食物を詰めた瀬戸物の壺や、筒状に巻いたフランネルの布地、丸いチーズ、カブを餌にして育てた羊肉、ベーコンに紅茶、ポートワインの瓶などがたくさん積まれていた。

村への訪問はいつもとても楽しかった。村人たちは陽気な性格のデイジーが来るのを喜んでいるようだった。ウェストクリフ伯爵の母親が訪問していたころのようすをひょうきんにデイジーに語って聞かせる村人もいた。

伯爵未亡人は苦虫をかみつぶした顔で人々に贈り物を配り、大仰に感謝の気持ちを表すことを求めた。もしも女たちのお辞儀が少しでも浅いと、伯爵未亡人は「おまえたちのひざはこわばっているのですか？」と意地悪く尋ねたものだった。彼女はまた、子どもにどんな名前をつけるかは自分に相談すべきだと考えており、宗教に対する考え方や衛生についても指示を与えた。なかでももっともがっかりさせられたのは、食べ物の詰め方だったという。肉や野菜や甘いものを同じ缶にいっしょくたに詰めこんでくるので、せっかくのご馳走も台無しになってしまうのだった。

「まあ」デイジーは、テーブルの上に壺や布地を置きながら、あきれたように言った。「なんたる意地悪ばあさんかしら！　おとぎ話に出てくる魔女みたい……」それから彼女はヘンゼルとグレーテルのお話を子どもたちにしてやった。そのドラマチックな語りに、子どもたちはけらけら笑ったり、きゃーっと叫んでテーブルの下に隠れ、目を輝かせながら彼女を見上げたりした。

訪問日の終わりには、デイジーの小さな雑記帳はメモでいっぱいになった……ミスター・ハーンズリーの視力が落ちているので、診てもらえる専門医を見つけてあげること。ミスター・ブラントがお腹を壊しているので、女中頭に頼んで薬をもう一瓶ブラント家に届けさせること。

こうした願い事を、直接ウェストクリフ伯爵夫妻に伝えると約束して、デイジーは空になった荷馬車に乗りこんで、ストーニー・クロス・パークに向かった。

すでに夕暮れ時になっていて、村からつづく泥道にオークやクリの木が長い影を落としていた。イギリスの中でもこの地域はまだ、主要都市にどんどん建設されている工場や船の燃料にするための森林伐採が進んでいなかった。森はまだ手つかずでうっそうと茂り、何本か細い馬車道が通っているだけだった。そうした道も、みっしり葉をつけた木々の枝が覆いかぶさって、半分隠れたようになっていた。翳った森の中で木々は靄と謎に包まれ、ドルイドや魔法使いやユニコーンたちが住む世界の番人のように見えた。暮れなずむ空に舞う蛾のように、茶色のフクロウが道の上をすーっと飛んでいった。

道は静かで、聞こえるのは荷馬車の車輪のかたかた鳴る音と、鉄でできた蹄鉄をはいたヒューバートのひづめの音だけだった。ポニーが足を速めたので、デイジーは手綱をしっかりと握った。ヒューバートは神経質になっているらしく、頭を左右に振っている。

「どう、どう」とデイジーは声をかけてポニーを落ち着かせ、でこぼこ道にさしかかって荷馬車の車輪ががたごと鳴り出したので、速度を落とした。「森が嫌いなのね。大丈夫、もうすぐ開けた場所に出るから」

ポニーは、木々がまばらになり、覆いかぶさっていた木々の枝がなくなるまで、そわそわ落ち着きがなかった。馬車は乾いたサンクン・レーンを通った。片側は森に守られ、反対側は草地になっている。「ほら、いくじなしさん」デイジーは明るい声で言った。「心配することはなかったでしょう？」

ところが、そうとは言いきれない事態が起こった。

森のほうから、ぼきっぼきっと枝を踏みしめるような重々しい音が聞こえてきた。ヒューバートは敏感に反応していななき、物音のほうに頭を向けた。大きな動物のうなり声にデイジーのうなじの毛が逆立った。

どうしましょう、あの音は何？

突然、巨大な塊が暗い森の中から荷馬車に向かって突進してきた。

すべてがめまぐるしい勢いで起こったので、デイジーには何がどうなっているのかよくわからなかった。ヒューバートはおびえてひひんといななきながら前に飛び出し、彼女は必死に手綱を握った。馬車はまるで子どものおもちゃのように、飛び跳ねながら走っていった。デイジーは座席から振り落とされまいとがんばったが、努力の甲斐むなしく、車輪が深いわだちにぶつかると、馬車から投げ出されてしまった。ヒューバートは興奮状態で走り去ってしまい、デイジーは固く踏みしめられた地面にものすごい勢いでたたきつけられた。

息が苦しくなって、彼女はぜーぜーあえいだ。巨大な怪物のような生き物が突進してくるような気がしたが、そのとき耳をつんざくような銃声が響いた。

恐ろしげな動物の鳴き声が響いて……それからあたりは静かになった。

デイジーは上体を起こそうとしたが、胸が苦しくなって弱々しくうつぶせに崩れた。胸が万力で締めつけられているかのようだった。吐きそうだったが、胃の中のものを吐き出すほうがもっと苦しいだろうと思い、なんとかがまんした。

しばらくしてから、何頭かの馬のひづめの振動が地面につけていた頰に感じられた。ようやく浅く息を吸いこめるようになって、彼女はひじをついて顎を上げた。

三頭、いや四頭の馬が、はやがけで近づいてきていた。ひづめに蹴散らされて、道からもうもうと砂埃があがっている。乗り手のひとりが、馬が止まるより前にひらりと下りて、大またで駆け寄ってきた。

彼がひざまずくと同時に彼女を抱え上げたので、デイジーはびっくりして目をぱちくりさせた。彼の腕に頭をあずけ、ぼんやり見上げると、そこにはマシュー・スウィフトの浅黒い顔があった。

「デイジー」彼がこんな声で呼びかけるのを聞いたことがなかった。荒々しく、性急な声。片腕で彼女の体を抱き起こし、反対の手でさっと彼女の体をさぐって、けががないかたしかめた。「けがはないか？」

彼女は馬車から振り落とされたのだと説明しようとした。彼は彼女の断片的な話をどうやら理解したようだった。「わかった。もうしゃべるな。ゆっくり息をして」彼女が彼にかすかに身を寄せてきたのを感じて、彼は両腕で彼女を抱えなおした。「ぼくにもたれて」彼は手で彼女の頭をなでて、彼女の顔にかかっていた髪をうしろになでつけた。彼女がぶるっと小さく手足を震わせたので、彼はもっとしっかりと彼女を抱きしめた。「ゆっくりとだよ。いいかい。楽にして。もう大丈夫だから」

デイジーは驚きを隠すために目を閉じた。マシュー・スウィフトがやさしい言葉をささやきながら、硬い力強い腕で抱きしめてくれている。彼女の骨は、熱で溶けた砂糖のように、とろけてしまいそうだった。

昔から三人の兄たちに乱暴にあつかわれて、粗野に育ってきたので、馬車から落ちたらすぐに回復できる強靭さをデイジーは身につけていた。ほかの状況だったら、いまごろ彼女はさっと立ち上がって、ぱっぱっと服のほこりを払っていたことだろう。しかし、喜びに満たされている全身の細胞が、できるだけ長くこの瞬間を延ばしたいと切望していた。

マシューはやさしい指で彼女の顔の横をなでた。「さあ、こちらを見て。どこが痛むか言ってくれ」

彼女はまつげを上に向けた。彼の顔は真上にあった。並外れて青い瞳に見据えられていると、青色の層の中を漂っているような気がしてくる。「あなたは歯並びがいいわ」と彼女はぼんやりつぶやいた。「でもね、あなたの瞳はもっとすてき……」

スウィフトは眉をひそめて、親指の腹を彼女の頬骨の上に滑らせた。彼の指がふれた肌がピンクに染まった。「自分の名前を言えるかい？」

彼女は目をしばたいた。「わたしの名前を忘れちゃったの？」

「いや、きみが忘れていないかどうか知りたいんだ」

「自分の名前を忘れるほどばかじゃないわ」彼女は言った。「デイジー・ボウマンよ」

「じゃあ、誕生日は？」

彼女は口の端をひねってねじれた笑いを浮かべずにはいられなかった。「間違った日を言ったってわからないくせに」

「誕生日だ」と彼は食い下がった。

「五月五日」

彼は口をねじ曲げた。「ふざけるな、このいたずらっ娘」

「わかったわ。九月一二日。どうしてわたしの誕生日を知っているの？」

スウィフトは答えずに、上を向いて、ふたりのまわりに集まっていた連れに話しかけた。

「瞳孔の大きさは正常です」彼は言った。「意識もはっきりしている。骨も折れていません」

「ありがとう」ウェストクリフの声がした。

マシュー・スウィフトの肩越しにのぞくと、義兄のウェストクリフが彼の横に立っているのが見えた。ミスター・マードリングとランドリンドン卿もいっしょで、心配そうな顔で見下ろしていた。

ウェストクリフは手にライフルを握っていた。彼はデイジーの横にしゃがみこんだ。「午後の狩りからちょうど戻ってきたところだったのだ。きみが襲われたところにちょうど居あわせたのはまったくの偶然だ」

「あれはぜったいにイノシシでしたわ」デイジーは驚きに満ちた声で言った。

「しかし、そんなはずはない」ランドリンドン卿が小ばかにするように笑いながら言った。「想像力がたくましすぎるようですね、ミス・ボウマン。もう何百年も前からイギリスにはイノシシはいないのですよ」

「でも、わたしは見たの――」デイジーは自己弁護するように言った。

「大丈夫だ」スウィフトは抱きしめている腕の力を強めて言った。「ぼくも見たのだから」ウェストクリフの表情は沈んでいた。「ミス・ボウマンの言ったことはあながち間違いとは言えないのだ」と彼はランドリンドンに言った。「じつは、逃げ出した家畜が生んだ仔豚が野生化していることがこのあたりでは問題になっている。つい先月も、馬に乗っていた女性が襲われたばかりだ」

「では、わたしは怒った豚に襲われただけだと言うのですか？」デイジーは身を起こし、座る姿勢をとって尋ねた。スウィフトはまだ彼女の背中に腕をあてて支え、彼女を自分の体側によりかからせていた。

夕陽の最後の光が地平線を照らし、デイジーの目は一瞬くらんだ。顔をそむけると、スウィフトの顎が自分の髪をこするのが感じられた。

「怒っているのではなく」ウェストクリフは豚の話をしていた。「野生化しているのだ。すなわち危険だということだ。野生に放たれた家畜の豚は、すぐに攻撃的になり体も大きくなる。わたしが見積もったところでは、さっきの豚は少なくとも体重二〇ストーンはありそうだ」スウィフトがイギリス式の重さの測り方はわからないという顔をしているのを見て、伯爵は説明した。「約一三〇キロといったところだ」

スウィフトはデイジーを立たせて、がっしりした自分の体で支えた。「ゆっくり」と彼はささやいた。「めまいはするか？　吐き気は？」

デイジーは立ち上がってもまったく平気だった。しかし彼によりかかっているのはとても心地よかったので、息を切らせながら「ほんの少しだけ」と言った。

彼は彼女の頭に手をあてて、そっと自分の肩にもたれさせた。彼の守るような抱擁と、彼の体の見事なたくましさを感じて、彼女の体はかっと熱くなった。知り合いの中でもっともロマンチックでない男と思っていたマシュー・スウィフトがこんなふうに感じられるなんて。

ここまでのところ、今日の村への訪問は次から次へと驚きを生んでいた。

「ぼくがきみを送っていこう」スウィフトが耳元で言った。「ぼくの前に乗れると思うかい？」

なんだか何もかもうめちゃくちゃだわ、とデイジーは思った。彼といっしょに馬に乗る――その期待感に体を震わせるなんて。抱き上げられて馬に乗せてもらうとき、彼の腕にもたれて、ちょっとばかり空想にふけることができる。さっそうとした悪漢に連れ去られる女冒険家になったふりをしよう。

「それは賢明とは言えないな」ランドリンドン卿が笑いながら口をはさんだ。「きみたちの関係を考えるにあたり……」

デイジーの顔から血の気が引いた。まっさきにあの書斎での情熱的な瞬間のことが頭に浮かんだからだ。でも、ランドリンドンがあのことを知っているはずはない。彼女はだれにも言っていないし、スウィフトは自分の個人生活に関してはハマグリにように口が固い。違う、ランドリンドンはローンボウリングのことを言っているのだわ。

「わたしがミス・ボウマンを家までお送りしたほうがいいと思う」ランドリンドンが言った。

「荒っぽいことにならないように」

デイジーは目を細めてほほえんでいる子爵の顔をちらりと見た。口を閉じていればいいのに。彼女は反論しようと口を開きかけたが、スウィフトがすでに答えていた。

「たぶん、おっしゃるとおりです」

まあ、いやになっちゃう。スウィフトの体の温かい避難所から押し出されて、デイジーは急に寒さを感じ、不機嫌になった。

ウェストクリフは厳しい表情で地面を見つめた。「あの豚を見つけて、始末しなければならない」

「わたしのためならやめてください」デイジーは心配そうに言った。

「地面に血が残っている」伯爵は答えた。「豚はけがをしているのだ。だからこのまま苦しませるよりは楽にしてやったほうがいい」

ミスター・マードリングは自分の銃を取ってきて、やる気満々に言った。「わたしもごいっしょします、伯爵！」

その間に、ランドリンドン卿はすでに自分の馬に乗っており、「彼女を乗せてくれ」とスウィフトに言った。「わたしが無事に屋敷に送り届ける」

スウィフトはデイジーの顔を上向かせて、ポケットから白いハンカチを取り出した。「屋敷に着いても、まだめまいを感じているようだったら」と彼は言いながら、顔についている泥を丁寧に拭いた。「ぼくが医者を呼びに行く。わかったか?」

高圧的な態度だったにもかかわらず、彼のまなざしにはどことなくやさしさが感じられた。デイジーは上着の中にもぐりこんで、胸に顔をあてて彼の心臓の音を聞きたいと思った。

「あなたもいっしょに帰るの? それともウェストクリフ伯爵といっしょに行くの?」

「ぼくはきみたちのすぐ後ろについていく」ハンカチをポケットにしまって、スウィフトは腰を屈め、彼女を苦もなく抱き上げた。「つかまって」

デイジーは腕を彼の首にまわした。首筋の熱い肌と冷たいシルクのような髪に触れた手首がぞくぞくした。彼は空気のように軽々と彼女を運んだ。その胸は岩のように硬く、頬にかかる息はやさしく規則正しかった。彼の肌からは太陽と野外のにおいがした。彼女は彼の首に鼻をすり寄せたくてたまらなかった。

あまりに強く彼に引きつけられることに茫然としてしまい、デイジーはランドリンドンの馬に乗せてもらうあいだ黙っていた。ランドリンドンは大きく股を開いて鞍にまたがっており、彼女を自分の前に座らせた。彼女の腿に鞍の縁が食いこんだ。

ランドリンドンはエレガントな美男子で、髪は黒く端正な顔をしていた。けれども、彼女の体にまわされた腕や、薄っぺらい胸や、彼の香りはなんとなくしっくりこなかった。ウエストの横にあてがわれている手も、なんとなく馴染めず、押しつけがましい感じがした。デイジーはせつなくて泣き出したくなった。どうしてランドリンドンではだめなのかしら。わたしには似つかわしくないあの人でなく、ランドリンドンを好きになれたらいいのに。

「何があったの？」デイジーがマースデン家の居間に入っていくと、リリアンが尋ねた。彼女は雑誌を手に、長椅子にもたれていた。「馬車に轢かれたみたいな顔をしているわ」

「実はね、お行儀の悪い豚に出会ったの」

リリアンはほほえんで雑誌をわきにどけた。「それ、だれのこと？」

「たとえ話じゃなくて、本物の豚よ」近くの椅子に腰掛けて、デイジーはその災難についてユーモアをまじえて語った。

「本当に大丈夫なの？」リリアンは心配そうにきいた。

「ぴんぴんしてるわ」デイジーは姉を安心させた。「ヒューバートも大丈夫ですって。彼も、わたしとランドリンドン卿が厩に着いたときに、ちょうど帰ってきていたの」

「なんて運がいいのかしら」

「ええ、自分で家に帰ってくるなんて、ヒューバートは賢いわ」

「違うわよ、あのばかポニーのことじゃないわ。ランドリンドン卿の馬に乗って帰ってきたことを言っているのよ。彼に狙いを定めなさいと言っているわけじゃないけど、でも――」

「わたしが乗せてもらいたかったのは、彼の馬じゃなかったの」デイジーは泥で汚れたスカートの布地をじっと見下ろし、一心にモスリンの織地にからまった馬の毛を引き抜こうとしていた。

「気持ちはわかるわ」リリアンは言った。「ランドリンドンは悪くはないけど、なんだか迫力に欠けるのよねえ。ミスター・マードリングに乗せてもらいたかったんでしょう？」

「いいえ」デイジーは言った。「彼とじゃなくて、とってもうれしかったの。わたしが乗せてもらいたかったのは――」

「だめ」リリアンは耳をふさいだ。「言わないで。聞きたくないわ！」

デイジーはまじめな顔で姉を見つめた。「本気でそう思っているの？」

リリアンは顔をしかめて、「ああ、なんてこと」とぶつぶつ言った。「まったく、もう。くそっ、くそ――」

「赤ちゃんが生まれたら」デイジーはかすかにほほえんで言った。「そういう汚い言葉は本当に慎んだほうがいいわよ」

「じゃあ、彼が生まれるまでは、たっぷり言わせてもらうわ」

「男の子だって確信しているの？」

「そのほうがいいの。だって、ウェストクリフは跡継ぎを必要としているし、わたし、二度と妊娠したくないから」リリアンは手のひらの付け根の部分で疲れた目をこすった。「残ったのはマシュー・スウィフトだけなんだから」彼女は不機嫌に言った。「あなたが乗せてもらいたかった相手は彼だと思ったのよ」

「ええ。だって……わたし彼に惹かれているの」声に出してそう言ってしまうと、なんだかすっきりした。締めつけられていたのどがやっと楽になって、ゆっくり深く呼吸ができるようになった気がした。

「肉体的にっていう意味？」

「別の面でも」

リリアンは頬杖をついた。そのこぶしは固く握りしめられていた。「お父様がこの縁談を望んでいるから？　お父様になんとか認めてもらいたいと思っているわけ？」

「まあ、違うわ。お父様が勧めると、かえってミスター・スウィフトのことがいやになるくらいなんだから。お父様を喜ばすなんて、そんなことどうでもいいの。そんなこと不可能だってわかっているから」

「では、わたしには理解できないわ。なぜあなたが、明らかに自分には似合わない相手を求めるのかが。あなたはむこうみずな尻軽女じゃないわ、デイジー。あなたには衝動的なところがあるし、ロマンチストであることはたしかだわ。でも、あなたは実際家で聡明なんだから、彼とかかわるとどんなことになるかわかるはずよ。問題は、あなたがやけになっていることなのだと思うわ。壁の花グループの中でまだ結婚していないのはあなただけだし、お父様にはばかげた最後通牒をつきつけられるし――」

「やけになんかなってないわ」

「マシュー・スウィフトとの結婚を考えているのだとしたら、それがやけっぱちになっている証拠よ」

デイジーはかんしゃく持ちだと非難されたことは一度もなかった——そっちの方面はすべてリリアンが引き受けていた。しかし、やかんから立つ湯気のように憤りが胸にこみあげてきて、彼女はそれを爆発させないようにぐっとこらえなければならなかった。

姉の丸くなったお腹を見ると、彼女の気持ちはおさまってきた。リリアンは多くの新しい不快や不安に対処している。そしてわたしまでが問題を起こしてさらに姉を悩ませているのだ。

「わたしは彼と結婚したいなんてひとことも言っていないわ」デイジーは答えた。「ただ彼のことがもっと知りたいだけ。彼がどんな人なのか。それは別に害にならないと思うけど」

「でも、あなたには知ることはできないわ」リリアンはきっぱりと確信を持って言った。

「重要なのはそこよ。彼はあなたに自分の正体を見せたりしない。人々が何を求めているかをさぐり当て、それをうまく操って自分の利益に導くというのが、彼の生き方なの。彼が、お父様がいつも欲しがっていた息子になりきってしまったのを見てごらんなさい。今度は、あなたがいつも求めていた種類の男になりすまそうとしているのよ」

「彼にはそんなことわからない——」とデイジーは言いかけたが、リリアンは妹の話を聞こうともしないでさえぎり、理性的な話し合いができないほどいきりたってまくしたてた。

「彼はあなたになど興味がないの。あなたの気持ちや心や、あなたという人間に……彼は会社を牛耳る力が欲しいのよ。そしてあなたをその手段と考えている。もちろん、彼はあなたが彼を好きになるように努力するわ……あなたを誘惑して骨抜きにするわ。でも結婚したあと、あなたはそれがすべて幻想だったと知ることになるのよ。彼はお父様と同じ種類の人間なの。デイジー！　彼はあなたを押しつぶすわ。でなければ、お母様のような人にしてしまう。そんな人生でいいの？」

「もちろん、いいわけないわ」

生まれて初めて、デイジーは姉に重要なことを話せない場合もあるのだということを悟った。

たくさん言いたいことがあった……マシュー・スウィフトが言ったことやしたことのすべてが計算されていたわけではないと。彼は自分を屋敷まで乗せていくと言い張ることもできたのに、言い返しもせずランドリンドンに譲ったのだと。スウィフトにキスされたことも打ち明けたかったし、それがとても素晴らしくて、だからこそとても不安になっているのだと話したかった。

だが、リリアンがこういうムードのときは、言い争っても無駄だった。堂々巡りになるだけだ。

息が詰まるような沈黙が広がった。

「で？」リリアンは強い調子できいた。「あなたはどうするつもり？」

デイジーは立ち上がり、袖についた泥をこすりながら悲しそうに言った。「まずは、お風呂に入ったほうがよさそうね」

「どういう意味かわかっているんでしょう！」

「どうして欲しいのですか？」デイジーがばか丁寧にきいたので、リリアンは顔をしかめた。

「マシュー・スウィフトに言ってやりなさい。あんたみたいないけすかない男とは、金輪際結婚することはありませんからって！」

「……と言って、あの子は行ってしまったの」リリアンはかっかしながら言った。「自分はどうするつもりなのかも言わず、本心も語らず、しかも頭にくることに、絶対にあの子は何か隠しているわ――」

「ねえ」アナベルはやさしくさえぎった。「あなた、ちゃんと彼女に全部を話す機会をあげたの?」

「どういう意味? わたしはあの子の目の前に座っていたのよ。意識もはっきりしていたし、耳も二個ちゃんとついている。それ以上何が必要だったと言うの?」

8

リリアンはいらいらして眠れず、バルコニーに出た。すると、やはり赤ん坊といっしょに起きていたアナベルも自室のバルコニーに出ていたのだった。ふたりは互いのバルコニーから合図しあって、一階に下りて話をすることにした。真夜中だった。アナベルはギャラリーを歩きましょうよと誘った。そこは細長い部屋で、壁には陰気な家族の肖像画や値段をつけられないほど貴重な絵画が掛かっていた。ふたりともガウンのまま、腕を組んでギャラリーの中をゆっくり歩く。リリアンのペースにあわせて、のんびりとした歩調だ。

リリアンは妊娠してからというもの、アナベルに頼ることが多くなっていた。アナベルも少し前に妊娠を経験したばかりだったので、リリアンの体調や気分の浮き沈みをよくわかってくれた。それにアナベルが黙ってそばにいてくれるだけで、いつも気分が楽になるのだった。

「わたしが言いたかったのは」アナベルは言った。「あなたが自分の言いたいことを話すのに一所懸命になりすぎて、デイジーの気持ちをきくのを忘れてしまったのではないかということなの」

リリアンは憤慨して「でも、あの子――わたし――」と言いかけたが、途中でやめてその点について考えてみた。「あなたの言うとおりだわ」彼女はしぶしぶ認めた。「そう、わたし、話を聞こうとしなかった。マシュー・スウィフトに心惹かれているとデイジーから聞かされて、気持ちが動転してしまって、まともに話し合う気持ちになれなかったのだと思うわ。あの子にどうすべきか言い聞かせて、それで終わりにしたかったのよ」

ふたりはギャラリーの端まで行って曲がり、風景画の列の前を進んだ。「ふたりのあいだに何か親密な出来事が起こったのだと思う？」とアナベルがきいた。リリアンがびくっとしたので、彼女は具体的に言った。「たとえば、キスとか……抱擁とか……」

「まあ、なんてこと」リリアンは頭を振った。「知らないわ。デイジーはとっても無邪気なの。あのヘビ野郎があの子を誘惑するなんて簡単なのよ」

「わたしが見るところ、彼は純粋にデイジーの魅力のとりこになっているみたいだわ。若い男の人ならそうでしょう？　だって彼女、本当に魅力的で、美しくて、賢くて――」
「しかも金持ち」リリアンは陰険に言った。
アナベルはほほえんだ。「お金持ちだってことは強みよね。でも、この場合、わたしには
それ以上の何かがある気がするの」
「どうしてそう確信できるの？」
「だって、だれの目にも明らかよ。あのふたりが見つめ合うようすを見たでしょう。それは
……空気でわかるわ」
リリアンは眉をひそめた。「ちょっと休んでいい？　背中が痛くなってきたわ」
アナベルはすぐに、リリアンをギャラリーの中央に置かれているクッションつきのベンチ
に座らせた。「もうすぐ赤ちゃんが生まれるわ、きっと」アナベルがつぶやいた。「お医者様
がおっしゃった予定日よりも早く生まれる気がする」
「そうならいいんだけど。妊娠してない状態に戻ることほど、いままでに望んだことはない
わ」リリアンはスリッパの先を丸いお腹越しに見ようと首を伸ばした。彼女の心はまたデイ
ジーのことに戻っていった。「わたしはあの子に自分の気持ちを正直に話すつもりよ」彼女
は唐突に言った。「わたしはマシュー・スウィフトをあるがままに見ている。彼女はそうじゃ
ないみたいだけど」
「デイジーはあなたがどう考えているか、とっくに承知していると思うわ」アナベルは冷静
に言った。「でも、最終的には彼女が決めることよ。違うかもしれないけど、あなたがウェ

ストクリフに対する自分の気持ちを測りかねていたとき、デイジーはけっして自分の意見を言わなかったのではなくて？」

「今回のこととはまったく状況が違うのよ」リリアンは反論した。「マシュー・スウィフトは爬虫類よ！　それに、もしデイジーが彼と結婚したら、彼はあの子をアメリカに連れて行ってしまって、わたしはあの子にほとんど会えなくなってしまうの」

「あなたは彼女を永久に自分の翼の下に置いておきたいのね」アナベルはつぶやいた。

リリアンは横を向いて、憎々しい目でアナベルをにらんだ。「あなたは、わたしがデイジーを自分のそばに置いておきたいがために、あの子が自分自身の人生を歩むことを邪魔しようとする利己的な女だと言いたいの？」

リリアンの怒りを冷静に受け流し、アナベルは思いやりをこめてほほえんだ。「あなたとデイジーはこれまでずっと、片時も離れず暮らしてきたのよね。あなたたちは、つねに互いにとっての愛の源であり、無二の親友どうしだった。でも、すべては変わりつつあるのよ。あなたは自分自身の家族を持っている。夫と子どもと――だからあなたはデイジーにも同じものを持たせてあげたいと思うべきなのよ」

リリアンは鼻がつんと痛くなるのを感じて、アナベルから顔をそむけた。いまいましいことに、目頭が熱くなり、視界がぼやけてきた。「あの子が次に関心を持った人には好意を持つと約束するわ。どんな人でも。ミスター・スウィフトでないかぎり」

「あなたは、デイジーが関心を持つどんな男性だって好きになろうとしないわ」アナベルはリリアンの肩に腕をまわして、やさしく言った。「妹ばなれができていないのよ」

「あなたって、すっごく頭にくる人ね」とリリアンは言って、頭をアナベルの柔らかな肩にもたせかけた。リリアンが鼻をすすっているあいだ、アナベルはしっかりと元気づけるように彼女を抱きしめていた。リリアンはそんなふうに母親に抱きしめてもらったことがなかった。泣くことができてほっとした反面、気恥ずかしくもあった。「涙もろくなるのは大嫌いなの」

「妊娠のせいよ」アナベルがなぐさめた。「まったく自然なことだわ。赤ちゃんが生まれればすぐにもとに戻るわ」

「男の子よ」リリアンは手で目を拭きながら言った。「わたしたちの子どもたちを結婚させましょう。イザベルは子爵夫人になるの」

「親が結婚を決めるなんて、あなたの信念に反すると思っていたわ」

「いままではね。でも、結婚相手を決めるなどという重大な決断を、子どもたちがちゃんと下せるとは思えない」

「あなたの言うとおりだわ。子どもたちのためにわたしたちが決めてやらなくては」

ふたりはくすくす笑い、リリアンは気持ちが少し上向いてくるのを感じた。

「いいことを思いついたわ」アナベルが言った。「厨房へ行って、食糧庫をのぞいてみましょうよ。デザートで出たスグリのケーキがきっと残っているはずだわ。イチゴジャムのトライフルも」

リリアンは頭を上げて、鼻水を袖で拭いた。「甘いものを食べると気分がよくなるって本当かしら」

アナベルはほほえんだ。「害にはならないでしょう？」

リリアンはその点について考えてみた。そして「行きましょう」と言って、友人にベンチから立たせてもらった。

大玄関広間のカーテンは開け放たれ、絹紐のタッセルで止められていたので、窓から朝の日差しが差しこんでいた。デイジーは朝食室に向かって歩いていた。ほかの客たちはきっとまだ起きていないはずだ。できるかぎり眠ろうと努力したが、神経が高ぶってどうしても眠れず、たまらなくなって彼女は跳ね起き、自分で着替えをすませたのだった。召使たちは真鍮や木製の家具類を磨いたり、絨毯を掃いたり、バケツやリネン類が入ったバスケットを運んだりしていた。厨房は朝食の準備で忙しいらしく、遠くから鍋や皿が触れ合う音が聞こえてくる。

ウェストクリフ伯爵の個人用書斎のドアが開いていたので、デイジーは通りすがりに、板張り壁の部屋をのぞいた。そこはシンプルな四角い部屋で、一列に並んだステンドグラスの窓から、色とりどりの光が絨毯を敷いた床に差しこんでいた。巨大な机の前にだれかが座っているのを見つけて、デイジーはほほえみながら立ち止まった。黒い頭と幅広い肩のアウトラインから、ミスター・ハントだと思った。ストーニー・クロスに滞在しているあいだ彼はよくウェストクリフの書斎を使っていた。

「おはようござい……」と彼女は言いかけたが、相手が振り返ったので途中で言葉を止めた。それがミスター・ハントではなく、マシュー・スウィフトだとわかって、胸がきゅっと締めつけられた。

彼が椅子から立ち上がったので、デイジーははにかんで言った。「どうぞ、そのまま。邪魔をしてごめんなさい……」

彼女の声はだんだん小さくなっていった。なんだか彼はいつもと違って見える。細い金属フレームの眼鏡をかけているからだ。

力強い顔つきに、眼鏡……そして無意識に前髪をかきむしったかのように乱れた髪。それらすべてに、男らしさのみなぎる筋肉質の体が合わさると、ものすごく……エロティックに見えた。

「いつからかけているの？」デイジーはやっと声を出した。

「一年くらい前から」彼は沈んだ笑みを浮かべ、片手で眼鏡をはずした。「読むときには必要なんだ。夜に根を詰めて契約書や報告書を読みすぎたせいだ」

「とても……とても似合うわ」

「そうかな？」笑顔のまま、スウィフトは頭を振った。自分の容姿について気にしたこともないというように。彼は眼鏡をベストのポケットにしまった。「気分はどう？」彼はやさしく尋ねた。馬車から振り落とされたことを言っているのだと気づくのにちょっと時間がかかった。

「あのことね。もう大丈夫よ、ありがとう」彼はいつもの目つきで彼女を見つめていた。じっと一心に見つめるような目つき。実際彼は、この世に彼女以外見る価値のあるものはないとでも言うような目で彼女を見つめているのだった。彼女はそわそわと、花柄のピンクのモスリンのスカートをいじった。

「早く起きたんだね？」スウィフトが言った。

「たいてい早起きするのよ。どうしていつまでも寝坊していられる人がいるのかわたしにはわからないわ。寝ていてできることなんてあんまりないのに」言い終わったとたん、デイジーの頭に、人々はベッドの中で眠る以外のこともしているのだという考えが浮かび、真っ赤になった。

ありがたいことに、スウィフトは彼女をからかわなかったが、彼は唇の端を、笑いを浮かべるかのようにかすかに動かした。寝る習慣についての危険な話題は避けて、彼は背後の書類を身ぶりで示した。「じきにブリストルに発つので、その準備をしていたんだ。工場建設地を決める前にいくつか処理しておかなければならない問題がある」

「ウェストクリフ伯爵はあなたがこの計画を仕切ることに同意なさったの？」

「そうだ。だが、そのためには顧問団を相手に、巧みに立ち回らなければならないようだが」

「お義兄様はちょっと支配的なところがあるけど、あなたが信頼できる人物だとわかれば、かなり手綱をゆるめてくれると思うわ」

彼は不思議そうな顔で彼女を見た。「まるでほめ言葉のように聞こえるね、ミス・ボウマン」

彼女はなにげないふうを装って肩をすくめた。「あなたにどんな欠点があろうとも、信頼できる人だということだけは折り紙つきだもの。父がよく言っていたわ。あなたが出勤してくる時間と帰る時間で時計を合わせることができるって」

冷笑を含む声で彼は言った。「信頼できる人か。女心をときめかせる魅力的な男にぴったりの形容だね」

以前のデイジーならこの皮肉な言葉に同意しただろう。「信頼できる人」とか「いい人」などと言われたらは、男としての魅力がないと言われたも同然だ。しかし三シーズンを社交界で過ごしたデイジーは、粋な装いをしているが、頭は空っぽで、いいかげんな紳士たちの気まぐれなふるまいを観察してきた。信頼性は、男として誇るべき素晴らしい資質だ。どうしていままで自分はそれをちゃんと評価することができなかったのだろうと彼女は思った。

「ミスター・スウィフト……」デイジーは軽い調子で話そうとしたが、あまりうまくいったとは言えなかった。「わたし、あることについてずっと考えてきたのだけど……」

「え?」彼女が近づくと、彼はふたりのあいだにある程度の距離を保っておかなければならないとでもいうように、半歩後ろに下がった。

デイジーはじっと彼を見つめた。「あなたとわたしが……結婚する可能性はまるでないとなると……あなたはいつ結婚するつもりなのかしら？」

彼は困惑したようすだったが、やがてうつろな表情になった。「ぼくは結婚には向いてないと思う」

「ずっとしないの？」

「ずっと」

「どうして？」彼女は食い下がった。「自由を大事にしたいから？　それともプレイボーイになろうとしているの？」

スウィフトは笑った。その笑い声はとても温かく、デイジーは背中をベルベットでなでられているような気分になった。「いや。よい女性にひとりめぐり会えればそれで十分なのに、たくさんの女を追い掛け回すのは時間の無駄だと常々思ってきた」

「あなたにとってのよい女性って？」

「どんな女性と結婚したいか、ときいているのかい？」彼のほほえみは、普段よりも長く彼の顔にとどまっていて、デイジーのうなじの産毛はむずむずしだした。「その人に会ったらわかると思う」

関心がないふりをしながら、デイジーはステンドグラスがはまった窓のほうにぶらぶらと歩いて行った。手をかざして、青白いはだに光のモザイクができるのを観察する。「わたし、どんな人なのか当てられるわ」スウィフトに背を向けたまま彼女は言った。「まず、わたしよりも背が高い」

「ほとんどの女性がそうだ」マシューは指摘した。

「それから教養があって有能」デイジーはつづける。「夢なんか見ないで、現実的なことに意識を集中できる人。召使たちを完璧に使いこなし、魚屋にだまされて腐ったヒラメを買ったりすることはぜったいにない」

「もし結婚しようかと考えることがあったとしても、いまの話でその気がまったく失せたと思うな」

「そういう人を見つけるのは難しくないわ」デイジーはふつうの調子で話そうとしていたが、ふさいだ声に聞こえた。「マンハッタンには何百人もいるもの。ううん、何千人も」

「どうしてぼくが典型的な良妻タイプを求めると思うんだ？」

彼が背後に近づいてくるのを感じて、彼女の神経はぴりぴりし出した。

「あなたはお父様そっくりだからよ」

「すべてが同じというわけではない」

「それに、もしもあなたが、いまわたしが言ったような女性とは違う人と結婚したら、いつかあなたは思うようになるのよ……こいつは寄生虫だって」

彼女は両肩にスウィフトの手の重みが軽くかかるのを感じた。彼はデイジーを振り向かせて自分のほうに顔を向けさせた。彼女の目を見つめる彼の青い瞳は温かかった。彼に自分の本心を読まれているのではないかと彼女は心配になった。「ぼくはこう思いたいね」彼はゆっくり言った。「自分はそれほど残酷な男ではないと。あるいはそれほどばかじゃないと」

彼女は彼の視線を胸元の露出した肌に感じた。とてもやさしく、彼は親指で翼のような形をした鎖骨をたどった。パフスリーブで覆われた彼女の腕にさっと鳥肌が立つ。「ぼくが妻に求めることは」と彼はささやいた。「ぼくにいくらかの愛情を持ってくれること。それから、夜帰宅したときに、喜んでぼくを迎えてくれることだけだ」

彼の指に触れられて、彼女の呼吸は速まっていた。「多くを求めないのね？」

「そうかな？」

彼の指先は首のつけ根にたどりついた。彼女がごくんと唾を飲みこむと首筋が震えた。彼は目をしばたいて、すぐに手を引っこめた。その手をどうしたらいいのか迷っているようすだったが、しばらくしてから上着のポケットにつっこんだ。

しかし彼はそのままの位置に立っていた。デイジーは、彼もわたしと同じように、あらがいがたい引力のようなものを感じているのかしらと思った。もっと近づく以外になだめることができないやっかいな欲求を。

えへんと咳払いして、デイジーは背筋をぴんとさせ、一五五センチあるかどうか怪しい身長いっぱいに体を伸ばした。

「ミスター・スウィフト」

「なんだい、ミス・ボウマン」

「ひとつお願いがあります」

彼の視線が鋭くなった。「どんな？」

あなたが父に、わたしとは絶対に結婚しないと言ったら、父は……落胆するでしょう。あなたなら、父のことよくわかっているわよね」

「ああ、わかっている」スウィフトは淡々と答えた。トーマス・ボウマンを知る人はみんなよく知っていることだが、彼にとって落胆は、激昂の一歩前の段階にすぎない。

「その結果、わたしにかなり不快な反動がおよぶと思うの。父はずっと、わたしが適当な相手を見つけられないので腹を立ててきたわ。わたしが裏で画策して、この結婚話を駄目にしたと父が思いこんだら……わたしは……窮地に陥ることになるわ」

「わかった」スウィフトは、自分のほうがおそらくデイジーよりもずっとボウマンのことを理解していると思っていた。「社長には何も言わないでおく」と彼は静かに言った。「そして、きみの助けになるようにできるかぎりのことをするつもりだ。二日か三日したら、ぼくはブリストルに発つ。ランドリンドンやほかの男たちは……みんなばかじゃない。彼らはなぜ自分がここに招かれたのか承知している。そしてもし、それに関心がなかったら彼らは招待を受けなかったはずだ。だから、彼らのひとりからプロポーズされるのに時間はかからないと思う」

彼が熱心に他の男を勧めてくれるのを感謝すべきなのだろうとデイジーは思った。しかし、そこまで熱心に言われると、胸が痛み、むかついてもきた。

「感謝しますわ」彼女は言った。「どうもありがとうございます、ミスター・スウィフト。本当にいろいろ助けていただいて。わたしがとても必要としていた経験をさせてくださったことえばランドリンドン卿と——どうふるまったらいいか、ずいぶん勉強になりました」

彼が口を固く結んだのを見て、デイジーは意地悪な満足感で満たされた。

「どういたしまして」と彼はうなるような低い声で言った。

いまにも彼女の首を絞めるか、体を揺さぶろうとでもするかのように、彼が手をあげかけたのを見ると、デイジーはにっこり明るい笑顔を彼に向け、さっと彼の手の届かないところへ走り去った。

昼ごろになると、早朝輝いていた太陽は雲に隠され、空は灰色の雲の絨毯に覆われた。雨がしとしと降りはじめ、舗装されていない泥道はぬかるみ、牧草地や沼地は水につかり、人々も動物もあたふたと隠れ家に逃げこんだ。

これがハンプシャーの春特有の天気だった。いたずらで気が変わりやすく、迂闊な人々をからかう。雨降りの朝、傘を持って出かけると、ハンプシャーは手品師のように、雨雲を追い払い、太陽に顔を出させる。はたまた、うっかり傘を持たずに散歩に出れば、バケツをひっくり返したような大雨になるのだった。

客たちは、ときどきメンバーを交替させながら、いくつかのグループに分かれて集まっていた……音楽室に集まる者、ビリヤード室で玉突きに興じる者、客間でゲームやおしゃべりや、素人演劇を楽しむ者。レディーたちの多くは刺繍やレース編みにいそしみ、紳士たちは読書したり、話をしたり、書斎で酒を飲んだりしていた。どの会話にも最低ひとことふたことは、嵐はいつ去るのだろうという話題がまじるのだった。

デイジーはたいてい雨の日が好きだった。暖炉のそばで丸くなって読書することほど楽しいことは思いつかない。しかし彼女はまだいらいらした気分に取りつかれていて、活字はいつもの魔力を失っていた。彼女はあてもなく部屋から部屋へと歩き回り、こっそり客たちのようすをながめた。

ビリヤード室の前で立ち止まり、彼女は戸枠から、紳士たちが飲み物のグラスやキューを手に、ビリヤード台のまわりにのんびりと集まっているのをのぞきこんだ。ときおり聞こえてくるカチンと象牙の玉がぶつかり合う音とともに、話をしている男たちの声がざわざわと響いている。彼女の視線は、上着を脱いでシャツの袖を出しているマシュー・スウィフトをとらえた。彼は完璧なバンクショットを決めようと、台に身を乗り出した。

器用にキューを構え、青い目を細めて、台の上の球の配置に心を集中させている。すぐ乱れてしまう彼の髪は、いまもひたいにかかっていて、デイジーはそれを後ろになでつけたくてたまらなかった。スウィフトが上手に球をサイドポケットに沈めると、ぱらぱらと拍手が起こり、低い笑い声がもれ、いくつかコインが人々のあいだで手渡された。体を起こして、スウィフトは一瞬笑みを浮かべると、対戦相手に向かって何か言った。相手はウェストクリフ伯爵だった。

ウェストクリフはその言葉に笑って、ぐるりと台を回った。火のついていない葉巻をくわえている。禁煙中である彼は、せめてこれくらいはせずにはいられないのだろう。部屋には男たちのゆったりした娯楽のムードが充満していた。

台のコーナーを回るときに、ウェストクリフはデイジーが部屋をのぞいているのに気づき、彼女にウィンクした。デイジーは甲羅に首をひっこめるカメのように、さっと戸枠から首をひっこめた。マシュー・スウィフトを一目見たくて屋敷の中をこそこそ歩き回るなんてばかみたい。

心の中で自分をしかりつけ、デイジーはビリヤード室を離れて、大玄関広間と大階段に向かった。跳ねるように階段を上がり、一気にマースデン家の居間に行った。

アナベルとエヴィーがリリアンにつき添っていた。リリアンは長椅子の上で半分うずくまり、顔色は真っ青で緊張していた。ひたいに軽くしわを寄せて、ほっそりとした腕でお腹を抱えている。

「二〇分よ」エヴィーは暖炉の上の時計から目を離さず言った。

「まだ定期的ではないわね」とアナベル。彼女はリリアンの髪にブラシをかけて、細い指で器用にたっぷりした黒髪をきれいな三つ編みにしている。

「定期的って、何が?」デイジーは無理に明るい顔をつくって部屋に入って行きながら尋ねた。「それに、どうしてふたりとも――」突然、彼女は何が起こっているのかを悟って蒼白になった。「まあ、どうしましょう。陣痛が来ているのね、リリアン?」

姉は困ったように、頭を横に振った。「本当の痛みとは言えないの。お腹がきゅっと張る感じというか。昼食が終わったころはじまって、それから一時間置いてまた。次が三〇分後で、今度のは二〇分してからだったわ」

「伯爵は知っていらっしゃるの？」デイジーはすっかりあわてている。「知らせてきましょうか？」

「いいえ」三人が声をそろえて言った。「まだ心配させる必要はないわ」リリアンは弱気な声で言い足した。「友人たちと楽しい午後を過ごさせてあげましょうよ。彼が知ったら、すぐさまここへ上がってきて、うろうろ歩き回って命令しまくるから、みんながいらいらするわ。とくにわたしがね」

「お母様は？　呼んできましょうか？」返事はわかっていたが、デイジーは一応尋ねた。マーセデスは娘をいたわるようなタイプではないし、五人も子どもを産んでいながら、女性の体のことにはけっして触れようとしないのだった。

「もうすでに十分苦しんでいるから」リリアンははっきりと言った。「これ以上はごめんだわ。お母様にはまだ何も言わないで。聞かされれば、お母様もここに座っているのが義務だと感じてずっとそばにいるでしょうけど、そんなことされたら、かえっていらいらするわ。いま、わたしが必要としているのは、あなたたち三人だけよ」

皮肉な口調にもかかわらず、リリアンはデイジーの手を求めて、ぎゅっと握りしめた。出産にびくつくのはあたりまえだ。初産となればなおのこと。リリアンとて例外ではなかった。

「アナベルが言うには、こういうふうに痛みがきたりおさまったりが何日もつづくこともあるそうよ」リリアンはデイジーに言いながら、ひょうきんに目を寄せた。「ということは、いつものように穏やかではいられないかもしれないわ」

「大丈夫よ。わめきちらしてもかまわないわ」リリアンの手を握ったまま、デイジーは足元の絨毯の上に座った。

暖炉の時計の音と、ふたりの髪を梳く音以外、部屋の中は静かだった。握り合っている姉妹の手の中で、リリアンの脈がとくとくと重なりあった。デイジーは姉を励ましているのか、それとも姉に励まされているのかよくわからなかった。出産の時は近づいていた。デイジーは姉のことが心配だった。出産の痛みや合併症のことが。そして赤ちゃんが生まれたあと、生活はもういままでのようではなくなるのだという事実がデイジーを不安にした。

エヴィーのほうをちらりと見ると、にこっと笑顔を返してくれた。そしてアナベルを見ると、その顔は穏やかで、元気づけられた。わたしたちは互いに助け合って、人生における挑戦や喜びや恐怖を経験していくんだ、とデイジーは思った。すると突然、彼女たちへの愛で胸がいっぱいになった。「わたしはけっしてあなたたちのそばを離れないわ」デイジーは言った。「いつも四人でいっしょにいたいの。だれひとり欠けても耐えられない」

彼女はアナベルの上靴を履いた足先がやさしく自分の脚をつつくのを感じた。「デイジー……本物の友情はけっして失われることはないのよ」

9

長い午後が過ぎて夕方になると、風雨はさらに激しくなり、通常の春の気まぐれから本格的な嵐に変わった。雨まじりの風が、窓やきれいに刈りこまれた生垣や木々に吹きつけ、稲妻が空を切り裂いた。四人の友はマースデン家の居間から動かず、リリアンの陣痛の間隔を計っていた。やがて一〇分ごとの定期的な間隔に落ち着いた。リリアンは弱気になって、不安にかられていたが、それを隠すようにしていた。姉は出産という避けがたい出来事に自分の体が支配されるのがいやなのだ、とデイジーは思った。

「長椅子では楽じゃないでしょう」アナベルがついに言い出し、リリアンの上体を起きあがらせた。「さあ、来て。ベッドに行く時間よ」

「わたし――」とうとうウェストクリフを呼びに行くときが来たと感じて、デイジーがそう言いかけると、「ええ、それがいいと思うわ」とアナベルが答えた。

何もできずにそばに座っていること以外に、何かできると思うとほっとして、デイジーはきいた。「それから？　シーツやタオルが要る？」

「ええ、そうね」アナベルはリリアンの背中にしっかりと腕をまわして支えながら、肩越しに振り返って言った。「それからはさみと、湯たんぽ。女中頭に言ってバレリアンオイルを少しと、乾燥させたマザーワートとナズナを混ぜたお茶を持ってこさせて」

ほかのふたりがリリアンを主寝室に連れて行くあいだ、デイジーは急いで階段を下りていった。ビリヤード室をのぞいてみたが、だれもおらず、書斎や大客間などをさがしまわった。ウェストクリフはどこにも見あたらない。いらいらしないように気持ちを落ち着かせながら、デイジーは静かに廊下にいた数名の客の横を通り抜け、ウェストクリフの個人用書斎に向かった。ウェストクリフが父やミスター・ハント、そしてマシュー・スウィフトといっしょにそこにいたので、デイジーはほっとした。彼らは「販売流通網の不足」だとか「生産量当たりの利益」などといった言葉が含まれる議論に熱中していた。

戸口に立っている彼女の姿に気づいて、男たちは目を上げた。机に半座りの姿勢でいたウェストクリフは立ち上がった。「伯爵様」デイジーは言った。「ちょっとよろしいでしょうか？」

彼女は冷静に話したが、その表情から、彼は何かが起こったことに気づいたに違いない。すぐに彼女のそばにやってきた。「どうしたのだ、デイジー？」

「姉のことなのです」彼女は小声で言った。「陣痛がはじまったようです」

彼女は伯爵がそれほどうろたえた顔をするのを見たことがなかった。

「早すぎるじゃないか」

「赤ちゃんはそう思っていないようです」

「しかし……これは、まったくの予定外だ」伯爵は、自分の子どもがカレンダーをよく確認せずに、早々と生まれてこようとしていることに、心から戸惑っているようだった。

「そうだと決めつけるわけにはいきませんわ」デイジーは筋の通った返事をした。「お医者様が、予定日を間違われたのかもしれません。結局のところ、推測にすぎませんもの」

ウェストクリフは顔をしかめた。「わたしはこれよりもはるかに正確であるだろうと思っていた！ ほとんど一カ月も早いじゃないか……」新たな考えが浮かび、彼の顔は蒼白になった。「赤ん坊は未熟児で生まれてくるのか？」

「お腹が目立つ女性と、そうでない女性がいます。姉はもともとほっそりしています。だから、赤ちゃんは大丈夫だと思いますわ」彼女は励ますように伯爵に笑いかけた。「四、五時間ほど前から痛みがはじまったのです。いま、間隔は一〇分おきになっています。それでアナベルが言うには――」

「何時間も前に陣痛がはじまっていたのに、だれもわたしに知らせなかったと言うのか？」

ウェストクリフは怒りを爆発させた。

「ええと、痛むといってもまだ陣痛とは言えなかったのです。痛みの間隔が一定になるまでは。それに、姉はまだあなたを煩わせたくないと――」

ウェストクリフがくそっと汚い言葉を使ったので、デイジーはびっくりした。彼は振り返って、サイモン・ハントに向かって人差し指を突き出した。命令的なしぐさだったが、その指は震えていた。「医者」と彼は吠えると、ものすごい速さで部屋を出て行った。

サイモン・ハントはウェストクリフの幼稚なふるまいに驚いたようすもなかった。「哀れなやつ」と彼は薄く笑って、机に手を伸ばしてペンをホルダーに戻した。

「なぜ彼は、きみのことを医者と呼んだのだね?」トーマス・ボウマンは、午後に飲んだブランデーの酔いを感じながら尋ねた。

「医者を呼べと命じたつもりなのでしょう」ハントは答えた。「すぐにそうするつもりですが」

残念ながら、村に住む高齢の医師を連れてくるのは難しかった。彼を迎えに行った従僕は、不運な報告を持って戻ってきた。老医師は外で待っていたウェストクリフの馬車に向かう途中で、けがをしてしまったというのだった。

「どういうことだ?」報告を聞くために寝室から出てきたウェストクリフは従僕を問いただした。デイジー、エヴィー、セントヴィンセント、ミスター・ハント、そしてミスター・スウィフトら数名は全員廊下で待機していた。アナベルは寝室でリリアンにつき添っていた。

従僕は途方に暮れた顔でウェストクリフに言った。「お医者様は濡れた敷石で滑って、わたしが支える前に転んでおしまいになったのです。足を傷められました。お医者様は、骨折はしていないようだとおっしゃっておられましたが、こちらへ来て、レディー・ウェストクリフの出産を診るのは無理だとのことでございます」

伯爵の黒い目がぎらりと光った。「なぜお前は、医師の腕を支えていなかったのだ? よぼよぼの年寄りなんだぞ! 濡れた敷石の上を自分ひとりで歩けないことぐらいわかりそうなものを」

「それほど弱っているなら」サイモン・ハントは冷静な言葉をはさんだ。「そんな過去の遺物がレディー・ウェストクリフのどんな役に立つというんだ?」

伯爵は顔をしかめた。「あの医者は、ここからポーツマスにいたる地域で一番出産に詳しい医者だ。彼は何代にもわたってマースデン家の子どもたちをとりあげてきたのだ」

「この分だと」セントヴィンセントが言った。「マースデン家の一番新しい赤ん坊はひとりで生まれてきそうだな」彼は従僕のほうを向いた。「医者が自分のかわりにだれかを紹介してくれたなら話は別だが」

「はい、子爵様」従僕は居心地悪そうに答えた。「先生は、村に助産婦がいるとおっしゃっていました」

「では、彼女をすぐに連れて来い」ウェストクリフが怒鳴った。

「じつは、もうそこへ行ってみたのですが……ちょっとばかり酔っぱらっておりまして」

ウェストクリフはいやな顔をした。「とにかく連れて来い。いまは、ワインの一杯や二杯飲んでいようとうるさいことを言うつもりはない」

「それが、……少し酔っているという程度ではなく」

伯爵は彼をあきれた顔で見つめた。「くそっ、どれくらい酔っぱらっているのだ?」

「自分は女王だと信じこんでおりまして、女王の列車に乗りこんでくるとはなんたる無礼、としかりつけられました」

その話を飲みこむあいだ、人々はしばし沈黙した。

「だれかを殺したい気分だ」伯爵はだれにともなく言った。そのとき、リリアンの叫び声が部屋の中から聞こえてきて、彼の顔は青ざめた。

「マーカス！」

「いま行く」ウェストクリフは叫び、振り返って恐ろしい形相で従僕をにらみつけた。「だれかさがして来い。医者でも、助産婦でも、サーカスのインチキ占い師でもいい。とにかく……だれかを……いますぐだ」

ウェストクリフが寝室に消えたあとも、彼の余韻で空気が震えているような感じがした。まるで雷が落ちたあとのようだった。外ではゴロゴロ、ドカーンと本物の雷が落ちる音がして、シャンデリアがかたかた鳴り、床が振動した。

従僕は泣きそうになっていた。「二〇年間伯爵様にお仕えしてきましたが、これでわたしも暇を出されて――」

「医者のところへもう一度行って、足の具合がよくなったかどうかきいて来るんだ。だめならば、弟子か見習いがいないか尋ねろ――代わりを務められそうな者はいないかきけ。ぼくは隣の村へ行ってだれかいないかさがしてみる」ハントが言った。

それまで黙っていたマシュー・スウィフトが、静かに尋ねた。「どちらの道へ行かれますか？」

「東に向かう道だ」ハントが答えた。

「では、ぼくは西へ行ってみます」

デイジーは驚きと感謝の気持ちでスウィフトを見つめた。この嵐の中に出て行くのは困難であるばかりでなく、危険だ。リリアンのために進んで医者をさがしに行くと申し出てくれたことで——リリアンは彼を嫌っていることを隠そうともしないというのに——彼に対するデイジーの評価はさらに何点も上がった。

セントヴィンセントがそっけなく言った。「では、わたしは南ということだ。彼女は、ノアの箱舟の物語に出てくるような大洪水のさなかに出産しなければならなくなるわけだ」

「ここでウェストクリフといっしょに待っていたらいかがですか？」サイモン・ハントは皮肉な調子できいた。

セントヴィンセントはその皮肉を面白がるように彼をちらりと見て言った。「帽子をとってくる」

男たちが出発してから二時間が経ち、リリアンの出産は近づいていた。陣痛は激しくなって、彼女は息も絶え絶えに苦しんでいた。彼女は骨をも砕くような強さで夫の手を握っていたが、ウェストクリフの頑丈な手はそれくらいではびくともしない。ウェストクリフは忍耐力があってやさしく、冷たい湿った布で顔を拭いてやったり、マザーワートのお茶を飲ませたり、リラックスさせるために腰や足を揉んでやったりしていた。

アナベルはとても有能で、助産婦が来てもアナベルほど役には立たないのではないかとデイジーは思った。彼女は湯たんぽをリリアンの背中とお腹にあて、やさしくリリアンに話しかけて痛みに耐えるのを助けた。わたしがこれを耐えぬけたのだから、あなたもぜったいに大丈夫と励ました。

激しい陣痛のあとには、毎回震えが来た。

アナベルはリリアンの手をしっかり握った。「我慢しなくてもいいのよ。声を出せば少しは楽になるなら、叫ぶなり悪態をつくなりしたら」

リリアンは頭を弱々しく振った。「叫ぶ元気もないの。声を出さずにいたほうが、力をためておけるわ」

「わたしもそうだったの。でも警告しておくけど、じっと我慢していると、まわりの人たちはあんまり同情してくれないものなのよ」

「同情なんかいらないわ」リリアンはあえいで、目を閉じた。また次の陣痛が襲ってきたのだ。「わたしはただ……終わりにしたいだけ」

ウェストクリフの緊張した顔を見て、デイジーは思った。リリアンが同情を求めていようといまいと、彼女の夫は彼女にあまりあるほどの同情を注ぎこんでいるのだ、と。

「あなたはここにいるべきじゃないのに」陣痛がおさまるとリリアンはウェストクリフに言った。彼女は彼の手をまるで命綱のようにつかんでいた。「あなたは階下で、うろうろ歩き回ったり、お酒を飲んだりしているべきなのよ」

「ばかなことを言うな」ウェストクリフは彼女の顔の汗を乾いた布で拭いてやりながら、つぶやいた。「きみのためにこうしてやりたいんだ。きみ一人で立ち向かわせることなどできないよ」

それを聞いて、リリアンの乾いた唇にかすかな笑みが浮かんだ。

勢いよくドアをたたく音が聞こえ、デイジーは走ってドアのところに行った。ドアを一〇センチばかり開けるとマシュー・スウィフトが立っていた。ずぶ濡れで泥だらけ、はあはあ息を切らしている。安堵の思いが押し寄せてきた。「まあ、よかった」彼女は叫んだ。「だれもまだ戻ってきていないの。だれか見つかった?」

「イエスともノーとも言える」

デイジーは経験から、そういう答えを聞いたときには、結果はたいてい望ましいものではないということを学んでいた。「どういう意味?」がっかりしてきく。

「彼はすぐに二階に上がってくる——手と顔を洗っているんだ。道はぬかるみに変わり、あちこちに穴があいていて——雷はものすごいし——馬が暴走したりもせず、足も折らなかったのは奇跡だった」スウィフトは帽子をとって、袖でひたいをこすった。泥のすじが顔に残った。

「でもお医者様を見つけたのでしょう?」デイジーはたたみかけた。ドアの横に置いてあったバスケットからきれいなタオルをとり、彼にわたした。

「いや。隣村の人々が言うには医者は二週間村を空けているそうだ」

「じゃあ、助産婦さんは——」

「手がいっぱいだったんだ」スウィフトは簡潔に言った。「村ではふたつお産があって、助産婦と話をしたときにはちょうど分娩のまっ最中だった。ひどい嵐のときにはお産が重なることがよくあると彼女は言っていた。空気の微妙な変化が、産気づかせるらしい」

デイジーは困惑して彼を見つめた。「じゃあ、だれを連れてきたの?」

髪が薄くなりかけたやさしい茶色の目の男がスウィフトの横にあらわれた。彼は濡れていたが、清潔だった——とにかく、スウィフトよりは清潔だった——そして身なりは上品そうだった。「こんばんは、お嬢さん」彼は恥ずかしそうに挨拶した。

「彼の名はメリット」スウィフトはデイジーに言った。「獣医師だ」

「なんですって?」

ドアはほとんど開いていなかったけれど、会話は部屋の中に筒抜けだった。リリアンの鋭い声がベッドから聞こえてきた。「わたしに動物の医者を連れてきたですって?」

「彼は非常に信望の厚い獣医師です」スウィフトは言った。

リリアンはしっかり寝具に覆われていたので、デイジーはもう少しドアを開けて、リリアンからメリットが見えるようにした。

「どのくらい経験があるの?」リリアンはメリットにきいた。

「昨日は、ブルドッグのお産に立会いました。それから、その前は——」

「また来たわ」ふたたび陣痛がはじまって、リリアンがウェストクリフの手にしがみついたので、ウェストクリフはあわてて言った。「入ってくれ」

デイジーは男を部屋に入れ、自分はもう一枚清潔なタオルを持って外に出た。

「もうひとつ別の村にも行ってみるつもりだったんだ」スウィフトは、申しわけなさそうなかすれた声で言った。「メリットが何かの役に立つかどうかはわからない。しかし、沼も川もあふれて、道が通れなくなっていた。それに、だれも連れずに帰るつもりはなかった」彼は顔を伏せて、しばらく目を閉じた。嵐の中を馬で走り回るのは本当にたいへんだったのだとデイジーにはわかった。

信頼できる人、とデイジーは思った。タオルの端を指に巻きつけて、彼女は彼の顔についた泥を拭き、伸びかけた髭についた雨粒をぬぐった。彼の黒い顎髭に彼女は心惹かれた。素手でそれをなでてみたかった。

スウィフトはじっとしていた。彼女の手がとどきやすいように頭を下に向けている。「ほかのふたりが、ぼくよりもうまく医者を見つけてくれるといいんだが」

「間に合わないかもしれないわ」デイジーは答えた。「いよいよお産が近づくと、一気に進んでいくみたいなの」

彼女がやさしく顔を拭いてくれるのが煩わしいとでもいうように、彼はさっと頭を引いた。

「部屋に戻らないのかい？」

デイジーは首を左右に振った。「わたしがいても、かえって邪魔になるだけ。リリアンはたくさんの人に囲まれるのをいやがるし、アナベルのほうがわたしよりもずっと助けになるのよ。でも、近くで待つことにするわ、もしも……もしも姉がわたしを呼んだときのために」

彼女からタオルを受け取って、スウィフトは頭の後ろをこすった。後頭部はぐっしょり濡れていて、豊かな髪はアザラシの皮のように黒くつやつや輝いていた。「すぐに戻る」彼は言った。「顔を洗って、乾いた服に着替えてくる」

「両親とレディー・セントヴィンセントはマースデン家の居間にいるわ」デイジーは言った。「そこでいっしょに待てばいいわ――ここで待つよりずっと快適よ」

しかし、スウィフトは居間へは行かず、デイジーのところに戻ってきた。

彼女はあぐらをかいて廊下に座り、壁によりかかっていた。考えにふけっていたので、すぐ隣に来るまで、彼がやってきたことに気づかなかった。彼はさっぱりした服に着替え、まだ髪は濡れたままで、彼女を見下ろしていた。

「いいかい？」

デイジーは彼が何をきいているのかよくわからなかったが、とにかくうなずいた。スウィフトは腰を下ろして、デイジーとおなじようにあぐらをかいて座った。彼女はこんなかっこうで紳士といっしょに座ったことがなかった。マシュー・スウィフトと隣り合って座ることになるとは考えてみたこともなかった。彼はさりげなく、デイジーに濃いプラムレッドの液体が入った小さなグラスをわたした。

デイジーはちょっと驚いてそれを受け取り、鼻の近くにかざして用心深くにおいをかいだ。「マデイラね」彼女はほほえんで言った。「ありがとう。でも、お祝いには少し早いかも。

赤ちゃんがまだ生まれていないから」

「祝いの酒じゃない。きみをリラックスさせるためだ」

「わたしのお気に入りのワインをどうして知っているの？」

彼は肩をすくめた。「たまたまさ」

しかし、彼女にはそれがまぐれあたりではないことがなんとなくわかっていた。ほとんど会話を交わすことはなく、ふたりのあいだには、なぜか奇妙に心安らぐ沈黙があった。「何時？」と、ときどきデイジーがきくと、彼はポケットから懐中時計を取り出すのだった。

彼の上着のポケットにいろいろな物が入っていることにちょっと興味を引かれて、デイジーは中を見せてと言ってみた。

「がっかりするよ」スウィフトはそう言って、中の物を取り出した。彼がスカートの上にそれらをざらざらと落とすと、彼女は全部を丹念に調べはじめた。

「あなたって、イタチよりたちの悪い収集魔ね」とにこっと笑って言う。折りたたみ式ナイフ、釣り糸、小銭、ペン先、眼鏡、小さな缶入り石鹸――もちろんボウマン社製――それからヤナギの皮の粉を包んだ薬包紙。親指と人差し指でその薬包紙をつまんで、デイジーはきいた。「頭痛もちなの、ミスター・スウィフト？」

「いや。しかし、きみのお父さんは、悪いニュースを聞くとすぐに頭が痛くなる。そして、たいていはぼくが薬をわたす係というわけだ」

デイジーは笑って、品物の山から小さな銀のマッチ箱をつまみあげた。「どうしてマッチが？　あなたは煙草を吸わないと思っていたわ」

「いつ火が必要になるかわからないから」

デイジーはストレートピンの紙包みを持ち上げ、不思議そうに眉を上げた。

「書類を綴るときに使うんだ」彼は説明した。「ほかにも用途がいろいろある」

彼女はちょっとからかうような口調で言った。「ミスター・スウィフト、あなたが事前に用意していない緊急事態ってあるのかしら？」

「ミス・ボウマン、もしぼくが十分な数のポケットを持っていたら、世界を救えると思うよ」

彼のその言い方に、彼女の心の防御壁は粉砕されてしまった。彼はわたしを面白がらせるためにわざと自信たっぷりな言い方をしているんだ。彼女は笑いながら、体が熱く火照るのを感じた。でも、彼を好きになっても、状況は少しもよくなりはしないのだと気づいた。彼女はひざの上をのぞきこんで、糸でくくられた小さなカードをつまみ上げた。

「イギリスでは、仕事用の名刺と、訪問用の名刺が必要だと言われた。だが、そのふたつがどう違うのか、よくわからないのだが」

「イギリス人の家に訪問したときには、仕事用の名刺を置いてきてはいけないの」デイジーは彼に教えた。「この国ではそれは不作法な行為とされているわ――お金を儲けようとしていると思われるのよ」

「それがぼくの仕事なのだが」

デイジーはほほえんだ。彼女はもうひとつ興味を引かれるものを見つけた。彼女はそれを手に取って、じっくりながめた。

ボタンだった。

彼女は眉をひそめて、そのボタンの表を見つめた。風車の模様が刻みこまれていた。ボタンの裏を見ると、銅の縁の内側には薄いガラスの板がはめこまれていて、ガラスの下には小さな黒い髪の束が入っていた。

スウィフトは蒼白になって、それを取り返そうとしたが、デイジーは奪われまいとしっかりボタンを指で握り締めてさっと胸元に引き寄せた。

デイジーの心臓はどきどき鳴りはじめた。「これ、見たことがあるわ」彼女は言った。「セットの一部だった。お母様が、五つボタンのベストをお父様のために仕立てさせたの。ボタンにはそれぞれ、風車や木や橋の絵が刻みつけてあって……お母様は子どもたち全員の髪を少し切り取って、ボタンの裏に入れたのよ。お母様がちょきんと髪を切ったときのことを覚えているわ。目立たないように、後ろのほうの毛を切ったの」

まだ彼女から目をそらしたまま、スウィフトは散乱したポケットの中身に手を伸ばして、きちんとポケットに戻していった。

沈黙がつづいた。デイジーは説明を待ったが、彼は何も言わなかった。ついに彼女は彼の袖をつかんだ。彼の腕が止まり、彼は上着をつかんでいる彼女の指を見つめた。

「どうやって手に入れたの?」彼女は小声できいた。

スウィフトが長いあいだ黙っているので、彼女は彼が答えないのではないかと思った。

やっと彼は口をひらいたが、とても無愛想な声だった。彼女の心臓はきゅっとつかまれたように苦しくなった。「きみのお父さんは会社にそのベストを着てきた。みんなにとてもほめられたよ。だが、その日の夕方ごろになって、彼はかんしゃくを起こし、インクの壺を投げたんだ。そのときにインクが胸にかかって、ベストにしみがついてしまった。ミセス・ボウマンにそのことを話すのはまずいと思ったらしく、彼はボタンをつけたままベストをぼくにわたして、処分しろと命じた」

「でもあなたはボタンを一個だけとっておいたのね」彼女の肺は胸郭の中で苦しくなるくらい膨らみ、心臓は激しく鼓動を打っていた。「風車はわたしの図柄だったわ。あなたは……あなたはいままでずっとわたしの髪の房を持っていたの？」

またしても長い沈黙が訪れた。彼に答えるつもりがあったのか、もし答えたとしたらどう答えたのかを、デイジーが知ることはなかった。その瞬間は、廊下に響きわたるアナベルの声でかき消されてしまったからだ。「デーイジーー！」

まだボタンを握り締めたまま、デイジーは立ち上がろうともがいた。スウィフトはすっと立ち上がって、まず彼女をしっかり立たせてから、彼女の手首をつかんだ。反対の手を彼女のこぶしの下に広げて、謎めいたまなざしを彼女に向けた。

ボタンを返せと言っているんだ、と彼女は思った。それから怪しむように笑った。

「これはわたしのものよ」彼女は言い張った。このいまいましいボタンが欲しかったわけではない。彼がこの小さな髪の束を、何年もずっと持ち歩いていたことがとても奇妙に思われたからだった。それがどういう意味を持つのか、考えるのがちょっと怖かった。

スウィフトは動くことも、声を出すこともせず、頑固なまでに辛抱強くじっと待っていた。ついにデイジーは手を開いて、彼の手のひらにボタンを落とした。彼はそれを所有欲の強いガラクタ収集家のようにポケットにしまうと彼女を放した。

デイジーはうろたえたまま、急いで姉の部屋に向かった。赤ん坊の産声が聞こえてくると、早く会いたいのと喜びとで胸がいっぱいになって、息が苦しくなった。姉の部屋のドアまで数メートルしかないというのに、何キロもの距離があるような気がした。

アナベルが戸口でデイジーを迎えた。緊張して疲れているように見えたが、輝くような笑みを浮かべていた。そして、小さなリネンの包みと清潔なタオルを腕に抱えていた。デイジーは口を手で覆い、頭を軽く振った。目が潤んできてちくちく痛んだが、笑みが顔に広がった。「まあ」彼女は真っ赤な顔の赤ちゃんを見つめて感嘆の声をもらした。赤ちゃんの黒い目は明るく輝き、もうたっぷり黒髪が生えている。

「あなたの姪よ」アナベルはそう言って、そっと赤ん坊をデイジーにわたした。

デイジーは注意深く赤ちゃんを受け取った。驚くほど軽い。「姉は――」

「リリアンは大丈夫」アナベルはすぐに答えた。「とってもがんばったわ」

赤ん坊にやさしい声でささやきかけながら、デイジーは部屋に入った。リリアンは目を閉じて、積み上げた枕にもたれて休んでいた。大きなベッドに寝ていると彼女はとても小さく見えた。髪は少女のように二本のおさげに編んである。ウェストクリフは彼女のかたわらにいた。まるでワーテルローの戦いを一人で戦い抜いたかのように見えた。

獣医師は洗面台のところで手を洗っていた。彼はデイジーに感じよくほほえみかけ、デイジーもにっこりと笑顔を返した。「おめでとうございます、ミスター・メリット。あなたの診療歴にもう一種類動物が加わりましたね」

リリアンは彼女の声を聞いて体を動かした。「デイジーなの？」

デイジーは赤ん坊を抱いたまま姉に近づいた。「ああ、リリアン、いままで見た中で一番かわいらしい赤ちゃんだわ」

姉は眠そうな顔で笑った。「わたしもそう思う。ねえ――」と言いかけて、あくびをひとつ。「お父様とお母様に赤ちゃんを見せてきてくれる？」

「ええ、もちろんよ。この子の名前は？」

「メリット」

「動物のお医者さんの名前にちなんで名づけたの？」

「彼はとても有能だったの」リリアンは答えた。「それにウェストクリフもそれでいいって」

伯爵は妻の体の下にもっとしっかりと寝具をたくしこませて、妻のひたいにキスをした。

「でも、女の子だったから、まだ跡継ぎがいないわ」リリアンは笑顔のまま、彼にささやいた。「もうひとりつくらないとだめみたいね」

「いや、もうやめておこう」ウェストクリフはしわがれた声で言った。「こんな思いはもうたくさんだ」

デイジーはくすっと笑って、小さなメリットを見下ろした。彼女はデイジーの腕の中で眠っていた。「ほかの人たちに見せてくるわ」と彼女は静かに言った。

廊下に出ると、だれもいなかった。

マシュー・スウィフトは去っていた。

＊＊＊

翌朝目覚めたデイジーは、ミスター・ハントとセントヴィンセント卿が無事にストーニー・クロス・パークに戻ったと聞いてほっとした。セントヴィンセントが向かった南の道は通れなくなっていたが、ミスター・ハントのほうはもう少し運がよかった。近隣の村で医師が見つかったが、医師は危険な嵐の中を馬で行くことにしりごみした。どうやらハントは脅したりすかしたりして、承諾させたらしい。医師はストーニー・クロス・パークに着くとすぐに、リリアンとメリットを診察し、母子ともにたいへん健全ですと断言した。彼の見立てでは、赤ん坊は体重が少なめだが、体つきにはまったく問題がなく、両肺ともよく発達しているとのことだった。

客たちは赤ん坊の誕生の知らせを聞いた。ちらほらと赤ん坊が女の子で残念だと言う声も聞かれた。しかし、生まれたばかりの娘を抱くウェストクリフの顔を見て、そして彼が赤ちゃんに、ポニーでも城でも、王国まるごとでも買ってあげるよとささやくのをきいて、デイジーはたとえメリットが男の子でもウェストクリフはいま以上に喜ぶことはできないだろうと思った。

エヴィーと朝食室で朝ご飯をいっしょに食べながら、デイジーは非常に奇妙な具合に気持ちが揺れ動いているのを感じた。姪が生まれ、姉が無事だったことはうれしかったが、彼女は……なんとなく不安だった。頭がぼうっとしているようでもあり、いら立っているようでもあった。

それはすべてマシュー・スウィフトのせいだった。

今日はまだ彼の姿を見かけていない。デイジーはほっとした。昨晩の出来事を思うと、どんなふうに彼と接したらいいのかわからなかった。

「エヴィー」デイジーは友人にこっそり言った。「あなたに聞いてもらいたいことがあるの。いっしょに庭を散歩してくれない?」嵐は去って、淡い灰色の太陽の光が空に広がっていた。

「もちろん。でも外はかなりぬかるんでいるけれど……」

「舗装されている道を歩きましょう。でも戸外でなくてはだめなの。家の中では話せない個人的な内容だから」

エヴィーは目を大きく見開き、あわてて紅茶を飲み干したので、舌を火傷したに違いない。

嵐のせいで庭園はすっかり荒れていた。葉っぱや緑の蕾が一面に落ちていて、ふだんはきれいに掃き清められている小道に小枝や大枝が落ちていた。しかし、空気には湿った土と雨に打たれた花びらのにおいが満ちていた。その爽快な香りを胸一杯に吸いこみ、ふたりの友は砂利の散歩道をのんびり歩いて行った。肩から腕にかけてショールを巻いて前で結んでいる彼女たちの背中を、早く歩こうよと小さな子どもがせかすようにそよ風が押す。

デイジーはエヴィーに心の中をすっかり打ち明けると、これまで感じたことがなかったほど気持ちが軽くなった。マシュー・スウィフトとのキスから、彼のポケットにあのボタンが入っていたことまで、デイジーはエヴィーに洗いざらい話した。エヴィーは、知り合いの中で一番の聞き上手だった。それはおそらく、エヴィーに言葉がつかえる癖があるせいなのだろう。

「うまく考えることができないの」デイジーはみじめに言った。「どう感じたらいいのかもわからない。どうしてミスター・スウィフトのことを以前とは違ったふうに感じるようになったのか、どうして彼に惹かれるのかもわからない。彼のことが大嫌いならずっと簡単なのに。でも昨晩、あのいまいましいボタンを見たときに……」

「そのときまで、彼があなたのことを本気で思っているとはまるで考えていなかったのね」

とエヴィーはつぶやいた。

「そうなの」

「デイジー……彼の行動が計算されたものだという可能性は？　つまり、彼があなたをだましていて、ポケットに入っていたボタンは、さ、策略のうちだったということは？」

「いいえ。彼の顔を見たらわかるわ。彼は、そのボタンがどこについていたものなのかをわたしに気づかせまいと必死だった。ああ、エヴィー……」デイジーは不機嫌に小石を蹴った。「ものすごく困ったことに、ひょっとしたらマシュー・スウィフトはわたしが男性に望むすべてを備えた人なのかもしれないって気がするのよ」

「でも、彼と結婚したら、彼はあなたをニューヨークに連れて行ってしまうでしょうね」

「ええ、いつかは。でも、わたし、そんなことできない。姉やあなたたちと離れて暮らしたくないの。それにわたしはイギリスが大好き――ニューヨークにいたときよりもずっと落ち着くの」

エヴィーはその問題についてじっくり考えた。「もしもミスター・スウィフトがここに永久に住んでもかまわないと言ってくれたら？」

「ありえないわ。ニューヨークのほうがずっとチャンスが多いもの――それにもし彼がここに留まったら、貴族でないということでつねに不利な立場に立たされるわけだし」

「でも、彼が自分から進んでそうしてみようと思うなら……」エヴィーはしつこく言った。

「それでも、やっぱり、わたしは彼が求めているような妻にはなれないわ」

「あなたたちふたりは、率直に気持ちを話し合わなければならないわ」エヴィーはきっぱりと言った。「ミスター・スウィフトは大人で、理知的な男性よ。あなたに無理なことを期待したりしないわ」

「こんな議論をしてもまったく意味がないのよ」デイジーが憂鬱そうに言った。「彼はどんなことがあろうともわたしとは結婚しないとはっきり言ったの。まさしくこの言葉のとおりに言ったのよ」

「彼が拒んでいるのはあなたなの？　それとも結婚？」

「知らない。わたしにわかるのは、彼がポケットにあのボタンを入れていたことから考えて、わたしになんらかの感情を抱いているはずだということだけ」彼がボタンを握りしめたようすを思い出すと、不快とは言えない震えがさっと背筋に走った。「エヴィー、だれかを愛しているとどうやってわかるの？」

エヴィーは、カラフルなプリムラが咲き乱れる、低い円形の花壇の横を通り過ぎながら、その質問について考えた。「あ、あなたの助けになる何か賢いことを言わなくちゃならないのでしょうけれど」彼女は残念そうに肩をすくめた。「わたしの場合は、あなたと状況が違ったから。セントヴィンセントとわたしは、自分たちが恋に落ちるとは思ってもいなかった。不意をつかれた感じだったわ」

「ええ、でも恋していることにどうやって気づいたの？」

「彼が自分の命を捨ててわたしを助けようとしてくれたときだったわ。セントヴィンセント本人を含めてだれもが、彼が自己を犠牲にできる人間だとは思っていなかった。それで悟ったの。ある人のことをよくわかっているつもりになっていても、その人の意外な面に、お、驚かされることがあるのだと。そのときにすべてが変わってしまったように思えたわ――次の瞬間、突然彼は世界で一番大切な人になっていた。いいえ、大切というより……必要な人。

ああ、上手く言葉で表現できないのがもどかしい――」

「わかるわ」デイジーはつぶやいたが、エヴィーの話で愛というものがわかったというよりも、むしろ悲しい気分になっていた。自分もそんなふうに人を愛せるようになるのだろうか。おそらく、わたしの心は姉や友人のほうに向きすぎているのだ……だからそれ以外の人々のことを思う心の余裕がないんだわ。

背の高いビャクシンの生垣のところに出た。その向こうには、屋敷の横を通る敷石の歩道がつづいていた。生垣の切れ目にさしかかったとき、ふたりの男性が話し合う声が聞こえてきた。声は大きくなかった。実際、声はひそめられており、彼らが内密な話を――だからこそ、とても興味が引かれる話を――しているのだとわかった。生垣の横で立ち止まり、デイジーはエヴィーに動かずに黙ってと身ぶりで合図した。

「……子どもをたくさん生めるタイプには見えない……」

そのコメントに、低い憤慨した声が答えた。「引っ込み思案？　とんでもありません。あの人はペンナイフと一巻の糸でモンブランに登ってしまうほど元気一杯です。やんちゃな子どもたちが生まれるでしょう」

デイジーとエヴィーはびっくりして見つめ合った。ふたりの男性の声はすぐにわかった。ランドリンドン卿とマシュー・スウィフトだ。

「そうかな」ランドリンドンは信じていないようだ。「わたしの印象では、本が好きな女性のようだが。どちらかといえば、文学趣味というか」

「ええ、彼女は読書家ですが、冒険好きな面も持っているのです。想像力にあふれ、しかも生きる情熱に満ちていて、体も丈夫です。彼女のような人は、大西洋のこちら側でも向こう側でもお目にかかれません」

「わたしはきみのほうの側で探すつもりはない」ランドリンドンははっきり言った。「イギリスの女性はわたしが人生に望むすべてのものを備えているからね」

彼らはわたしのことを話しているのだわ、とデイジーは気づいて口をぽかんと開けた。マシュー・スウィフトがそんなふうに言ってくれたことを喜んでいいのか、それとも、彼が、行商の薬売りが客に商品を勧めるときのように、自分をランドリンドンに売りこもうとしているのに憤慨すべきなのかよくわからなかった。

「妻にするには落ち着いた女性でなくてはならない」ランドリンドンはつづけた。「穏やかな深窓の令嬢がいい」

「穏やか？　気取りのない知的な女性はどうです？　男を立てる控えめな女性というつまらない理想像をただ真似ているだけの女性ではなく、自分らしくあることに誇りを持っている女性は？」

「質問があるのだが？」ランドリンドンは言った。

「なんでしょう？」

「もし彼女がそれほど素晴らしい女性だというなら、きみが結婚したらどうなんだ？」

デイジーは息を止めて、彼の答えに聞き耳を立てた。しかしじれったいことに、彼の声は生垣にじゃまされてよく聞き取れなかった。「まったくもう」と彼女はつぶやいて、彼らの後を追おうとした。

エヴィーはデイジーの体を引き戻した。「だめよ」と鋭いささやき声でたしなめる。「危険すぎるわ、デイジー。気づかれなかったは奇跡よ」

「でも先が聞きたいの！」

「わたしもよ」ふたりは目をまん丸くして見つめ合った。「デイジー……」エヴィーは驚嘆した声でつぶやいた。「……マシュー・スウィフトはあなたに恋していると思うわ」

10

マシュー・スウィフトがわたしに恋をしている? 全世界がひっくり返ってしまったかのようだった。どうしてそんなふうに感じるのか、デイジーにもよくわからなかったが、とにかくそう感じてしまうのだ。

「もしそうだとしたら」彼女はまごつきながらエヴィーに言った。「なぜ彼は、あそこまできっぱりと、わたしをランドリンドン卿に勧めようとするのかしら。父の計画に乗ったほうがはるかに楽なのに。そうすれば、たっぷり見返りがもらえるわ。それに、彼が本当にわたしのことを思ってくれているなら、彼を押しとどめているのは何なのかしら」

「あなたが彼の愛に応えてくれるかをたしかめたいのかも」

「いいえ、父がそんなめんどくさいことをしないように、ミスター・スウィフトもそんなことはしないわ。もしミスター・スウィフトがわたしと結婚したいなら、ためらったりせずに申しこむはずよ。ライオンが羚羊《れいよう》にむかって、あなたを昼食にしてもいいですか、と丁寧に尋ねたりしないようにね」

「あなたたちは、率直に話し合ったほうがいいと思うわ」エヴィーはきっぱり言った。

「でも、ミスター・スウィフトはただはぐらかして、ごまかすだけよ。これまでそうしてきたように。だけど……」

「だけど？」

「……彼のガードを崩す方法をなんとか見つけられるかもしれないわ。そしてわたしのことを思ってくれているのかどうか、正直に言わせるの」

「どうやってやるつもり？」

「わからない。いやだわ、エヴィーったら。あなたのほうが百倍も男性のことを知っているのよ。なにしろあなたは結婚していて、クラブではたくさんの男性に囲まれている。豊富な経験に基づいて教えてちょうだい。男の人をぎりぎりまで追いこんで、自分では認めたがっていないことを認めさせる一番の早道は？」

世の中をよく知る女性というイメージはエヴィーをいい気分にさせたらしく、彼女はその質問についてじっくり考えた。「彼を嫉妬させることだと思うわ。教養ある男の人たちが、ひとりの女性をめぐってクラブの裏の通りで犬のように喧嘩している姿を見たことがあるもの」

「ふーん。ミスター・スウィフトが嫉妬にかられるとはちょっと思えないけど」

「わたしは見こみがあると思うわ」エヴィーは言った。「しょせん彼も男なのよ」

午後になって、デイジーは、ランドリンドン卿が書斎の本棚に本を返しにやってきたところをつかまえた。

「ごきげんよう、ランドリンドン卿」デイジーは彼の目に不安の色が宿るのに気づかぬふりをして明るく挨拶した。彼女はにやりとしたくなるのを我慢した。マシュー・スウィフトが彼女をあんなふうに売りこんだあとだ。気の毒なランドリンドンは、穴に逃げこんだキツネのような気持ちでいることだろう。

ランドリンドンはすぐに冷静さを取り戻し、感じよくほほえんだ。「ごきげんよう、ミス・ボウマン。姉君と赤ん坊はいかがですか？」

「ふたりともとても元気にしていますわ」デイジーは彼に近づいて、手に持っている本の題名を読んだ。『軍事地図作成学の歴史』まあ、と、とても……興味をそそられますわね」

「ええ、まったくです」彼は同意した。「しかも、たいへん勉強になります。ただ、翻訳の過程で大事なところが抜けてしまったのではないかと思われます。ドイツ語の原書を読んでこの作品の重要性をあますところなく堪能すべきでしょう」

「小説はお読みになりませんの？」

彼はその質問に心底驚いたようだった。「おお、わたしは小説など読んだことがありません。幼少のころから、心を培い、人格形成に役立つ本以外読んではならないと教えこまれてきましたから」

「え？」

彼の高慢な言い方は鼻についた。「つまんないの」彼女は口の中でつぶやいた。

「これ、すてきですわ」彼女は即座に言い直し、文字が彫りこまれた革装の表紙をながめているふりをした。彼女は落ち着いた笑顔に見えるようにと願いながら、彼にほほえみかけた。

「熱心な読書家でいらっしゃいますのね？」

「わたしは何事にも熱中しないようにしています。『すべてに中庸が肝心』というのがわたしのモットーのひとつです」

「わたしにはモットーなどありませんわ。もしあったとしても、それに反することばかりしているでしょう」

ランドリンドンは笑った。「あなたは、ご自分が移り気であることを認めるのですね？」

「できれば、心が広いのだと考えたいですわ。信条にはいろいろなものがありますが、どの信条にも学ぶべきところがあると思いますの」

「なるほど」

デイジーは彼の考えを読むことができた。彼女のいわゆる心の広さに、彼はまったく感銘を受けていないのだ。「子爵様のモットーについてもっとうかがいたいですわ。よろしければ、いっしょにお庭を散歩しながらでも……」

「わたしは……ええと……」男性から誘うのではなく、娘のほうから男を散歩に誘うとは、許されざる大胆さだった。しかし、ランドリンドンは紳士だったので、断ることはできなかった。「もちろんですとも、ミス・ボウマン。明日にでも――」

「いますぐでもかまいませんのよ」彼女は快活に言った。

「いま、ですか」彼は弱々しく答えた。「ええ、喜んで」

彼が腕を差し出す前に、デイジーは彼の腕をとって、戸口のほうに引っ張っていった。

「さあ、まいりましょう」

ランドリンドンはなすすべもなく、この押しの強い活発な娘にあっちだ、こっちだと引きまわされ、気づいたときには、裏のテラスから巨大な石の階段を下りて庭に出ていた。「子爵様」デイジーが言った。「告白したいことがあります。わたし、ある策略を立てましたの。そこで、子爵様に手を貸していただけないかと……」

「ある策略……」彼はびっくりして問い返した。「手を貸す……いったい、何の――」

「もちろん、たわいもないことです」デイジーはつづけた。「わたしの目的は、ある紳士の気を引くことなのです。その方は、どうもそういうことになると控えめになってしまうみたいで」

「控えめ？」ランドリンドンの声は聞き取れないほどかすれていた。

オウムのように彼女の言葉を繰り返すばかりなので、デイジーのランドリンドンの知性に対する評価は数段下がった。「ええ、控えめなのです。でも、なかなか態度にあらわさないその裏には、異なる感情が潜んでいるという印象をわたしは受けていますの」

ランドリンドンは、普段は身のこなしが優雅なのだが、でこぼこ道の小石につまずいた。

「ど、どうして、そのような印象をお持ちになったのですか、ミス・ボウマン」

「女の勘ですわ」

「ミス・ボウマン」彼は叫んだ。「もしもわたしの言動に、あなたに誤解を与えるようなところがあったとしたら……それは……」

「あなたのことではありませんわ」デイジーはそっけなく言った。

「違う？　ではだれのことを――」

「ミスター・スウィフトのことです」

彼がぱっと喜びに顔を輝かせたのがわかった。「ミスター・スウィフト。ええ、ええ。ミス・ボウマン。彼は何時間もあなたをほめちぎっていました――もちろん、あなたの魅力についてうかがうことはやぶさかではありませんでしたが」

デイジーはほほえんだ。「何か事件でも起こらないかぎり、いつまでも彼は口をつぐんだままだと思いますの。だから、キジを驚かせて草むらから飛び立たせるように、ちょっとつついてみたいの。もしあなたが、わたしに興味をお持ちになっているようなふりをしてくださるなら――たとえば、馬車で出かけたり、散歩したり、ダンスを申しこんでくださったりということですけど――それがきっかけになって、彼も自分の気持ちに正直になろうとするかもしれません」

「喜んでお手伝いしましょう」ランドリンドンは言った。花婿候補にされるよりも、共犯者の役をするほうがはるかに魅力的だと思ったらしい。「おまかせください、ミス・ボウマン。わたしはだれもが信じこむほど見事に求愛者の役を演じきってみせますよ」

「出発を一週間延ばして欲しい」

五枚の書類にストレートピンで穴を開けていたマシューは、誤ってピンの先を指にさしてしまった。彼はピンを紙から抜き取り、指先の小さな点状の出血は無視して、言葉の意味を測りかねるといった顔でウェストクリフを見つめた。ウェストクリフはこの三六時間、妻と生まれたばかりの娘といっしょに部屋にこもっていたのだが、マシューがブリストルに発つ前の晩にいきなりやってきて、わけのわからない命令を下したのだった。

マシューは感情をあらわさないよう声を抑えて尋ねた。「理由をうかがってもよろしいでしょうか？」

「わたしもきみといっしょに行くことに決めたからだ。そうなると、スケジュールの都合で、明日出発というわけにはいかない」

マシューの知るかぎりでは、伯爵の現在のスケジュールはすべてリリアンと赤ん坊によって決まっていた。「あなたに来ていただくまでもありません」自分ひとりではものごとを処理できないとほのめかされたことにむっとしながら彼は言った。「この事業に関しては、ぼくはだれよりも知っています。そして、どのようなことが求められるかも――」

「とはいえ、きみは外国人だ」ウェストクリフは真意のくみとれない顔で言った。「それに、わたしの名前を出せば、きみひとりでは開けることができない扉も開かれるだろう」

「わたしの交渉力を疑っていらっしゃるなら――」

「それが問題なのではない。きみの力には絶対の信頼を置いている。アメリカでならそれで十分だ。しかしイギリスでは、そして今回の事業の規模を考えれば、社会的影響力の強い人間の後ろ盾があったほうが有利だ。たとえばわたしのような」

「中世ではないのですよ、伯爵。事業の取引の一部として、貴族相手に派手な宣伝をしなければならないなんて、ばかばかしい」

「貴族の立場から言わせてもらうなら」ウェストクリフは皮肉をこめて言った。「わたしもそうした考え方は好きではない。とりわけ生まれたばかりの子どもと産後間もない妻をかかえている身としてはね」

「一週間も待てません」マシューはいきりたった。「もうすでに約束もとりつけているのです。船渠《せんきょ》主任から現地の水道会社のオーナーまで、会合の日取りをすでに決めて――」

「では、スケジュールを組み直そう」

「それで文句が出ないと考えていらっしゃるなら――」

「来週わたしがきみといっしょに行くという知らせが届けば、ほとんど苦情は出ないと思う」

　そのような言葉がウェストクリフ以外の人間の口から出たとしたら傲慢に聞こえただろう。しかし、それがウェストクリフである場合には、単に事実を述べたにすぎなかった。

「ボウマン社長は知っていますか？」マシューはしぶとく食い下がった。

「ああ。わたしの意見を話したところ、彼も同意してくれた」

「わたしはここであと一週間も何をして過ごしたらいいのですか？」

伯爵は黒い眉毛をつり上げた。それは、これまでもてなしの質を問われたことがない男の表情だった。あらゆる年齢、国籍、社会的地位の人々が、ストーニー・クロス・パークへの招待をのどから手が出るほど欲しがっていた。おそらくイギリス中でここに滞在したがっていない人間はマシュー以外にひとりもいないだろう。

彼にとって娯楽など、どうでもよかった。まともに働くこともなく、あまりにも長い時間をここで無駄に費やしていた。彼は怠惰な遊びやたわいもないおしゃべりにうんざりしていた。美しい風景や新鮮な田舎の空気や平和や静けさにも飽き飽きしていた。とにかく、何か活動がしたかった。石炭のにおいがする都市の空気や交通の激しい町の喧騒も懐かしかった。

そして何よりも、デイジー・ボウマンから離れたかった。これほど近くにいるのに、彼女に触れることすらできない。それは拷問に等しかった。頭の中はみだらな妄想でいっぱいだというのに、平然と礼儀正しく彼女と接しなければならないとは。彼女を抱きしめて愛の言葉をささやき、彼女の体のもっとも甘くてもっとも感じやすい場所に唇を這わせたくてたまらなかった。しかもそんなのはほんの序の口だ。マシューは彼女と何時間も何日間も何週間もふたりきりで過ごしたかった……彼女の考えも、ほほえみも、秘密も、すべてを自分のものにしたかった。自分の裸の魂を彼女の前にさらけだせる自由が欲しかった。

自分には絶対にできないことばかりなのだが。

「屋敷や領地の中でいろいろと楽しむことができる」ウェストクリフは彼の質問に答えて言った。「女と遊びたいなら、村の酒場へ行ったらいい」

マシューはすでに男性客の何人かが、陽気な酒場のメイドたちと春の夜のどんちゃんさわぎを楽しんだと自慢げに話しているのを聞いていた。そんな単純なことで満足が得られるならどんなにいいか。心と魂に呪いをかけて自分を苦しめる絶対に手に入れることのできない女ではなく、生真面目な村娘で満足できるなら。

愛とは、愉快で心がうきうきするような感情であるはずだ。バレンタインデーのカードに書かれている、羽根や絵の具やレースで飾りたてた軽薄な文句のように。だが、この気持ちはそんなものとはまったく違う。熱にうなされているようでいて冷え冷えとしたとした絶え間ない苦悩……どうしても断ち切ることができない耽溺……。

どう考えても向う見ずな欲求だった。そして彼は向う見ずな人間ではなかった。だが、もしストーニー・クロス・パークにこれ以上長く滞在しつづけていたら、取り返しのつかないことをしでかしてしまいそうだった。

「ぼくはブリストルに行きます」マシューは言い張った。「会合は延期します。あなたがここを発たれるまでは、何もしません。しかし少なくとも、情報を集めることはできます。地元の運送会社の話を聞いたり、彼らの馬をこの目で見たり――」

「スウィフト」伯爵は彼の言葉をさえぎった。彼の静かな口調には、ほんのわずかにだが……やさしさが？……同情が？……感じられた気がして、マシューは身構えるように体を硬直させた。「きみが急いでいる理由はわかっている――」

「いいえ、わかっていらっしゃいません」

「きみが思っている以上に、わたしは理解している。そしてわたしの経験から言って、そうした問題は、避けることによって解決はしない。どんなことをしても十分遠くまで、十分速く逃げることはできないからだ」

マシューは凍りつき、ウェストクリフを見つめた。伯爵はデイジーのことか、あるいは彼の汚れた過去のことに触れているのだろう。いずれにせよ、おそらく彼の言っていることは正しい。

だからと言って、何かが変わるわけではないのだが。

「ときには、逃げ出すしか選択の余地がないときもあります」マシューはむっつりと答えて、後ろを振り返らずに部屋を出て行った。

結局、彼はブリストルには行かなかった。きっと後悔することになるとわかっていた……しかし、まさかこれほど激しく後悔することになるとは思ってもいなかった。

その後の一週間は、マシューにとって一生忘れることのできない生き地獄のような日々となった。

彼は若い頃にさんざん辛い目に遭ってきた。肉体的な苦痛や不当な扱い、餓えや骨が凍りつくような恐怖を経験していた。しかし、そうした苦痛など、デイジー・ボウマンがいつもランドリンドン卿のそばにいて、彼らが仲むつまじくしている姿を見せつけられることに比べれば、取るに足らぬことだった。

どうやら、彼がランドリンドンの心に蒔いた種はめでたく根を下ろしたようだった。彼はデイジーの魅力に気づいたらしい。ランドリンドンはつねにデイジーの横にいて、おしゃべりしたり、からかったり、不快なほど馴れ馴れしく彼女をながめまわしたりしていた。そしてデイジーも、うっとりと、彼の言葉のひとつひとつに聞きほれ、ランドリンドンがあらわれると、何をしていても彼のほうに注意を向けるのだった。

月曜、彼らはふたりきりでピクニックをしていた。

火曜、彼らは馬車で出かけた。

水曜、彼らはブルーベルの花を摘んでいた。

木曜、彼らは湖で釣りをし、日に焼けた顔、濡れた服で屋敷に戻り、ふたりにしかわからない冗談を言い合って笑っていた。

金曜、彼らは即席の音楽会でダンスを踊り、見物していた客のひとりが彼らのダンスを見るのは目の保養になると言ったほど息の合ったところを見せていた。

土曜、マシューはだれかを殺したいほど険悪な気分で目覚めた。

彼の気分は、朝食後、トーマス・ボウマンが気むずかしい顔で述べた言葉によって、さらに落ちこんだ。

「やつに取られてしまいそうだぞ」ボウマンは、内密に話をするためにマシューを書斎に引っ張りこんでいた。「あのスコットランド貴族のランドリンドンめは、デイジーと毎日何時間も過ごしておる。魅力たっぷりに、女どもが喜ぶ歯の浮くような台詞をささやいているのだ。もしきみに少しでもうちの娘と結婚する気持ちがあったとしても、見こみはほとんどなくなったと言ったほうがいいかもしれない。きみときたら、ありとあらゆる手を使って娘を避けておるし、ほとんど口もきかんし、冷淡だ。しかも今週きみはずっと、子どもや動物を震えあがらせるような険しい顔をしていた。きみの女の口説き方を見ていて、ボストン人についていて聞いていた話が本当だったと確信を強めたぞ」

「ランドリンドンは彼女にとって理想の相手かもしれませんよ」マシューは気もそぞろに言った。「ふたりはどうやら愛情を育んでいるようですし」

「これは愛情とは関係ない。結婚の話をしているのだぞ！」ボウマンの頭のてっぺんが赤くなりはじめた。「きみには、これにどれほどの利害がからんでいるかわからんのか？」

「金銭的なもの以外にですか？」

「利害に金銭的なもの以外のものがあるのか？」

マシューは冷笑するような視線を彼に投げた。「たとえば、お嬢さんの気持ち。彼女の将来の幸福。彼女の――」

「ふん！　人は幸せになるために結婚などせんわ。もしそうする人がいたとしても、すぐにそんなものはごみみたいなもんだと気づくのだ」

暗い気分だったにもかかわらず、マシューはかすかにほほえんだ。「ぼくに結婚する気を起こさせようとしているのだとしたら、そんなことを言ったらだめですよ」

「これで十分じゃないかね」ボウマンはそう言うとベストのポケットに手をつっこんでぴか

ぴか光る一ドル銀貨を取り出し、ぱちんと親指ではじいて空中に投げ上げた。硬貨はきらきら光る弧を描いてマシューのほうに飛んでいった。彼は反射的にそれを手でつかんで受け止めた。「デイジーと結婚しろ」ボウマンは言った。「そうすればもっと手に入るんだぞ。一生かかっても使い切れないくらいの金が」

別の声が戸口から聞こえてきて、男たちはそちらに顔を向けた。

「まあ素晴らしい」

ピンク色の昼用ドレスにショールを羽織ったリリアンだった。彼女は憎悪に近い目で父親をにらみつけている。その瞳は、いまにも爆発しそうなエネルギーを秘めた黒いガラスのようだった。「お父様は、人を持ち駒のひとつとしか考えないのですね?」彼女は辛辣に言った。

「これは男どうしの話だ」ボウマンは言い返したが、罪の意識、怒り、あるいはその両者がないまぜになった感情のせいで顔が赤らんでいた。「おまえには関係のないことだ」

「デイジーのことなら大いに関係がありますわ」リリアンの声は静かだったが、ぞっとするほど冷やかだった。「あの子を不幸にしようとするなら、その前にわたしがお父様たちを殺します」父親の返答を待たずに、彼女はくるりと背を向けて廊下を歩いていってしまった。

ボウマンは悪態をつきながら部屋を出て、娘と反対の方向に去っていった。

書斎にひとり残されたマシューは、硬貨をばしんと机の上にたたきつけた。

「こんなにがんばっているのに、ぜんぜん気にしてくれないなんて」デイジーは、切羽詰った気持ちでマシュー・スウィフトのことを考えながら、ひとりごとをつぶやいた。

ランドリンドンは数メートル離れた噴水の縁に腰掛けて、スケッチをしている彼女のためにおとなしくポーズをとっていた。彼女はとくに絵が得意というわけではなかったが、ほかに彼といっしょにすることがなくなってしまったのだった。

「いま何とおっしゃったのですか?」ランドリンドンが大声で尋ねた。

「すてきなヘアスタイルですわ、と言ったのです!」

彼は申し分なくいい人だった。感じがよくて、奇異なところはまったくなく、きわめて月並みな男性だった。マシュー・スウィフトを嫉妬に狂わせるどころか、あまりの退屈さに自分の頭がおかしくなりそうだわ、とデイジーはふさぎこみながら考えた。

デイジーはスケッチに熱中しているふりをしながら、手の甲をあてて口元を隠し、あくびをかみころした。

今週くらい、みじめな日々を送ったことはいままでなかった。毎日毎日退屈で死にそうになりながら、少しも興味を持てない男性といっしょに過ごし、楽しんでいるふりをしつづけなければならなかったのだから。ランドリンドンが悪いのではない。彼はできるかぎり彼女を楽しませようとしてくれた。けれども、彼らのあいだには共通するものは何もなく、これからもありえないとデイジーは確信していた。

ところがどうやら、ランドリンドンのほうは、彼女ほどこの状況を苦にしていないようなのだった。彼は何時間でも愚にもつかないおしゃべりをつづけることができた。デイジーが会ったこともない人々についてのゴシップを話し出したらきりがなく、それを書き連ねたら新聞が全部埋まってしまうほどだった。また彼は、サーソーの屋敷の狩猟室にぴったりの色合いを決めるためにいろいろと調べているといった話や、学生時代に受けた授業に関するこまごまとした説明になると、とめどもなく話しつづけるのだった。そうした話には肝心な点はひとつもないように思われた。

ランドリンドンのほうも、デイジーが話したいと思うようなことには興味がわかないようだった。彼は、デイジーが子どものころリリアンといっしょにしたいたずらの話をしても笑わなかったし、彼女が「ごらんになって、あの雲を——まるで雄鶏みたいですわ」などと言おうものなら、きみは頭がおかしいのかとでも言いたげな顔で彼女を見るのだった。

彼はまた、貧民救済法の話が出て、デイジーが「救済に値する貧しい人々」と「救済に値しない貧しい人々」の違いについて彼に意見を求めたりするのも不快に思っているらしかった。「わたしには、この法律は一番援助を必要としている人々を罰するようにできているように思われますわ」

「心の弱さから道を誤って貧しい生活をしている人々も中にはいるのですよ。ですから、そういう人々を救うことはできません」

「たとえば、ふしだらな行いをした女性、とおっしゃりたいのですか？　でも、もしそうした女性に——」

「ふしだらな女の話はやめましょう」彼はぞっとした顔で言った。

彼との会話の範囲は限られていた。とくに彼は、水銀の球がころがっていくように話題がころころ変わるデイジーの話についていけないようだった。ずいぶん前に終わっている話題について、彼はかなりあとになっても尋ねてくるのだった。「伯母上のプードルの話はどうなったのですか？」その日の朝も、彼は混乱してそうきいてきた。そこでデイジーはじれったそうに答えた。「あら、そのお話は五分前に終わりましたわ――いまはオペラ見物のお話をしているところです」

「しかし、どうしたわけでプードルの話がオペラに変わったのでしょう？」

デイジーはランドリンドンを自分の計画の協力者に選んだことを後悔していた。しかも、計画がまったくうまくいっていないことは明らかだった。マシュー・スウィフトは嫉妬の片鱗すら見せないし、この数日彼女のほうをほとんど見もしなかった。

「なぜ眉をひそめているのですか、愛しい人？」ランドリンドンは彼女の顔をじっと見つめながら尋ねた。

愛しい人ですって？　彼はこれまでそのような甘い言葉を彼女に使ったことはなかった。

デイジーはスケッチブックの縁ごしに彼をちらりと見た。彼はこちらを見ている。その視線に彼女は居心地が悪くなった。「おしゃべりはやめてくださいませ」彼女はつんとすまして言った。「あごを描いているところですの」

絵を描くことに集中しながら、デイジーは思った。うーん、それほどひどい出来じゃないわ、でも……彼の頭って、本当にこんなふうに卵形だったかしら。目は寄りすぎていない？　なんて奇妙なのかしら。なかなかのハンサムであっても、顔の造作ひとつひとつをじっくりながめていると、男前に見えたその顔の魅力がだんだん薄れていくものだ。とにかく、わたしは人の顔のスケッチは得意じゃないんだわ、と彼女は思った。これからは、モデルは植物や果物だけにしよう。

「この一週間はわたしに不思議な影響を与えました」ランドリンドンは考えを声に出した。「わたしは……これまでと違う気分なのです」

「お加減が悪いのですか？」デイジーは心配そうに尋ね、スケッチブックを閉じた。「ごめんなさい、こんな日差しの中に長いこと座らせてしまって」

「いえ、そういう意味ではないのです。つまり、わたしが言いたかったのは……素晴らしい気分だということなのです」ランドリンドンはまた奇妙な目つきでデイジーを見つめた。

「これまで感じたことがなかったほど」

「田舎の空気のせいですわ、きっと」デイジーは立ち上がり、スカートのほこりを払って彼に近づいた。「生気を与えてくれますもの」

「田舎の空気ではないのです、わたしに生気を与えてくれるのは」ランドリンドンは低い声で言った。「それはあなたなのです、ミス・ボウマン」

デイジーは口をぽかんと開けた。「わたし？」

「あなたです」彼は立ち上がって、両手を彼女の肩にかけた。

デイジーはあまりにびっくりして、しどろもどろになってしまった。「わ、わ、わたし、あの――」

「この数日間、あなたといっしょの時間を過ごしているうちに、わたしは深く考えるようになりました」

デイジーは体をひねって、あたりを見回した。ふたりは、ピンクのつる薔薇の花に覆われたきれいに剪定された生垣に囲まれていた。「ミスター・スウィフトが近くに?」彼女はささやいた。「だからこんなことをおっしゃるのね?」

「いいえ、わたしは自分の気持ちを話しているのです」ランドリンドンは、スケッチブックがふたりのあいだにぴたりと挟まるくらいまで、彼女をぐっと引き寄せた。「ミス・ボウマン、あなたはわたしの目を覚ましてくださった。あなたのおかげで、わたしはすべてのものを異なる視線で見ることができるようになりました。雲にいろいろなものの形を見つけたり、詩を書きたくなるようなことをしてみたくなりました。小説も読んでみたい。人生をもっと冒険してみたい――」

「なんてすてき」デイジーは言いながら、身をよじらせてしっかり肩をつかんでいる彼の手から逃れようとした。

「――あなたといっしょに」

あら、困ったわ。

「冗談をおっしゃっているのね」彼女はか細い声で言った。

「わたしはあなたに夢中です」彼ははっきり言い放った。

「わたしはだめですわ」

「もう心に決めたのです」

「わたし……驚きましたわ」

「ああ、かわいい人よ」彼は感嘆の声をもらした。「あなたは、彼が言ったとおりの方でした。まるで魔法だ。まるで虹で包まれた雷雨。賢くて愛らしく、望ましい女性――」

「待って」デイジーはびっくりして彼を見つめた。「マシュ――いえ、ミスター・スウィフトがそう言ったのですか？」

「ええ、ええ、そうです……」そして彼女が動くよりも、話すよりも息をするよりも前に、ランドリンドンは頭を下ろしてきて彼女にキスをした。

スケッチブックがデイジーの手から落ちた。彼女は彼に抱きしめられたままじっとしていた。わたしは何か感じるのだろうかと、考えながら。

客観的に言って、彼のキスに悪いところはまったくなかった。かさかさに乾いている感じも、べっとりだらしない感じもなく、激しすぎることもソフトすぎることもなかった。ただ……

つまらなかった。

いやんなっちゃう。デイジーは眉をひそめて彼から離れた。キスにひたりきれなかったことに罪の意識を感じた。しかも、ランドリンドンが非常に満足しているようすなのを見て、ますます後ろめたい気持ちになった。

「わたしの愛しいミス・ボウマン」ランドリンドンは甘い声でささやいた。「あなたがこんなに素晴らしい味がすることを、あなたは教えてくださらなかった」

彼がもう一度手を伸ばしてきたので、デイジーは小さくきゃっと声をあげて後ろに飛びのいた。「いけませんわ!」

「我慢できません」彼は噴水の周囲をぐるぐる回りながら彼女を追いかけた。しまいにはまるで追いかけっこをしている二匹の猫のような状態になった。いきなり彼は走り出して、彼女のドレスの袖をつかんだ。デイジーは彼を突き飛ばし、くるりと体を回して逃れた。柔らかな白いモスリンの布地がぴりっと音を立てて、袖つけのところで二、三センチ切れたのがわかった。

ぼしゃんと大きな音がして、水しぶきがかかった。

デイジーは目をぱちくりさせながら、ランドリンドンが立っていた場所を見つめた。それから、こうすれば目の前の信じられない光景が消し去れるとでもいうように、手で目を覆った。

「ランドリンドン卿?」彼女はおそるおそる尋ねた。「噴水に……噴水に落ちたのですか?」

「いや」不機嫌な答えが返ってきた。「あなたに突き落とされたのです」

「そんなつもりはまったくなかったのです、本当です」デイジーは目を覆っていた手をどけて彼を見た。

立ち上がったランドリンドンの髪や洋服から水がしたたりおち、上着のポケットは水でぱんぱんになっていた。噴水に浸かったことで、彼の熱情はすっかり冷めたようだった。彼は憤慨した顔つきで黙って彼女をにらみつけた。突然、彼は目を見開き、水でいっぱいになっている上着のポケットに手をつっこんだ。小さなカエルがポケットからぴょんと飛び出して、ぽちゃんとかすかな水音を立てて噴水の中に戻った。

デイジーはなんとか笑いをこらえようとしたが、こらえようとすればするほどおかしくなって、とうとう吹き出してしまった。「ごめんなさい」彼女は息を止め、両手でぴたりと口をふさいだが、くっくっと笑う声がどうしてももれてしまう。「すみませ――ああ、どうしましょう――」そして彼女は腰を折って笑い出し、あまりに笑いすぎて目には涙まで浮かんできた。

ランドリンドンがしかたなさそうにほほえむと、ふたりのあいだの緊張感はほどけていった。彼は全身から水をしたたらせながら、噴水の縁をまたいで外に出た。

「ヒキガエルにキスをすると」彼はそっけなく言った。「カエルが王子に変わるというおとぎ話がありますが、残念ながら、わたしの場合、そういう具合にはいかなかったようです」

デイジーは、まだ最後の笑いが尾を引いていたけれども、彼が気の毒でたまらず、やさしい気持ちで胸がいっぱいになった。おずおずと彼に近づき、小さな手で彼の濡れた顔をはさんで、親愛の気持ちをこめて軽く彼の唇にキスした。

彼はそのしぐさに目を丸くした。

「あなたはどなたか別の方のハンサムな王子様なのですわ」デイジーは申しわけなさそうにほほえみかけた。「ただ、わたしの王子様でなかっただけ。でも、あなたにぴったりの女性があなたを見つけたら……その方はとても幸運ですわ」

そう言うと彼女はスケッチブックを拾い上げて、屋敷のほうに戻っていった。

運命のいたずらとでもいうのだろうか。デイジーが偶然選んだ道は、独身者用の家の近くを通っていた。その小さな家は母屋から離れた、川に面した断崖の近くに建てられており、荘厳な景色を窓から堪能できた。数名の男性客が選ばれて、この独身者用の家でプライベートな時間を持つ自由を与えられていた。狩りが昨日で終了したため、ほとんどの客はストーニー・クロス・パークからすでに出発していた。だから一人の客を除いて、いまこの家にはだれもいなかった。

もちろん、残っていたのは、マシュー・スウィフトだ。

考えごとにふけりながら、デイジーは断崖との境界になっている鉄鉱石の壁の横をとぼとぼと歩いていた。父親のことを考えているうちに、愉快な気分は陰鬱なものにすりかわっていた。父はわたしとマシュー・スウィフトを結婚させると決めている……でもリリアンは、スウィフト以外の人とわたしを結婚させたがっている……そして母は貴族でなければ満足しない。マーセデスは、デイジーがランドリンドンを拒絶したことを知ったら、気分を損ねることだろう。

デイジーはこの一週間を顧みた。マシューを振り向かせようという試みは、自分にとってけっしてゲームではなかったのだと思った。真剣だったのだ。すべてをさらけだして正直に心を開いて話し合う機会が欲しかった。生まれてからこれほど望んだことはなかったのに、水底に沈んでいる彼の心を水面に引き上げるどころか、自分の本心を思い知らされただけだった。

彼といっしょにいると、本を読んだり、空想したりするよりもずっと素晴らしい、もっとわくわくする何かがはじまるような気がした。

そう、空想とは違う何かが。

冷たくて情熱のない男と思っていた人が、実はとてもやさしくてセクシーで、思いやりがあったなんて、信じられないことだった。彼女の髪の束をこっそりポケットに忍ばせているような人だったなんて。

だれかが近づいてくるけはいを感じて、デイジーは顔をあげた。とたんに、全身に震えが走った。

マシューが屋敷から戻ってくるところだった。暗く沈んだ面持ちで、足早に歩いてくる。どこへも行くあてがないのに急いでいる男。

彼女の姿を見ると、彼はぽかんとした顔で、唐突に動きを止めた。

ふたりはぴりぴりするような沈黙の中で見つめ合った。

デイジーは眉を下げて、しかめ面をつくった。そうでもしなければ彼に飛びついてしくしく泣き出してしまいそうだった。彼を思う気持ちの強さに彼女はショックを受けた。

「ミスター・スウィフト」彼女はたどたどしく言った。

「ミス・ボウマン」彼は、こんなところで彼女と出くわすとは、じつにまずいことになったという顔をしていた。

彼がスケッチブックに手を伸ばしてくると、彼女はかっと熱くなって神経がぴりぴりしだした。

何も考えず、彼女はスケッチブックを差し出した。

彼はランドリンドンのスケッチが描かれているところを開き、目を細めて見下ろした。

「なぜ髭が生えているんだ?」

「髭じゃないわ」デイジーは短く答えた。「影をつけたのよ」

「これじゃあまるで、三カ月も髭を剃っていないみたいだ」

「わたしの作品について、批評していただかなくてけっこうよ」彼女はぴしっと言った。スケッチブックを取り返そうとしたが、彼は放さない。「返して」と彼女は言って、全力で引っ張った。「でないと、わたし……」

「でないと? ぼくの肖像画を描く?」彼が急に手を放したので、彼女は後ろに数歩よろめいた。彼は身構えるように両手を前に出した。「困る、それだけは勘弁してくれ」

デイジーは彼に突進して、スケッチブックで彼をたたいた。彼といるとこんなにも生き生きした気持ちになれる自分に腹が立った。乾いた土に雨がしみこんでいくように、彼女の感覚が彼の存在を飲み干すのがくやしかった。そのハンサムな顔と男らしい体つきがいやだった。どの男の唇よりもキスしたくなる彼の唇がいやだった。

マシューはほほえみを浮かべて、彼女をながめていたが、ふと肩の縫い目がほつれているのに気づくとそのほほえみは消えた。「そのドレスはどうしたんだ?」

「何でもないの。ちょっとばかり……ええと、軽い取っ組み合いみたいなことがあって、ランドリンドン卿と」

これはあの出来事について、デイジーが思いつくかぎりでもっとも無難な表現だった。実際、実害はなかったのだし。この「取っ組み合い」という言い方からは、少しも生々しい含みは感じられないだろうと彼女は思っていた。

しかし、スウィフトにとってこの言葉の定義は、彼女が考えているよりももっともっと広かった。突然、彼の顔は暗く恐ろしい形相に変わり、青い目をぎらりと燃えあがらせた。「殺してやる」のどから搾り出すような声で彼は言った。「あのやろう――やつはどこだ?」

「違うの、違うのよ」デイジーはあわてて言った。「誤解しているわ――そんなんじゃないの」彼女はスケッチブックを取り落とし、両腕を彼にまわして抱きついて、庭園のほうに向かおうとする彼を止めた。相手に襲いかかろうとしている雄牛を引き止めようとするようなものだった。最初の数歩は、彼に引きずられるかっこうになった。「待って! わたしのことで、あなたには何かする権利なんてないのよ」

はあはあと荒く呼吸しながら、マシューは立ち止まって、紅潮した彼女の顔を見下ろした。

「彼はきみに触れたのか？　きみに無理強いを――」

「あなたって、わざと飼い葉桶に入って牛がまぐさを食べるのを邪魔するイソップ物語の犬と同じよ」デイジーは熱くなって叫んだ。「わたしのことを欲しくもないくせに――ほかの人が手を出そうとすると腹が立つわけ？　わたしのことは放っておいて。さっさと自分の計画に戻って、でっかいくそいまいましい工場を建てて、山ほどお金を儲ければいいのよ！世界一の大金持ちになれるよう祈っています。そしていつの日か、まわりを見回して考えるといいんだわ。どうしてだれも自分を愛してくれないのだろう、どうして自分は――」

そのとき、彼女の唇は彼の激しいキスでふさがれ、言葉は沈黙の中に押しこめられてしまった。ぞくぞくっと荒々しい興奮が彼女の全身をつらぬいた。彼女はあえぎながら顔をそむけ、「――幸せでないのだろうと」となんとかつづけようとしたが、ふたたび彼に両手で頭をつかまれて唇を奪われてしまった。

今度のキスはもっとやさしかった。せっつくように唇を動かしながら、もっともしっくりする場所をさがす。デイジーの心臓はどきどきと大きく鼓動を打ち、喜びで熱くなった血液を全身の拡張した血管に送りこむ。彼女は手探りで彼の筋肉質の手首をつかみ、指先を脈打つ皮膚にあてた。その脈は彼女の鼓動に負けないくらい激しかった。

キスが終わるだろうと彼女が思うたびに、彼はさらに深く彼女を求めた。彼女も熱にうかされたようにそれに応え、ひざががくがくになってほとんど立っていられなくなり、縫いぐるみ人形のように地面に崩れ落ちてしまうのではないかと心配になった。

彼女は唇を放し、つらそうにささやいた。「マシュー……わたしをどこかへ連れて行って」

「だめだ」

「お願い。わたし……あなたとふたりきりなりたいの」

息を切らせながら、マシューは彼女の体に腕をまわして抱きしめ、自分の硬い胸に引き寄せた。彼がたまらず彼女の頭に唇を押しつけてくるのが感じられた。

「自分を抑えられる自信がないんだ」彼はようやく声を出した。

「話し合うだけよ。お願い。こんなふうに外にいるわけにはいかないわ。それに、いまわたしを置いていったら、わたし、死んじゃうから」

興奮と苦悶に苦しめられていたにもかかわらず、マシューはその大げさな言い方にくすっと笑わずにはいられなかった。「死んだりするもんか」

「話すだけだから」デイジーは彼にしがみついて繰り返した。「わたし……誘惑しようとしたりしない」

「デイジー」彼はかすれた声で言った。「きみといっしょの部屋にいるだけで、ぼくはたまらない気持ちになるんだよ」

太陽の光を飲みこんだかのように、彼女ののどは熱くなった。これ以上せがめばよけいに彼は意固地になるだろうと察して、デイジーは黙った。体をぴたりと彼に寄せて、体と体の無言のコミュニケーションが彼の決心を溶かすのを待った。

マシューは静かにうなって彼女の手をとり、独身者用の家に引っ張っていった。「だれにも見られないことを祈るばかりだ」

デイジーは、そうしたらわたしと結婚せざるをえなくなるわよ、と軽口をたたきたくなったが、口をつぐんで、彼といっしょに階段を急ぎ足で登って行った。

11

家の中は暗くひんやりとしていた。壁には艶やかな紫檀の板が張られ、重厚な家具が置かれていた。窓にはシルクのフリンジがついた玉虫色のベルベットのカーテンが掛かっていた。デイジーの手を握ったまま、マシューは家の中を通り抜けて彼女を奥の部屋に連れて行った。

部屋に足を踏み入れて、デイジーはそこが彼の寝室であることに気づいた。コルセットに締めつけられた彼女の肌が興奮でぴりぴりしだした。部屋はきれいに片づいており、蜜蠟と木の艶出し剤のにおいがした。クリーム色のレースのカーテン越しに、日光が差しこんでいた。

ドレッサーの上にいくつかの品が整然と並べられていた。櫛、歯ブラシ、歯磨き粉と石鹸の缶、そして洗面台には剃刀と革砥《と》。ポマードやワックス、香水やクリームのたぐいはなく、クラヴァットのピンや指輪も置いてなかった。彼をダンディと呼ぶ人はまずいないだろう。

マシューはドアを閉めて、彼女のほうを向いた。小さな部屋にいると彼はものすごく大きく見え、その大きな体に比べると、まわりの文明社会の家具や品物が小人の国のもののように見えた。彼を見つめているうちにデイジーの口は乾いてきた。彼に近づきたい……彼の素肌をじかに自分の肌に感じたい。

「ランドリンドンとのあいだに何があったんだ？」彼は厳しい声で問いただした。

「何も。ただ友情だけよ。とりあえず、わたしのほうは」

「で、彼のほうは？」

「たぶん——彼のほうは、いやがってはいないというか、そんな感じだったわ——わかるでしょ」

「ああ、わかる」彼は低い声でうなるように言った。「ぼくはあのくそ野郎に我慢がならないが、あいつがきみを欲しがる気持ちはわかる。今週ずっと、きみにその気にさせられたり、じらされたりしてきたんだからな」

「わたしが妖婦のようにふるまっていたとほのめかそうとしているなら——」

「否定するなよ。ぼくはきみが彼といちゃいちゃしているところを見ていたんだ。しなだれかかるようにして彼に話しかけ……ほほえみ、挑発的なドレスを着て……」

「挑発的なドレス？」デイジーは困惑してきき返した。

「たとえばそれだ」

デイジーは自分の控えめな白いドレスを見下ろした。胸も全部覆われているし、腕もほとんど露出していない。尼僧ですらこのドレスに落ち度があるとは言わないだろう。彼女は意地悪く彼を見た。「わたしはこの数日間、あなたにやきもちを焼かせようとしてたのよ。あなたが素直に嫉妬していることを認めてくれれば、こんな苦労はしなくてすんだのに」

「きみはわざとぼくにやきもちを焼かせようとしていたのか？」彼は怒り出した。「いったいそれでどうなると思っていたんだ？　ぼくに七転八倒の苦しみを与えることが、最新の遊びだったというのか？」

彼女はさっと顔を赤らめた。「あなたがちょっとばかり、わたしのことを思ってくれているような気がしたの……それで、あなたにそう言ってもらいたくて」

マシューは口を開けたり閉じたりしたが、どうやらしゃべることができないようだった。いったい彼の心の中にどんな感情が渦巻いているのかしらとデイジーは不安になりながら思った。しばらくしてから、彼は頭を振って、まるで支えが必要だとでも言うように、ドレッサーによりかかった。

「怒ってる？」彼女は心配そうに尋ねた。

彼は奇妙にかすれた声で言った。「ぼくの一割は怒っている」

「じゃあ、あとの九割は？」

「あとの九割は、きみをベッドに押し倒すところのぎりぎりの線で踏みとどまっている。そして——」マシューは途中で言葉を止めて、ごくりと唾を飲みこんだ。「デイジー、きみはあまりにも無邪気で、いま自分がどんな危険にさらされているかわかっていない。ぼくはいま自制心のすべてを使って、なんとかきみに触れないように我慢しているんだ。だから、どうか、ぼくにゲームをしかけるのはやめてくれよ。ぼくを苦しめることなんて簡単なんだ。そしてもうぼくは限界ぎりぎりにきている。だから、ぼくを試すのはもうおしまいにしてくれ……ぼくは、きみから半径一〇メートル以内に近づく男すべてに嫉妬している。きみの肌に触れている服にも嫉妬している。きみがぼくの視界の外で過ごす時間にすら嫉妬している」

デイジーは唖然としてつぶやいた。「あなたは……そんなそぶりをまったく見せなかったわ」

「何年も前から、ぼくはきみの思い出をたくさん集めてきた。きみがちらりとぼくを見た目つき、きみが話しかけてくれた言葉。きみの家への訪問、晩餐や祝日の行事――ぼくは早く玄関をくぐって、きみの姿が見たくてたまらなかった」彼の口の端が、かすかに笑うように歪んだ。「あの意地っ張りな頑固者ぞろいの家族の中で、きみが……きみが家族とやりあっているのを見るのが楽しかった。きみはいつでも、ぼくにとって理想の女性だった。初めてきみに会った瞬間から、ずっとぼくはきみを求めてきた」

デイジーは後悔で胸が苦しくなった。「わたしはあなたに感じよく接したこともなかったわ」彼女は申しわけなさそうに言った。

「そうしてくれないほうがよかったんだよ。もしやさしくされたら、ぼくはその場で燃えてなくなってしまっただろう」彼女が近づこうとすると、彼はしぐさで彼女を止めた。「だめだ、近づいては。前にも言ったとおり、ぼくはどのような状況の下でもきみとは結婚できない。それは変わることがないんだ。しかしそれは、ぼくがきみをどれほど強く望んでいるかとは関係がない」彼は溶けたサファイアのような輝く目で、彼女のほっそりした体をながめた。「ああ、どんなにきみを求めていることか」彼はつぶやいた。

デイジーは彼の腕に身を投げ出したくてたまらなくなった。「わたしもあなたが欲しいの。だから理由も聞かずに、あなたをあきらめることはできないわ」

「もし説明できるものなら、とっくにしていたさ」

デイジーはもっとも恐れている質問を口に出した。「もう結婚しているの？」

マシューはさっと彼女を見た。「まさか、違うよ」

安堵の気持ちが全身に広がった。「ほかのことなら、あなたがわたしに話してくれさえすればどんなことでも解決できる——」

「きみがもう少し世間のことを知っていれば」マシューは憂鬱そうに言った。「『どんなことでも解決できる』なんて言葉は言わないだろう」彼がドレッサーの反対側に移動したので、彼の体でふさがれていたドアがむき出しになった。

非常に気の重いことを考えているかのように、彼は長いあいだ黙っていた。

デイジーも動かず無言で彼と見つめ合っていた。彼女ができるのは忍耐強く彼に接することだけだ。彼女はひとこともしゃべらず、まばたきすらせずに待った。

マシューは彼女から目をそらし、遠くを見つめるような表情を浮かべた。彼の目は磨いたコバルトのかけらのように、硬質で生気がなかった。「遠い昔」ようやく彼は口を開いた。

「ぼくは自分の過ちのせいで敵をつくってしまった。強い影響力を持つ相手だ。彼のせいでぼくはボストンにいられなくなった。その男の恨みをかってしまったことで、きっといつかぼくの身に災難がふりかかることになる。ぼくは頭の上に剣を吊るされた状態で何年も生きてきた。その剣が落とされるときに、きみを巻きこみたくないんだ」

「でも、なんとかできるはずだわ」デイジーはその未知の敵と対決するためなら自分にできることは何でもしようと意気込んで言った。「もし、もう少し詳しく教えてくれれば。その人の名前は？　それから――」

「だめだ」静かな口調だったが、絶対に譲らないという決心が感じられ彼女は急に黙りこんだ。「デイジー、ぼくはできるかぎり正直に話した。だから、ぼくの信頼を裏切るようなことはしないで欲しい」彼はドアを指さした。「さあ、もう帰ってくれ」

「これでおしまい？」彼女はあきれて言った。「いまみたいな話を聞かされて、すぐに帰れって言うの？」

「そうだ。だれにも見られないように気をつけて帰ってくれ」

「そんなの不公平だわ。自分の言いたいことだけ言って、わたしには何も――」

「人生が公平なことなど、めったにないんだ。たとえ、ボウマン家の娘であっても」

彼の厳しい横顔を見つめながら、デイジーは必死に考えた。彼はただ頑固なのじゃない。これは彼の信念なのだ。話し合いの余地などない、交渉も寄せつけない、絶対的な信念なのだ。

「じゃあ、わたしはランドリンドンのところへ行っていいの？」彼の防御を崩したくて、彼女はきいた。

「ああ」

デイジーは顔をしかめた。「ころころ変わらないで欲しいものだわ。数分前には、彼をひき肉にしかねない勢いだったじゃない」

「彼がいいときみが思うなら、ぼくには反対する権利はない」

「あなたがわたしを求めているなら、何か言う権利は十分あるわ！」デイジーは大またでドアに向かって歩いて行った。「男のほうが何百倍も不合理なことを言うくせに、どうしてみんな、女は不合理な生き物だって言うのかしら。最初に何かを欲しがって、それからもういらないと言い、次には人に説明できない秘密のせいで理屈に合わない決断を下し、男がそうと言ったらそうなのだと、それに逆らうことも許さない」

ドアノブに手を伸ばそうとしたとき、鍵が鍵穴にささったままなのに彼女は気づき、手を宙に浮かせたまま止めた。

マシューをちらりと見ると、ドレッサーの向こう側にぴたりと体をつけて、ふたりのあいだに安全な距離を保っている。

デイジーはボウマン家の人間の中では一番穏やかな性格だったが、臆病者ではなかった。だから戦わずして敗北を認めるつもりはなかった。

「わたし、何をするかわからないわよ」彼女は言った。

彼はとても静かな声で答えた。「きみにできることはないんだよ」

じゃあ、やるしかないわ。

デイジーは鍵を回して、注意深く鍵穴から抜き取った。

かちっという音が、もの音ひとつしない部屋の中で妙に大きく響いた。

デイジーは落ち着いてドレスの襟元を引っ張って首から離し、その細い隙間に鍵を持っていった。

マシューは彼女が何をしようとしているのかに気づいて目を見開いた。「やめろ」

彼がドレッサーの向こう側からやってこようとしたときには、デイジーは鍵を服の中に落とし、コルセットの内側に滑りこませた。胃とお腹をへこませて、冷たい金属がおへそのあたりまで滑り落ちていくのをたしかめた。

「くそっ!」マシューは目にも止まらぬ速さで彼女の前にやってきて、彼女に触れようと手を伸ばしかけたが、直接炎に触れたかのようにさっと手を引っこめた。「取り出すんだ」暗い怒りをたぎらせた顔で彼は命じた。

「できないわ」

「ふざけるな、デイジー!」

「ずっと下まで落ちてしまったもの。ドレスを脱がないと」

彼は彼女を殺しかねない顔をしていた。と同時に、彼が強く彼女を求めているのだということもデイジーには感じられた。うなるような音を立てて荒く呼吸し、体からは火傷しそうなほどの熱を発散させていた。

ひそめた声には獰猛な叫びが含まれていた。

　デイジーは辛抱強く待った。

　次に行動するのは彼だ。

　彼は背中を向けた。上着の背中の縫い目が、丸めた背中の上で引っ張られていた。両こぶしを握りしめ、自制心を失うまいと懸命に闘っている。彼は肩をすぼめて息を吐いた。もう一度。それから話しはじめたが、その声はいま深い眠りからさめたばかりのようにかすれていた。

「ドレスを脱いで」

　必要以上に彼の神経を刺激しないように気をつけて、デイジーは申しわけなさそうに言った。「ひとりじゃできないの。ボタンが背中についているから」

　彼はどうやら悪態のように聞こえる言葉を口の中でぼそぼそとつぶやいた。延々と沈黙がつづいたあと、彼はデイジーのほうを向いた。彼の顎は、鉄で鋳造されたかのようにこわばっていた。「ぼくはそう簡単に屈服したりはしない。誘惑には負けないぞ、デイジー。何年間も辛抱してきたんだから。後ろを向いて」

　デイジーはおとなしく従った。頭を前に垂れると、彼がずらりと並んだ真珠のボタンに目を走らせるのが感じられた。

「いったいどうやって服を脱ぐんだ？」彼はぶつぶつ文句を言った。「一枚の服に、こんなべらぼうな数のボタンがついているのを見たことがない」

「流行なの」

「ばかげている」

「婦人のファッション雑誌にそう投書をしたら？」

不愉快そうにふんと鼻を鳴らして、マシューは一番上のボタンからはじめた。なるべく彼女の肌に触れないように気をつけながらボタンを外していく。

「開きのところに指を差しこむと、ボタンホールから外しやすくなると――」デイジーは助言した。

「黙っていろ」

デイジーは口を閉じた。

マシューはさらに一分、ボタンと格闘したが、ひどくいらついてため息をつくと、彼女の助言に従い、二本の指をドレスと肌のあいだに滑りこませた。彼の指の甲が背骨の上のほうに触れるのを感じて、歓喜がぶるぶると彼女の背中を伝いおりていった。

彼の仕事はなかなかはかどらなかった。不器用な手つきで同じボタンを外すのに何度も失敗するのがわかった。

「座ってもよろしいかしら？」彼女は物柔らかに尋ねた。「立っているのに疲れちゃった」

「座る場所はない」

「あら、あるわ」彼からぱっと離れて、デイジーは四柱ベッドの上に乗ろうとした。残念なことに、ベッドは古いシェラトン式だった。冬の隙間風を避け、下には車輪つきのベッドを入れることができるように、とても高いつくりになっている。マットレスは彼女の胸ほどの高さだった。彼女は飛びついて、マットレスの上にお尻を乗せようとした。しかし重力に阻まれてしまった。

「ふつうは」足をぶらぶらさせてもがきながら、デイジーは言った。「これくらいの高さのベッドには――」彼女は、ベッドカバーをわしづかみにして、「――階段がついているものだけど」とつづけながら、ひざをマットレスの縁にひっかけようと奮闘している。「ほんとにもう……もしこのベッドから夜中に落っこちたら……命にかかわるわね」

マシューの手がウエストにかかるのを彼女は感じた。「ベッドはそれほど高くない」彼はまるで子どもを扱うように彼女を持ち上げて、マットレスの上にぽんと置いた。「きみが小さいだけなんだ」

「小さくなんかないわ。わたしは……丈が短めなだけよ」

「そういうことにしておこう。背筋を伸ばして座って」彼も腰掛けたので、背後のマットレスが沈んだ。彼の手はふたたびドレスの背中で作業をはじめた。

肌に彼の指のかすかな震えを感じて勇気づけられたデイジーは、思い切って言ってみた。「これまで一度も背の高い男性に惹かれたことはなかったわ。でも、あなたには――」

「口を閉じていないなら」彼はぶっきらぼうにさえぎった。「首を絞めるぞ」

デイジーはおとなしくなって、彼の呼吸のリズムに耳を立てた。それは前よりも深く、乱れていた。一方、彼の指のほうは、先ほどよりも手馴れてきて、てきぱきと連なる真珠のボタンをさばいていく。やがてドレスの後ろが開いて、袖が肩からすべり落ちた。

「どこだ?」彼はきいた。

「鍵?」

彼は低い声で言った。「そうだ、デイジー。鍵だ」

「コルセットの中に落ちてしまったの。だから……それも脱がなくちゃ」

その言葉に返事はなかった。声も動きもない。デイジーは体をねじってマシューを見た。

彼は目がくらんだようにぼうっとしていた。紅潮した顔に、目が異様なほど青く見えた。

わたしに触れないように心の中で激しく闘っているのだわ、とデイジーは思った。

恥ずかしさで体が熱くぴりぴりしてくるのを感じながら、デイジーは腕を袖から引き抜いた。彼女はドレスを腰の下に押して、白い薄地の布から身をよじって抜け出し、ドレスを足元に落とした。

マシューは、小さな山になったドレスを、めずらしい異国の植物を見るような目で見つめてから、ゆっくりと視線をデイジーに戻した。彼女がコルセットのフックを外しはじめると、彼ののどから支離滅裂な抗議の言葉がもれた。

彼女は恥ずかしさとずる賢さが入り混じった気持ちで、彼の前でコルセットを脱いでいく。しかし、少しずつ露出していく彼女の青白い肌から彼が目をそらすことができずにいるらしいことに元気づけられる。最後のフックが外れると、彼女はレースと芯でできたくもの巣のようなコルセットを床に投げ捨てた。彼女の胸を覆っているのはしわくちゃのシュミーズだけだ。

鍵は彼女のひざの上に滑り落ちた。さっと金属の鍵をつかみ、マシューを盗み見た。彼は目を閉じて、苦しそうにひたいにしわを寄せていた。「絶対にだめだ」彼は言った。彼女にではなく自分に言い聞かせるように。

デイジーは前に体を屈めて、彼の上着のポケットに鍵を落とした。シュミーズのすそを持ち上げて、頭の上から脱いだ。彼女の一糸まとわぬ上半身にざわっと悪寒が走った。とても不安になって歯がかたかたと鳴りはじめる。「シュミーズを脱いだわ」彼女は言った。「見てみたくない？」

「いいや」

しかし彼の目は開き、視線が彼女の小さなピンクの乳首がついた胸に注がれた。食いしばった歯のあいだからしゅーっと息がもれた。彼が彼女を見つめたまま身動きできずに座っているあいだに、彼女は彼のクラヴァットをゆるめ、ベストとシャツのボタンを外した。彼女の全身は真っ赤になっていたが、彼女はそれでも頑固にやめず、上着を肩から外すためにひざを立てて伸びあがった。

彼は夢の中にいるかのように、ゆっくりと上着とベストの袖から腕を抜いた。

デイジーはぎこちないしぐさで、しかし決然と彼のシャツの前を開け、彼の胸と胴のながめを目で飲み干した。彼の肌は厚地のサテンのように輝き、隆々とした筋肉をぴんと覆っていた。彼女は肋骨の力強い丸みに触れ、波うつように硬く筋肉が盛り上がっている腹部に指を伝わせた。

突然マシューは彼女の手をつかんだ。その手を自分の体から引き離すべきか、それとももっと自分に押しつけるべきか迷っているようだった。

彼女は彼の手を握り、大きく見開かれている青い瞳をのぞきこんだ。「マシュー」彼女はささやきかける。「わたしはここにいるの。わたしはあなたのものよ。あなたがいままでわたしにしたいと思ってきたことを全部して欲しいの」

彼は呼吸を止めた。彼の意志はがらがらと崩れていき、急に、長い長いあいだ否定しつづけてきた欲望以外のことはすべてどうでもいいように思われてきた。降伏の低いうなり声をあげて、彼は彼女をひざに抱き上げた。衣服の層を通して彼の熱が染みてくる。デイジーはやわらかな谷間に不思議な硬いものが触れるのを感じて息を飲んだ。

マシューは彼女の唇をとらえ、両手で彼女の全身をまさぐった。彼の指が乳房の下にかかると、体中に血が駆けめぐり、肉体のうずきは研ぎ澄まされ、いまにも爆発しそうになった。彼女は夢中で彼のシャツの下に手を入れて、彼の体からはがそうとした。

彼女をベッドにそっと寝かせると、彼はシャツを脱ぎ捨てた。胸と肩の見事な外形があらわになる。彼は体を彼女に覆いかぶせた。彼の素肌を感じる喜びに彼女はうめいた。あの馴染みのある彼のにおいが、清潔な男性の肌のぜいたくなスパイシーな香りが、彼女をすっぽり包む。彼は官能的なキスを惜しみなく彼女の口に浴びせ、半裸の彼女の体にやさしく手を這わせる。親指でゆっくり円を描くようにさすられるうちに、彼女の乳首は硬く黒ずんできて、彼女はたまらず体を弓なりにそらしてあえいだ。

無言の願いを理解して、彼は頭を下ろして彼女の胸の先端を口に含んだ。軽く乳首を引っ張る。彼の舌の動きは、彼女の肌の表面に新たな熱い閃光をもたらした。彼がもう一方の胸に移動し、キスでその先端を明るいバラ色に変えると、彼女の神経は全身に野性のメッセージを送った。

「ぼくがきみをどうしたいか知っているのかい?」彼のかすれた声が聞こえてきた。「ここで止めなければどんなことになるのかわかっているのかい?」

「ええ」

マシューは頭を上げて、疑るような目で彼女を見た。

「わたしはあなたが思っているほどうぶじゃないの」デイジーは真面目に言った。「たくさん本を読んでいるから」

彼は顔をそむけた。どうやら笑いをこらえているようだった。それから彼はまた彼女に顔を向けて、じっとやさしい目で彼女を見つめた。「デイジー・ボウマン」彼はこらえきれないように言った。「きみと一時間過ごせたら、永遠に地獄で過ごすことになっても本望だ」

「それくらいかかるものなの? 一時間くらい?」

彼は残念そうに答えた。「あのね、デイジー、現時点で一分ももったら奇跡だよ」

彼女は彼の首に腕をまわした。「あなたはわたしと愛を交わさなきゃだめなの。でないと、一生文句を言いつづけてやるから」

マシューは彼女の体を抱きしめて、ひたいにキスをした。あまりに長いこと彼が黙っているので、彼女は彼が拒否するのではないかと心配になった。しかしやがて、彼の温かい手がゆっくりと彼女の下半身へと下りていったので、彼女の心臓は興奮でどきんと鳴った。彼は女性用の下履き《ドロワーズ》の紐を指に巻きつけて引っ張り、結び目をほどいた。

荒くなった呼吸のせいで彼女の腹は大きく上がったり下がったりしていた。彼の手が薄い布地の下に滑りこむと、彼女は恥ずかしさの洪水におぼれた。彼は、繊細な丘の上にぺたんと押しつけられていた秘密の茂みに触れている。彼は柔らかな巻き毛とたわむれて、ふわりと毛羽立たせたり、なでたりしている。彼の人差し指がとても敏感な場所に触れたので、彼女は驚いてびくっとした。彼女の真っ赤になった顔をのぞきこみながら、マシューは閉じていた谷間をそっと開かせた。

「かわいいデイジー」彼はささやく。「きみはすごく柔らかくて……可憐だ……どこに触れたらいい？　ここか？　それとも……」

「そこ」彼の指がその場所に滑りこむと彼女はすすり泣いた。「ええ……ああ、そこよ……」

彼は熱い口をひらいて、彼女ののどから胸へとキスを滑らせていきながら、指をさらに彼女の股間深くへと滑りこませていく。彼に秘密の場所をやさしく揉まれているうちに、恥ずかしいことにそこがしっとりと濡れてくるのを彼女は感じた。それは予想外のことだった。知っているつもりで、じつはほとんど何も知らなかったのだと彼女は思った。

彼女はうろたえて、何か言おうとしたが、彼の指が中に侵入してくるのを感じて、急に言葉を飲みこんだ。これも、予想外のことだった。

マシューは彼女の胸から顔を上げた。その目は気だるい熱に包まれていた。彼は彼女の顔を見つめたまま、彼女の内部を軽くマッサージするようなリズムでさぐっている。彼女は耐え難いほどの歓喜の高みに突き上げられた。体をぐっと伸ばしてせつなくうめき、しゃにむに彼にキスを返した。

「気持ちいいかい？」彼はささやいた。

「ええ、わたし……」彼女はあえぎの合間になんとか声を出した。「わたし……痛いんだろうと思っていたわ」

「ここまでは大丈夫だ」彼の口にかすかなほほえみが宿った。「だが、あとで、文句を言うことになるかもしれない」彼の指のまわりで彼女の体が脈を打ちはじめるのを感じると彼の顔にうっすらと汗が浮かび出した。「やさしくできる自信がない」彼はかすれた声で言った。

「本当に長いあいだきみが欲しくてたまらなかったから」

「あなたを信じるわ」彼女はささやいた。

マシューは頭を左右に振り、彼女の体から指を引き抜いた。「きみの判断力は最低だ。世界で一番信じてはならない男とベッドにいるんだから。そしてきみは生涯最大の過ちを犯そうとしている」

「わたしを誘惑するためにふざけて言っているの？」

「もう一度だけ、最後の警告を与えておくべきだと思ったんだ。これできみの運命が決まってしまう」

「まあ、けっこうよ」デイジーは体を動かして、彼がドロワーズとストッキングを脱がせやすいようにした。

彼がズボンのボタンを外しはじめると彼女は目を大きく見開いた。好奇心でいっぱいだったけれど恥じらいながら、彼を手伝うために手を伸ばした。彼女が小さく冷たい手をボタンが外れたズボンの前開きの中に滑りこませてくると、かすれた愛の言葉が彼の唇からこぼれた。彼女は注意深く、硬くなった彼のものをなで、長さをたしかめた。彼の体が震えるのが楽しい。「どんなふうに触れたらいいのかしら」彼女は小さな声で尋ねた。

マシューは不安定な笑いをもらしながら、首を左右に振った。「デイジー……いまは触ってもらわないほうがいい」

「やり方が下手くそだった?」彼女は心配そうにきいた。

「違う、違うんだ――」彼は彼女を抱きしめて、頬や耳や髪に口づけした。「よすぎるんだよ」

彼は彼女の体に繊細なタッチで触れながら、彼女の背中を枕に押しつけた。彼は着ていたものを脱ぎ、彼女に体をかぶせた。彼女は彼の素肌の心地よい感触に、滑らかで毛深く熱い肌の感触に酔いしれて体を震わせた。いっぺんにあまりにもたくさんのことが起こりつつあった。あまりに多すぎて、彼女はすべてを受け入れることができなかった。肌を這う熱く湿った口、やさしい長い指、胸やお腹に触れる彼の髪……。

お臍のへこみを彼の滑らかな舌が丸く舐めると、炎のように熱い血が血管を駆けめぐった。

彼の口がどこへ移動していこうとしているのか、それにぼんやりと気づき、彼女は彼の下で体をかすかに動かした。

どこにキスしているのか気づいていないかのように、マシューはしつこくキスをつづけ、どんどん下に下がっていく。とうとうデイジーは抑えた声できゃっと小さく叫び、侵入してきていた彼の頭を強く押しやった。

「どうしたんだ?」ひじをついて顔をあげ、彼は尋ねた。

恥ずかしさで真っ赤になっていて、デイジーはしどろもどろになった。「近づきすぎよ、わたしの……あの、あそこに、あなたはうっかりと……」

彼女の声が細くなって消えていくと、マシューの目に理解の色が浮かんだ。あわてて彼は顔をふせて表情を隠した。肩が震えている。彼は彼女から顔をそむけたまま、慎重に答えた。

「うっかりやったわけじゃない。そのつもりだったんだ」

デイジーはびっくり仰天した。「でもあなたは、わたしのあそこにキスを――」彼と目が合って彼女は途中で言葉を止めた。彼の青い瞳に笑いが躍っている。

彼はちっとも恥ずかしがってなんかいない――彼は面白がっていたんだ。

「まさかショックだなんてことはないよね。本で読んでいると思っていたんだが」

「ええと、こんなことを書こうとする人はひとりもいないだろうと思うわ」

彼は目を輝かせて肩をすくめた。「きみは文学には詳しいからね」

「わたしをからかっているのね」

「ちょっとだけ」と彼はささやいて、彼女のお腹にふたたびキスをした。彼女は彼の手で押えられていた脚をぐっと突っ張った。

彼の口が股間をさまよいはじめると彼女は神経質におしゃべりをはじめた。「読んだ本の中には、たしかにこういう場面もあったけど……」彼に腿の内側を軽く咬まれ、彼女はすっと鋭く息を吸いこんだ。「……でも……とっても婉曲な表現で描かれていたから、あまり、よ、よく理解できていなかったのだと思うわ……ああ、お願い。そんなことしちゃだめよ――」

「これはどうだい？」

「それは絶対にだめ」彼女は体をよじって、彼から逃げ出そうとした。

しかし彼は手を彼女のひざにしっかりとかけて、脚を押しひろげて舌でみだらなことをしていた。彼が、さきほど指でふれていた敏感な場所を見つけると、彼女は震えはじめた。彼の口は柔らかく、熱く、そして支配的だった。彼の唇が所有している場所から喜びの洪水が溢れ出るまで彼はそこを吸い、彼女がもうやめてと懇願するとますます彼女をいたぶり、舐めて、もっと深くに鼻をすりつけた。するといきなり、歓喜の渦がほどけ、彼女は泣き叫びながら目もくらむような恍惚を味わった。

かなり経ってから、彼は上のほうに移動してきて彼女を抱きしめた。彼女は夢中で両腕と両脚で彼にしがみついた。彼は大きく開かれた腿のあいだに体を置いた。やさしくしようとこらえるあまりにぶるぶる体が震えている。彼はぐっと彼女の中に分け入ってきた。マシューは彼女ののどに愛の言葉をささやきかけてなだめながら、さらに奥へ侵入してきて、彼女を奪い、抱きしめた。

ふたりの体が完全にひとつになると彼はじっと動かなくなった。彼女にこれ以上痛みを与えたくなかったのだ。彼女の中の彼はとても硬かった。デイジーは奇妙な感触を味わっていた。所有され、完全に無力になったように感じるのに、同時に……この瞬間、彼は完全に自分のものなのだとも思えた。彼はわたしの体を満たしているけれど、わたしは彼の心と魂を満たしているのだと思った。自分が感じているのと同じ喜びを彼に与えたくて、彼女は腰を上に突き上げた。

「デイジー……だめだ、待って……」

彼女はふたたび腰を上げた。そしてもう一度。彼にもっと近づくために体をそらす。彼はうなって、繊細なリズムで下に向けて押しはじめた。彼女の唇に自分の唇を押しつけ、絶頂の激しさに体を震わせた。

その後数分間、ふたりはじっと黙っていた。マシューは彼女をしっかりと抱きしめ、彼女の頭を肩につけていた。それから彼は彼女の体からそっと自分を引き抜いた。彼女が抵抗しようとすると彼は唇で彼女を黙らせた。

「後始末をさせてくれ」

デイジーは彼が何を言っているのかよくわからなかったが、疲れ果てていたので目を閉じて横たわっていた。彼はベッドを離れたけれど、すぐに湿った布を持って戻ってきて、彼女の汗ばんだ体と股間のひりひりする部分を拭いた。

彼がベッドの横に入ってきて上掛けをふたりの体にかけると、彼女は彼の胸にもぐりこみ、ふうっと嬉しそうにため息をついた。彼女は頭を動かして、彼の心臓の鼓動が聞こえるところに耳を当てた。

彼の寝室に鍵をかけて、彼を誘惑したのだから、恥ずかしいと感じるべきなのだろうとデイジーは思った。でも、彼女は勝ち誇った気分だった。同時に、奇妙に危なっかしい気もした。肉体的なものを超えた、新たな親密さの縁で危うくバランスをとっているような気がした。

彼女は彼のすべてが知りたかった――こんなふうに自分以外の人間に貪欲な興味を持ったことはいままで一度もなかった。けれどもおそらく、わたしたちのどちらもが新しい環境に馴染むまで、もう少し忍耐強く待たなければならないのだろう。

寝具の下でふたりの体の熱が混じり合い、デイジーは眠くてたまらなくなった。男の腕の中で横たわることがこんなにすてきなものだったなんて想像したこともなかった。彼のにおいをかぎ、彼の強さに包まれていることが。

「眠っちゃだめだ」彼が注意するのが聞こえた。「ここからきみを出さなくちゃならない」

「眠ってはいないわ。ただ……」彼女は途中で大きなあくびをした。「……目を休めているだけ」

「一分だけだぞ」彼は彼女の髪から背中にかけて、やさしくなでた。その長いひとなでで、彼女は甘く暗い眠りに落ちていった。

＊　＊　＊

デイジーは屋根を打つ雨の音で目覚めた。開かれた窓からふわりと、湿気を含んだ重たいそよ風が吹きこんでいた。気まぐれなハンプシャーの天気は、午後になって、ひんやりとした空気とにわか雨を運んできていた。そういう春の雨はふつう三〇分以内で上がり、地面をスポンジのようにふんわりとかぐわしくさせた。

目をぱちぱちさせながら、デイジーは見慣れない男性的な室内を見回した……背中には筋肉質の裸体の不思議で鮮烈な感触がある。そしてだれかの息が髪に吹きかかっていた。彼女はびっくりして身を固くしたが、じっと横たわっていた。マシューは目覚めているのかしら？　彼の呼吸のリズムは変わらない。しかし、徐々に腕が前にまわされてきて、両手で彼女の体を抱きしめた。

そっと彼は彼女の背中を自分の胸につけ、ふたりは黙ったまま雨を見つめた。いままでこんなに安心して満たされた気分になったことはあったかしらとデイジーは考えた。いいえ、ないわ。こんな気持ちになったことは一度もない。

腕に彼女のほほえみを感じて、マシューはささやいた。「雨が好きなんだね」

「ええ」彼女はつま先で、彼の毛深い脚の表面をさぐった。彼のふくらはぎはなんて長いのだろうと驚く。「雨が降っているときのほうがいいことがいくつかあるわ。たとえば読書とか、眠るとか。それからこうしていることとか」

「ぼくとベッドで寝ていること？」彼の楽しそうな声。

デイジーはうなずいた。「世界中にわたしたちふたりきりしかいないみたいに思えるわ」

彼は彼女の鎖骨のラインを指でなぞり、それから首の横に触れた。「痛くなかったかい、デイジー？」

「そうね、あのときはちょっとつらかったけど——」彼女は言葉を切って、顔を赤らめた。

「でも、予想はしていたから。友人たちの話では、次からはだんだん平気になるそうだし」

彼は指先で耳の外形をたどり、それから熱くなっている頬のカーブをなでた。ほほえみのまじる声で彼は言った。「そうなるように最大限の努力をするよ」

「こうなってしまったことを後悔している？」彼女は手を握りしめてじっと返事を待った。

「まさか、後悔なんて」彼は彼女の小さなこぶしを口元に持っていって、キスで手のひらを開かせた。「これはぼくが人生でもっとも求めてきたことだったんだ。そして、これだけはぜったいに実現しないと思っていた。こうなったことに驚いている。いや、ショックを受けていると言ったほうがいい。だが、後悔することはありえない」

デイジーは体を返してすり寄り、彼の片方の腿を自分の腿ではさんだ。

家の側壁に雨があたる音が軽やかにリズムを刻み、窓からいくつか雨粒が降りこんできた。ベッドを出なければならないんだわ。デイジーはぶるっと身を震わせた。するとマシューは寝具を引っ張って彼女の裸の肩にかけてくれた。

「デイジー」マシューは静かに言った。「あの鍵はいったいどこにあるんだ?」

「あなたの上着のポケットに入れたわ」彼女は教えた。「見なかったの? そう?……ふうん、あのとき、あなたはほかのことに気をとられていたのね」彼女は手を彼の胸に這わせ、彼の乳首の上に手のひらをかぶせた。「寝室に鍵をかけて、閉じこめられてしまって、あなたは怒っているんでしょうね」

「怒り狂っているよ」彼は同意した。「結婚したら、毎日そうするようにしてもらいたいね」

「わたしたち結婚するの?」デイジーは頭を上げてささやいた。

彼の目は温かかったが、その声には喜びはかけらほども感じられなかった。「そうだ、ぼくらは結婚する。だがきみはおそらく、いつの日か、ぼくを憎むことになると思うが」

「いったいぜんたいどうしてわたしが……ああ」デイジーはさきほど彼が、いつか過去に苦しめられることになると言っていたことを思い出した。「あなたを憎むことなんかできないわ。それにマシュー、わたし、あなたの秘密も恐れない。どんなことが起こっても、わたしはあなたといっしょにそれに立ち向かう。でも覚えておいて、あなたがそんなことを言っておきながら、何の説明もしようとしないなら、わたしはめちゃくちゃ腹を立てるわよ」

急に笑ったので彼の胸が揺れた。「それは、ぼくにめちゃくちゃ腹を立てる理由のひとつにすぎないよ」

「そうね」彼女は彼の体の上に乗って、好奇心旺盛な子猫のように、彼の胸に鼻をすりつけた。「でもいい人より、腹の立つ男のほうが好き」

　彼の眉のあいだに二本のしわが刻まれた。「たとえば、ランドリンドン?」

「そうよ。彼はあなたよりずうっといい人ですもの」デイジーは試しに彼の乳首に口をつけて、舌で触れてみた。「あなたがわたしにしてくれたみたいに感じるの?」

「いや、だが、努力には感謝する」彼は彼女の顔を上向かせた。「ランドリンドンはきみにキスしたのか?」

　彼女は彼の両手に包まれた顔をゆっくりうなずかせた。「一度だけ」

　嫉妬が彼の声にまじる。「彼のキスはよかった?」

「そう思いたかった。そう思おうと努めたの」彼女は目を閉じて頬を彼の手のひらにこすりつけた。「でも、あなたのキスとは大違いだったわ」

「デイジー」彼は体を返して、彼女の上にふたたび覆いかぶさった。「こういうことになるはずじゃなかったんだ」彼は指で彼女の顔の繊細な角をなで、ほほえんでいる唇のカーブをなぞった。「だが、いまとなっては、どんなにがんばってもこらえきれなかったように思う」

　満ち足りて、彼の指先の愛撫に彼女の神経は震えた。「マシュー……これからどうなるの? お父様に話すつもり?」

「多少なりとも礼儀を重んずるために、ブリストルから戻るまでは黙っているつもりだ。そのころには客たちのほとんどはここを発っているだろうから、比較的内密に家族内で問題に対処できるだろう」

「お父様は有頂天よ。でもお母様はヒステリーを起こすでしょう。そしてリリアンは……」

「憤激する」

デイジーはため息をついた。「兄たちも、あなたのことをあまり好いてはいないし」

「初耳だな」彼はわざと驚いたふりをした。

デイジーは陰になった彼の顔を心配そうに見つめた。「もしもあなたが心変わりしたらどうしよう。ブリストルから帰ってきて、ぼくは間違っていた、やっぱりきみとは結婚できないって――」

「そんなことは起こらない」マシューは乱れた彼女の黒髪のウェーブをなでながら言った。「後戻りすることはない。ぼくはきみの純潔を奪ったんだ。自分の責任を回避することはない」

その言葉にかちんときて、デイジーはむくれて顔をしかめた。

「どうしたんだ？」

「あなたの言い方……責任って……なんだかひどい失敗をして、それを償わなければならないみたい。すっごくロマンチックな言葉の選択とは言えないわね。とりわけ、いまの状況においては」

「ああ」マシューの顔が急に笑顔でほころんだ。「ぼくはロマンチックな男じゃないんだよ。ね、もうそんなことはとっくに知っているだろう」彼は頭を傾げて彼女の首の横にキスをし、耳たぶを軽く嚙んだ。「しかし、いまぼくはきみに対して責任がある」キスは肩まで下りてきた。「きみの安全……きみの幸せ……きみの喜び……そしてぼくはそうした責任をとても真剣にとらえている……」

彼は彼女の胸にキスをして、とろけるような熱い口の中にぴんと立った乳首を吸いこんだ。手で彼女の太腿を開かせ、股間をやさしく愛撫する。

彼女ののどから歓喜のうめきがもれ、彼はほほえんだ。「きみはとびきり甘い声を出す」と彼はささやいた。「こんなふうに触れると……そしてこんなふうに……きみは甘く叫んでぼくのほうに……」

彼女の顔は真っ赤になった。声を立てまいとしたが、彼の指の動きにたまらずまたうめいてしまった。

「マシュー……？」彼が下のほうに滑りこんでいくのを感じて彼女は足の指をまるめた。彼は舌でおへそのくぼみをくすぐっている。

彼の声は頭の上にテントのようにかぶさっている寝具のせいではっきり聞こえない。「なんだい、おしゃべりさん？」

「あなたはまた――」彼にぐっとひざを割られて、彼女はあえいだ。「――さっきしたことをするつもり？」

「そうみたいだね」

「でも、わたしたちもう……」どうして彼が二回つづけて愛を交わしたがるのかという疑問は、突然どこかに飛んでいってしまった。彼がやわらかな腿の内側をさぐるのを感じて、体中の力が抜けてしまった。やさしく巧みに唇で噛み……のんびりと舌を這わせ……ひりひりする入り江とたわむれ……やがて彼は徐々に彼女をほぐしながら敏感な場所を見つけ出し、彼女をうめかせ、すすり泣かせた。そう、そこよ、ああ……

彼は頭がおかしくなりそうなほどデリケートなタッチで彼女をじらし、ゆっくりと離れては、また温かく素早い動きで戻ってくる……彼女は股間にある彼の頭を手探りして、自分のそこに押しつけ、体を弓なりに反らして震えながら、脈動する歓喜を受け入れた。

彼は彼女を着実に信じがたい恍惚の域へと押し上げていった。嵐をも、空をも超える高みに……ようやく意識がはっきりとしたときには、彼女は彼の腕の中にいた。彼女の激しい鼓動は、やさしい春の雨の音になだめられていった。

12

明日にはほとんどの客が出発する予定なので、その日の晩餐は長時間におよび、手のこんだ料理が次々に出された。二脚の長いテーブルにはクリスタルガラスやセーブル磁器の食器が並び、シャンデリアと枝つき燭台の光を受けてきらめいていた。金のモールで縁取りした青とマスタード色と黒の仕着せを身につけた召使たちが、客たちのあいだをすばやく動き回り、グラスに水やワインを注ぎ足し、手際よく次の料理の皿を運んだ。

豪華絢爛たる晩餐だったが、残念なことにデイジーは食欲がまったくわかず、せっかくのご馳走を味わう気になれなかった。スコットランド産のサケ、湯気の立つローストした骨つき肉、鹿の腰肉、さらにはソーセージ、子羊の胸腺、クリームやバターとトリュフをそえた手のこんだ野菜のキャセロールと、おいしそうな料理が並んでいたのだが。デザートには、ラズベリー、ネクタリン、サクランボ、モモ、パイナップルなどの贅沢な果物、そしてケーキ、タルト、シラバブもふんだんに出された。

デイジーは普段どおり食べ、笑い、会話するように努めた。しかし、そう簡単にはいかなかった。マシューはテーブルの向こう側の、数席離れたところに座っていた。目が合うたびに、彼女は口にしているものが何であれ、のどに詰まらせそうになるのだった。

まわりには会話が漂っており、彼女もそれにぼんやりと答えていたが、頭の中はつい数時間前の出来事のことでいっぱいだった。彼女をよく知る姉や友人たちは、彼女がいつもと違うことに気づいているようだった。ウェストクリフでさえ、何度か怪訝な顔でこちらを見ていた。

デイジーは明るく混み合った部屋の空気にのぼせてしまい、頬が真っ赤になった。体が異常に感じやすくなっていて、下着がすれてひりひりするし、コルセットは息苦しいし、ガーターに腿をしめつけられているようだった。動くたびに、マシューと過ごした午後のことが思い出された。脚のあいだがうずき、予期せぬ場所がちくちくしたり、ひきつったりした。それでも彼女の体はもっと求めていた……マシューの手を、彼のせっつくような唇を、自分の中にあった彼の硬い……

またしても顔が紅潮してくるのを感じて、デイジーはパンのかけらにバターをつけるのに熱中した。マシューをちらっと見ると、彼は左隣のレディーと話をしていた。

デイジーがこっそり見ているのに気づいて、マシューも彼女のほうを見た。深いブルーの瞳の奥には熱がちろちろと燃えており、深く息を吸いこむと胸が動いた。彼は視線を会話の相手に戻し、彼女にいかにも興味があるような顔で見つめたので、レディーはうれしそうにくすくすと笑い出した。

デイジーは薄めたワインのグラスを口元に持っていき、左側で行われている会話に注意を向けた……湖水地帯とスコットランド高地への旅行についての話らしい。しかし、すぐに彼女の心は自分の置かれている状況のことに戻っていった。

彼女は自分の決断を悔いてはいなかった……けれども、これから先、すべてがうまく運ぶと思うほど世間知らずではなかった。むしろその逆になるだろう。まず、どこに住むかだ。マシューはいつニューヨークへ彼女を連れ帰るつもりなのだろう。姉や友人たちと離れて幸せに暮らせるのだろうか。それから、ビジネスにどっぷりつかっている男の妻として、ちゃんとやってゆけるのか心配だった。彼女にとってビジネスの世界はとても居心地が悪かった。さらに、マシューがどんな秘密を隠しているのかもとても重要な問題だった。

しかしデイジーは、彼がこう言ってくれたときの、やさしいぞくぞくするような声の響きを覚えていた。「きみはいつもぼくにとっての理想の女性だったんだ」

ありのままの自分を求めてくれた男性は、マシューのほかにはひとりもいなかった（ランドリンドンは除外。だって、彼はあまりにも急速に燃え上がってしまったから、熱が冷めるのも同じくらい速いだろう）。

わたしの結婚は、リリアンとウェストクリフの結婚のようにはならないだろうとデイジーは思った。まったく異なる感性を持ち、非常に意志が強固なリリアンとウェストクリフは、しばしば議論しあったり、交渉で折り合いをつけようとしたりしていた……とは言え、それでふたりの結婚が揺らぐということはなく、むしろ、そのせいでふたりの絆はさらに強まっているようにも思えた。

友人たちの結婚について考えてみる……アナベルとミスター・ハントは似たような気質の絶妙なハーモニー……エヴィーとセントヴィンセント卿は正反対。だからこそ昼も夜も、ふたりは自分の欠けている部分を補うかのように相手を必要とする。この三組のカップルに甲乙をつけることは不可能だ。

完璧な結婚の理想像についていろいろなことを聞いてきたけれど、そんなものはおそらく存在しないのだと思う。きっとどの結婚も、ユニークなのだろう。

そう思うとほっとする。

そこには希望も感じられる。

果てしなく長い晩餐のあと、デイジーはお茶とゴシップの儀式を、頭痛がするのでと断わった。実際、それはあながち嘘とも言えなかった――照明と騒音と感情の高ぶりが合わさって、こめかみがずきずき痛み出していた。痛々しくほほえんで、彼女はみんなに挨拶をすると、大階段のほうに歩いて行った。

しかし大広間に着いたときに、姉の声が聞こえてきた。

「デイジー、ちょっと話がしたいんだけど」

リリアンをよく知るデイジーは、姉の口調にトゲがあるのにちゃんと気づいていた。姉は疑っている。そして心配しているんだわ。わたしから洗いざらい聞き出して、徹底的に話し合おうとしているのだわ。

デイジーは疲れきっていた。「きょうはかんべんして、お願い」と彼女は言って、ご機嫌をとるようにほほえんだ。「またにしてくれる?」

「だめよ」

「頭痛がするの」

「わたしもよ。でも、話し合わなくちゃ」

デイジーの心にむらむらと怒りがこみ上げてきた。リリアンにずっと合わせてきたのに。何年も何年も、どんなときも無条件に姉を支え、忠誠を尽くしてきたのに、今夜くらい根掘り葉掘り聞こうとしないで放っておいてくれてもいいじゃない。

「もう横になるわ」デイジーは言い返そうとする姉をじっと見つめて黙らせた。「わたしは何も説明するつもりはないわ。あなたには、わたしの話を聞く気がないのだし。おやすみなさい」たじろいでいるリリアンの顔を見ながら、デイジーはもう少しやわらかな調子で「愛しているわ」と言い添えると、つま先立ちになって姉の頰にキスをし、階段に向かって歩き出した。

リリアンはデイジーのあとを追っていきたい衝動にかられたが、だれかがひじのあたりにいるけはいに気づいた。振り向くとアナベルとエヴィーだった。ふたりは思いやりに満ちた顔をしていた。

「わたしに話してくれないの」リリアンはショックを受けて言った。

いつものエヴィーならリリアンに触れるのをためらうのだが、いまはすっと彼女の体に腕をまわした。「オ、オレンジ温室に行きましょう」

＊　＊　＊

オレンジ温室は屋敷の中でもとくにリリアンのお気に入りの場所だった。壁の全面は背の高い窓になっていて、床には意匠を凝らした鉄格子がはめこまれており、ストーブで暖められた空気が地下から上がってきていた。オレンジとレモンの木々が室内の空気を柑橘系の香りで満たし、棚に並べられた鉢植えの熱帯植物のエキゾチックな香りがそれにアクセントを添えていた。戸外で焚かれているたいまつの光が、室内に入り組んだ影を投げかけている。

いくつか椅子が並べられている場所を見つけて、三人の友は座った。リリアンは肩を落として、ふさぎこんだ声で言った。「あの子たち、やっちゃったんだわ」

「だれが何を？」とエヴィーがきいた。

「デイジーとミスター・スウィフトよ」アナベルはかすかに面白がるような声でつぶやいた。

「わたしたちは、彼らがその……親密になったのだろうと思っているわけよ」

エヴィーは当惑した表情を浮かべた。「どうしてそう思うの？」

「あなたはね、別のテーブルに座っていたから気づかなかったと思うけど、晩餐の席で……」アナベルは眉をぐっと上げた。「……密やかな感情の底流が感じられたのよ」

「まあ」エヴィーは肩をすくめた。「同じテーブルにいなかったせいじゃないわ。わたしそういう底流を読むのが下手ですもの」

「それはそれは明らかな底流だったのよ」リリアンは陰気に言った。「ミスター・スウィフトがテーブルの上に飛び乗って高らかに宣言するのと変わらないくらいに」

「ミスター・スウィフトがそんなにあからさまなことをするとは思えないわ」エヴィーはきっぱりと言った。「いくらアメリカ人でも」

リリアンは顔をしわくちゃにして恐ろしい形相をつくった。「あの子、『魂のない産業資本家とはぜったいに幸せになれない』と言ってたくせに、いったいどうなっちゃったのよ。『いつまでも四人でいっしょにいたいわ』はどうしちゃったの？　まったくもう、デイジーがこんなことをするなんて信じられない！　ランドリンドン卿とあんなにうまくいっていたのに。いったいぜんたいなんで、マシュー・スウィフトとなんか寝るのよ」

「寝ることとはあまり関係がないと思うけど」アナベルは目をきらめかせながら言った。

リリアンは細めた目でアナベルをにらみつけた。「アナベル、これを面白がるほどあなたが悪趣味なら――」

「デイジーはランドリンドン卿にはまったく関心がなかったの」エヴィーは喧嘩を止めるために、あわてて口をはさんだ。「ミスター・スウィフトに嫉妬させるために彼を利用していただけなのよ」

「どうして知っているの？」あとのふたりは声をそろえてきいた。

「あの、その……」エヴィーは困ったように手をふりながら、しどろもどろに言った。「先週、わ、わたしが彼女に不注意にも助言のようなことをしてしまったの。彼にやきもちを焼かせたらって。そしたらうまくいってしまったのよ」

リリアンののどがぶるぶると震え、それからやっと声を搾り出した。「ばか、ばか、うすのろ、まぬけ――」

「どうして、エヴィー?」アナベルはリリアンよりもはるかにやさしい声できいた。

「デイジーとわたしは、ミ、ミスター・スウィフトがランドリンドン卿と話しているのを盗み聞きしてしまったの。彼はランドリンドン卿にデイジーとつきあうように勧めていたわ。でも、ミスター・スウィフト自身がデイジーを望んでいることがそれではっきりしたの」

「それは彼のしかけた罠だとわたしは断言するわ」リリアンはぴしりと言った。「あなたたちが聞いているのを知っていたに違いないわ。なんてずる賢くて腹黒い企みかしら。それにあなたたちはまんまとひっかかったのよ!」

「そうじゃないと思うわ」エヴィーは答えた。リリアンの朱に染まった顔を見て、エヴィーは不安そうにきいた。「わたしを怒鳴りつけるつもり?」

リリアンは首を左右に振って、両手に顔を埋めた。「泣き喚く女妖精《バンシー》みたいに泣き叫ぶわ」と指のあいだから言った。「もしそれで何かいいことがあるなら。でもデイジーがあの爬虫類と寝たことはかなりたしかだと思うから、彼女を救うことはもう誰にもできないのよ」

「彼女は救ってなんてもらいたがっていないかもよ」エヴィーは指摘した。

「それはあの子の頭が完全にいかれてしまったからよ」リリアンは手の中で唸り声を発した。

アナベルはうなずいた。「明らかにね。デイジーはハンサムで若くて、お金持ちで聡明な男性と寝たのよ。そしてその人はどう見ても彼女に恋をしている。デイジーがそういう気持ちになるのも当然だわ」アナベルは、リリアンが汚い言葉を返してくるのをききながら思いやり深くほほえみ、友人の首のつけ根のあたりにやさしく手を置いた。「ねえ、リリアン。あなたも知っているように、わたしはかつて、結婚相手を愛していようといまいとそんなことかまわないと思っていたわ……とにかく家族を苦境から救うことができれば、それだけでいいと。でも、夫とベッドを共にすることを考えたとき……これから一生その人と過ごすのだと考えたとき……サイモンしかいないと思ったの」彼女はそこで言葉を止めた。彼女の目が突然潤みはじめた。美しくて冷静なアナベル。めったに泣くことがない人なのに。「わたしが病気のとき」彼女はかすれた声でつづけた。「わたしが不安になったとき、何か必要になったとき、彼なら天地を動かしてでもなんとかしてくれると思えるの。わたしは全身全霊をかけて彼を信じるわ。そしてわたしたちから生まれた子どもを見るとき、ふたりが永久に彼女の中でひとつになったのを見るとき……サイモンと結婚できて、本当に幸せですと神様に感謝するの。わたしたち三人は自分の夫を選ぶことができたわ、リリアン。だから、あなたもデイジーに同じ自由を与えなければならないわ」

リリアンはいら立ってアナベルの手をふりはらった。「彼とわたしたちの夫とは器量が違うの。セントヴィンセントだって彼よりはましよ。セントヴィンセントはひねくれ者の女たらしだけど、彼には心があるもの」彼女は一瞬黙ってから、ぶつぶつつぶやいた。「悪気はないのよ、エヴィー」

「いいのよ」エヴィーは答えたが、笑いをこらえているかのように彼女の唇は震えていた。

「つまりね」リリアンはじれったそうに言った。「わたしはデイジーに選択の自由を与えることには大賛成なのよ。相手さえ間違えなければ」

「リリアン――」アナベルは、リリアンの論理の誤りをやんわりと正そうとしたが、エヴィーがやさしく口をはさんだ。

「わ、わたしは思うんだけど、デイジーには間違いを犯す権利もあるわ。わたしたちができることは、もし彼女が助けを求めたときに手を差し延べることなのよ」

「あの子が、くそったれニューヨーカーとくっついてしまったら助けられないじゃないの!」リリアンは言い返した。

エヴィーとアナベルは、それからあとはリリアンと議論するのをやめた。言葉では解決できない問題もあり、また癒すことができない恐れもあるのだとふたりは言葉に出さずに了解しあった。彼女たちは、ほかにすべきことがなくなったときに友に対してすることをした……それは思いやりを持って、黙ってそばに座っていること……そして、あなたのことを思っていると、相手に伝えることだった。

熱い風呂はデイジーの体を癒し、くたくたになった神経をほぐしてくれた。湯気の立つ湯に、骨がとろけるくらい緊張がとれて汗だくになるまでゆっくりつかっているうちに、頭痛はおさまってきた。リフレッシュした気分でフリルのついた白いナイトドレスを着て、髪を梳かしはじめた。ふたりのメイドがやってきてバスを片づけた。

ブラシの粗毛を髪に通すうちに、腰までの髪は輝く黒檀の流れに変わっていった。バルコニーにつづく戸口は開かれていた。そこから湿った春の夜をながめる。星のない空は黒いプラムの色だった。

ぼんやりとほほえんでいると、背後のドアがかちりと開く音がした。メイドのひとりが、タオルか石鹼の容器をとりに戻ったのだろうと思って、振り向きもせず外をながめつづける。突然、だれかが肩に触れ、温かい大きな手が胸の前に滑りこんできた。彼女はびっくりして立ち上がり、硬い男らしい体にゆっくりと背中をもたせかけた。

マシューの低い声が彼女の耳をくすぐった。「何を考えていたんだ?」

「あなたのことよ、もちろん」デイジーは彼によりかかって、めくりあげたシャツの袖のところまで指先で彼の毛深い腕をなで上げていく。視線を外の景色に戻した。「この部屋は昔、ウェストクリフ伯爵の妹さんのお部屋だったんですって。彼女の恋人は——厩舎係の青年だったそうだけど——バルコニーを登って、彼女に会いに来ていたという話よ。ロミオみたいに」

「危険を冒すだけの見返りがあったんだろうね」

「わたしのためにあなたもそんな危険を冒してくれる?」

「それ以外にきみに会うすべがないなら。しかし、ちゃんとドアがあるのに、バルコニーを二階分も登ってくるのはばかげている」

「ドアからじゃ、あんまりロマンチックじゃないわ」

「首の骨を折るのも、だ」

「まったく現実的なんだから」デイジーは笑いながら、彼の腕の中で体をくるりとまわした。マシューの服からは外気とつんとくる煙草の香りがした。晩餐のあと、紳士たちと外のバルコニーへ出たのだろう。体をもっとすりよせながら、彼女は糊のきいたシャツと清潔で馴染みのある彼の肌のにおいをかいだ。「あなたのにおいが好き。わたし目隠しをされて、百人もの男の人がいる部屋に連れて行かれても、あなたをすぐに見つけられるわ」

「新しい室内ゲームだな」と彼が言うと、ふたりは声を合わせてくすくす笑った。

彼の手をとって、デイジーはベッドのほうに引っ張っていった。「いっしょに横になって」

マシューはそれに抵抗しながら首を横に振った。「数分しかいられない。明日の朝夜明けとともに、ウェストクリフと出発することになっている」彼は餓えた視線を清楚なフリルつきのナイトドレスに這わせた。「それにベッドのそばに行ったら、きみを抱かずにはいられなくなる」

「わたしはかまわないわ」デイジーは恥ずかしそうに言った。

彼は彼女を腕の中に引きこみ、そっと抱きしめた。「初めてしたあと、こんなにすぐはよくない。体を休ませなくては」

「ではなぜここに来たの？」

デイジーは彼の頬が頭のてっぺんをなでるのを感じた。あんなことがあったあとでも、マシュー・スウィフトがこんなにやさしく自分を抱きしめてくれることが信じられない気がした。「おやすみと言いたかっただけだ」彼はつぶやいた。「それから……」

デイジーは問いかけるような目で彼を見上げた。すると彼はこらえきれないというように、彼女からキスをひとつ盗んだ。「……ぼくの気が変わって結婚しないと言い出すのではないかと心配する必要は絶対にない。それどころか、ぼくを追っ払おうとしてもそう簡単にはいかないから、覚悟しておいたほうがいい」

「ええ」デイジーは彼にほほえみかけた。「あなたが信頼できる人だってわかっているから」

マシューは名残惜しそうに彼女を離すと、つらそうにドアに向かって歩き出した。彼は用心深くドアを少し開けて外をのぞき、廊下にだれもいないことをたしかめた。

「マシュー」彼女はささやきかけた。

彼は肩越しに振り返った。「え?」

「わたしのところにすぐに帰ってきてね」

彼女の顔に彼が何を見たのかはわからないが、薄暗がりの中で彼の目が閃光を発した。彼は短くうなずくと、彼女から離れられるうちに部屋から出て行った。

13

ブリストルにウェストクリフ伯爵といっしょに来たことは、やはり正解だったのだとマシューは到着後すぐに感じた。ひとりでこの港町を探索するのとは大きな違いがあった。当初、町の中心部にある宿屋に泊まるつもりだったが、ウェストクリフの連れということで、裕福な造船業を営む一家の屋敷に一時逗留することになった。ブリストル一帯の富裕な家族は、とびきり上等のもてなしを用意して伯爵をぜひ自分の家に招きたいと考えていた。

だれもが伯爵をよく知っていたし、まだ伯爵の友人とは言えない人々は、なんとか知己を得たいと考えていた。家柄の力には目を見張るものがあった。とはいえ、家名や爵位よりも、ウェストクリフ自身に熱烈な信望が集まっていると言うべきだろう……彼は政治的には進歩主義者として知られており、優れた企業家であることは言うまでもない。そのふたつが合わさって、ブリストルでもっとも人気のある人物となっているのだった。

取引の量ではロンドンに次ぐ地位にあるブリストルは、爆発的な開発期を迎えていた。商業地域は拡大して旧市街の壁は取り壊され、狭い路地は広げられて、ほとんど毎日のように新しい大通りが誕生していた。もっとも重要な変化は、テンプルミードと埠頭をつなぐ湾岸鉄道が開通したことだった。その結果、ブリストルはヨーロッパ中でもっとも製造工場建設に適した土地となった。

マシューは、ウェストクリフの存在によって交渉や会議がずっと容易に進むようになったことを認めざるをえなかった。ウェストクリフの名前を出せば、ドアが開かれるだけでなく、建物全体までも差し出されるのだった。また、伯爵からは数多くのことを学ぶこともできた。商売や製造に関する知識が実に豊富だったのだ。

たとえば、機関車の製造に話がおよぶと、伯爵は設計や工学技術の原理に精通しているだけでなく、最新式の広軌の機関車で使われているさまざまなボルトの名前まで知っていた。

正直なところ、マシューは膨大な技術的知識を自分ほど理解し、把握できている人間に会ったことがなかった。だがそれも、ウェストクリフに会う以前の話だった。だから、会話は興味深いものとなった。少なくとも彼らふたりのあいだでは。彼らの議論に参加した者はだれでも、五分後にはいびきをかき出すのだった。

マーカスにとって、ブリストルで一週間過ごすことには、ふたつの目的があった。表向きは事業関連の目標を達成するためだったが……もうひとつ、密かなもくろみがあった。マシュー・スウィフトに関して、自分の態度を決めたいと考えていたのだ。

リリアンの元を離れるのはつらかった。子どもの誕生や子育ては他人事であるかぎり、ごく日常的なことに思われるが、自分の妻や子どもがかかわるとなると、重大さは計り知れないものとなる。マーカスはそれを実感した。娘に関するあらゆることに魅了された。眠りと目覚めのパターン、最初の湯浴み、指先をもぞもぞ動かすしぐさ、リリアンの胸にしゃぶりつく姿。

上流階級の夫人の中でも授乳する人はいないわけではないと聞くが、乳母を雇うのが一般的とされている。しかしリリアンは、メリットが生まれたとたん心を変えた。「この子はわたしのおっぱいを欲しがっているの」とリリアンはマーカスに言った。マーカスは、赤ん坊はだれのおっぱいでも気にしないだろうし、乳母の乳で十分満足するとは思ったが、あえて妻にそう指摘することはなかった。

出産前、マーカスはリリアンが産褥熱で命を落とすのではないかと恐れていたが、その恐怖も、妻が日に日に昔のような、健康ですらりとした元気一杯の姿に戻っていくにつれて薄れていった。彼は心の底から安堵した。彼は結婚するまで、ひとりの人間にのめりこむほどの愛情を感じたことはなかった。そして、リリアンの存在がこんなにも短期間のうちに自分の幸福にとって必要不可欠な要素になろうとは予想だにしていなかった。いま彼は、リリアンのためにできることはなんでもするつもりだった。だから、妻が妹のことで心を痛めているのを知っているマーカスは、マシュー・スウィフトの問題をどうすべきか、ブリストルで決断を下そうと考えたのだった。

グレートウェスタン鉄道の代表者、船渠現場主任、その他の委員や管理者などとの会談では、マーカスはスウィフトのふるまいに感銘を受けた。それまでマーカスは、スウィフトがストーニー・クロスに招かれたお行儀のよい客人たちと接するところしか見ていなかった。

しかし、スウィフトは年配の貴族から無愛想な若い埠頭労働者にいたるさまざまな種類の人々とも容易に渡り合っている。取引の交渉の段になると、彼は猛然と突き進んだが、それでも紳士らしさを失うことはなかった。冷静で、落ち着きと分別があった。しかも少々辛口なユーモアのセンスも持ち合わせていて、それがうまく功を奏していた。

マーカスは、スウィフトの粘り強さと自分の意見を貫き通す潔さにトーマス・ボウマンの影響を見た。しかしボウマンと違って、スウィフトには生まれつきの存在感と自信が備わっており、人々は本能的にそれに反応した。スウィフトはブリストルで成功を収めるだろう、とマーカスは思った。ここは若い野心家にはうってつけの土地だ。ロンドンと同等の、ひょっとするとそれ以上に多くの機会を与えてくれる場所だ。

さて、マシュー・スウィフトがデイジーに似合うかどうかという問題だが……それについては、はっきり断言することは難しい。マーカスはそういう問題に自分の判断を持ちこむことを嫌っていた。経験から言っても、自分の意見にあまり自信が持てなかった。アナベルとサイモン・ハントの結婚にも、最初は反対していたのだから。しかし、判断を下さなければならない。デイジーの結婚相手は、彼女をやさしく包んでくれる男でなければならないのだ。

鉄道会社の代表者との会議のあと、マーカスとスウィフトはコーン通りを歩いた。ちょうど市が立っていて、野菜や果物を積んだ屋台がずらりと並んでいる。最近この道も舗装されて、歩行者は泥はねや道に落ちている汚物の被害を受けずにすむようになった。道の両側には本屋や化粧品店や、地元の原料で作ったガラス製品の店などが軒を連ねていた。

居酒屋の前で足を止め、ふたりは軽食をとるために中に入った。店内は、裕福な商人から造船所の工員まで、さまざまな客でいっぱいだった。

ざわざわとした雰囲気の中でくつろぎながら、マーカスは黒っぽいブリストル産のエールのジョッキを口に運んだ。冷たく苦いエールは彼ののどをぴりっと刺激しながら胃へと流れこんでいき、芳醇なあと味を残した。

マーカスが、デイジーのことをどう切り出したものかと迷っていると、スウィフトがいきなり単刀直入に話しはじめた。「お話ししたいことがあるのですが」

マーカスは朗らかな顔で答えた。「わたしはかまわんよ」

「ぼくとミス・ボウマンは……お互いの気持ちを理解し合うようになりました。双方にとって利点があることを考慮して、ぼくは分別のある現実的な決断にいたり――」

「いつごろから彼女に恋していたのかね？」マーカスは内心面白がりながら、言葉をはさんだ。

スウィフトはふっとため息をつき、「何年も前からです」と認めた。短くたっぷりした髪に指を通したので、髪はくしゃくしゃに乱れてしまった。「しかし、最近になるまで、その気持ちがどれほど強いかわかっていなかったのです」

「義妹も同じ気持ちなのか？」

「ぼくが思うに――」スウィフトは言葉を途中で止めて、エールをぐっと飲んだ。若々しい困った顔で彼は言った。「わかりません。いつかそのうちに……ああ、くそっ」

「デイジーの愛情を勝ち取るのは難しいことではないとわたしは思う」マーカスは自分が意図したよりもやさしい口調で言った。「わたしの見たところでは、どちらにとっても似合いの相手のようだが」

スウィフトは自嘲するような笑みを浮かべて見上げた。「あなたは、詩を愛でる田舎の紳士と結婚するほうが彼女は幸せになるとはお思いにならないのですか？」

「それは最悪の組み合わせだと思うね。デイジーには、彼女と同じくらい世間ずれしていない夫は要らない」ウェストクリフはテーブルの真ん中に置かれていた木製の皿に手を伸ばし、青みを帯びたウェンズレーデールチーズを切り、厚切りのパンのあいだにはさんだ。彼はスウィフトをうかがうように見つめた。この青年がこのような状況にあまり喜びを感じていないように見えるのはなぜなのだろうか。愛する女性と結婚できるというのに。ふつうの男なら、もっと沸き立つような喜びを発散させているはずだ。

「ボウマンは喜ぶだろう」マーカスはそう言って、スウィフトの反応をじっくり観察した。

「社長が喜ぶかどうかはこの話にはまったく関係がなかったのです。そんなことをわずかにでもにおわすことは、ミス・ボウマンに対する侮辱です。彼女は素晴らしい女性なのですから」

「彼女を弁護しなくてもいい」マーカスは答えた。「デイジーはチャーミングなやんちゃ娘だ。美しいことは言うまでもない。彼女がもう少し自信を持って、感受性が豊かすぎるところを抑えることができれば、いまごろは指一本動かすだけで男どもがぞろぞろ群がっていただろう。だが、彼女の名誉のために言うのだが、彼女は恋愛をゲームと考えるような性格ではない。ほとんどの男は愚かだから、軽薄な女性に惹かれがちなのだ」

「ぼくは違います」スウィフトはきっぱりと言った。

「どうやらそのようだな」マーカスはスウィフトに同情した。この青年はジレンマに苦しめられているのだろう。メロドラマを嫌悪する分別のある男にとって、天使の矢にハートを射抜かれてしまったと告白することは、かなり気恥ずかしいことに違いない。「きみはわたしの賛成を求めてはいないが」マーカスはつづけた。「それについては安心してよろしい」

「レディー・ウェストクリフが反対なさってもですか？」

リリアンの名前が出ると、ウェストクリフの胸がちくりと痛んだ。予想していた以上に妻に会いたくてたまらなかった。「レディー・ウェストクリフも」彼は冷静に答えた。「たまには自分の希望が通らないこともあるとあきらめるだろう。そしてもしきみが、これから先、デイジーのよき夫であることを証明して見せれば、妻も意見を変えると思う。彼女は公平な心の持ち主だ」

しかし、それでもスウィフトの顔は曇っていた。「伯爵——」彼はジョッキのハンドルを硬く握りしめて、ジョッキをじっと見つめた。

相手の顔が翳ったのを見て、マーカスは嚙むのを止めた。何か非常に困ったことがあるのだと直感した。くそっと彼は思った。ボウマン家にかかわることはどんなことでも一筋縄ではいかないのだ。

「嘘の上に人生を築き上げてきた男をどう思われますか……そしてその男が、以前の人生よりもずっと価値のある人生を歩んでいるとしたら？」

マーカスはまた口を動かしはじめて、ごくりと食物を飲みこみ、ゆっくり時間をかけてエールを飲んだ。「しかし、その新しい人生はすべて偽りの上に成り立っていると？」

「そうです」

「その男は、だれかから、その人が正当な権利を有するものを奪ったのか？　それともだれかに肉体的、あるいは精神的な危害を加えたのか？」

「いいえ」スウィフトは答えて、まっすぐ彼を見つめた。「しかし、法律的な問題がからんでいました」

その答えにマーカスは少しほっとした。経験から、非常に善良な人間でもときにはなんらかの法律的トラブルに巻きこまれることはあるものだと彼は知っていた。おそらくスウィフトは怪しげな取引に引っ張りこまれたか、若気のいたりで逮捕されたことがあったのだろう。何年も経ったいま、それが明るみに出ればやっかいなことになる。

もちろん、マーカスは名誉の問題を軽く考えてはいなかったし、過去に法的なトラブルがあったという話は、将来の義弟の口から聞きたいことではなかった。しかし、スウィフトは性格も行動も善良そうに見えたし、好ましい点がたくさんあった。

「残念だが、きみたちの結婚に賛成するかどうかは、保留にしなければならないようだ」マーカスは慎重に言った。「詳細を把握するまでは。それ以上の話は聞かせてもらえないのだ

いか」

スウィフトは首を左右に振った。「申しわけありません。ああ、そうできたらどんなにいいか」

「けっして口外しないと約束してもか？」

「だめです」スウィフトは小声で言った。「本当に、申しわけありません」

マーカスは大きなため息をついて、椅子の背に深くもたれた。「その問題がどんなことなのかわからなくては、解決することも、悩みを軽くしてやることもできない。だがわたしは、人は第二のチャンスを与えられるべきだと信じている。そして、過去ではなく、現在の姿で人を判断したいと思っている。それはともかく……きみにひとつ約束してもらいたいことがある」

スウィフトは用心深く青い目を上げた。「はい、どんなことでしょうか？」

「結婚する前に、デイジーにすべてを打ち明けてもらいたい。洗いざらい話して、彼女にそれでもきみと結婚したいと思うかどうかを考えさせるのだ。彼女に真実を包み隠さず話すまでは、彼女と結婚してはならない」

スウィフトはまばたきせずに答えた。「お約束します」

「よろしい」マーカスは居酒屋のメイドに合図した。

こんな話のあとでは、エールよりももっと強い酒が必要だった。

14

ウェストクリフとマシュー・スウィフトがブリストルに発ってしまうと、屋敷は異常に静まりかえっているように感じられた。ボウマン夫妻も旅行に出かけたので、リリアンとデイジーはほっとした。ウェストクリフのはからいで、近隣に住む一家とともにシェイクスピアの生地として有名なストラトフォード・オン・エイボンへ出かけたのだった。一行はシェイクスピア生誕二八〇年を祝う祭りに参加し、晩餐会や芝居、講演、音楽会などを一週間楽しむことになっていた。ウェストクリフはいったいどんな手を使って、父と母を旅行に行かせたのだろう。デイジーは不思議でたまらなかった。

「お父様とお母様は、シェイクスピアになんか、これっぽっちも興味を持ってないのよ」両親を乗せた馬車が出発するとすぐに、デイジーはリリアンに驚きをぶつけた。「しかも、お父様がブリストルに行く代わりに、お祭りに出かけたなんて」

「ウェストクリフはお父様にブリストルに来てもらいたくなかったのよ」リリアンは苦笑した。

「でもなぜ？　だって、あれはお父様の会社の事業じゃないの」

「ええ。でも、いざ交渉となると、イギリスではお父様はちょっとごり押しをしすぎるように見られちゃうのよ――かえってお父様がいると合意をとりつけるのが難しくなるの。だからウェストクリフはストラトフォードへの旅の段取りをつけて、お父様が断われないようにしてしまったのよ。しかも、ウェストクリフが、あのお祭りでは、たくさんの貴族たちと知り合う機会があるとお母様に吹きこんだものだから、お父様には勝ち目がなかったの」

「ウェストクリフとミスター・スウィフトはブリストルでうまくやっていることでしょうね」デイジーは言った。

即座にリリアンの顔は用心深く曇った。「ええ、きっと」

友人たちがあいだに入ってクッションの役目を果してくれるときはいいのだが、そうでないときは、姉との会話が必要以上に慎重になってしまっていた。デイジーはそれがいやだった。いままでずっと、自由に心を開いて話し合ってきたのに、急にある種の話題を避けなければならなくなったように思えるのだった。まるで部屋の中に象の群れがいるのに、それを無視しようとしているかのようだった。

リリアンは、「あなた彼と寝たの」とデイジーを問い詰めることはしなかった。それどころか、マシューのことはいっさい話したがっていないように見えた。うまくいきかけていたランドリンドン卿との交際が突然終わってしまった理由も、ロンドンに戻ってシーズン最後の舞踏会に出席しようとしない理由もきかなかった。

デイジーもこうした話題には触れたくなかった。マシューが出発する前に約束してくれたにもかかわらず、彼女は不安で落ち着かなかった。そしていま一番したくないのは姉と言い争うことだった。

その代わりに、ふたりはメリットのことに熱中していた。お人形遊びでもしているかのように、交替で赤ちゃんをだっこしたり、服を着替えさせたり、お風呂に入れたりした。赤ん坊専門のメイドがふたりいたが、リリアンは彼女たちには世話をさせたがらなかった。とにかく、赤ちゃんと過ごすのが楽しくて、人に預けるのがいやだったのだ。

マーセデスは出発する前に、赤ん坊に抱き癖がついてしまいますよ、と注意を与えた。「甘やかしすぎです。このままでは、つねに誰かが抱いていなければならなくなりますよ」

リリアンはストーニー・クロスの屋敷には手がいっぱいあるから心配はないし、メリットが喜ぶならいくらでもだっこするわと反論した。

「わたしはメリットに、わたしたちとは違う子ども時代を過ごしてもらいたいの」とあとでリリアンはデイジーに言った。ふたりは赤ん坊を乳母車に乗せて、庭を散歩していた。「両親についての思い出は少ししかないわ。お母様が外出のための身支度をしているようすを見ていたこととか、お母様がわたしたちのいたずらを書斎にいるお父様に言いつけに行ったこととか。それから罰を受けたこと」

「ねえ、覚えている？」デイジーはほほえみながら尋ねた。「わたしたちが石畳をローラースケートで駆け抜けて、道行く人々をなぎ倒すと、お母様がよく叫んでいたわね」

リリアンはくすくす笑った。「転ばされた人がアスター家の人間ならオーケーだったけど」

「それからあの双子が小さな畑をこしらえたとき。わたしたち、ジャガイモが大きくなる前にみんな引っこ抜いちゃったわよね」

「ロングアイランドではカニを捕ったり、魚釣りをしたりしたわ」

「ラウンダーズ（野球に似た球技）もやったわねえ……」

その午後、あんなこともあったわね、と思い出話にふけるうちに、わだかまりはすっかりとれて愉快な気分に包まれた。「だれも予想だにしなかったわね」デイジーがにやりと笑って言った。「あなたがイギリスの貴族と結婚して、わたしが……」彼女は言いよどんだ。

「……オールドミスになるなんて」

「ばかなことを言わないの」リリアンは静かに言った。「あなたがオールドミスにならないことは、はっきりしているじゃないの」

これは、デイジーとマシュー・スウィフトのことに一番近づいた会話だった。けれども、リリアンがいつになく言葉を控えていることから、デイジーは姉が自分と仲たがいしたがっていないのだと感じた。そのためにマシュー・スウィフトを家族に迎えなくてはならないとしても、リリアンはそれを我慢する最大限の努力をするつもりなのだ。姉にとって自分の意見を抑えるのがどんなに難しいことかを知っているデイジーは、姉を抱きしめたくてたまらなくなった。だが彼女はそうする代わりに、乳母車のハンドルをとった。

「今度はわたしが押す番よ」デイジーは言った。

ふたりは歩きつづけた。「池でカヌーをひっくり返したこと、覚えてる？」

た。

「家庭教師を乗せたまま、ね」とリリアンは言い足すと、ふたりは顔を見合わせて笑い出した。

土曜日、ボウマン夫妻が先にストーニー・クロスに戻ってきた。予想どおり、シェイクスピア祭りは、トーマスにとって拷問以外の何ものでもなかったらしい。

「スウィフトはどこだ？」屋敷に到着したトーマスは開口一番こう尋ねた。「ウェストクリフは？ 交渉についての報告が聞きたい」

「まだ戻っていませんわ」玄関広間に迎えに出たリリアンが答えた。リリアンは少し意地悪な目で父をにらんだ。「具合はどうだとはおききになりませんの、お父様。赤ん坊のようすはどうだとは？」

「見ただけで、おまえが元気であることはわかる」ボウマンは言い返した。「それに、もし赤ん坊のようすがすぐれないなら、おまえはとっくにそう言っているはずだ。スウィフトとウェストクリフはいつ帰宅する予定だ？」

リリアンは目をくるりと回して天を仰いだ。「じきに」

しかし、どうやら到着が遅れることが明らかになった。春の旅は容易ではない。天候は不順で予測がつきにくく、田舎道は冬のあいだにあちこちが傷み、馬車はすぐに壊れるし、馬は飛節軟腫のせいで脚をけがしやすくなっていた。

日が暮れても、ウェストクリフとマシューが帰るけはいはなかった。リリアンはしかたなく先に晩餐をはじめることにした。そうしないと料理人がつむじを曲げそうだった。晩餐はいつもよりこぢんまりしていた。出席者はボウマン夫妻と、教区牧師夫妻を含む地元の二家族だけだったので、食事が半ばにさしかかったころ、執事がダイニングホールにやってきて、なにごとかリリアンの耳元でささやいた。彼女はほほえんで、頬をピンクに染めた。彼女は嬉しそうに目を輝かせて、テーブルの席についている人々にウェストクリフが到着し、まもなくこちらへ来て、いっしょに食事をとると告げた。

デイジーは顔にマスクを貼りつけたかのように、平静な表情を保っていた。しかし、そのマスクの下では、期待の奔流が全身の血管を駆けめぐっていた。手に握っているナイフとフォークがぶるぶる震えているのに気づき、彼女はそれをテーブルの上に置いて、手をひざに乗せた。心の半分はまわりの会話を聞いていたが、残りの半分はドアに釘づけになっていた。

手や顔を洗って旅の汚れを落とし、洋服を着替えてから、ようやくふたりがダイニングルームにあらわれると、デイジーの心臓は飛び出さんばかりに激しく打ちはじめ、息が苦しくなった。

マシューは部屋全体を見回し、ウェストクリフにならってお辞儀をした。両人とも落ち着いた態度で、驚くほどさっぱりとした顔をしていた。留守にしていたのが七日間ではなく、たった七分だと言っても信じられるくらいだった。

テーブルの上座につく前に、ウェストクリフはリリアンのところへ行った。伯爵は人前では愛情表現を見せたことがなかったので、彼が両手で妻の顔をはさみ、深々と口づけしたので、リリアン本人を含めて、まわりにいた人全員がびっくりした。彼女は顔を真っ赤にして、牧師様がいらしているのよ、とかなんとかぶつぶつつぶやいたので、ウェストクリフは笑い出した。

そのあいだに、マシューはデイジーの隣の空いた席につき、「ミス・ボウマン」とやさしく声をかけた。

デイジーはひとことも言葉を発することができなかった。彼女は目を上げて、ほほえんでいる彼の目を見つめた。熱い噴水のように感情が彼女の内部から湧き出した。何か愚かしいことをしでかす前に、彼から目をそらさなければならなかった。けれども隣にいる彼の存在を強く意識しつづけていた。

ウェストクリフとマシューは、自分たちを乗せた馬車がぬかるみにはまってしまった話をして、一同を楽しませた。運のいいことに、雄牛に引かせた荷車に乗った農夫が通りかかり、助けてもらうことができたのだが、馬車をぬかるみから引っ張り出すときに、全員が頭のてっぺんからつま先まで泥だらけになってしまったのだという。どうやら雄牛はかなりご機嫌斜めだったらしい。話が終わるころには、テーブルのまわりに座っていた人々はくすくす笑っていた。

話題がシェイクスピア祭りのほうに向けられたので、トーマス・ボウマンは旅行の話をはじめた。マシューはひとつかふたつ質問をして、会話に熱心に耳を傾けているようすだった。

突然、テーブルの下で彼の手が、デイジーのひざに伸びてきたので、彼女はびっくりした。

彼はそっと彼女の手に手をかぶせて握った。そうしているあいだもずっと、彼は何食わぬ顔でしゃべったりほほえんだりしていた。デイジーは握られていないほうの手でワイングラスをとって、口元にグラスを運んだ。ひと口、そしてもうひと口とワインを飲んでいると、マシューがテーブルの下で、彼女の手を軽くくすぐったので、思わずむせてしまいそうになった。一週間のあいだ静まっていた感覚に火がつき、激しく燃え上がった。

マシューは彼女を見ないまま、何かを彼女の薬指に通し、指のつけ根まで滑りこませた。召使がワインを注ぎにやってきたので、彼女の手はひざに戻された。

デイジーは自分の手を見下ろした。小さな丸いダイヤモンドに囲まれたイエローサファイアが輝いていた。彼女は目をぱちくりさせた。まるで白い花びらに囲まれた花のようだ。彼女は手をしっかりと握り締め、うつむいて、喜びで真っ赤になった顔を隠した。

「気に入ってくれたかい？」マシューはささやいた。

「ええ、もちろん」

晩餐のあいだにふたりが交わした言葉はそれだけだった。それがかえってよかった。言いたいことはたくさんありすぎて、しかもすべてはふたりきりのときでなければ話せないことだったから。デイジーはがんばって食後のワインとお茶につきあったが、父親を含めてみんなが早めに休みたがっているようなので嬉しくなった。牧師夫妻がそろそろおいとまを、と告げたのをきっかけに、一同はすみやかに自分たちの部屋へさがった。

ダイニングホールからデイジーといっしょに歩きながら、マシューはささやいた。「今夜、外壁をよじ登らなければならないかな、それともドアの鍵をかけずにいてくれる？」

「ドア」デイジーは短く言った。

「助かった」

約一時間後、マシューは用心深くデイジーの寝室のドアのノブを回し、部屋の中にするりと入った。小さな部屋はベッドサイドに置かれたランプで照らされており、ランプの炎はバルコニーから吹きこむそよ風に揺れていた。

デイジーはベッドに座って本を読んでいた。きれいに三つ編みにした髪が肩にかかっていた。前身ごろに細かいひだ飾りがついた白い上品なナイトドレスを着ている彼女の姿はとても清楚で、欲望に身を焦がしながら彼女のもとに忍んで来たことがちょっと後ろめたく思われた。しかし彼女が本から目を上げると、その黒い瞳に吸い寄せられるように近づかずにいられなかった。

彼女は本をわきに置いた。その横顔にランプの光がすうっと滑った。彼女の白い肌は、磨かれた象牙のようにひんやりと完璧に見えた。自分の手でその冷たい肌を温めたくなった。

彼の心を読んだかのように、彼女の唇の端が上がった。上掛けをはがす彼女の指に黄色のサファイアが輝いた。マシューはそれを見たときの自分の反応にたじろいだ。彼女を所有しているのだという原始的な喜びに打たれたのだった。手招きに応じて彼はゆっくりとベッドに近づいた。

彼はマットレスの端に腰掛けた。デイジーがナイトドレスのゆるいひだをつかむと、彼の神経はびりびりと震えた。彼女は猫のように優雅にひざに乗ってきた。甘い女性の香りが鼻孔を満たし、彼女の重みが腿にかかった。細い腕を彼の首にまわし、彼女は真面目な顔で言った。「会いたかったわ」

彼は手のひらで彼女の体の線をなぞった。きゃしゃな曲線、細いウエスト、引き締まったハート形のお尻。デイジーはとても美しかった。しかし彼は、肉体的な魅力よりも、その温かい人柄や生き生きとした知性にもっと強く心を奪われていた。

「ぼくも会いたかった」

デイジーは彼の髪に指をからませた。その繊細なタッチは、彼の頭皮から股間へと歓喜の衝撃を送った。彼女は甘く誘うような声で言った。「ブリストルでたくさんの女の人と会ったの？　ウェストクリフは、あなたたちが滞在した家で晩餐会や夜会が催されたような話をしていたけど――」

「女性などひとりも目に入らなかった」マシューは、激しくうずく欲望を抑えながら言った。話すことさえ困難に感じる。「きみ以外の女性を欲したことはない」

彼女は彼の鼻先に自分の鼻をちょこんとつけた。「でも、女性とつきあったことがないというわけではないのでしょう？」

「ああ」マシューは目を閉じて、彼女の息が肌にかかる感触を味わった。「寂しいものだよ。腕の中にいる女性がだれか別な人であることを願うのは。ニューヨークを発つ少し前に気づいたのだが、この七年間につきあった女性はすべてどこかきみに似ていた。目が似ていたり、手が似ていたり、髪が似ていたり……このままでは、きみのかけらを集めるために一生を費やしてしまいそうだと思った。ぼくは――」

彼女は彼の唇に唇を押し当て、その低い声で語られる告白を吸い取った。彼女は口を開いた。それ以上の誘いは必要なかった。彼は舌を深く差し入れ、彼女の口を味わい尽くした。息をするたびに、彼女の小さな胸が彼の胸に触れた。

彼はデイジーの背中をマットレスにつけ、ナイトドレスの裾をつかんでめくりあげた。彼女は身をよじらせて、彼が頭からドレスをするりと脱がすのを手伝った。その優雅な動きは彼の欲望に火を点け、心臓は熱を帯びた血管に血液を勢いよく送りこんだ。彼女は裸身を彼にさらした。紅潮した全身はやさしくろうそくの光に照らし出されている。彼女はこわばった両手を体にそっとつけていた。彼は自分も服を脱ぎながらその美しい姿に見入った。

彼女の隣に横たわり、マシューは彼女の緊張を解きほぐそうとした。肩やのど、そして壊れそうなほど繊細な鎖骨を愛撫する。彼の肌の熱が徐々に彼女の冷たい体に浸透していき、辛抱強い彼のタッチに彼女の肌は燃え上がっていった。彼女はあえぎながら、しなやかな体を彼に巻きつけた。すると彼は口で彼女の口をふさいで黙らせ、窓が開いているから声を立ててはいけないとささやいた。

彼の唇はのんびりと彼女の胸に下りていき、柔らかな先端をとらえて、それが硬くなるまで口で愛撫した。彼女の抑えた声を聞きながら、彼はほほえみ、軽く舌で乳首のまわりをなぞった。彼の口がたわむれているあいだ、彼女はこぶしを口にあてて、あえぎ声を抑えていた。

　とうとうデイジーは我慢できなくなり、体をひねってシーツに顔をつけて苦しそうにうめき声をもらした。「だめ」彼女は震えながら小声で言った。「声を出さずにいられないわ」

　マシューは軽く笑って、彼女の背骨のまん中にキスした。「だが、ぼくは止められない」彼はつぶやいて、彼女をまた仰向けにさせた。「それに、見つかったらどうなるかを考えると」

「マシュー、お願い――」

「しいっ」彼は自由に口を彼女の体に這わせ、キスしたり、軽く嚙んだりしたので、彼女はどうしようもなく身をくねらせた。ときどき彼女はごろりと彼から逃れて、猫が爪を立てるように、指をマットレスに食いこませた。そのたびに彼はまた彼女の体を返して仰向けにさせ、耳元で愛の言葉をささやき、口で彼女を黙らせ、やさしい遊び好きな指で彼女の腫れあがった肉体を満たし、なだめた。彼女の手足がぴんと緊張し、全身の肌が汗で輝き出したころ、マシューはようやく彼女の震える腿のあいだに入ってきた。

　硬くなった彼のものが自分の中にやさしく滑りこんでくると、彼女は体をこわばらせた……それから彼が適度なリズムをさがしはじめると、彼女は頰を赤らめてうめいた。彼女がひざをぐいと引き上げて、無意識に彼の腰にまわしてきたので、彼はリズムを見つけたことを知った。

「そうだ、抱きしめてくれ……」マシューはささやきかけ、彼女を何度も何度も突いた。すると彼女の内なる筋肉が激しく脈動し出した。彼はこれほどのエクスタシーを感じたことがなかった。きゅっと見事に引き締まった彼女の肉体を貫き、その奥深くに根を下ろすと、彼女は彼の重たい体に向かってしゃにむに体を押しつけてくる。彼は彼女のすべての動きに従い、彼女が欲しがるものをすべてあたえ、自分とともに彼女を快感へと導いた。

デイジーはふたたび口を手で覆い、目を大きく見開いた。彼は彼女の手首をつかんで口から手をひきはがし、自分の口で彼女の口をこじあけて、舌を深く差し入れた。彼女の激しい震えは彼をクライマックスへと引き上げ、彼はぶるぶると魂を搾り出すごとく震えながら果て、低いうなり声を胸から吐き出した。

最後の小波が去ると、マシューは疲れ果て、眠気に打ち負かされそうになった。こんなことは初めてだった。デイジーをつぶしてしまうかもしれないという思いだけが、彼に動く気力を与え、彼はごろりと転がって体を横にして寝そべった。デイジーは不満の声をあげ、彼に手を伸ばして、その体のぬくもりを求めた。彼は彼女の頭を腕に抱き、くしゃくしゃになった上掛けを引っ張ってふたりの体にかぶせた。

眠くてたまらなかったが、眠るわけにはいかなかった。メイドが明朝やってきて暖炉に火を入れる前に目覚める自信がなかった。彼は満足しきっていたし、デイジーが小さな体をすり寄せてくる感触はあまりにも魅力的だったが。

「帰らなくては」彼は彼女の髪にささやきかけた。

「だめ、いっしょにいて」彼女は顔を伏せて、彼の裸の胸に唇をすりつけた。「一晩中いてちょうだい。永久にいっしょに」

彼はほほえみ、彼女のこめかみに口づけした。「そうするつもりだ。しかし正式に婚約する前にきみを誘惑したことがばれたら、きみの家族は異議を唱えると思うよ」

「誘惑されたとは思ってないわ」

「ぼくは思っている」

デイジーはほほえんだ。「じゃあ、わたし、あなたと結婚したほうがいいわね」彼女の小さな手が、ためらいがちに彼の体をさぐる。「皮肉なことに、これでわたしは生まれて初めてお父様を喜ばせることができるのよ」

やさしい言葉をつぶやきながら、マシューはデイジーをしっかりと抱きしめた。彼は彼女の父親のことをだれよりもよく知っていた。かんしゃく持ちで自己陶酔型で、不可能な基準を押しつけてくる。だが、無から出発してあれだけの富を築くにはどれほどの努力が必要だったことか。マシューはボウマンが多大な犠牲を払ってきたことをよく理解していた。ボウマンは目標達成の障害となるものはすべて切り捨ててきたのだ。妻や子どもたちに対する愛情を含めて。

もしかすると、ボウマンとその家族は、互いのコミュニケーションを円滑にするための仲裁役を必要としているのかもしれない。そんな考えが心に浮かんだのは初めてだったが、マシューはひょっとすると自分はその役目を果せるのかもしれないと思った。もしそのような力が自分にあるなら、なんとか努力してみよう。

「きみは」と彼はデイジーの髪に向かってささやいた。「社長の最高の業績だ。いつの日か、彼はそれに気づくだろう」

彼女がほほえんだのを彼の肌は感じた。「そうかしら。でも、そう言ってくれるのは嬉しいわ。あなたは親子の問題を心配しなくてもいいのよ。わたしはとっくの昔に、父のことについてはあきらめちゃってるから」

マシューはまたしても、彼女が自分の感情に与える影響の大きさにたじろいだ。彼女を幸せで満たしてやりたい、彼は強くそう願った。

「きみが求めることはどんなことでも」彼はささやいた。「ぼくがかなえてあげる。何をして欲しいか言ってくれるだけでいいんだ」

デイジーは気持ちよさそうに伸びをした。心地よい震えが手足に走った。彼女は彼の唇のなめらかな表面を指でなでた。「あの五ドル銀貨で何をお願いしたのか知りたいわ」

「それだけ?」彼は詮索好きな指先の下でほほえんだ。「きみが、ぼくと同じくらいきみを求めている人を見つけられますように、と願ったんだ。だが、その願いはかなわないだろうと思っていた」

デイジーは頭を起こして彼を見つめた。ろうそくの光が彼女のデリケートな顔をさっとなでた。「どうして?」

「ぼくと同じくらいきみを求めることができる男などいないからさ」

デイジーは彼に覆いかぶさった。彼女の乱れた髪が黒いカーテンのようにふたりの顔を取り囲んだ。

「きみの願いは何だったんだ？」マシューは輝く髪の滝を指で梳きながらきいた。

「よい結婚相手が見つかりますようにって願ったの」彼女のやさしいほほえみに、彼の心臓は止まった。「そうしたら、あなたがあらわれたのよ」

15

めずらしく寝坊したマシューは一階に下りていった。召使たちは掃除に忙しかった。石敷きや寄木造りの床を磨いたり、絨毯を掃除したり、ランプの芯を切りそろえたり、ろうそくを交換したり、真鍮器具を磨いたりとさまざまに立ち働いていた。

朝食室に歩いて行くと、メイドが近づいてきて、よろしければ食事のトレイを裏のテラスにお運びしましょうかときいた。天気がよくなりそうだったので、マシューはそうしてくれと頼んだ。

屋外に置かれた椅子に腰掛け、きれいに手入れがゆきとどいた庭を小さな茶色の野ウサギがぴょんぴょん跳ねていくのをながめた。

静かに物思いにふけっていると、その思考はフレンチドアが開く音で断ち切られた。メイドが朝食のトレイを運んできたのだろうと見上げると、あまり会いたくない相手が立っていた。リリアン・ボウマンだった。彼は心の中でうなった。ウェストクリフから自分とデイジーの婚約の話を聞いたのだろう。

伯爵は妻の心を鎮める手立てを講じたようだった。嬉しそうな顔には見えなかったが……

斧を手にしていないだけでもまだましだとマシューは思った。

とりあえずは。

リリアンは立たなくてけっこうよとしぐさで示しながら近づいてきたが、一応、彼は立ち上がった。

リリアンの顔はこわばっていて、声は抑えられていた。「わたしがまるで出エジプト記に出てくる十の災いのひとつであるみたいな顔で見ないでちょうだい。わたしだってときには理性的に話し合うことができるのよ。ちょっといいかしら?」

彼が椅子を引くのを待たずに、彼女は座った。

油断なく彼女を見つめながら、彼もふたたび座り、彼女が話しはじめるのを待った。空気は緊張に満ちていたが、リリアンの表情が、父親のトーマス・ボウマンの表情とあまりにもそっくりなので、思わずにやりとしそうになった。リリアンは強気で押す決意をしているようだったが、怒鳴り合ってもらちは開かないとも思っているらしかった。

「あなたもわたしも承知しているように」リリアンは冷静さを崩さないよう努めながら話しはじめた。「わたしにはこの破滅的な結婚を止める力はないけれど、みんなをこの上なく不愉快にすることくらいはできるわ。とくにあなたをね」

「ええ、承知しています」まったく皮肉をこめない口調でマシューは答えた。リリアンが妹を心から愛していることだけはたしかだった。

「そこで、内密にあなたと、心を割って話をしたいと思ったのです」

マシューはいかめしい表情をつくって、ほほえみそうになるのをこらえた。「けっこうです」と彼はリリアンと同じくらい事務的に答えた。「望むところです」彼はもしかするとリリアンに好意を持てるようになるかもしれないと思った。相手をどう思っているかをはっきりあらわすところがすがすがしい。

「あなたを義弟として迎えてもいいと考える理由はたったひとつ。夫がどうやらあなたを買っているようだからよ。夫の意見は考慮に値するとわたしは思っています。といっても、彼だって絶対に間違いを犯さないというわけではないけれど」

「伯爵に対するそのような意見を聞いたのは初めてのような気がします」

「ええ、そうね……」リリアンがかすかにほほえんだのでマシューは驚いた。「だからウェストクリフはわたしと結婚したのよ。わたしが彼をごくふつうの男として見ようとするから、気持ちが楽になるのだと思うわ。年がら年中崇拝の対象とされてきたから」デイジーの目ほど異国風ではなく、もっと丸いリリアンの黒い目が、さぐるように彼の目をとらえた。「ウェストクリフに公平な目であなたを見てみろと言われたの。でも、簡単にはいかないわ。妹の将来がかかっているんですもの」

「伯爵夫人」マシューは真摯に述べた。「妹さんを幸せにするとわたしが約束することで安心なさるというなら――」

「いいえ、待って。あなたについてのわたしの考えをまず言わせてちょうだい」

マシューは礼儀正しく口をつぐんだ。

「あなたは父のいやな面をすべて備えているとわたしはずっと思ってきました。冷たさ、野心、自己中心的な考え方。父より始末が悪いことに、あなたはそれを上手に隠している。父があなたのような容姿や教養を身につけていたら、父はまさにあなたのような人間になったでしょう。あなたを勝ち得たことで、デイジーはようやく父を満足させることができたと心のどこかで思っているはずだわ」リリアンは眉をひそめて先をつづけた。「妹は愛されない生き物をかわいがる癖があったの……迷い猫とか、けがをしている動物とか。彼女がいったんだれかを愛したら、何度裏切られても、失望させられても、腕を広げて相手を迎え入れるでしょう。でも、あなたはお父様と同じく、それに感謝したりしない。あなたは自分が欲しいものを取り、あの子にはその見返りをほとんど与えようとしない。必然的にあなたは妹を傷つけることになるでしょうから、そのときにはわたしが先頭に立ってあなたを八つ裂きにするわよ。わたしが思う存分やったあとは、ほかの人がつつく場所はほとんど残っていないでしょうね」

「非常に公平なご意見ですね」マシューは言った。彼は彼女の歯に衣着せぬ言葉に傷ついたものの、その正直さは認めた。「いまのあなたの言葉と同様の率直さで、答えてもかまいませんか」

「そうしていただきたいわ」

「ぼくがどれほどあなたのお父さんに似ているのか、あるいは似ていないのかを判断できるほど、あなたはぼくのことをご存知ない。野心を持つことは悪いことではないし、とりわけ、無から出発する人間にとって野心以外に頼るものなどないのです。それから、ぼくは冷たい人間ではない。ボストンの生まれの人間はみんなこうです。つまり、自分の感情を人に見せびらかすのが苦手なのです。ぼくを自己中心的とおっしゃったが、あなたはぼくがどれほど他人のためにしてきたか、ご存知ないのだ。だが、あなたに賛成していただくために、過去の善行をひとつひとつ挙げていくような真似はしませんが」彼は冷静な目で彼女を見つめた。

「あなたのご意見にかかわりなく、ぼくとデイジーは結婚します。なぜならぼくも彼女もそれを望んでいるからです。だから、ぼくはあなたに嘘をつく必要はありません。デイジーのことなど何とも思っていないと言うことだってできるんです。だがそれでもぼくは自分の欲しいものを手に入れることができる。しかし、実際には、ぼくは彼女に恋しています。長いあいだずっと彼女のことを思ってきたのです」

「何年間もひそかに妹に恋をしてきたと言うの？」リリアンはあからさまに怪訝な表情で言った。「まあ、なんて都合のよいこと」

「とはいえ、ぼくはそれを恋とは表現しませんが。ぼくに言えることは、昔からずっと変わることなく、燃え尽きるほど激しく……彼女を好ましく思ってきた、ということです」

「好ましく？」リリアンは一瞬かっとなったように見えたが、笑い出したのでマシューは意表を突かれた。「まあ、本当にあなたってボストン人なのねえ」

「いずれにせよ」マシューは言った。「自分で選べるなら、デイジーにこんな気持ちを抱きたくはありませんでした。ほかの女性を見つけたほうがはるかに都合がよかったでしょう。

進んでボウマン家の娘婿になろうというのだから、ほめてもらってもいいくらいだ」

「一本取られたわ」リリアンはほほえんだまま、片手に顎を乗せて、彼を見つめた。突然彼女の声にかすかに詮索する響きがまざったので、彼の背中の毛が逆立った。「ただ、ボストンのスウィフト家の人間が無から出発すると言うなんて、ちょっと違和感があるわね……あなたのことを良家の出身と考えてきたのだけれど、それは間違っていたのかしら」

くそっ、彼女は賢い。うっかり口を滑らせてしまったことを後悔しながら、マシューは滑らかに答えた。「スウィフトの本家は裕福ですが、ぼくはいわゆる貧乏な親戚のひとりなのです。だから職業に就かなければならなかった」

彼女の眉がかすかに上がった。「では、裕福なスウィフト家の人々は、おちぶれた親戚を見捨ててしまうと言いたいわけ？」

「ぼくの場合は、ちょっと誇張が入っています」マシューは言った。「しかし、話が少し本題からそれてしまっているようですが」

「あなたの言いたいことはわかったつもりよ、ミスター・スウィフト」彼女が椅子から立ち上がったので、彼も立ち上がった。「もうひとつだけ。あなたがデイジーをニューヨークに連れて帰ってしまったら、あの子は幸せになれると思う？」

「いいえ」マシューは静かに言った。リリアンの目にさっと驚きが浮かんだのを彼は見逃さなかった。「明らかに、あなたや——そして友人たちは——彼女の幸福になくてはならないものです」

「では、あなたは……喜んでここに永住するつもり？　父が反対したとしても？」

「ええ。それをデイジーが望むなら」マシューは急に腹が立ってきて、ついその気持ちを態度に出してしまった。「ぼくは社長のかんしゃくなど恐れていません。それにぼくは操り人形でもない。彼の会社で働いているからと言って、自由をあきらめたわけではないし、自分の頭を使って行動してきたつもりです。ボウマン社に雇われていようといまいと、イギリスで有利な職を見つけることはできます」

「ミスター・スウィフト」リリアンは真面目に言った。「どんなにあなたの言葉を信じたいか、あなたにはわからないでしょうね」

「とおっしゃいますと？……」

「つまり、あなたにもっと好意的な態度をとるように努力するということよ」

「いつからですか？」

彼女は片方の口角をつり上げた。「来週くらいからかしら」

「楽しみにしております」とマシューは言って、彼女が行ってしまってから、ふたたび椅子に腰を下ろした。

予想どおり、マーセデス・ボウマンは、デイジーとマシュー・スウィフトの婚約の知らせを聞いて不機嫌になった。長女が有力な貴族と華々しく結婚できたので、次女にも同じような成功を夢見ていたのだ。マシューが両大陸にまたがる事業の拡大に間違いなく貢献するだろうなどということは、マーセデスにとってどうでもよいことだった。また、デイジーが、彼女の風変わりなところを理解して、それを愛しいとさえ思ってくれる男性を見つけたことも、彼女にとってはどうでもよいことだった。

「お金儲けが上手だから何だというの？」マースデン家の居間に娘たちと座っていたマーセデスはぶつぶつ文句を言った。「お金持ちの事業家なら、マンハッタンにもわんさといます。わざわざイギリスまで来て、高貴な血筋の紳士を見つけられないでどうするの。デイジー、あなたが洗練された貴族の心を射止められなかったことがどうにも残念でならないわ」

赤ん坊に乳を与えていたリリアンは、皮肉をこめて言った。「お母様、もしもデイジーがルクセンブルクの皇太子と結婚したとしても、ボウマン家が平民の出であることに変わりはないのだし、あの威勢のいいうちのおばあちゃんがかつては波止場の洗濯女だったという事実も消せないのよ。お母様の貴族崇拝は、ちょっと度を越していませんこと？　そろそろあきらめて、デイジーの幸せを祈りましょうよ」

憤慨したマーセデスが頬をぷっと膨らませたので、彼女の細い顔は膨らませたふいごのようなった。「あなただってミスター・スウィフトを嫌っているくせに」母は言い返した。

「そうよ」リリアンはあけすけに言った。「でも、くやしいことに、わたしとお母様は少数派らしいのよ。スウィフトは北半球に住むほとんどの人に好かれているの。ウェストクリフや彼の友だち、わたしの友人たち、それから召使や隣人にも――」

「そんなの誇張ですよ――」

「――子どもに、動物、高等な植物」最後にリリアンはちゃかすようなコメントで結んだ。「もしも芋がしゃべれるなら、芋たちも彼が好きだと言うんじゃないかしら」

本を手に、窓辺に座っていたデイジーは、顔を上げてにっと笑った。「でも、鳥には好かれていないみたいよ。ガチョウと一戦交えたことがあるの」その笑顔は、問いかけるようなほほえみに変わった。「リリアン、そんなふうに言ってくれてありがとう。わたし、あなたが婚約に反対するだろうと思っていたわ」

姉は悲しげにため息をついた。「この結婚を邪魔するのは、ここからロンドンまで鼻で豆を押していくのより難しいと悟ったのよ。だからあきらめることにした。それに、ランドリンドン卿のサーソーの屋敷よりも、ブリストルのほうがずっと近いし」

ランドリンドン卿の話が出たので、マーセデスは泣き出しそうになった。「サーソーにはそれはそれは美しい散歩道があるとあの方はおっしゃっていたわ。それからバイキングの歴史。ああ、バイキングについていろいろなことが知りたかったわ」

リリアンはふんと鼻を鳴らした。「お母様、いつからあのみょうちくりんな帽子をかぶった好戦的な異教徒に興味を持つようになったの?」

デイジーはふたたび本から目を上げた。「またおばあちゃんの話をしているの?」

マーセデスはふたりをぎろりとにらんだ。「とにかくわたくしは、騒ぎ立てずにこの結婚をおとなしく受け入れなければならないようです。ま、とにかく、今回は正式な結婚式の準備ができるということにささやかな喜びを見出すことにしましょう」マーセデスは、リリアンとマーカスがグレトナグリーンで駆け落ち結婚をしてしまったことをいまだに根に持っていた。そのせいでマーセデスが長年夢見てきた盛大な結婚式ができなくなったのだ。

リリアンは妙にとりすました顔でデイジーにほほえみかけた。「ちっともうらやましくないわよ、デイジー」


「愉快なものにはならないと思うわ」その日の午後、デイジーはマシューに警告した。彼らは村の西側にある水車用貯水池の縁に腰掛けていた。「結婚式は、ボウマン家の豊かさを見せびらかすために行われるのだから」

「ボウマン家だけ？」彼は尋ねた。「ぼくは式に出席しなくてもいいのかな」

「あら、花婿は一番目立たない存在なのよ」

彼女はマシューを笑わそうとして言ったのだが、彼のほほえみは目まで届かなかった。遠い目で、池の向こう岸を見つめている。

直径三メートル半ほどの石の水車がついた製粉機は、村の中心部にもっと効率のよい製粉機ができたために使われなくなっていた。段のついたきれいな切妻屋根の水車小屋の正面は半分木材で造られており、その素朴な美しさは田舎の風景によく映えていた。

マシューは慣れた手つきで餌のついた釣針をひゅっと池に投げ入れている。その横でデイジーは素足を水につけてぶらぶらさせていた。彼女が指先をもぞもぞと動かすと、大胆にも足の近くを泳いでいたウグイがさっと逃げていった。

デイジーはマシューのようすをうかがった。何かやっかいな問題について考えこんでいるようだった。横顔はくっきりと力強く、鼻は真っ直ぐでがっしりしており、唇の線は明確で、完璧な形の顎をしていた。彼の少し崩れたかっこうが好きだった。シャツはあちこち水しぶきがかかって濡れていて、ズボンには枯葉がくっついている。豊かな髪はくしゃくしゃで、前髪がひたいにかかっていた。

マシューのような素晴らしい二面性を持つ男性にデイジーは会ったことがなかった。彼は攻撃的で目つきの鋭い寡黙な事業家であり、その口からはすらすらと正確な情報が流れ出した。

ところが、やさしくて思いやりのある恋人の顔も持っていた。古い上着を脱ぐようにシニカルな態度を脱ぎ捨て、どの古代文明の神話が一番素晴らしいかとか、トーマス・ジェファーソンのお気に入りの野菜は何だったかといった楽しい議論をはじめるのだった（デイジーはグリンピースだと信じていたが、マシューはトマトだと言い張り、見事な論拠を述べた）。ふたりは歴史や進歩主義的な政治について長い時間語り合った。保守的なニューイングランドの旧家の出にしては珍しく、彼は改革に驚くほど熱心だった。通常、不撓不屈の精神で社会のはしごを登っていこうとする、進取の気性に富んだ男たちは、はしごの下段に取り残された人々のことを忘れがちだ。だが彼は自分よりも運の悪い人々のことを真剣に考えており、デイジーはそれをマシューの素晴らしい点だと思っていた。

いろいろと語り合ううちに、彼らは将来の計画についても少し考えはじめた……人をもてなすことができるくらいの広さの家をブリストルに構える必要があるだろう。マシューは海が見える家がいいと言った。デイジーの本を置くために書斎も必要だし、それから——と厳粛な顔でつけ足した——高い壁を家の周囲にめぐらせたい。そうすれば、人に見られず庭で愛し合うことができるからね。

自分の家……デイジーはいままでそういうことを思い描くことができなかった。けれども、女主人として自分の思いどおりに家事を切り回し、自分の好みに合った家庭を築くことが、なんだかとても楽しみになってきた。

しかし、会話をしているとしばしばもどかしい気分にもさせられた。もう少しつっこんで話したいのに、それ以上話が進まないのだ。マシューはいろいろなことをデイジーと語り合おうとしたが、それよりももっと多くのことが語られていない感じがした。彼と会話しているとと、美しい曲がりくねった道を歩いているような気がしてくることがあった。まわりにはさまざまな面白い景色が広がっているのだが、道は突然、石の壁にぶち当たってしまうのだ。デイジーが過去のことをしつこく尋ねると、マシューは大ざっぱにマサチューセッツのことを語り、チャールズ川の近くで育ったというような話をした。しかし彼は、家族に関する話題は頑に避けていた。スウィフト家からだれが結婚式に出席するのか、それもわからなかった。とはいえ、ひとりの出席者もいないというわけにはいかないだろう。

彼は二〇歳のときに父の会社で働きはじめたが、それ以前にはマシューという人間が存在していなかったかのようだった。デイジーは堅固な殻を壊して、彼の秘密を知りたいと願った。真実が明らかになりそうでいてならないじれったさに頭がおかしくなりそうだった。わたしたちの関係って、ヘーゲルの学説みたい、とデイジーは思った……すべてのものは何か別のものになる過程にあり、けっして完成することはない……。

現実に考えを戻し、デイジーはマシューにまた話しかけた。「もちろん」と注意深く言う。「結婚式を挙げなくたってかまわないのよ。よくある結婚をお金で買うってやつでもいいの。お父様に牛を一頭贈れば、それでおしまい。握手で結婚というやり方もあったわね。もちろん、古代ギリシャ式もありよ。わたしは髪を全部切って、それを供え物としてアルテミスに捧げるの。それから聖なる泉で水浴びの儀式を行って――」

突然、デイジーは仰向けに寝かされた。目に映る空はマシューの影の分だけ切り取られていた。彼は釣り竿を横に投げ出して、デイジーに襲い掛かってきた。その性急なやり方にデイジーはあえぎながら笑い声を立てた。彼の青い瞳がいたずらっぽくきらめいた。「牛や握手はいいが、丸坊主の花嫁はごめんだ」

デイジーはふんわりした草の上に背中を押しつけられながら、彼の重みを、そしてふたりを取り囲んでいる土とハーブの香りを味わった。「水浴びの儀式は？」

「それはかまわない。実際……」彼の長い指がドレスの前ボタンに伸びた。「……練習したほうがいいと思うな。手伝ってあげよう」

彼がドレスの前を開けはじめたので、デイジーはきゃっと声をあげて身をくねらせた。

「ここは聖なる泉じゃないわ。古くて濁った貯水池よ！」

しかしマシューはしつこくやめようとせず、彼女が逃げ出そうともがくのを楽しむかのように笑いながら、ドレスを腰まで引き下げた。外は季節に似合わないほど暑かったので、デイジーはしきたりを無視してコルセットをつけていなかった。彼女はマシューの岩のように硬い胸を突き飛ばした。すると彼は彼女を抱いたままごろごろと回転した。世界はめまぐるしく回り、青と白の空がぼやけて見えた。気がつくとデイジーは彼の胸の上に乗っていて、シュミーズを容赦なく頭から脱がされているところだった。

「マシュー――」彼女は文句を言ったが、その声は下着の布地でさえぎられてしまった。

マシューはシュミーズを脱がせると、それをわきに投げ捨て、両手で彼女の腕をつかんで、無力な子猫のように彼女の体を高く差し上げた。バラ色の乳首がついた青白い乳房を見つめる彼の呼吸が速まっていく。

「下ろして」デイジーは貪欲な視線にさらされて真っ赤になった。彼とは二度寝ていたけれど、まだ彼女は十分に恥じらいを残しており、野外で愛を交わせるほど大胆にはなっていなかった。

マシューはその言葉に従って彼女を下ろし、彼女の体をもっと自分の頭のほうへ滑らせ、ぴんと立った乳首に口をかぶせた。

「だめ」彼女はなんとか声を出した。「そうじゃなくて……ああ……」

彼は両方の乳房を交互に吸い、歯と舌でもてあそび、愛撫した。残りの衣服をすべて脱がせるあいだだけ中断して、またすぐに濃厚なキスに戻る。彼女は彼のシャツを引っ張った。

興奮しているせいで指の動きがぎこちなくなる。

マシューはシャツの裾をズボンから引っ張り出した。そして彼女の裸の胸を自分の素肌につけた。彼の温かな肌とこすれあっているうちに、まともに考える力はどこかへ行ってしまった。彼の首に両腕をまわし、デイジーは唇を彼の口に押しつけた。強く、熱く、情熱的に。

「急がなくていいんだよ、かわいい人」彼はささやいた。「ゆっくりやるつもりなんだ」

「どうして?」デイジーの口は熱く、敏感になっている。下唇の中央部を舐めると、その舌の動きを目で追う彼のまつげが下がった。

彼の声はかすれていた。「そのほうがもっときみを喜ばすことができるからだ」

「いまのままで十分よ。これ以上は耐えられないわ」

彼は静かに笑った。力強い手を彼女の横顔にあてて、近くに引き寄せた。彼の舌は、彼女の下唇のかすかなくぼみを見つけ、しばらくそこに留まった。彼女は熱く燃え上がり、荒く息を吸いこんだ。彼は彼女の口をふさいで官能的なキスをし、舌で彼女の口をさぐり、舐めつくした。

やがて彼は地面に脱ぎ捨てた自分のシャツの上に彼女を寝かせた。その薄い布地には彼の肌の魅惑的な香りが移っていて、デイジーはすっかり馴染んだ男のにおいにふんわりと包まれた。彼が体を重ねてくると、彼女はまぶたを閉じた。まぶたに太陽の白い光が降り注いでいる。彼はズボンの前立てのボタンをはずした。ズボンの布地が、ぴりぴり敏感になっている彼女の脚をなでた。裸身を半分衣服を着けたままの彼の体につけているという感触に興奮して、デイジーは腿を開き、彼を迎え入れた。

「きみとひとつになりたい」彼はささやいた。「永久にいっしょにいたい」

「ええ、ええ……」彼女は腕と脚で彼を抱きしめた。自分のしなやかな強靭さで彼をくるんでしまいたかった。

彼はゆっくりと入ってきた。かつては痛みのあった場所だが、いまは彼に満たされる極上の圧力にただただ喜びを感じるだけだった。彼女にせかされても彼は我慢して、辛抱強く少しずつ奥へ進む。デイジーは身悶えて、なんとか彼を引きこもうとする。彼女は興奮して息を切らせ、うめき声をあげながら必死に体を動かした。彼はお尻に手をあてて、彼女を落ち着かせた。

「力を抜いて……」彼の声は、意地悪なほどやさしかった。「もう少し我慢するんだ」

彼のすべてが欲しかった、い、ま、す、ぐ、に。彼女の体は脈打ち、神経は感覚ではちきれそうだった。「お願い……」彼の唇の重みを求めて、彼女の口はうずいた。しまいには、ほとんど言葉にならなくなった。「こ、ここにただ横になっているだけなんて、できないわ――」

「できるさ」

彼は彼女の中で意地悪く動かず、両手で彼女の全身を巧みになでまわした。デイジーは彼の下でせわしなく身をくねらせ、愛撫されるたびに欲望を燃え上がらせる。彼女のうめき声は彼の官能的な唇に吸い取られた。硬い彼のものが彼女の内部で動くたびに、体の熱はもっと熱く、もっと明るく踊り出した。彼女は弓なりに体を反らせて、彼の重みに逆らって体を持ち上げ、ぴたりと彼に自分を押しつけた。

マシューは表情を崩してくぐもった笑いをもらし、手を大きく動かして愛撫しながら、リズムを刻み出した。彼の体は彼女を焼き焦がし、容赦なく侵入して喜びを与えた。「急ぐことはないんだ、デイジー」彼の声は低くかすれてきた。「その必要は……うん、そんなふうに……愛しいきみ、ああ、そうだ……」彼は頭を彼女の肩に落とし、激しい息を肌に吹きかけた。地面をつかもうとするかのように、彼が彼女の両側の地面に指を食いこませると腕の筋肉が盛り上がった。

彼の腰が生み出す原始的なリズムによって草の上に釘づけにされている野生動物になったような気分だった。デイジーは体をぴんと弓なりに反らし、肉体のすべてで彼を求めた。すべての感覚を、ふたりの体が結合した部分から手足の先までびりびりと震えながら広がっていく満足感に集中させた。

マシューも絶頂に達し、彼女の細い腕の中で体を震わせた。彼が頭を彼女の胸に乗せて、その速い息が胸にかかると、彼女がまだ彼をしっかり締めつけている場所に歓喜の小波が立った。

彼はわたしを愛してくれている……彼の心臓の鼓動が肌に触れるたびにそれを感じることができた。彼はウェストクリフにもリリアンにもデイジーを愛していると告白していたが、なぜか、デイジー本人には言っていなかった。

デイジーにとって、愛は慎重に用心しながら近づかなければならない感情ではなかった。

彼女はもっと素直に心のすべてを愛にぶつけたかった。信頼と純粋さを持って……でも、マシューはそうすることに踏み切れないようだった。

でもいつか、ふたりのあいだに障壁はなくなるはず、とデイジーは自分に言い聞かせた。

いつか……。

16

ストーニー・クロスの五月祭の歴史は数世紀前にさかのぼる。そもそものはじまりは、冬が終り、大地に生命の息吹が復活する春の到来を祝う異教徒の祭りだった。それがいまでは、ゲームにごちそうにダンスと、思いつくかぎりのあらゆるばか騒ぎが三日間つづくのである。祭りの期間は、土地の名士、農夫、町に暮らす人々がみんないっしょになってうかれ騒ぎ、牧師や保守的な考えを持つ人々が、五月祭は姦淫や公衆の面前で酔っぱらうことを公然と許す言い訳にすぎないと非難してもいっこうにおかまいなしだった。リリアンがふざけてデイジーに言ったように、罪深さに対する非難の声が高まれば高まるほど、祭りに集まる人々の数は増えるようなのだった。

楕円形の村の緑地はたいまつで照らされていた。遠くで焚かれている巨大なかがり火から、重く雲がかかった空にもうもうと煙があがっていた。朝から曇天で、空気は湿気を含んで重たく感じられ、いまにも嵐が来そうなけはいだった。しかし、運よく嵐は異教の神々によって抑えられているらしく、予定どおり祭りの行事が行われていた。

デイジーはマシューといっしょに、大通りに並んでいる木製の屋台をのぞいて歩いた。布地やおもちゃ、帽子、銀のアクセサリー、ガラス器などが売られている。彼女は短い時間内にできるだけたくさん見て、たくさんのことをやろうと決心していた。というのも、ウェストクリフから真夜中になるまでには屋敷に戻るようにとしつこく言われていたからだった。「時間が遅くなれば遅くなるほど、ばか騒ぎが激しさを増すものだ」伯爵は意味ありげに言った。「ワインで酔っぱらい、さらにマスクをつけているという安心感から、人々は太陽の光の下ではとてもできないようなことをしてしまうのだ」

「ああ、豊穣の儀式があちこちで行われることですね?」デイジーは明るく冷かすように言った。「わたしだってそれほどうぶだというわけでは――」

「早めに戻ります」マシューは伯爵に約束した。

なるほど、ウェストクリフはこういうことが言いたかったのね――活気に満ちた混雑した村を通り抜けながらデイジーは思った。ふんだんにふるまわれるワインのせいで、まだ宵の口だというのにすでにたがが外れはじめていた。人々は抱き合い、言い争い、笑い、うかれていた。古いオークの木々の根元に花輪を敷いている者もあれば、根にワインをかけている者も、それから……。

「あら、まあ」デイジーは、遠くに見えるなんだか妙な光景に目を留めて言った。「あの人たちはかわいそうな木に何をしているのかしら?」

マシューは両手で彼女の頭をはさんで、別の方向に向けさせた。「見るんじゃない」

「あれって、木を崇拝する儀式か何かかしら――」

「綱渡りを見に行こう」彼は急に熱心になって、緑地の反対側へ彼女を連れて行った。

彼らはゆっくり、火を噴く芸人や、手品師や曲芸師の前を通り過ぎ、立ち止まって新しい革袋入りワインを買った。デイジーは慎重に革袋からワインを飲んだが、唇の端にワインのしずくがついた。マシューはほほえんで、ポケットに手をつっこんでハンカチを探しはじめたが、それよりもいい案が浮かんだようだった。ひょいと頭を下げて、キスでワインを拭い取った。

「下品な行為からわたしを守るのがあなたの役目じゃなかったかしら」彼女はにっこり笑って言った。「それなのに、わたしを悪い道に導こうとしているわ」

彼はそっとこぶしで彼女の顔の横をなでた。「きみを悪い道に導きたいよ」彼はつぶやいた。「実際、まっすぐあの森にきみを連れて行って、そして……」彼女のやさしい黒い瞳をのぞきこんでいるうちに、彼の考えはどこかへいってしまったようだった。「デイジー・ボウマン」と彼はささやいた。「ぼくが望むのは――」

しかし彼女は彼が何を望んでいたのか知ることはなかった。人々の群れが突然押し寄せてきて、彼女を彼のほうに突き飛ばしたからだ。人々は、ふたりのジャグラーが、棍棒や輪を巧みに回転させながら投げ合っているのを熱心に見物していた。人波にもまれて、デイジーはワインの革袋を落としてしまい、袋は人々に踏みつけられてしまった。マシューは守るように彼女の体に腕をまわした。

「ワインが落ちちゃったわ」デイジーはがっかりして言った。

「かえってよかったよ」彼は口を彼女の耳に近づけた。彼の唇が繊細な耳の縁に触れる。「ワインのせいでぼくの頭はどうにかなってしまったかもしれない。そしてきみにまんまと乗せられてしまったかも」

デイジーはほほえんで、彼の硬い体に身をすり寄せた。彼に温かく抱擁され、喜びが体を走り抜ける。「わたしの企み、そんなにあからさまだったかしら？」彼女はくぐもった声で尋ねた。

彼は柔らかな耳たぶに鼻をすりつけた。「どうやら、そうだったな」

彼は彼女をわきに抱えて人ごみを通り抜け、屋台の横の開けた場所に連れて行った。彼は紙のコーンに入ったナッツやマジパンでつくったウサギをデイジーに買ってやった。赤ん坊のメリットには銀のガラガラ、アナベルの娘には彩色した布製の人形を買った。大通りをぬけて、待たせてある馬車のほうに歩いて行く途中、デイジーはけばけばしい服装の女に呼び止められた。彼女はメタリックな糸で織られたスカーフを巻き、打ち出し細工の金のアクセサリーを身につけていた。

その女の顔は、デイジーとリリアンが子どものころにつくったアップルドールにそっくりだった。皮をむいたリンゴの横に顔を彫りつけて、茶色くなるまで乾燥させると、かわいらしくしわしわになった頭ができる。そこに黒いビーズで目を入れ、すいた羊毛をふんわりのせて髪にする……そう、この女の顔はまさにその人形の顔なのだった。

「お嬢さんに占いはいかがかね、旦那さん」女はマシューにきいた。

デイジーをちらりと見て、マシューはからかうように眉を上げた。

彼女はにっこり笑った。彼が神秘体験や迷信といった、超自然的なものには我慢できないと思っていることはよくわかっていた。実用主義者の彼は、経験によって実証することができないことを信じる気にはなれないのだ。

「あなたが魔法を信じることができないからといって」デイジーはいたずらっぽく言った。「魔法が起こらないということにはならないのよ。ちょっと未来をのぞいてみたくない？」

「ぼくはその時点が来るまで待ちたいね」彼はむっつり答えた。

「たった一シリングだよ、旦那さん」占い師はたたみかけた。

彼はため息をつき、荷物を持ち替えて、ポケットに手をつっこんだ。「この一シリングをもっと利口に使えば、屋台でリボンや燻製の魚が買えるんだぞ」

「願いの泉に五ドル硬貨を投げ入れた人の言う台詞には聞こえないわ――」

「願いをかけるのと、これとは関係ないだろう。ぼくはただきみの関心を引きたくて、コインを泉に投げ入れたんだから」

デイジーは笑った。「たしかに関心は引けたわ。でも――」彼女は意味ありげに彼をちらりと見た。「――あなたの願いはかなったでしょう？」一シリング硬貨をつまんで、彼女はそれを占い師にわたした。「どんな占いをするの？」彼女は快活に尋ねた。「水晶の球？　タロット占い？　それとも手相を見るの？」

答える代わりに、女はスカートから手鏡を取り出し、それをデイジーにわたした。「鏡に映る自分をごらん」女は重々しく抑揚をつけて言った。「それは精神世界への入口だよ。じっと見つめつづけるんだ――目をそらしてはだめだよ」

マシューはため息をついて、天を仰いだ。

デイジーは素直に、鏡の中の自分を見つめた。背後でたいまつの光が揺れている。「あなたもいっしょにのぞくの？」彼女は尋ねた。

「いいや」占い師は答えた。「わたしはあんたの目を見るだけでいいんだ」

そして……沈黙。通りの奥のほうでは、人々が五月祭の歌を歌い、太鼓をたたく音がしている。自分の目を見つめていると、かがり火からふわりと舞いあがる火の粉のような小さな金色の光がまたたくのが見えた。もしももっと真剣に、もっと長く見つめていたら、その手鏡が本当に神秘の世界への入口だとほとんど信じてしまったかもしれない。おそらく、想像にすぎないのだろうが、占い師の集中力の強さが肌で感じられたような気がした。

いきなり、占い師は手鏡を彼女の手から取り上げた。「だめだ」彼女はそっけなく言った。「お金は返すよ」

「いいのよ」デイジーは困惑して言った。「わたしの心を見通せないとしてもそれはあなたのせいじゃないわ」

マシューはひどく乾いた声で占い師に言った。「なにか適当に言ってくれれば、それで我々は満足する」

「そんなこと、この人にはできないわ」デイジーが文句を言った。「授かった才能に対する冒瀆になるもの」

デイジーは占い師のしわくちゃの顔をうかがった。どうやら彼女は非常に心を乱されているようだ。何かとても気になることを見たか、感じたに違いない。きっと、このまま知らないでいるほうがいいのだ。でも、それが何なのか聞き出さずにいたら、好奇心が騒ぐのを抑えられず、しまいには頭がおかしくなってしまうだろうとデイジーは思った。

「お金は返してもらわなくてけっこうよ。でも、どうか、お願い。何が見えたか教えて。悪い知らせなら、知っておいたほうがよくなくて?」

「そうとは限らないよ」女は暗い声で言った。

デイジーは彼女にさらに近づいた。占い師はイチジクの甘い香りがした。それからなにかハーブのエキスのような……月桂樹? それともバジルかしら。「わたしは知りたいの」彼女は言い張った。

占い師は長いあいだ、考えこむような顔でデイジーを見つめた。やがて、気が重そうに話しはじめた。「甘美な夜に心は与えられ、昼は苦しみに変わる。約束は四月に交わされ……五月には絶望が訪れる」

絶望? 不吉だわ、とデイジーは思った。

マシューが背後に近づいてきたのが感じられた。片手を彼女の腰に当てている。彼の顔は見えなかったが、彼が皮肉な表情を浮かべているのはわかった。「二シリングやれば、もう少し明るいことが見えるんじゃないのか?」

占い師は彼を無視した。「クローブを布に包んでお守りをつくりなさい。魔除けとして、それを彼に持たせるんだよ」

「何に対する魔除けなの？」デイジーは不安そうに尋ねた。

女はすでに背中を向けて歩きはじめていた。あでやかな色のスカートをアシの茂みのように揺らしながら、お客を求めて道の端の人だかりに向かっていった。

デイジーは振り返って、冷静なマシューの顔を見上げた。「どんなことからあなたは身を守る必要があるのかしら」

「天気さ」彼は手のひらを上に向けた。するとデイジーの頭や肩に大粒の冷たい雨の雫がぽつんぽつんとあたりはじめた。

「あら、本当」と彼女は言って、不吉な予言のことを思った。「占いなんかやめて、燻製の魚にしておけばよかったわ」

「デイジー……」彼は手を彼女のうなじに滑らせた。「きみはあんなたわごとを信じてやしないだろうね？　あのしわくちゃ婆さんはいくつか詩の一節を覚えていて、一シリングもらうたびにそれを暗唱しているだけなんだ。あんな不吉な予言をしたのは、ぼくが彼女の魔法の鏡を信じているふりをしなかったからだ」

「ええ、でも……あの人、とても言いにくそうにしていたわ」

「そんな殊勝な人間じゃないさ。口からでまかせを言っているだけだ」マシューは人目をはばからず、デイジーを引き寄せた。彼を見上げるデイジーの頬に雨粒が一滴ぴしゃりと落ちた。それから口角のそばにもう一滴。「あれは現実ではない」マシューはやさしく言った。ミッドナイトブルーの目。彼は激しく、性急に彼女にキスをした。公道のまん中で、雨の味をふたりの唇のあいだに吸いこんで。「これが現実なんだ」彼はささやいた。

デイジーは彼に体をぴたりとつけた。つま先立ちになって彼の硬い体の線に自分の体の線を合わせる。手にかかえたたくさんの包みを取り落としそうになるのを必死に押さえながら、マシューは彼女の唇をむさぼった。彼女は急に笑い出して唇を離した。激しく雷が鳴り、足下の地面が振動した。

デイジーは目の隅で、人々が店や屋台の屋根の下に走りこむのを見た。「馬車まで競走よ」と彼女はマシューに言うと、スカートを摘みあげて一目散に駆け出した。

17

馬車が敷石の道を通って屋敷の前に到着したときには、雨は滝のように激しくなっていて、強風が横から吹きつけていた。マシューは村の酔っぱらい連中のことを思い出し、このどしゃぶりで好色な企みはすっかり流されてしまったことだろうとにんまりした。

馬車が停まった。容赦ない雨にたたきつけられて馬車の屋根は轟音を響かせている。いつもなら従僕が傘をさして、馬車の扉の前で迎えてくれるところだが、この豪雨と強風に傘はあおられて、手に持っていることさえままならない状態だった。

マシューは上着を脱いでデイジーにかけ、頭と肩を覆った。この程度ではたいした雨よけにはならないが、馬車から屋敷の玄関までの短い距離なら少しは足しになるだろう。

「あなたが濡れてしまうわ」デイジーはシャツとベスト姿になった彼を見て反対した。

彼は笑い出した。「ぼくは砂糖でできているわけじゃないんだよ」

「わたしだって」

「きみは砂糖菓子さ」彼がささやいたので、彼女は赤くなった。木立の中の小さなフクロウのように上着の隙間から顔をのぞかせている彼女に彼はほほえみかけた。「きみはこの上着を着ていく。玄関までほんの数メートルだ」

とんとんとあわててノックする音が聞こえた。馬車の扉を開けると従僕が勇敢にも傘と格闘しながら立っている。びゅっと風が吹いて、傘は裏返ってしまった。馬車から飛び降りたマシューはあっという間に雨でずぶ濡れになった。彼は従僕の肩を手でたたいた。「屋敷に戻れ」彼は嵐の中で叫んだ。「ぼくがミス・ボウマンを連れて行く」

従僕はうなずいて急いで屋根の下に走りこんだ。

馬車のほうを振り向き、マシューは手を差し延べてデイジーを馬車から引っ張り出し、慎重に土の上に降ろした。地面のあちこちに水溜りができていた。彼はデイジーを連れて、正面階段まで一気に進んだ。

玄関広間は明るく、暖かさがふたりを包んだ。濡れたシャツがマシューの肩にぺたりとくっついていた。もうすぐ暖炉の前に座れると思うと、心地よい震えが体に走った。

「あら、まあ」雫が垂れている彼の前髪を後ろになでつけながら、デイジーはほほえんだ。「びしょ濡れね」

清潔なタオルをかかえてメイドが急いでやってきた。マシューはメイドに会釈で感謝の気持ちを伝え、タオルで頭をごしごしこすり、顔についた水を拭い取った。それから頭を下げて、デイジーに手ぐしで髪を整えてもらった。

だれかが近づいてくるけはいを感じて、マシューは肩越しに後ろを見た。いかめしい表情のウェストクリフだった。その目には懸念の色が浮かんでいた。胸騒ぎがして、マシューの全身に悪寒が広がっていった。

「スウィフト」伯爵は静かに言った。「今晩、思いがけない客がやってきた。なぜわざわざこの屋敷にやってきたのか、理由を言おうとしない。とにかくなにかきみに関係があることらしいのだが」

悪寒はさらにひどくなり、筋肉や骨の中に氷の結晶ができていくような気がした。「だれなんですか?」マシューは尋ねた。

「ボストンから来たということだが、ウェンデル・ウェアリングと名乗る男と……ロンドンからボウストリート(中央警察裁判所がある通りの名前)の警官がふたり」

マシューはぴくりとも動かず、表情も変えずにその知らせを静かに飲みこんだ。不快な絶望の波が押し寄せてくる。

なんてことだ、と彼は思った。ウェアリングはぼくがイギリスにいることをどうやってつきとめたのだろう。いったいどうやって……ああ、くそっ、そんなことはどうでもいい。これですべてはおしまいだ。運命から盗んだ年月……いま、運命がその借りを返せと言ってきている。心臓はどこかへ逃げ出そうとするかのように激しく鼓動を打っている。しかし逃げ場などないのだ。仮にあったとしても——彼はもう、この日を恐れて暮らすことに疲れていた。

デイジーが小さな手を彼の手の中に滑りこませてきたが、彼はその手を握り返さなかった。彼はウェストクリフの顔をじっと見つめた。マシューの目に何を見たのかはわからないが、伯爵は重いため息をついた。

「くそっ」ウェストクリフはつぶやいた。「まずいことになったのだな?」

マシューはただ短くうなずいただけだった。彼はデイジーの手を放した。彼女はもう彼に触れようとはしなかった。彼女がうろたえていることは、はた目にもわかった。

長いあいだじっくり考えたあと、ウェストクリフはぐっと胸を張って、きっぱりと言った。「では、話を聞きに行こうではないか。何が起ころうとも、わたしは友人としてきみの側に立つ」

マシューの唇から、ふっと懐疑的な笑いがもれた。「どんな話か、ご存知ないからおっしゃるのですよ」

「わたしはいいかげんな約束はしない。来なさい、彼らは広いほうの客間にいる」

マシューはうなずいた。口が乾いていたが、気持ちはしっかりしていた。何事もなかったかのように、ふつうに動けるのが不思議だった。自分の世界のすべてがいままさに砕け散ろうとしているというのに。傍観者として外から自分をながめているような気分だった。恐怖のせいでこんな気持ちになったことは一度もなかった。それはおそらく、これほど切実に失いたくないと願うものを持ったことがなかったからだろう。

前を歩いて行くデイジーは、ウェストクリフに何かささやきかけられて顔をあげた。彼女はこくんとうなずいた。どうやら伯爵から大丈夫だからと励まされたようだった。彼女の視線を床に落とした。彼女の姿を見ていると、のどに錐《きり》が刺さったような、鋭い痛みを感じた。感情を殺すためにさっきのように無感覚になろうと努めた。幸い、それはうまくいった。

客間に入ると、トーマス、マーセデス、そしてリリアンの姿が目に入った。自分が審判の日を迎えた罰人になってしまったように感じた。部屋の中に視線を滑らせていくと、「あいつだ！」という男の怒鳴り声が聞こえた。

突然、明るい閃光のような痛みが頭の中で炸裂し、床が砂に変わってしまったかのように足元がぐらついた。頭の中に散っていた火花ははかない星のように消えていき、闇に覆われようとしている。いったい何が起こったのかといぶかりながら、彼はなんとかその闇を払いのけ、気をしっかり持とうと弱々しく抵抗したが、意識は遠のいていった。

ぼんやりと意識が戻ったときには、自分が床の上に倒れていることがわかった。ちくちくする羊毛の絨毯の毛が頰にあたっている。口から液体が流れ落ちた。彼はその塩辛い液体を飲みこんだ。痛みに意識を集中させると、それは後頭部からくるものだとわかった。何か固い物で、後ろから殴られたのだ。

自分の体が持ち上げられるのがわかった。腕がぐっと前に引っ張られ、目の前にちかちか火花が飛び交っている。だれかが叫んでいた……男たちは怒鳴りあい、女は金切り声をあげている……マシューは目をしばたいて視界をはっきりさせようとしたが、激しい痛みに涙が止まらない。両手首に重い鉄の輪がはめられた。手錠だ。その慣れた重みは、彼の心を鈍い恐怖で満たした。

がんがん耳鳴りがしたが、徐々にまわりの声がわかるようになってきた。ウェストクリフが怒り狂って叫んでいる――

「……わたしの家にやってきて、客人のひとりを襲うとは何事だ……わたしがだれかであるか知っているのか？　それを直ちに外しなさい。さもなければおまえたちをニューゲートの監獄にぶちこむことになるぞ！」

するど新たな声が……

「こんなに長くさがしまわったのだ。どんなことがあっても逃がすわけにはいかない」

話しているのはミスター・ウェンデル・ウェアリング、ニューイングランドの富豪一族の長だ。マシューが世界で二番目に軽蔑している男。一番目は彼の息子のハリーだ。

音やにおいが、こんなに簡単に過去を呼び覚ますとは、不思議な気がした。あれほど忘れてしまいたいと願ってきた過去なのに。

「いったいどこへ」ウェストクリフは辛辣に尋ねた。「彼が逃げるというのかね？」

「わたしは、好きな方法で逃亡者を確保してよいという許可を得ている。あなたにはそれに反対する権利はない」

非常に控えめな表現を使えば、ウェストクリフはだれかにあなたには何かをする権利がないと言われることに――しかも、自分の屋敷内でだ――慣れていなかった。そしてもっと控えめに言うと、ウェストクリフは激怒していた。

言い合いは外の嵐よりももっと激しく険悪になったが、マシューはだれかが自分の顔にそっと触れるのを感じて、そちらのほうに気をとられた。彼はぐっと体を後ろにそらした。聞こえてきたのはデイジーの静かなささやき声だった。

「だめ、動かないで」

彼女は彼の顔を乾いた布で拭いていた。目と口をきれいにして、濡れた髪を後ろになでつけた。彼は手錠をかけられた手をひざに置いて座った。彼女の顔を見ると絶望の叫びをあげたくなったが、ぐっとそれをこらえる。

デイジーの顔は蒼白だったが、表情は驚くほど穏やかだった。苦悩のために頬骨に赤みがさし、二枚の深紅の旗のように青白い肌にくっきりと浮かびあがっていた。彼女は彼が座っている椅子の横の絨毯にひざまずき、手首の手錠をじっくりながめた。一個の鉄の輪が手首にはまっていて、それは錠前で閉じられていた。その錠前には別のもう少し大きい鉄の輪がついていた。おそらくそれは彼を連行していくときに警官が使うものなのだろう。

マシューは頭を上げて、近くで待機している体格のいいふたりの警官を見た。彼らは白い夏用のズボンに黒いハイカラーの燕尾服、てっぺんが硬い帽子といった警官の制服を着ていた。ウェアリングとウェストクリフとトーマス・ボウマンが激しくやりあっているあいだ、彼らはまじめくさった顔で黙って立っていた。

デイジーは手錠の錠前をいじっていた。マシューは、心臓がぐいっとねじられたようにつらくなった。彼女はヘアピンで錠を開けようとしているのだ。ボウマン姉妹の悪名高き錠前破りの技は、お仕置きのたびに両親に部屋に閉じこめられたことによって長年のあいだに培われたものだった。しかし、デイジーの手はぶるぶる震えていて、なじみのない錠にてこずっていた。だがぼくを逃がそうとしても、何の意味もないのだ。ああ、彼女をこの醜い場面からどこか遠くへやってしまうことができたら。ぼくの歪んだ過去から……そしてぼく自身から。「いいんだ」マシューはやさしく言った。「そんなことをしてもだめだ。デイジー、どうか――」

「おや、おや」警官のひとりが、デイジーが錠をいじくっているのを見とがめて言った。「囚人から離れてください、お嬢さん」彼女がその言葉を無視しているのに気づき、警官は手を胸の高さほどまで上げて近づいてきた。「お嬢さん、いいですか――」

「彼女に触れることは許しません」リリアンが叫んだ。あまりにもきつい言い方だったので、一瞬部屋の中が静まりかえった。ウェストクリフとウェアリングでさえ、あっけにとられてしばし口をつぐんだ。

リリアンは唖然としている警官をにらみつけながら、デイジーのところへ行って彼女を引っ張ってどかせた。彼女は警官をあざ笑うかのように刺々しい声で言った。「わたしのほうに一歩でも近づく前によく考えることね。ウェストクリフ伯爵夫人の家で、伯爵夫人に手荒なまねをしたことが知れわたったら、あなたの将来はどうなるかしら」彼女は自分の髪からピンを抜き取り、さきほどまでデイジーがいた場所に自分がひざまずいた。ものの数秒もしないうちに、錠はかちっと音を立てて開き、鉄の輪は彼の手首から落ちた。

マシューが礼を言う前にリリアンは立ち上がり、警官たちに向かって長々と説教をはじめた。「なんたる間抜けなの、あなたたちは。育ちの悪いヤンキーの言いなりになって、あなたたちに嵐の避難所を与えてくれている家で不作法な真似をするとは。あなたたちの頭は空っぽとしか言いようがないわね。わたしの夫が新警察にどれほど金銭的、政治的支援をしているかを知らないのですか。夫が指を一本立てるだけで、数日後には内務大臣とボウストリートの主治安判事が変わるって言うのに。わたしがあなたたちの立場なら——」

「申しわけありませんが、奥様、われわれに選択の余地はないのです」鈍重な警官のひとりが口をはさんだ。「われわれはミスター・フィーランをボウストリートに連行するようにと命じられているのです」

「ミスター・フィーランって、いったいどこのどいつよ？」リリアンは問いただした。

伯爵夫人の汚い言葉にすくみあがって、警官は「あの男です」とマシューを指さした。

すべての視線が自分に集まっているのを意識しながら、マシューは感情を顔に出すまいと努めた。

部屋の中で最初に動いたのはデイジーだった。彼女はマシューのひざの上からじゃらじゃら音を立てながら手錠を取り上げ、ようすをうかがいに戸口に集まっていた数人の召使のほうに歩いて行った。短くささやき声で彼らに何か言いつけてから、彼女は戻ってきてマシューの近くの椅子に腰掛けた。

「今夜は退屈な晩になると予想していたとはね」リリアンはそっけなくそう言うと、まるでマシューの両脇を固めようとするかのように、デイジーの反対側の椅子に座った。

デイジーはやさしくマシューに話しかけた。「あれがあなたの名前なの？　マシュー・フィーラン？」

彼は答えることができなかった。体中の筋肉がその響きにあらがってこわばっている。

「そうだ」ウェアリングが甲高い声を発した。彼は堂々とした体型にまったくそぐわないかん高い声を持つ不運な男のひとりだった。声を除けば、ウェアリングの容姿は非常に気品があった。豊かな銀髪、完璧に手入れされたもみ上げとふさふさの白髭。まさに彼はオールドボストンの紳士だった。古風な仕立てのツイードの上着は高級だが着古されていた。そして自信に満ちた雰囲気は、代々ハーバードで学を修めてきた名門の誇りから生まれたものだった。その目はカットが施されていない水晶のように明るく硬質で、色事にはまったく興味がなさそうに見えた。

ウェストクリフにつかつかと歩み寄り、ウェアリングは書類の束を突き出した。「わたしの権限を証明する書類だ」彼は憎しみに満ちた声で言った。「アメリカの国務大臣からいただいた、他国へ逃亡した犯罪人を仮逮捕するための許可書が一通。それからイギリスの国務大臣、サー・ジェームズ・グラハムからボウストリートの主治安判事へ送られた、マシュー・スウィフトこと、マシュー・フィーランの逮捕状が一通。そのほかに何通かの宣誓書類が証拠として――」

「ミスター・ウェアリング」ウェストクリフは穏やかな声でさえぎった。しかしその声は先ほどと変わらぬ危険な雰囲気に満ちていた。「逮捕状からグーテンベルク聖書にいたるあらゆる書類をわたしのまわりに積み上げたらよろしい。だが、書類を山のように積み上げられても、わたしはこの男をあなたに引き渡すつもりはない」

「あなたに選択権などないのですぞ！　彼は有罪判決を受けた犯罪者なのです。どのような反対があろうと、彼はアメリカ合衆国に引き渡されなければならないのです」

「選択権がないだと？」ウェストクリフは黒い目を大きく見開いた。顔にさっと赤みがさす。「わたしの忍耐力の限界がいまほど試されたことはめったにない！　あなたがその足で立っている領地は五世紀にわたってわが伯爵家が所有してきたものだ。したがって、この土地では、この屋敷では、わたしがすべての権限を持つのだ。さあ、できるかぎり慇懃な態度でわたしに話すがいい。あなたはどのような苦情をこの男に申し立てようと言うのだ？」

　怒りをあらわにしたウェストクリフ卿マーカスの姿はじつに印象的だった。大統領をはじめとする大物たちと知己のあるウェンデル・ウェアリングですら、ウェストクリフのような生まれつきの威厳を備えた人物には遭遇したことがないのではないかとマシューは思った。ふたりの男のあいだで、警官たちはどうしていいかわからず途方に暮れているようだった。

　ウェアリングはマシューのほうを見ずに答えた。まるでマシューの姿を見ることすらいまわしく、耐えられないとでもいうように。「あなたがたは、そこに座っている男をマシュー・スウィフトだと思っている。しかし彼は、彼と出会った人々をことごとく騙し、裏切ってきたのだ。この男が害獣のように駆除されれば、この世に安寧がもたらされるでしょう。その日が来たあかつきには――」

「お言葉ですが」デイジーは割りこんだ。丁寧な言い方だったが、どちらかと言うと人を食ったようなばか丁寧さだった。「もう少し簡潔に説明していただけませんかしら。わたしは、ミスター・スウィフトの人柄についてのあなたのご意見には興味がありませんの」

「彼の姓はフィーランだ。スウィフトではない」ウェアリングは切り返した。「あいつは酔っ払いのアイルランド人の息子だ。母親が出産で死んだため、赤ん坊のときにチャールズ・リバー孤児院に預けられた。このマシュー・フィーランとかかわりを持ったことがわたしの不運のはじまりだった。この男が一一歳のとき、わたしは息子のハリーのつき人としてこいつを孤児院から買ったのだ」

「買った、ですって？」デイジーは辛辣にきき返した。「孤児を売ったり買ったりできるなんて知らなかったわ」

「では、雇ったと言いなおそう」ウェアリングは横目で彼女をにらんだ。「あんたはいったいだれだ。あつかましい娘だ。年長者の話の腰をいちいち折るつもりか？」

突然、トーマス・ボウマンが口髭を怒りでぴくぴくさせながら口をはさんだ。「この子はわたしの娘だ」彼は怒鳴った。「娘の好きなように話させなさい！」

父親が味方してくれたことに驚いたデイジーは、ちらりと父に笑顔を送り、またウェアリングに視線を戻した。「ミスター・フィーランはどのくらいの期間、あなたに雇われていたのですか？」彼女はつづけた。

「七年間だ。彼はハリーの寄宿学校についていき、彼の用事を足したり、日常の世話をしたりした。休暇にはいっしょに家に帰ってきた」彼はさっとマシューに視線を走らせた。突然、その目に疲れきった非難の色が浮かんだ。

長年追ってきた獲物を捕まえたいま、ウェアリングの激しい怒りの一部は衰えて冷酷な決意へと変わったのだ。彼は重い荷物を長すぎる時間かつぎつづけてきた男のように見えた。

「われわれは毒蛇を家の中に飼っていたことにほとんど気づいていなかった。ハリーが休暇で帰宅していたときに、現金と宝石類が家の金庫から盗まれた。その中には百年も前からウェアリング家に伝えられてきたダイヤモンドのネックレスも含まれていた。わたしの曽祖父がオーストリアの大公妃の邸宅で手に入れたものだ。家族の一員か、さもなくば金庫の鍵のありかを知っている古参の召使以外に、犯人は考えられなかった。すべての証拠がひとりの男を指していた。マシュー・フィーランだ」

マシューは黙って座っていた。表面は静かだったが、心の中は怒りで煮えたぎっていた。それを抑えるにはたいへんな努力が必要だったが、怒りを爆発させても得るものは何もないことを彼は知っていた。

「泥棒が鍵をこじ開けた可能性は考えなかったのかしら?」リリアンが冷静に質問する声をマシューは聞いた。

「金庫には特殊な錠がついていた」ウェアリングは答えた。「その錠はレバータンブラーを不法にいじると動かなくなる仕組みになっている。調節鍵か本物の鍵を使わないかぎり開かないのだ。フィーランは鍵の置き場所を知っていた。ときどき彼は、言いつけられて金庫の中から金や個人的な品物を取り出していた」

「彼は泥棒なんかしないわ！」デイジーが怒りもあらわに叫ぶのをマシューは聞いた。自分で弁護する前に、彼女が弁護してくれているのだ。「彼は人から物を盗めるような人ではありません」

「一二人の陪審員はそう思わなかった」ウェアリングは怒りをふたたび燃え上がらせて大声を出した。「フィーランは重窃盗罪で有罪になり、州の監獄で一五年間の刑に服すよう判決が言いわたされた。ところが彼は監獄に送られる前に脱走したのだ」

ついにデイジーは自分から離れていくのだ、とマシューは観念した。ところが驚いたことに、彼女は近づいてきて彼の椅子の横に立った。肩に彼女の軽い手の重みが感じられた。彼はそれに対する反応を表には出さなかったが、彼の感覚は貪欲に彼女の指の重みを吸い取った。

「どうやってぼくを発見したのですか？」マシューはなんとかウェアリングのほうに目を向けて、かすれた声できいた。時がウェアリングを微妙に変えていた。顔のしわは少し深くなり、骨が以前よりも浮き上がっていた。

「何年間も、人を使っておまえをさがさせてきたのだ」ウェアリングは少々メロドラマ風にせせら笑うように言った。同郷のボストン人が聞いたら、芝居がかりすぎていると思ったに違いない。「おまえが永久に隠れているはずはないとわかっていた。チャールズ・リバー孤児院に匿名で大口の寄付があった——おまえが裏で糸を引いているはずだと思ったが、弁護士連中や架空会社の防護を突き崩すことはできなかった。それからわたしはふと思いついたのだ。きっとおまえは、遠い昔に自分を捨てた父親をさがし出そうとするだろうと。われわれはやつの居所を突き止め、何杯か酒をおごって、知りたい情報をすべて聞き出した——おまえの偽名やニューヨークの住所をな」ウェアリングのマシューに対する侮蔑は、黒いハエの群れのようにあたりの空気に広がっていった。「おまえはたった数杯のウィスキーで売られたんだよ」

マシューは息を止めた。そうだ、ぼくは父を見つけた。そして理性と警戒心にそむいて、父を信じることに決めたのだった。だれかと、何かとつながっていなければ、生きていけないような気がしたからだ。父は人生の落伍者だった——父にしてやれることはほとんどなかった。ただ住むところを見つけてやり、生活費を払ってやることしかできなかった。

人目を避けてこっそり訪ねていくと、いつも家の中にはたくさんの酒瓶が転がっていた。「どうしてもぼくにして欲しいことがあったら」彼はたたんだメモを父の手に握らせて言った。「この住所に連絡してくれ。だれにも教えないで欲しい、わかったかい？」子どものように息子に頼りきっている父は、うん、わかった、と答えたのだった。

い、い、い、い、い、い、い、い。

どうしてもぼくにして欲しいことがあったら……マシューはだれかに頼りにされたくてたまらなかったのだ。

これがささやかな心の慰めに支払わなければならない代償だった。

「スウィフト」トーマス・ボウマンが尋ねた。「ウェアリングの申し立ては真実なのか？」いつものがなり声は、哀願するような調子を帯びて少し和らげられていた。

「全面的に真実というわけではありません」マシューは用心深く部屋中を見回した。人々の顔に浮かんでいるはずの表情は——非難や恐怖や怒りは——どこにも見あたらなかった。同情心の厚い女性とは思われていないマーセデス・ボウマンですら、やさしさとも呼べるような表情を浮かべて彼を見つめていた。

突然彼は理解した。いま自分は、貧しく、ひとりの友人もいなかったあのときの自分とは違うのだ。あのときは、身を守るための武器は真実しかなかった。だが、それは頼りにならない武器であることがわかった。しかし、いまの自分には金も影響力もある。それに力強い仲間たちも。一番力づけてくれるのは、もちろんデイジーだ。彼女はまだ彼の隣に立っている。肩に置かれている彼女の手から、力と励ましが血管に流れこんでくる。

マシューは目を細めて、ウェンデル・ウェアリングの非難に満ちた目をにらみ返した。ウェアリングが好むと好まざるとにかかわらず、彼は真相を聞かなければならないのだ。

18

「ぼくはハリー・ウェアリングの召使でした」マシューはしわがれた声で話しはじめた。「しかも、有能な召使だった。だが彼はぼくを人間以下の存在としか見ていなかった。彼にとって召使など犬と同じだったのです。ぼくはただ彼に都合よく使われていただけでした。ぼくの仕事は、彼の犯した罪をかぶることでした。彼の代わりに罰を受け、彼が壊したものを修繕し、彼が必要とするものをとってくる。まだ少年だったころからハリーは傲慢なろくでなしで、殺人以外ならどんなことをしても、家名によって免れることができると考えていました——」

「息子を中傷することは許さん！」ウェアリングが怒り狂って叫んだ。

「あんたはすでに自分の語るべきことを語ったのだ」トーマス・ボウマンはすごみをきかせて言った。「今度はスウィフトの話を聞きたい」

「彼の名前はスウィフトでは——」

「彼に話をさせなさい」ウェストクリフの冷たい声が、一触即発のムードを静めた。

マシューは軽くうなずいて、伯爵に感謝の気持ちを示した。デイジーが近くの椅子にふたたび腰を下ろしたので、彼の注意はそちらに引きつけられた。彼女は椅子を少しずつ動かして、彼の右足が半分彼女のスカートのひだに隠れるくらいまで移動させた。

「ぼくはハリーの召使としてボストンラテン学校についていき」マシューはつづけた。「それからハーバードへ行きました。ぼくは地下の召使用の部屋で寝起きしました。ハリーがさぼった授業は、ぼくが彼の友人のノートで勉強して、彼の代わりに課題をやり――」

「嘘だ！」ウェアリングは叫んだ。「おまえは、孤児院の老いぼれ尼僧どもに教育されたのだ――そんなたわごとをだれが信じるか」

マシューはふっと冷笑を浮かべた。「ハリーがたくさんの家庭教師から学んだことよりも、もっと多くをわたしはそうした年老いたシスターたちから学びましたよ。ハリーは言っていました。自分には家名と金があるから、教育などいらないのだと。しかし、ぼくはそのどちらも持っていなかった。だから、将来這いあがることを夢見て、できるかぎり学ぶことしかすがるものはなかったのです」

「這いあがって何をめざすつもりだったのだ？」ウェアリングは見下した態度で尋ねた。「きさまは召使だった。しかもアイルランド系のな。どうあがいたって、紳士になれるはずがない」

ほほえみに似た奇妙な表情がデイジーの顔に浮かんだ。「でも、彼がニューヨークで成し遂げたことはまさにそういうことでしたわ、ミスター・ウェアリング。マシューはビジネスと社交界で自分の地位を築き――正真正銘の紳士になっていたわ」

「身分を偽って、だ」ウェアリングは言い返した。「こいつは偽物なのだ、それがわからんのか？」

「わたしには紳士に見えるもの」

「わかりません」デイジーは答えて、黒い聡明な瞳でマシューをまっすぐ見つめた。「わたしには紳士に見えるもの」

彼は彼女の足にキスしたかった。そうする代わりに、彼は視線を彼女から引きはがし、話をつづけた。「ぼくは、ハリーがハーバードから放校にならないようにあらゆる努力をしました。一方彼は、まるで除籍処分を望んでいるかのような放蕩をつづけていました。酒に賭け事、そして……」

マシューはレディーが同席していることを思い出して、言いよどんだ。「……ほかにもいろいろと。どんどん悪くなっていきました。月々の支出は、家からの仕送りをはるかに超える額になり、賭け事の借金はどうにもならないほど膨れあがって、さすがのハリーも心配しはじめたのです。トラブルの大きさが父親にばれたらたいへんなことになると彼は恐れました。しかしハリーのことです。手軽な解決法をさがしました。だから彼の休暇中に金庫から物が盗まれたのです。ぼくはすぐにハリーが犯人だとわかりました」

「不快きわまる嘘だ」ウェアリングが吐き出すように言った。

「ハリーはぼくに罪を着せました」マシューは言った。「借金を返すために自分が盗んだと認める代わりに。彼は主人を守るために、ぼくが犠牲になるべきだと考えたのです。当然、家族はハリーの言葉を信じました」

「おまえの罪は法廷で証明されているのだ」ウェアリングは冷酷に言い放った。

「なにひとつ証明などされませんでした」怒りがマシューの体を駆け抜けた。それを抑えようと彼は深く息をした。デイジーが彼の手を求めて、手を伸ばしてきた。彼はその手を握り締めた。強く握りすぎているのはわかっていたが、ゆるめることはできなかった。

「あの裁判は茶番にすぎない」マシューは言った。「新聞が詳しく書きたてる前に終わらせようと、裁判は大急ぎで行われたのです。裁判所が任命したぼくの弁護士は、裁判のあいだ居眠りをしていた。窃盗に関する証拠はひとつも提出されませんでした。ハリーのクラスメートの召使が、ハリーと友人ふたりが、わたしをはめる計画を立てているのをたまたま聞いてしまったと情報提供してくれましたが、彼は怖気づいて証人として法廷に立つことは拒否しました」

あまりに強く握っていたためにデイジーの指が白くなっていることに気づいて、マシューは手の力をようやくゆるめた。彼は親指で、彼女のこぶしの指関節をそっとなでた。「しかし、ぼくにも運が向いてきました」彼はさらに静かな声で先をつづけた。「デイリー・アドバタイザー紙の記者が、ハリーの博打の借金を暴く記事を書いてくれたのです。そしてその借金が、窃盗事件の直後に偶然にも返済されたという事実も明らかにしてくれました。その記事のおかげで、一般大衆から、裁判はでっちあげだという抗議の声があがり出しました」

「それなのに有罪判決を受けたというの？」リリアンは憤慨して言った。

マシューは皮肉な笑いをうかべた。「正義の目が曇ることもあるんですよ。しかも正義ってやつは札を数える音に弱い。ウェアリング家は強大な力を持っていた。一方、ぼくは一文なしの召使でしたから」

「どうやって逃げ出したの？」デイジーがきいた。

かすかに苦い笑いを浮かべて彼は答えた。「みんなも驚いたかもしれないが、ぼく自身びっくりしたんだよ。ぼくは囚人護送用の馬車に乗せられて、夜明け前に州立刑務所に向けて出発した。馬車は人通りのない道で止まった。突然、ドアが開き、五、六人の男に外へ引っ張り出された。リンチを受けるのだろうと思った。ところが彼らは、わたしたちはきみに同情している者で、不正を正すためにやってきた、とぼくに言った。彼らはぼくを自由にしてくれ、馬車に乗っていた看守たちも抵抗しなかった。そして馬までくれた。それに乗ってニューヨークに出て、馬を売り、新しい生活をはじめたんだ」

「どうしてスウィフトという名前を選んだの？」デイジーはきいた。

「そのころには、ぼくは家名がものを言うことを学んでいた。スウィフトは大きな一族で、分家も多い。それなら詳しく詮索されずにすむだろうと考えたんだ」

そのときトーマス・ボウマンが口をはさんだ。プライドを傷つけられて、ひどく腹を立てているようだった。「なぜわたしのところに職を求めてやってきたのだ。わたしをだませると思ったのか？」

マシューは彼をまっすぐに見つめた。最初にボウマンに会ったときの印象を思い出す……自分にチャンスを喜んで与えてくれそうな大物。ビジネスのことで頭がいっぱいで、細かい

ことをほじくる余裕がないように見えた。抜け目なく頑固で、欠点はあるが、仕事には誠実

……マシューの人生に一番大きな影響を与えた男らしい人物だった。

「そんなつもりはまったくありませんでした」マシューは真摯な態度で言った。「ぼくはあなたが成し遂げた仕事に感銘を受け、あなたから学びたいと思ったのです。そしてぼくは……」のどが苦しくなった。「……ぼくはあなたに尊敬と感謝の気持ちを抱いています。あなたを心から敬愛しています」

ボウマンはほっとして顔を赤らめ、目をかすかに潤ませて軽くうなずいた。

ウェアリングは気が動転しているようすで、さきほどまでの落ち着きは安物のガラスのように粉々に砕け散っていた。彼は憎悪にわなわなと身を震わせながらマシューをにらみつけた。「きさまは、嘘でわたしの息子の思い出に泥を塗ろうとしている。そんなことは許さんぞ。外国に逃げればだれの手も届かないと思ったのだろうが――」

「思い出？」マシューはさっと顔をあげた。唖然としたようすだった。「ハリーは死んだのですか？」

「きさまのせいだ！　裁判のあと、噂や嘘や疑惑が消えることはなかった。友人たちはハリーを避けるようになった。名誉が汚されたのだ――息子の人生は破滅した。おまえさえ罪を認めていれば――おまえがきちんと刑に服していれば――ハリーはまだ生きていたはずだ。しかし人々は汚らしい疑惑をどんどん積み重ねていき、その影に脅かされながら生きていくことにハリーは耐えられず、自暴自棄になって酒に溺れたのだ」

「いま聞いた話からすると」リリアンは皮肉をこめて言った。「あなたの息子は裁判の前からすでにそうしていたみたいだけど」

リリアンは、人を追い詰めて一線を越えさせることにかけては非凡な才能を持っていた。ウェアリングも例外ではなかった。

「こいつは犯罪者だ！」ウェアリングは彼女に襲い掛かった。「わたしよりもこいつの言うことを信じるとは！」

ウェストクリフは三歩で彼らのところに行ったが、そのときにはすでにマシューがリリアンの前に立ちふさがり、ウェアリングの憤怒から彼女を守っていた。

「ミスター・ウェアリング」デイジーがあわてて言った。「お願いですから落ち着いてください。こんなことをなさると、立場がますます悪くなることがおわかりにならないの」彼女の静かで澄み切った声は、彼の怒りを貫いたようだった。

ウェアリングはなぜか哀願するような目つきでデイジーを見つめた。「わたしの息子は死んだ。フィーランのせいなのだ」

「こんなことをしても息子さんは生き返りませんわ」彼女は穏やかに言った。「思い出を汚すだけです」

「だがわたしの心の平和は取り戻せる」ウェアリングは叫んだ。

デイジーは沈んだ表情で、憐れむように彼を見た。「本当にそうですか？」

そんなことを言っても彼には通じない、と全員が思った。彼は正気を失っていた。

「わたしは何年もこの瞬間を待ち望み、この瞬間のために何千キロもの旅をしてきた」ウェアリングは言った。「わたしは引き下がらんぞ。ウェストクリフ伯爵、あなたは書類をごらんになりましたな。いくらあなたでも、法を曲げることはできません。警官たちは、必要とあれば腕力に訴えてもかまわないという命令を受けています。彼を、今夜、わたしに引き渡してください。たったいま、ここで」

「それには同意しかねる」ウェストクリフの目は岩のように厳しかった。「こんな晩に旅をするのは論外だ。ハンプシャーの春の嵐は、激しく、予測がつかない。あなたがたはとりあえず、今夜はストーニー・クロス・パークに泊まりなさい。どうするかは、一晩考えさせてもらおう」

警官たちはその提案にほっとしたように見えた。分別のある人間なら、こんな暴風雨の中に出て行きたがらない。

「それでまたフィーランに逃げるチャンスを与えるというのですか？」ウェアリングは軽蔑をこめて尋ねた。「だめだ、彼を引き渡してもらいましょう」

「彼を逃がしたりはしないと約束しよう」ウェストクリフは即座に答えた。

「そんな約束は意味がない」ウェアリングは言い返した。「あなたは明らかに彼に味方しておられるのですから」

イギリス紳士の約束は絶対的なものだった。それを信用しないと言われたことは、考えうる最大の侮辱だった。ウェストクリフがその場で怒りを爆発させなかったことにマシューは驚いた。ウェストクリフの頬は怒りのせいでぶるぶる震えていた。

「あーあ、やっちゃったわね」リリアンは恐れいったとでもいうようにつぶやいた。どんなにひどい夫婦喧嘩をしても、彼女は彼の高潔さを疑うようなことだけは言わないようにしていた。

「どんなことがあっても」ウェストクリフは人を震え上がらせるすごみのある声でウェアリングに言った。「わたしはこの男をわたさないぞ」

この瞬間、マシューはきな臭い状況になりつつあることを感じ取った。彼はウェアリングが手をポケットに入れるのを見た。ポケットには何か重いものが入っているらしく、たわんでいた。ピストルの床尾が見えた。やはり、そうか。警官では頼りにならないことがわかったときに備えてウェアリングは銃を用意していたのだ。

「待ってください」マシューは言った。なんとしても、銃がポケットから取り出される前に止めなくてはならない。もしそんなことになったら、取り返しのつかない危険な状況に発展するかもしれない。「あなたといっしょに行きます」彼はウェアリングを見つめて、相手の緊張を和らげた。「もうこうなってしまった以上、避けることはできません」

「だめ」デイジーは彼の首にしがみついて叫んだ。「この人と行くなんて危険よ」

「すぐに出発しましょう」マシューはウェアリングに言った。そっとデイジーの腕をほどき、自分の後ろに彼女を隠した。

「そんなことはわたしが許さ――」ウェストクリフが言いかけた。

マシューはそれをきっぱりとさえぎった。「このほうがいいんです」彼は半分頭がおかしくなっているウェアリングとふたりの警官をストーニー・クロス・パークから遠ざけたかった。「ぼくは彼らといっしょに行きます。すべてはロンドンで明らかになるでしょう。いまここで議論しあってもらちがあきません」

伯爵は声に出さずにそっと口の中でつぶやいた。有能な戦術家であるウェストクリフは、いま自分は優位に立てないことを悟った。これは力ずくでねじ伏せられる戦いではない。金と法律、そして政治的駆け引きが必要なのだ。

「わたしもきみたちといっしょにロンドンへ行く」ウェストクリフは毅然として言った。

「不可能です」ウェアリングが答えた。「馬車には四人分の座席しかないのです。わたしと警官、そして囚人しか乗れません」

「わたしの馬車でついていく」

「わたしもいっしょに行きますぞ」トーマス・ボウマンも断固たる口調で言った。

ウェストクリフはマシューをわきに引っ張っていって、兄のような思いやりをこめて彼の肩をつかみ、静かに語りかけた。「わたしはボウストリートの治安判事をよく知っている。ロンドンに着いたらすぐに、きみが判事に会えるように手配するつもりだ——そうすれば、わたしの要求によってきみは即座に釈放される。アメリカ大使からの正式な要請があるまで、ロンドンのわたしの屋敷に滞在しよう。その間に、弁護団を雇って、政治的な根回しをするのだ」

マシューは感激のあまり、声を出すことすらおぼつかず、「ありがとうございます」とだけ述べた。

「伯爵様」デイジーはひそひそ声で言った。「マシューはアメリカに連れて行かれてしまうのですか」

ウェストクリフは表情を険しくして、傲慢に断言した。「ありえない」

デイジーはふっと笑いをもらした。「では、わたしはあなたのお言葉を喜んで信じますわ。ミスター・ウェアリングはそうしなかったけれど」

「ウェアリングを片づけるころには……」ウェストクリフは口ごもって、頭を振った。「失礼、召使に馬車の用意をさせよう」

伯爵が行ってしまってから、デイジーはマシューの顔を見上げた。「やっとこれでわかったわ。あなたがどうして話したがらなかったかが」

「ああ、ぼくは――」彼の声はかすれていた。「黙っているのはいけないことだとはわかっていた。だが、これをきみが知ったら、きみを失うことになると思ったんだ」

「わたしがあなたを信じるとは考えなかったの？」デイジーは真面目にきいた。

「きみは昔の状況を知らないからそんなことを言うんだ。だれひとりぼくの言うことを信じようとしなかった。事実など二の次だったんだ。あれを経験して以来、ぼくの無実を信じてくれる人はいないと思うようになった」

「マシュー」彼女は素直に言った。「わたしはいつだって、あなたの言うことはすべて信じるわ」

「なぜ？」彼は小さな声できいた。

「あなたを愛しているから」

その言葉に彼は打ちのめされた。「そんなことを言ってくれなくていいんだ。そんなことを——」

「愛しているわ」デイジーは繰り返し、彼のベストを両手でつかんだ。「もっと前に言っておくべきだったわ——でも、あなたがわたしを信じて過去を打ち明けてくれるまで待ちたかったの。でもいま、わたしは最悪な部分を知ってしまった——」彼女は言葉を切って、顔をゆがめて笑った。「これより悪いことを隠してないわよね？　ほかに告白することはない？」

マシューはぼうっとしてうなずいた。「ああ。いや、これだけだ」

彼女は恥ずかしそうな顔をした。「あなたもわたしを愛しているって言わないの？」

「そんな権利はない」彼は言った。「この問題が解決するまでは。ぼくの名前が——」

「言って」デイジーは彼の服を少し引っ張った。

「きみを愛している」マシューはつぶやくように言った。ああ、なんていい気分だ。彼女にこれを言えるなんて。

彼女はもう一度引っ張った。今度のは、彼を所有していると宣言するしぐさだった。マシューは誘惑にあらがった。彼は彼女の袖に触れた。濡れた布地ごしに彼女の体温が感じられた。こんな状況で不謹慎だとは思いながらも、彼の体は欲望でどくどくと脈動した。デイジー、きみを置いていきたくない……。

「わたしもいっしょにロンドンへ行くわ」彼女のつぶやきが聞こえた。

「だめだ。お姉さんといっしょにここにいるんだ。きみを巻きこみたくない」

「それの言うのはちょっと遅すぎないこと？　婚約者という立場にある以上、結果に大いに興味があるのよ」

マシューは頭を下げて、彼女の髪にキスをした。「きみがロンドンにいたらよけいにつらくなる」彼は静かに言った。「きみがハンプシャーで安全に暮らしていると思っているほうが安心できるんだ」彼は彼女の手をベストからもぎとって、その手を口元に持っていき、愛しそうにキスした。「明日、ぼくのために泉に行ってくれ」とささやく。「もう一回、五ドル銀貨の願いをかける必要がある」

彼女は彼の指を握り締めた。「一〇ドルにしたほうがよさそうね」

だれかが近づいてくるのに気づいて、マシューは振り返った。不機嫌な表情の警官たちだった。「ボウストリートまで護送するあいだ、犯罪者には手錠をかけておくのが決まりだ」とひとりが言った。彼はデイジーをとがめるようにちらりと見た。「失礼、お嬢さん。ミスター・フィーランがはめていた手錠をどこにやったのですか？」

デイジーは天真爛漫な顔で警官を見返した。「メイドにやってしまったわ。彼女はとても忘れっぽいから、どこかでなくしちゃったかも」

「どこをさがしたらいいんですか？」警官はむかっとしたようだった。

彼女は表情を変えずに答えた。「そうねえ、便器を全部あたってみたらどうかしら」

19

あわただしく出発しなければならなかったため、マーカスとボウマンは、着替えと最低限の洗面用具くらいの荷物しか持たずに出かけた。ふたりはほとんど会話を交わすこともなく、マースデン家の馬車に向かい合って座っていた。雨と風が容赦なく車体に吹きつけてくる。マーカスは御者と馬のことが気がかりだった。

この悪天候の中を旅するのは無鉄砲としか言いようがない。しかし、護衛もつけずにマシュー・スウィフト、いやフィーランを、ストーニー・クロスから連れて行かせるわけにはいかなかった。復讐に燃えるウェンデル・ウェアリングが理性を失っていることは明らかだった。

デイジーは当を得たことを言っていた。ハリーが犯した罪のつぐないをだれかにさせたところで、息子が生き返るわけでも、彼の思い出が美しいものに変わるわけでもない。しかし、ウェアリングは、息子に最後にしてやれることはこれだけだと思いつめている。おそらく、マシューを刑務所にぶちこめば、ハリーの無実が証明されると信じているのだろう。

ハリー・ウェアリングは自分の罪を隠すためにマシューを犠牲にしようとしたのだ。マーカスは、ウェンデル・ウェアリングに彼の息子が失敗したことをやり遂げさせるつもりはなかった。

「疑っておられますか?」トーマス・ボウマンがいきなり質問した。彼は、マーカスがこれまで見たことがないほど苦悩しているようすだった。今回のことは、非常にこたえたに違いない。ボウマンはスウィフトを息子のようにかわいがっていた。もしかすると息子以上に彼を愛しているのかもしれない。ふたりが強い絆で結ばれているのもうなずける。スウィフトは父を知らない若者であり、一方のボウマンは、師として教え導くことのできる弟子を求めていたのだ。

「スウィフトを疑っているか、というご質問ですか? だとしたら、微塵の疑いも持っていません。彼の話のほうが、ウェアリングの話よりもはるかに信憑性があると思いました」

「わたしもそう思いました。それに、わたしはスウィフトという人間を知っています。何年も見てきたので断言できますが、彼はいつも信念に基づいて行動し、ばかがつくほど正直でした」

マーカスは軽くほほえんだ。「人はそれほど正直になれるものですかな?」

ボウマンは肩をすくめた。口髭がぴくりと動いたところから見て、苦笑いしているようだ。

「まあ……あまり正直すぎると、ビジネスでは不利になることもありますがね」

危険なほど近くに雷が落ちる音がして、マーカスの首筋がぴくっと反応した。「まったく、愚の骨頂だ。すぐにどこかの宿屋に避難しなければならなくなるだろう。それもハンプシャーの境界を越えられたらの話ですが。このあたりの支流は、本流より流れが速いものもある。川があふれたら、道は通れなくなる」

「おお、そう願いたいものだ」ボウマンは熱心に言った。「ウェアリングとあのふたりのおっちょこちょいどもが、スウィフトを連れてストーニー・クロス・パークに引き返さざるをえなくなる姿をながめることほど嬉しいものはありませんぞ」

馬車が速度をゆるめ、いきなり止まった。雨が石つぶてのようにラッカー塗りの車体にぶつかってくる。

「どうしたのだ?」ボウマンは外のようすを見ようとカーテンを上げたが、漆黒の闇を背景に、雨が滝のようにガラスを伝うのが見えるだけだった。

「くそっ」マーカスはつぶやいた。

あわてふためいてドアをたたく音がして、ドアが開いた。御者の真っ白な顔があらわれた。黒い帽子とマントが闇に溶けこんで、首だけが宙に浮いているように見える。御者はあえぎながら言った。「前の馬車が事故にあったようでございます――恐れいりますが、いっしょに来ていただけ――」

マーカスは馬車から飛び降りた。冷たい雨が痛いほど激しくたたきつけてくる。彼は馬車に備えつけられていたランタンをひっつかみ、御者のあとについて、少し先を流れる支流に向かって歩いて行った。

「まずいぞ」マーカスは小声でつぶやいた。

ウェアリングとマシューを乗せた馬車は、板を渡しただけの橋の上に停まっていた。その橋の一端は岸から離れて、橋はいま、川の流れに対して斜めになっていた。激流の威力で橋材の一部が破壊され、馬車の後輪は水に半分浸かっていた。馬たちは必死に馬車を引こうとしていたが、馬車はびくとも動かない。橋は子どものおもちゃのように水の中で前後に揺れ、いまにも反対側の岸からもぎ取られそうだった。川の中で立ち往生した馬車を助けに行く手立てはなかった。こちら側の岸から橋は離れているため、この流れを横切ろうとするのは自殺行為だった。

「おお、なんということだ！」トーマス・ボウマンの恐怖にかられた叫びが聞こえてきた。ウェアリングの馬車の御者は、馬たちを必死に助けようと大あわてで手綱を馬車のシャフトから外そうとしていた。

そのとき、沈みゆく馬車の上になっているほうの扉がばたんと開いて、ひとりの男がもがきながら這い出してきた。

「スウィフトか？」ボウマンは、できるかぎり水際に近づいて叫んだ。「スウィフト！」しかし彼の怒鳴り声は、暴風雨のうなりとごうごうと流れる川の音に飲みこまれてしまった。そしてばりばりと橋が岸からもぎ取られる音が聞こえてきた。

そのあとは、すべてが一瞬の出来事のように思われた。馬たちはよろめきながら橋から逃れて安全な岸にあがった。橋は流されていき、黒い人影がひとつ、いやふたつ見えた。それから重い車体がスローモーションで見るようにゆっくりと沈んでいく身も凍るような恐ろしい光景。馬車は数秒間半分沈んだ状態で水面に留まっていた……それから馬車のランタンの光が消え、車体は横倒しになって下流に流されていった。

＊＊＊

頭の中でぐるぐるといろいろなことを考えてしまい、デイジーはとぎれとぎれにしか眠ることができなかった。夜中に何度も目覚め、そのたびに、マシューはいまごろどうしているだろうと思った。彼の安否が気づかわれた。ウェストクリフが彼といっしょだということ——とにかく、少なくとも近くにいてくれること——だけが安心材料だった。

彼女は客間でマシューがついに過去の秘密を明かしたときのことを何度も思い出していた。なんと脆く、孤独に見えたことか。この長い年月、あんな重荷を背負ってきたのだ……新しい自分をつくりあげるのに、たいへんな勇気と知恵が必要だったに違いない。

デイジーは、ハンプシャーでじっと彼の帰りを待っていることなどできないと思った。マシューに会いたくてたまらなかった。彼を元気づけ、必要とあらば世界を相手に彼を弁護したいと思った。

寝る前にマーセデスは、マシューの過去が明らかになっても、彼と結婚したいという気持ちに変わりはないのか、とデイジーにきいた。

「ええ」デイジーは答えた。「前よりもっともっと決心が固まったわ」

リリアンも会話に加わり、すべてを知ってからは、いままでよりずっとマシューに好意を持つようになったと言った。「でも、あなたが結婚したら、どちらの姓を名乗ることになるのか、そっちのほうにも興味があるけど」

「あら、『名前に何があるのかしら』？」とデイジーはシェイクスピアを引用し、書き物机から紙を一枚取り、それをいじくり出した。

「何をやっているの」リリアンがきいた。「こんなときに手紙を書くなんて言い出さないでよ」

「どうしようかな。アナベルとエヴィーに知らせたほうがいいかしら」

「すぐにウェストクリフから知らせがいくと思うわ」リリアンが言った。「でもあの人たち、きっとまったく驚かないわよ」

「なぜ？」

「謎の過去を持つ主人公が登場するドラマチックな展開の物語が大好きなあなたが、穏やかで平凡な恋愛をするとは彼女たち思っていないわよ」

「それはそうだけど」デイジーは顔をしかめて言った。「いま、この瞬間には、穏やかで平凡な恋愛のほうがずうっといいと思うわ」

眠れない夜を過ごしたあと、だれかが部屋に入って来たけはいを感じて、デイジーは目覚めた。初めは、暖炉の火を入れに来たメイドだろうと思った。だが、まだ早すぎる。夜は明けていなかったが、雨は弱まって、陰気な霧雨に変わっていた。

入って来たのは姉だった。

「おはよう」デイジーはがらがら声で言って、上体を起こし、伸びをした。「どうしてこんなに早く起きたの？　赤ちゃんがぐずっているの？」

「いいえ、あの子は寝ているわ」リリアンの声はかすれていた。分厚いベルベットのガウンを着て、髪はゆるく三つ編みにしている。彼女は湯気の立つカップを手に持って、ベッドに近づいてきた。「さあ、これを飲んで」

デイジーは眉をひそめて、言われたとおりにした。リリアンがマットレスの端に腰掛けるのを見つめる。なんだかいつもとようすが違う。

何かあったのだ。

「何があったの？」デイジーは尋ねた。恐怖が背骨を伝い降りていく。

リリアンは紅茶のカップに向かって顎を上げた。「それを飲んでしまって、頭が少しすっきりしてから話すわ」

ロンドンから知らせが入るには早すぎる、とデイジーは思った。マシューに関係することであるわけがない。お母様が病気になったとか、村で何か恐ろしい事件が起こったとか、そういうことだろう。

何度かに分けて紅茶を飲み干し、デイジーは体を伸ばしてカップをベッドサイドテーブルに置いた。ふたたび姉のほうを見る。「これ以上目を覚ますのは無理よ。さ、話して」

リリアンはえへんと咳払いしてから、低い声で話しはじめた。「ウェストクリフとお父様が帰ってきたの」

「なんですって？」デイジーは困惑して姉を見つめた。「なぜマシューといっしょにロンドンにいないの？」

「彼もロンドンにはいないの」

「では、全員戻ってきたの？」

リリアンはさっと一回頭を振った。「いいえ。ごめんなさい、説明が下手で……遠まわしな言い方はやめるわ。ウェストクリフとお父様がストーニー・クロスを発ってまもなく、彼らの馬車は、その先の橋のところで事故があって進めなくなってしまったの。大通りに出るために渡らなければならない、あのキーキーきしむ橋よ、わかるわね」

「小さな川にかかっているやつね？」

「そうよ。でも、もう小さな川じゃなくなっているの。嵐のせいで、太い激流に変わってしまったのよ。そしてどうやら、流れのせいで橋は弱くなっていて、ミスター・ウェアリングの馬車が渡っている最中に、橋が落ちてしまったの」

デイジーはうろたえて、凍りついた。橋が落ちた。彼女は心の中でその言葉を繰り返したが、もはや使われなくなった古代の言語のように意味がわからないような気がした。彼女は必死になって、なんとか頭を働かせようとした。「全員助かったの？」と尋ねている自分の声が聞こえた。

「マシュー以外は」リリアンの声は震えていた。「彼は下流に流されていく馬車の中に閉じこめられていたの」

「彼は大丈夫」デイジーは無意識に言った。檻に入れられた野生動物のように、心臓が暴れはじめた。「泳げるもの。きっと下流の岸に泳ぎ着いているわ――だれかにさがしに行ってもらわないと――」

「みんなであらゆるところをさがしているわ」リリアンは言った。「ウェストクリフが指揮をとって、大がかりな捜索を行っているの。彼も夜のあいだずっとさがしていて、ついさっき戻ってきたわ。馬車は下流に着く前にばらばらに壊れていたそうよ。でもマシューはまだ見つかっていないわ。だけどデイジー、警官のひとりがウェストクリフに白状したところによると……」彼女は言葉を切った。茶色の目にどっと涙があふれてきて、きらきら光った。

「……マシューの手は縛られていたそうなの」

デイジーは上掛けの下で脚を曲げ、ひざを抱えこんだ。できるかぎり小さくなりたかった。体を縮ませて、この新しい知らせからできるだけ遠ざかりたかった。

「でも、なぜ?」彼女は小声でつぶやいた。「そんなことをする理由がないのに」

リリアンはこわばった顎を震わせて、感情を必死に抑えようと努めた。「マシューの過去のことから考えて、逃亡の危険があると判断したのだと彼らは言ったわ。でも、ウェアリングが腹いせのためにやらせたんだとわたしは思っているの」

デイジーは自分の脈の音で頭がくらくらし出した。彼女はおびえていたが、心の一部は奇妙なほど冷静だった。一瞬、彼女はマシューが暗い水の中で苦しんでいる姿を想像した。その手は縛られていて、彼はもがき――。

「いや」彼女は叫んで、どくどくと激しく脈打っているこめかみを手のひらで押さえた。爪が頭に食いこんでいくようだった。息が苦しい。「助かる見こみはなかったのね？」リリアンは頭を振って、顔をそらした。彼女の顔から涙の雫がいくつか、ベッドカバーの上に落ちた。

なんて妙なの、とデイジーは思った。わたしは泣いていない。目の奥や頭の芯が熱くなり、圧迫されているようで、頭ががんがんし出した。けれども涙は、何かきっかけがあるまでは、出まいと決めているようだった。

頭痛がひどくなって目がかすむ。デイジーはずきずきするこめかみを押さえたまま、姉にきいた。「マシューのために泣いてくれているの？」

「そうよ」リリアンはガウンの袖からハンカチを出して、鼻をかんだ。「でも、ほとんどはあなたのため」彼女は体を寄せて、デイジーに腕をまわした。まるで妹をあらゆる災厄から守ろうとするかのように。「愛しているわ、デイジー」

「わたしもよ」デイジーはくぐもった声で言った。彼女は傷ついていたが泣きはせず、苦しそうに息を詰まらせていた。

＊　＊　＊

捜索は翌日の夜まで丸二日間つづけられた。デイジーにとって、日常のことすべてが――眠ることも働くことも食べることも――意味をなさなくなっていた。たったひとつ、四方から圧迫されているかのように無感覚状態になっているデイジーの心に届いたのは、自分もさがしに行きたいと申し出たときのウェストクリフの言葉だけだった。

「きみが来ても役には立たない」ウェストクリフは疲れきり、神経をすり減らしていたため、いつものように巧みに言いくるめることができなくなっていた。「水かさが増していて、たいへん危険だ。きみがいたら、かえってみんなの邪魔になるし、けがをしてしまうかもしれない」

伯爵の言うことはもっともだとデイジーにもわかっていたが、それでも怒りが燃え上がった。その感情のあまりの激しさに、自制心を失ってしまうかもしれないと恐れて、あわててまた自分の殻にひきこもった。

マシューの遺体は発見されないかもしれない。そんなのひどすぎる。そんな運命を受け入れなければならないなんて。なぜか、行方不明のほうが、死よりももっと悪いような気がした――それではまるで彼がこの世に存在しなかったみたいだわ。死者を悼むためのものすら残されていないのだから。世の中には、愛する人が死んだあと、その遺体を見なければ気がすまない人々がいる。いままで彼女は、それがなぜなのか理解できなかった。でも、いまならわかる。この恐ろしい白昼夢を終わらせるには、涙を流し、痛みを解放するには、それしか方法がないのだ。

「彼が死んだことを感じられたらいいのに、とずっと考えていたの」デイジーは居間にいて、暖炉のそばの絨毯にじかに座っていた。古いショールにくるまっていると、その使い古した柔らかさにほっとする。暖炉の火も、何枚も重ねている衣類も、そして手に持っているブランデーをたらした紅茶のカップも、自分を温めてくれないように思われた。「感じられるはずなのに。でも、何も感じられないの。まるで生きたまま氷づけにされてしまったみたい。どこかに隠れてしまいたい。こんなの耐えられないわ。わたしは強くなんかなりたくない」

「強くならなくてもいいのよ」リリアンは静かに言った。

「そうならなくちゃだめなの。でなければ、わたし、ばらばらに壊れちゃうわ」

「そしたらわたしがつなぎあわせてあげる。ひとかけらも残さず」

心配そうな姉の顔を見つめるデイジーの唇に、紙のように薄い微笑が浮かんだ。「リリアン」彼女はささやいた。「あなたがいなかったら、わたしどうなってしまうかしら」

「そんなことありえないから心配しないで」

デイジーは母と姉にせっつかれてしかたなく、夕食をひと口かふた口だけ食べた。ワインをグラス一杯飲んで、これで堂々巡りの考えから少し抜けられるといいんだけどと思った。

「ウェストクリフとお父様はもうじき戻ってくると思うわ」リリアンはぴりぴりした声で言った。「ふたりとも休みもとらず、おそらく食事もしていないわ」

「居間に行きましょう」マーセデスが誘った。「トランプでもして、少し気晴らしをしたらどうかしら。あなたがデイジーのお気に入りの本を読んでくれてもいいし」

デイジーは申しわけなさそうに母親を見た。「ごめんなさい、でも、やめておくわ。二階へ行ってひとりになりたいのだけど、かまわないかしら」

顔を洗って寝巻きに着替えたあと、デイジーはベッドをちらりとながめた。少し酔っていて、くたびれ果ててもいたが、どうしても眠る気にはならなかった。

彼女はマースデン家の居間へ向かった。家の中は静かで、黒いツタのように絨毯敷きの床を横切る影を素足で踏みながら進む。居間にはひとつだけランプが灯され、黄色い光を放っていた。その光はランプシェードに吊り下げられているカットグラスに反射して、花模様の壁紙に白い光の粒をまき散らしていた。雑誌やら本やらの山が長椅子の横に置き去りにされていた。その中のユーモア詩集の一節を、マシューに読んで聞かせたことがあった。彼の顔にほほえみが浮かんではすぐ消えるのを見つめたっけ。

すべてがこんなふうにあっという間に変わってしまうなんて。運命は気まぐれに誰かを選んで、その人をまったく新しい試練の道に放り出すのだ。どうしてそんなひどいことができるのだろう。

デイジーは印刷物の山の横に座り、ゆっくりと分類しはじめた……書斎に返すものと、訪問日に村に持っていくもの。でも、こんなにワインを飲んだ状態でやるのはやめておいたほうがいいかも。きれいなふたつの山になるかわりに、本や雑誌は、たくさんのあきらめた夢のように彼女のまわりに散らばった。

デイジーはあぐらをかいて長椅子にもたれ、頭を布張りの椅子の縁にもたせかけた。指先が、布装の本の表面にふれた。彼女はその本を半開きの目でながめた。本はいつも、別世界への扉だった……現実よりもずっと面白くて夢がいっぱいつまった世界への。でも彼女は、ついに現実は空想の世界よりももっと素晴らしいということを発見したのだった。

そして愛が現実の世界を魔法で満たしてくれることを。

マシューは、彼女がこれまで求めてきたことをすべてかなえてくれる人だった。なのに、彼と過ごした時間はあまりにも短かった。

暖炉の上の時計が、ちっちっと、もどかしいほどゆっくり時を刻む音がする。半分まどろみながら長椅子によりかかっていると、ドアが開く音が聞こえた。彼女の気だるい視線が、音のほうに向けられた。

男が部屋に入って来た。

彼は戸口のところで立ち止まり、散らかした本のまん中に座りこんでいる彼女の姿をじっと見つめた。

彼女は視線をさっと彼の顔に走らせた。恋しさと恐れと切望で彼女の体は凍りついた。マシューだった。見慣れない質素な服を着ているが、彼の活力に満ちた存在感が部屋に充満しているように思われた。

その姿が消えてしまうのを恐れて、デイジーは死人のようにじっとしていた。涙がこみあげてきて目がちくちく痛んだが、目を閉じるわけにはいかなかった。彼に消えて欲しくなかったから。

彼はゆっくりと近づいてきてしゃがみ、限りない慈しみと思いやりをこめた目で彼女をじっと見つめた。大きな手で本をどかし、ふたりをへだてていた邪魔な物を排除した。「ぼくだよ」彼は静かに言った。「もう心配ない」

デイジーは乾いた唇のあいだから小さな声をもらした。「もしあなたが幽霊なら……永久にわたしに取りついていて」

マシューは床に座り、彼女の冷たい手をとった。「幽霊がドアを使うかな？」彼はやさしくそう言うと、彼女の手を持ち上げて、傷だらけの自分の顔につけた。

手のひらに彼の肌を感じる。ああ、これは現実なんだと彼女は痛烈に意識した。安堵で胸がいっぱいになり、ようやく、デイジーの失われていた感覚が戻りはじめ、感情が解き放たれた。彼女は手で目を覆った。すすり泣きで胸が破裂しそうだった。嗚咽を抑えることができず、声をあげて彼女は泣き出した。

マシューは彼女の手をどかして、しっかりと胸に彼女を抱き、静かにささやきかけた。デイジーが泣きつづけているので、彼はもっときつく彼女を抱きしめた。痛いほど強く抱きすくめられたいと彼女が願っているのを理解しているかのようだった。

「本物のままでいてね」彼女はあえぎながら言った。「夢のように消えたりしないでね」

「ぼくは本物だよ」マシューはかすれた声で答えた。「そんなに泣くなよ。大丈夫だから、ね、愛するデイジー――」彼は彼女の頭を両手ではさみ、安心させるようにささやきかけながら、唇を重ねた。彼女はもっと彼に近づきたくて、体をすりよせた。彼は彼女を床に寝かせて、体の重みで彼女を静めた。

彼は指を彼女の指にからませた。デイジーは息を切らせながら、頭を回して彼のむきだしの手首を見た。手首の皮膚には赤いみみずばれができていた。「手を縛られていたのね」自分の声とは思えないようなしわがれた声で彼女は言った。「どうやって抜け出したの？」

マシューは頭を下げて、涙で濡れた彼女の頬にキスをして、「ペンナイフ」とひとこと答えた。

彼の手首を見つめつづけている彼女の目が大きく見開かれた。「し、沈みかけている馬車に閉じこめられたまま川に流されている最中に、ポケットからペンナイフを出して、ロープを切ったというの？」

「ガチョウと格闘することに比べりゃ、なんでもないさ」

彼女の口から泣き笑いがもれたが、すぐにまた彼女はしくしく泣き出した。マシューはその泣き声を口でとらえ、唇で彼女を愛撫した。

「まずいことになったとわかった瞬間に、ロープを切りはじめたんだ。馬車が水の中に転落するまで数分あった」

「どうしてほかの人たちはあなたを助けなかったの？」デイジーは怒ってきいた。ナイトドレスの袖で、ぐしょぐしょの顔をこする。

「彼らは自分のことで精一杯だったんだ。だが」マシューは悔しそうにつけ足した。「馬のほうが自分より大事にされるとは思っていなかったけどね。しかし、馬車が流されはじめたときには、手は自由になっていた。馬車は何かにぶつかってばらばらに壊れてしまった。水に飛びこんで岸に向かったんだが、そのときに頭を打ったらしい。ぼくは、飼い犬をさがしにきた老人に助けられた――彼はぼくを自分の家に連れて行ってくれて、奥さんといっしょに介抱してくれた。ぼくは気を失っていて、めざめたのは一日半経ってからだった。老夫婦は、ウェストクリフがぼくをさがしているという話を聞いて、居場所を知らせに行ってくれたというわけだ」

「死んでしまったのかと思ったわ」とデイジーはしわがれた声で言った。「もう会えないかと思った」

「大丈夫、大丈夫だから……」マシューは彼女の髪をなでて、頬や目、震えている唇にキスをした。「ぼくはいつだってきみのところに戻ってくる。なにしろ信頼できる男だからね、ぼくは」

「ええ、わたしがあなたに会う前の――」デイジーは彼の唇がのどのほうに下りていくのを感じて、すうっと息を吸いこんだ。「――二〇年間は別として、あなたはとても信頼できて――」彼は彼女ののどのつけ根の、とくとく脈を打っている場所に舌で触れた。「――意外性がなくてつまらないくらいだわ」

「きみはおそらく、ぼくが身分を偽っていたことや、重窃盗罪で有罪判決を受けているというささやかな問題について、いくつか文句が言いたいんだろうね」彼のキスは繊細な顎の線をたどり、流れつづける涙を吸い取った。

「いいえ、文句なんかないわ」デイジーは息をはずませて言った。「わ、わたし、その秘密が何なのか知る前から許していたもの」

「かわいいダーリン」マシューはそうささやくと、彼女の顔の横に鼻をすりつけ、手と口で彼女を愛撫した。彼女はしゃにむに彼にしがみついたが、それでも足りず、もっと彼に近づきたくてたまらなかった。「醜い過去がすべて明るみ出たからには、自分の汚名をそそがなければならない。デイジー、待っていてくれるかい？」

「いやよ」

まだ鼻をすすりながら、彼女は借り物の上着の木のボタンを外しはじめた。

「いや？」マシューは怪訝そうにほほえみながら、彼女を見下ろした。「ぼくをやっかい払いすることに決めたのか？」

「人生は短すぎるとわかったの――」デイジーはうんうんうなりながら、彼のごわごわしたシャツを引っ張っている。「――だから一日たりとも無駄にしないことにしたわ。いまいましいボタンね――」

彼は手を彼女のせわしく動いている手にかぶせて止めた。「きみの家族は、きみが逃亡者と結婚することには賛成しないと思う」

「お父様は、あなたなら許すわ。それに、あなたは永久に逃亡者でいるわけじゃないし。事実が明らかにされれば、濡れ衣を晴らすことができるわ」デイジーは自分の手を彼の手の下から引き抜いて、彼をしっかりとつかんだ。「グレトナグリーンに連れて行って」彼女は懇願した。「今夜。姉もそうやって結婚したの。エヴィーもよ。駆け落ち結婚は、どうやら壁の花の伝統みたい。わたしを――」

「しいっ」マシューは両腕で彼女を抱きしめ、がっしりした体で彼女を包みこんだ。「もう逃げるのはごめんだ。ぼくはようやく過去と向き合うことができるんだ。あのハリー・ウェアリングさえ生きていたら、もっと簡単に問題は解決するんだが」

「真実を知っている人がほかにもいるわ」デイジーは心配そうに言った。「彼の友人。それから、あなたが言っていた召使。それから――」

「うん、わかっている。そういう話は、いまはやめておこう。これからしばらくはいっしょにいられる時間はあまりないかもしれないから」

「あなたと結婚したい」デイジーは言い張った。「終ったあとじゃなくて、いま。今回のことがあって……あなたを永久に失ってしまったと思ってからは……そのほかのことはたいして重要じゃない気がするの」最後の言葉には、小さなしゃっくりがはさまった。

彼は彼女の髪をなで、親指で涙が乾いたあとをこすった。「わかった、わかった。きみのお父さんに話してみるよ。もう泣くな。デイジー、泣くなよ」

しかし、安心したせいで新たな涙がまたわいてきて、彼女の目の隅から流れ出した。新たな震えが彼女の骨の芯から全身に広がっていった。体をこわばらせて止めようとすればするほど、震えは激しくなった。

「どうしたんだ?」彼はぶるぶる震える彼女の体を両手でさすった。

「こわいの」

彼はのどの奥で低い声を出しながら、彼女を強く抱きしめ、情熱的に唇で彼女の頰をなでた。「なぜ?」

「これは夢かもって。目が覚めたら――」ひっく。「――またひとりぼっちで、あなたは帰ってこなかったことがあとでわかって、そして――」

「違う、ぼくはここにいる。どこにもいかない」彼は、彼女ののど元へ下りていき、ナイトドレスの前をゆっくりと開いた。「気持ちを楽にさせてあげるよ、ぼくが……」彼はやさしく彼女の体をなで、彼女の気持ちをそらした。彼の手が脚のほうに滑っていくと、熱が矢のように体を駆けめぐり、唇から低いうめきがもれた。

その声を聞いて、マシューははっと息を吸いこみ、自制心を取り戻そうとした。だが、自制心なんてものはどこかに消えてしまっていた。あるのは欲望だけだった。彼女を喜びで満たしたくてたまらず、彼は床の上で彼女のドレスを脱がせ、冷え切った肌を、その青白い表面が深紅に染まるまで、手のひらでこすった。

デイジーはぶるぶる激しく震えながら、かぶさってきた彼の黒い頭の後ろでろうそくの光が揺らめいているのを見た。彼はゆっくりと彼女の全身にキスを浴びせている……脚に、お腹に、震えている胸に。

彼にキスされた部分は、冷たい震えが消えて温かくなっていった。彼女はため息をついて、彼の手と口の癒しのリズムに体の緊張を解いていった。彼女がたどたどしい手つきで彼のシャツを脱がそうとすると、彼もそれを手伝った。粗い織りの布が取り去られると、サテンのような男の肌があらわれた。彼の体に青あざがついているのを見て、なんとなく彼女はほっとした。これが夢ではない証拠のように思われたからだ。彼女は開いた口をあざのひとつにつけ、舌でなでた。

マシューは注意深く彼女を引き寄せ、彼女の腰やウエストのカーブに手を滑らせた。その官能的なタッチで彼女の腿に鳥肌が立った。デイジーは、喜びと不快感のはざまで身をくねらせた。絨毯のちくちくする毛羽《けば》が、過敏になっている肌をこすって、裸の背中とお尻がむずむずしてたまらなかった。

マシューはそれに気づき、静かに笑って彼女を抱き起こしてひざに乗せた。デイジーは乳房を彼の胸に押しつけた。うっすらと汗をかき、口が乾く。「やめないで」彼女はささやいた。

彼はひりひりする背中に手をあてた。「床にこすって、すりむけてしまうよ」

「いいの、わたし、わたしただ……して欲しいの……」

「こう?」彼はひざに乗せている彼女の位置を変えて、自分にまたがるようなかっこうにさせた。彼女の腿の下で、ズボンがぴんと張っている。

恥ずかしさと興奮でデイジーは目を閉じ、彼が入り組んだひだを愛撫し、潤いと快感を燃えるような皮膚の上にやさしく重ねていくのを感じる。

デイジーは力の抜けてしまった腕を彼の首にまわし、片手でもう一方の手首を握った。彼がしっかりと背中を手で支えてくれていなかったら、上体を起こしていられなかっただろう。すべての意識は、彼が触れている場所に集中していた。彼の指関節が小さくて滑らかな濡れた先端をこする……「そのままつづけて」彼女は自分がそうささやくのを聞いた。

マシューが二本、それから三本の指を彼女の中に滑りこませてきたので、彼女ははっと目を開けた。燃えた蜂蜜に炎を注ぎこむように、欲望が彼女の内部でのたうった。

「まだ夢ではないかと恐れているかい？」マシューがささやいた。

彼女は夢中で唾を飲みこみ、頭を振った。「わたし……わたしこんな夢を見たことがないわ」

彼の目の端に笑いじわが寄った。彼が指を引き抜くと、その空虚感に彼女は身を震わせた。彼女はぐずるような声を出して、彼の肩に頭をつけた。彼は裸の胸に彼女をしっかりと抱き寄せた。

デイジーは彼にしがみついた。彼女の視界はぼやけ、部屋は黄色い光と黒い影のモザイクのように見えた。彼女は自分が抱き上げられ、体を返されるのを感じた。両ひざが絨毯につく。彼は長椅子の前に彼女をひざまずかせた。彼女は顔を横に向けて椅子の座席の布につけ、口を開けて荒く息をしている。彼は体を彼女にかぶせた。大きく頑丈な体でぴたりと背後から彼女を包み、それから中に入ってきた。それはきつく滑らかで、極上の交わりだった。

デイジーは驚いて体を固くしたが、彼は手を腰に当てて、やさしく励ますようになではじめた。ぼくを信じろ、というように。彼女はおとなしく目を閉じて、ゆっくりと挿入されるたびに喜びを積み重ねていった。片方の手が彼女の前に滑ってきて、指先で丸い突起をさぐりあて、愛撫しはじめた。やがて彼女は目もくらむような絶頂に達し、それからふうっと肩の力を抜いた。

かなり時間が経ってから、マシューはデイジーにナイトドレスを着せ、暗い廊下を通って彼女を部屋に連れて行った。ベッドに横たわらせてもらったデイジーは、いっしょにいてと彼にささやいた。

「だめだよ」暗闇の中で、彼は仰向けに寝ている彼女の上に体をかぶせるように屈みこんだ。「そうしたいのはやまやまだが、そんな節度のないことはできない」

「あなたなしで、ひとりで寝たくないわ」デイジーは目の前の、翳った彼の顔をじっと見つめた。「あなたのいないベッドで目覚めたくない」

「いつか」彼は上体を倒して、彼女の唇にしっかりとキスをした。「いつか、いつでもきみのところに来られるようになる。夜も、昼も。きみが望むだけ抱きしめてあげられるようになる」彼は思いをこめた低い声で言い足した。「絶対にそうなるからね」

階下では、疲労困憊したウェストクリフ伯爵が妻のひざ枕でソファに寝そべっていた。丸二日間、ほとんど眠らずに、がむしゃらな捜索をつづけた彼は、心底疲れきっていた。しかし、悲劇を避けることができ、デイジーの婚約者が無事に戻ったことに感謝していた。

マーカスは、妻が自分の世話をむやみに焼きたがるのでちょっと驚いていた。夫が屋敷に戻るやいなや、リリアンは彼にサンドイッチを食べさせ、熱いブランデーを飲ませ、濡らしたタオルで顔についた泥を拭き取り、すり傷には軟膏を塗り、指の切り傷には包帯を巻き、泥だらけのブーツまで脱がせた。

「あなたのほうがミスター・スウィフトよりもずっとひどいようすに見えるわ」マーカスが自分は大丈夫だからと言うと、リリアンは言い返した。「聞いたところでは、彼はこの二日間、小屋で寝かせてもらっていたそうじゃないの。ところがあなたときたら、雨の中、泥にまみれて森の中をさがしまわっていたんですもの」

「彼はのんびり過ごしていたわけじゃない」マーカスは言った。「けがをしていたのだ」

「だからといって、あなたが全然休みもとらず、ほとんど何も食べずに彼をさがしていたことには変わりがないのよ」

マーカスは密かに妻が自分のまわりでばたばた動きまわっているようすを楽しみながら、おとなしく彼女に世話をされた。夫が食事をたっぷりとり、きちんと包帯が巻かれたことを確認してから、リリアンは夫の頭をひざに乗せた。マーカスは満足してため息をつき、勢いよく燃える暖炉の火を見つめた。

リリアンはぼんやりとほっそりした指を彼の髪にからませながら言った。「ミスター・スウィフトがデイジーをさがしに行ってからずいぶん経つわ。しかも物音ひとつ聞こえてこない。どうなっているのか、見てこなくていいの？」

「中国の麻を全部くれると言われてもいやだね」デイジーのお気に入りの新しい言い回しを

使った。「困った場面に出くわしてしまうかもしれない」

「まあ、いやだ」リリアンはぎょっとした声で言った。「まさか、あなた……」

「驚くにはあたらないね」マーカスはちょっと間を置いてから言い足した。「結婚前のわたしたちのことを思い出せば」

彼の思惑どおり、彼女はすぐにそちらに気をとられた。

「いまでも、まだそうだわ」リリアンは反論した。

「だが、赤ん坊が生まれる前からごぶさただ」マーカスは上体を起こして、暖炉の火に照らし出されている黒髪の若妻をしげしげと見つめた。彼女は、いままで会った中でいちばんそそられる女性だった。そして、永久にそうありつづけるだろう。たまりにたまった熱情のせいで声がかれてくる。「あとどれくらい待たなければならないのだ?」

ソファの背にひじをついて、リリアンは頭を手に乗せ、すまなさそうにほほえんだ。「お医者様は、あと二週間くらいっておっしゃっていたわ。ごめんなさい」彼の表情を見て、彼女は笑い出した。「本当にごめんなさい。二階へ行きましょう」

「いっしょにベッドに入るのじゃなければ、そうする意味を感じないが」とマーカスはふてくされて言った。

「お風呂に入るのをお手伝いするわ。背中もこすってあげる」

彼はその申し出がかなり気に入ったらしい。「背中だけかい?」

「交渉しだいね」リリアンは挑発的に言った。「いつものように」

マーカスは手を伸ばして彼女を胸に抱き、ため息をついた。「現段階では、もらえるものはなんでもありがたくいただくことにするよ」

「かわいそうな人」ほほえんだまま、リリアンは彼の顔を自分のほうに向けてキスをした。「でも覚えておいて……待つ価値のあるものもあるのよ」

エピローグ

結局、マシューとデイジーが結婚したのは秋の終りだった。ハンプシャーは深紅と明るいオレンジの衣をまとい、猟犬たちは週に四度、朝、狩場に出され、たわわに実った果実の最後の収穫が行われた。干草が刈り取られてしまったため、騒々しいウズラクイナは野原を去り、そのやかましい鳴き声に代わって、ウタツグミの流麗な歌や、キアオジのさえずりが聞かれるようになっていた。

　夏のあいだと秋の大半を、デイジーはマシューと何度も離れて暮らさなければならなかった。ひとつには頻繁にロンドンに出向いて法律的な問題を処理しなければならなかったからだ。ウェストクリフの助けによって、アメリカ政府からの引渡し要求はきっぱりと退けられ、マシューはイギリスに残ることができた。ふたりの法廷弁護士を雇い、彼らに事件の詳細を話したあと、マシューは彼らをボストンに送って、裁判所に上訴した。

　その間、マシューはあちこち飛び回って休みなく仕事をした。ブリストルの工場建設を監督し、従業員を雇い、イギリス全土に販売網を敷いた。過去の秘密が明らかになってから、マシューは少し変わったとデイジーは思っていた……堅苦しさがとれ、自信にあふれ、カリスマ性が増したようだった。

マシューの尽きることのない活力と次々と積み上げられていく業績を目の当たりにしたサイモン・ハントは、ボウマン社に飽きたら、いつでもコンソリデーテッド社が歓迎するとマシューに言った。それを聞いたトーマス・ボウマンは、ボウマン社の将来の利益に対するマシューの取り分をもっと上げると約束した。

「三〇歳になるころには、百万長者になっているだろう」マシューはデイジーに皮肉まじりに言った。「もし刑務所に入らずにすめばね」

デイジーを驚かせ、感動させたのは、母のマーセデスを含めて家族全員がマシューの弁護にまわってくれたことだった。それがデイジーのためだったのか、父親のためだったのかはわからないが。トーマス・ボウマンは他人に厳しい人間だったが、マシューが自分を騙していたことは即座に許した。それどころか、ボウマンはマシューを以前よりももっと息子のようにかわいがるようになっていた。

「まったく、お父様ときたら」リリアンはデイジーに言った。「もしマシュー・スウィフトが冷血な殺人を犯しても、『うむ、きっとやむにやまれぬ事情があったに違いない』と彼をかばうんじゃないかしら」

忙しくしているほうが時間の経つのが早いことに気づいたデイジーは、ブリストルで家をさがすことにした。彼女は海辺にある大きな切妻屋根の家に決めた。そこはかつて造船所の経営者一家が住んでいた家だった。デイジーよりもずっと買い物好きの姉や母親につきあってもらって、大きな使い心地のよい家具や、色とりどりのカーテンやファブリック類を購入した。そしてもちろん、なるべくたくさんの部屋に書棚とテーブルを置くようにした。

数日でも休みがとれると、マシューがまっすぐデイジーのところに飛んできてくれるのも嬉しかった。もはや秘密も恐れもなくなっていたので、ふたりのあいだにぎこちなさはなくなっていた。長い時間おしゃべりしたり、眠気をさそう夏の景色の中を散歩したりしていると、ふたりはいっしょにいることの果てしない喜びを実感するのだった。そして夜、マシューがデイジーのところにやってきて闇の中で愛を交わすときには、彼は彼女の感覚を無限の快感で満たし、彼女の心を喜びで満たすのだった。

「ぼくは、きみに近づくまいと一所懸命努力していたんだ」彼はある晩、彼女を抱きしめながらささやいた。月が、ひだの寄った上掛けに何本もの光の筋を浮かび上がらせていた。

「どうして?」デイジーはささやき返した。彼女は彼の上に這いのぼって、筋肉質の胸に覆いかぶさった。

彼は黒い滝のように流れる彼女の髪をもてあそんでいる。「結婚するまでは、こんなふうにきみのところに来るべきじゃないからだ。もしかすると――」

デイジーは唇で彼を黙らせ、長い口づけをした。やがて彼の呼吸は速まっていき、彼の肌はストーブの表面のように熱くなった。彼女は頭を上げて、きらきら輝く彼の目にほほえみかけた。「中途半端はいや」彼女はつぶやいた。「わたしはあなたのすべてが欲しいのよ」

とうとうマシューの弁護士から知らせが入った。ボストン法廷の三人の裁判官は裁判記録を検討し、その結果、判決をくつがえしてウェアリングの訴えを却下した。さらに裁判官らは、再告訴は認めないと言いわたし、マシューをなんとしてでも犯人に仕立て上げようとするウェアリング家の望みを絶った。

マシューはその知らせを驚くほど冷静な態度で聞き、すべての人々からの祝福を受けて、自分を支えてくれたボウマン家とウェストクリフに心から感謝した。マシューの平静さが崩れ去ったのは、デイジーとふたりきりになったときだった。その安堵感はあまりにも大きく、感情を表に出さずにはいられなかった。デイジーはできるかぎりのことをして彼の心を癒した。それは人には知られたくないほど生々しく感情的なふれあいだったので、永久にふたりだけの心にしまわれた。

そしてようやく、ふたりが結婚する日がやってきた。

ストーニー・クロス教会で行われた式は耐えがたいほど長かった。裕福な重要人物がロンドンやニューヨークから多数駆けつけて来ていたので、牧師はここぞとばかりにはりきった。果てしなくつづくかと思われる長い説教、前代未聞の数の賛美歌、そして椅子の上で思わず意識を失ってしまいそうになるほど退屈な聖書の朗読が三回。

デイジーは重たいシャンパン色のサテンのドレスに身を包み、辛抱強く式が終るのを待った。ビーズ飾りがついたヒールつきの上靴の中で居心地悪そうに足をむずむず動かしながら。真珠を縫いつけたフランス製の高級レースのベールをかぶっているので、ほとんどまわりが見えなかった。結婚式は忍耐力を試される修練の場と化していた。真面目な顔をしていようとがんばっていたが、ついにちらりとマシューを盗み見た。真っ黒なモーニングと糊のぱりっときいた白いクラヴァットを締めた彼は、すらりと背が高くて、とてもハンサム……突然、幸福で胸がいっぱいになり、彼女の心臓はきゅんと鳴った。

式の前にマシューはマーセデスから「花婿は花嫁にはキスしてはなりません。上流階級の人々にはそんな習慣はないのです」と釘を刺されていた。しかし誓いの言葉が終ると、彼はデイジーを抱き寄せて、すべての出席者が見守る中、彼女の唇に熱烈なキスを浴びせた。息を飲む声が聞こえてきたが、やがて群衆に温かな笑い声の小波が広がっていった。

デイジーは夫のきらめく瞳を見上げた。「悪い噂が立つわよ、ミスター・スウィフト」彼女はささやいた。

「こんなこと何でもないさ」マシューはやさしい愛に満ちた表情を浮かべて、抑えた声で答えた。「一番行儀が悪いふるまいは今夜のためにとってあるんだから」

式のあと客たちは屋敷に移動した。何千人もいるかと思うほどたくさんの人に挨拶し、頬が痛くなるまでほほえんだあと、デイジーは長いため息をついた。さあお次は披露宴だ。イギリスの人口の半分をもてなせるほど大量の食事が出され、延々と乾杯が行われ、そのあとは長々と別れの挨拶がつづくのだ。いま彼女がしたいことは、夫とふたりきりになることだけだった。

「あら、文句を言ったらだめよ」姉のにやけた声が近くから聞こえた。「わたしたちのどちらかひとりは、盛大な結婚式をあげなきゃならなかったんだから。観念なさいな」デイジーが振り返ると、リリアンとアナベルとエヴィーが立っていた。「文句なんか言わないわ」彼女は言った。「ただ、グレトナグリーンに駆け落ちしたほうがかるかに簡単だったろうにって思っていただけよ」

「そんなのぜんぜん独創性がないじゃない。エヴィーとわたしがもうやっちゃってるんだから」

「美しい結婚式だったわ」アナベルが心から言った。

「そしてとっても長かったわ」デイジーが悲しそうに答えた。「何時間も立ちっぱなしで話をしている気がする」

「実際そうですもの」エヴィーが言った。「いっしょに来て。壁の花会議を開きましょう」

「いま？」デイジーは困惑して、友人たちのはつらつとした顔をちらりと見た。「だめよ。披露宴でみんなが待っているわ」

「待たせておけばいいのよ」リリアンが明るく言った。彼女はデイジーの腕をとって大玄関広間から引っ張り出した。

四人は廊下を通って朝食室につづく廊下を歩いて行った。そこでちょうど反対方向から歩いてきたセントヴィンセント卿とばったり会った。正装をしている彼はエレガントで輝くばかりにハンサムだ。彼は立ち止まってエヴィーに温かいほほえみを向けた。

「どうやら、抜け出そうとしているみたいだな」彼は言った。

「そうなの」エヴィーは夫に答えた。

セントヴィンセントはエヴィーのウエストに腕をまわして、内緒話をするように尋ねた。「どこへ行くつもりだ？」

エヴィーはちょっと考えてから答えた。「デイジーの鼻に白粉をはたきに」

セントヴィンセントはうさんくさそうにデイジーにちらっと視線を投げた。「四人がかりでやる必要があるのか？　こんなに小さな鼻なのに」

「ほんの数分なの」エヴィーは言った。「なんとか言いつくろっておいてくださる？」

セントヴィンセントは静かに笑った。「任せなさい、そういうのは得意だ」と彼は妻を安心させた。彼は妻の顔を自分のほうに向けてひたいにキスをしてから、手を離した。ほんの一瞬だったが、彼の優雅な手が彼女のお腹に触れた。だれも気づかないような、かすかなしぐさだった。

しかしデイジーだけはちゃんと見ていた。そして即座にその意味を理解した。エヴィーには秘密があるんだわ。デイジーはこっそりほほえんだ。

三人はデイジーをオレンジ温室に連れて行った。暖かな秋の光が窓から差しこみ、空気は柑橘類と月桂樹の香りに満ちていた。リリアンは重いオレンジの花のリースとベールをデイジーの頭からはずして、それを椅子の上に置いた。

近くのテーブルに銀の皿が用意されており、きりりと冷やしたシャンペンと四つの背の高いグラスが載っていた。

「あなたのために乾杯しましょう」リリアンが言うと、アナベルは泡立つ酒をグラスに注いで、みんなに配った。「ハッピーエンドがようやく訪れたことに。あなたは、わたしたちよりずっと長く待たなければならなかったんですもの、一瓶全部あなたのものよ」リリアンはそう言ってにやりと笑った。「でも、わたしたちもお相伴にあずかるつもりだけど」

デイジーはクリスタルグラスの柄に指を巻きつけた。「この乾杯は全員のためにすべきよ」彼女は言った。「だって、三年前には、わたしたちの結婚の見こみは絶望的だったわけでしょう。ダンスにすら誘ってもらえなかったのよ。それなのに、こんなに素晴らしい結果になったんですもの」

「ちょ、ちょっとばかりお行儀の悪いふるまいをして、いくつかスキャンダルをまき散らすだけでよかったのよ」エヴィーはほほえんだ。

「それから友情も必要だったわ」アナベルが言い添えた。

「友情に乾杯」そう言ったリリアンの声が急にかすれ出した。

そして四つのグラスはいっせいにぶつかり、かちんと音を立てた。

訳者あとがき

そして四つのグラスがいっせいにぶつかり、かちんと音を立てた。

ああ、とうとう壁の花シリーズ四部作が完結してしまいました。個性豊かでチャーミングな四人の娘たちの物語ももうこれでおしまい。とてもさわやかなラストに拍手を送りたくなると同時に、彼女たちと別れる寂しさも感じてしまいます。

今回のヒロインは、ロマンス小説が大好きな、お茶目で夢見がちなデイジー・ボウマン。でも、その気まぐれな妖精のような外見の内側には、知性と分別、そして人を思いやるやさしい心と愛する人のために戦う勇気がつまっています。アメリカの新興成金の娘であるデイジーは三年前、姉のリリアンとともに花婿さがしのためにイギリスにやってきました。大富豪といえども、アメリカの社交界ではボウマン家のような成り上がり者は相手にされず、それがくやしくて母親のマーセデスはふたりの娘を絶対にイギリスの貴族と結婚させると、固く決心していました。

しかし、やはりイギリスの社交界でも、貴族社会の礼儀を知らないアメリカ娘は敬遠されてしまい、姉妹は壁の花に甘んじていました。こうして一年が経ったころ、姉妹は舞踏会で自分たちと同じくいつも壁際に座っている絶世の美女アナベルと内気なエヴィーと言葉を交わすようになりました。いつしか四人は友情で結ばれ、お互いの花婿さがしを手伝うことを誓い合いました。

こうして壁の花グループが結成されたのをきっかけに、ほんの数カ月のあいだに、ほかの三人はめでたく結ばれました。

しかし一番若いデイジーは、三人が結婚したあともなかなか理想の相手にめぐり会うことができませんでした。デイジーは姉たちと楽しく過ごし、思う存分読書ができるいまの生活に満足していたせいか、それほどあせって結婚したいとは思っていませんでしたが、姉や友人たちがよき伴侶を得て落ち着いてくるにしたがい、少々孤独を感じるようにもなっていました。とはいえ、小説に出てくるような、ちょっと悪のにおいのする、かっこいいヒーローはまわりにはいないのです。

とうとう業を煮やした父親のトーマスが、デイジーに最後通牒をつきつけます。「二カ月以内に相手を見つけられなければ、おまえはわたしの部下のマシュー・スウィフトと結婚するのだ」デイジーはびっくり仰天。だって、スウィフトはお金儲けのことしか頭にない仕事の鬼。しかもユーモアのかけらもない。

けれども、三年ぶりに会ったスウィフトは、以前とはまったく違う印象をデイジーに与えました。デイジーはいままで知らなかった彼の意外な魅力をたくさん発見するようになります。そしてスウィフトのほうはといえば、何年も前から一途にデイジーに恋をしていたのでした。では、めでたし、めでたしといきたいところですが、一筋縄にはいきません。姉のリリアンは猛反対、さらにスウィフト自身が「きみとは絶対に結婚できない」と言うのです……。

『春の雨にぬれても』は、純粋なふたりが困難を乗り越えて心を通わせていく課程を繊細に綴った美しい物語です。ロマンスだけでなく、切っても切れない強い絆で結ばれた姉と妹が、妹ばなれ姉ばなれして大人の女性になっていく描写も心に染みました。リリアンとトーマスの親娘もいい味を出しています。敵対しているようでいて、じつはとてもよく似ているふたり。彼らの登場場面では思わず吹き出してしまうことが何度もありました。

さて、この春、リサ・クレイパスは待望の現代小説（"Sugar Daddy"）を発表しました。二〇年間ヒストリカルを書きつづけてきたので、新しいチャレンジがしたくなったそうです。ファンは、「もうヒストリカルは書かないの?」と心配しているようですが、HPでクレイパス自身が答えているところによれば、これからは現代ものとヒストリカルを平行して執筆していくということですので、ますます楽しみですね。

二〇〇七年四月

ライムブックス

春の雨にぬれても

著　者　リサ・クレイパス
訳　者　古川《ふるかわ》奈《な》々《な》子《こ》

2007年5月20日　初版第一刷発行

発行人　成瀬雅人
発行所　株式会社原書房
〒160-0022東京都新宿区新宿1-25-13
電話・代表03-3354-0685　http://www.harashobo.co.jp
振替・00150-6-151594
ブックデザイン　川島進（スタジオ・ギブ）
印刷所　中央精版印刷株式会社

落丁・乱丁本はお取り替えいたします。
定価は、カバーに表示してあります。
 ISBN978-4-562-04321-7　Printed in Japan